W9-ATG-294

COLLECTION FOLIO

Perrault

Contes

SUIVIS DU

Miroir ou la

Métamorphose d'Orante,

DE

La Peinture, Poème

ET DU

Labyrinthe de Versailles

Édition présentée,
établie et annotée
par Jean-Pierre Collinet

Professeur à l'Université de Dijon

Gallimard

PRÉFACE

Il peut paraître superflu de présenter les Contes *de Perrault. Qui ne les connaît depuis l'enfance? Leur histoire, cependant, mérite à son tour d'être racontée, car elle permet d'en mieux comprendre les intentions, d'en goûter davantage la saveur, d'en apprécier toute l'originale diversité.*

Ce que l'on désigne aujourd'hui sous ce nom résulte en effet de la juxtaposition tardive qui s'est produite, en 1781, entre deux recueils originellement distincts. Le premier, plus ancien, dépourvu de titre collectif, paru chez Coignard, imprimeur officiel de l'Académie française, comprend trois nouvelles en vers, qui se sont échelonnées de 1691 à 1694 et dont l'attribution à Charles, le père, ne peut être contestée. Le second, plus récent, intitulé génériquement Histoires ou Contes du temps passé, *publié en 1697 par Barbin, l'éditeur des principaux classiques, mais aussi de toute cette littérature galante de second ordre qu'on surnommait pour s'en moquer les « barbinades », contient huit récits en prose, excepté les « moralités », dont Pierre, le fils, a signé la dédicace à Mademoiselle et parmi lesquels seule était précédemment connue* La Belle au bois dormant. *Ensemble factice, et composite, par conséquent, dont il convient de rappeler la genèse. Commençons par quelques indications d'ordre biographique.*

I
CHARLES PERRAULT AVANT LES « CONTES »

Le conteur dépasse largement la soixantaine quand il rime sa première nouvelle : production plus tardive encore que les Fables *pour La Fontaine, au déclin d'une existence déjà longue qui l'avait insensiblement conduit vers cette nouvelle carrière par des chemins inattendus.*

Fils d'un avocat exerçant à Paris mais originaire de Touraine, dernier venu dans une famille de sept enfants, Charles comptait quatre frères : Jean, qui suivit la profession du père et mourut à Bordeaux en 1669, Pierre (1611-1680), d'abord commis principal aux parties casuelles puis receveur général des Finances mais qu'une gestion imprudente, découverte par Colbert, contraignit dès 1664 à vendre sa charge, Claude (1613-1688) à qui sa double spécialité d'architecte et de médecin vaudra les sarcasmes de Boileau, Nicolas (1624-1662), docteur en théologie, qui se vit exclu de la Sorbonne pour avoir embrassé la cause d'Antoine Arnauld.

Lui-même naquit en 1628, à distance presque égale de La Fontaine (1621) et de Molière (1622), de Boileau (1636) et de Racine (1639). Il suit de deux ans Mme de Sévigné, Bossuet de quelques mois : on oublie souvent que le chef des Modernes dans la Querelle appartient par l'âge à la génération des grands classiques, auxquels il ressemble plus qu'il ne pense et ne voudrait.

Après des études au collège de Beauvais, interrompues sur un coup de tête, mais complétées par un travail librement poursuivi pendant plusieurs années avec un camarade à raison de quelques heures chaque jour, il passe en 1651 à Orléans ses licences de droit, s'inscrit au barreau de Paris, mais plaidera seulement deux fois avant d'être pris par Pierre comme commis de sa recette générale.

Ayant montré pour les vers une facilité précoce, il débutera par le burlesque, dont il conte sur le mode plaisant l'origine mythique, avec la complicité de Claude et de ses autres frères, dans Les Murs de Troie. *Mais il continuera par la poésie galante et la préciosité, composant un* Portrait d'Iris, *qui court un moment la capitale sous le nom de Quinault, puis un* Dialogue de l'Amour et de l'Amitié *que Foucquet admire au point d'en vouloir une copie calligraphiée sur du vélin, un peu plus tard* Le Miroir ou la Métamorphose d'Orante *et* La Chambre de justice de l'Amour. *Double apprentissage qui ne sera pas perdu.*

Des odes écrites pour célébrer en 1659 la paix des Pyrénées, en 1660 le mariage de Louis XIV, en 1661 la naissance du Dauphin lui permettent de nouer avec Chapelain d'utiles relations. Il devient en 1663 le commis de Colbert et tient vite auprès de lui la même place que Pellisson naguère chez le Surintendant désormais disgracié. Son Discours sur l'acquisition de Dunkerque, *demandé par le ministre à titre d'examen probatoire, lui vaut d'être admis comme secrétaire dans le petit conseil chargé de l'assister dans la rédaction des devises, qui ne comprend pour l'heure, outre l'auteur de* La Pucelle, *que les abbés de Bourzeis et Cassagne, mais d'où sortira l'Académie des Inscriptions et Belles-Lettres. En 1664, il touche une pension de 1 500 livres, bientôt portée à 2 000, « en considération de ses belles-lettres ». En 1665, il est promu premier commis des Bâtiments royaux et reçoit trois ans après 1 500 livres en cette qualité. Le 23 décembre 1671, il entre à l'Académie française, où différentes réformes sont adoptées à son instigation. Il s'occupe aussi des autres Académies : celle de Peinture et de Sculpture, qui se dote en 1663 de nouveaux statuts, celle des Sciences, qui se met en place à partir de 1666 et compte Claude Perrault parmi ses premiers membres, celle d'Architecture, qui siège pour la première fois le 31 décembre 1671. Il rassemble en 1666 les Éloges de Mazarin, célèbre deux ans plus tard la première conquête de la Franche-Comté par* Le Parnasse poussé à bout, *publie en 1670 un luxueux volume sur le Carrousel de 1662. Il participe aux discussions sur la façade qu'on projette pour le Louvre, s'attribue l'idée de la fameuse colonnade, reprise à son compte et mise au point par son frère l'architecte, assiste au petit conseil du Louvre, qui réunit en 1667, pour décider de cette affaire, Le Vau, Le Brun, Claude Perrault, et dont il assume le secrétariat. La même année, il compose son poème de la Peinture, qu'il dédie au premier peintre du roi, Charles Le Brun, et dans lequel, traçant un vaste programme, il invite les artistes à pérenniser la gloire et les splendeurs du règne. Élu chancelier de l'Académie, il devient « contrôleur général des bâtiments et jardins, arts et manufactures de France ». Sa charge, qui ne lui coûte rien, lui rapporte 4 125 livres. Il habite, Rue Neuve-des-Petits-Champs, une maison qui lui donne accès dans les jardins du Palais-Royal, mais jouit aussi d'un cabinet chez Colbert et d'une chambre à Versailles. Les multiples activités entre lesquelles il se dépense et se disperse paraissent devoir à jamais l'éloigner des* Contes.

Cependant sa vie va prendre, insensiblement, un autre cours. Certes il reste en 1673, par un privilège exceptionnel, chancelier de l'Académie pour une seconde année. En 1681, on le verra directeur de la Compagnie. En 1674, il offre à la bibliothèque de Versailles le manuscrit richement relié de divers ouvrages dont le Recueil *paraît en 1675. Quand naîtra le duc de Bourgogne, en 1682, il compose en son honneur un* Banquet des Dieux. *Mais, à dater de 1676, ses relations avec le ministre qui l'emploie se détériorent. En 1683 Colbert meurt, et Louvois le remplace à la Surintendance des Bâtiments. Perrault reçoit 22 000 livres de son office, dont on le dépossède pour le revendre aussitôt le triple, au profit de Le Nôtre et de Le Brun. Il perd sa pension, est exclu de la petite Académie, où, depuis 1679, il occupait le siège laissé vacant par la mort de l'abbé Cassagne, et où lui succède André Félibien. Le voilà mis à la retraite, à cinquante-cinq ans.*

Mais, dans l'intervalle, il s'est marié. Le 1er mai 1672, il épousait Marie Guichon, « jeune brune assez bien faite », selon le témoignage de Huygens, âgée de dix-neuf ans, fille d'un Champenois, seigneur de Rosières, payeur des rentes. La dot, relativement modeste, ne s'élève qu'à 70 000 livres : la situation de Perrault le mettait à même de trouver mieux. Mais le ménage s'entend bien. Quatre enfants naissent, dont trois garçons, Charles-Samuel, Charles et Pierre, baptisés à Saint-Eustache les 25 mai 1675, 20 octobre 1676, 21 mars 1678. Quelques mois à peine après la venue au monde du dernier, leur père est demeuré veuf. Il va reporter sur sa famille les soins qu'il ne consacre plus au service de l'État. Après le tour du haut fonctionnaire vient celui de l'homme privé. Pour mieux surveiller l'éducation de ses fils, il se loge dans le quartier des collèges, place de Fourcy, sur les fossés de l'Estrapade. Voilà qui nous rapproche des Contes. Loin d'y songer, cependant, il se consacre à la poésie religieuse, compose une Épître chrétienne sur la Pénitence qui sera louée par Bossuet, adresse lors de la Révocation une ode aux nouveaux convertis, publie sur Saint Paulin, évêque de Nole, un poème en six chants. Parallèlement aux Contes, de 1691 à 1697, sera mis sur le métier, dans la même veine, un Adam ou la création de l'homme, sa chute et sa réparation, poème chrétien.

L'Académie continue à l'occuper. Il figure en 1685 dans la commission chargée de conférer avec Furetière, qui le prendra pour cible, après son expulsion de la Compagnie, dans son Second factum. Surtout, lors de la mémorable séance tenue le 27 janvier 1687, l'abbé de Lavau lit le poème de son confrère sur Le Siècle de Louis le Grand, qui, provoquant l'irritation de Boileau, déclenche la Querelle des Anciens et des Modernes. Perrault dédie à Fontenelle une épître sur le génie et lance dans la bataille les quatre tomes de son Parallèle, qui paraissent en 1688, 1690, 1692, 1697. A l'Ode sur la prise de Namur, il riposte par une Ode au roi, lue le 25 août 1695 au cours d'une séance académique. A la Satire X, en 1694, il oppose son

Apologie des femmes. *Le Grand Arnauld, pris pour arbitre, lui donne les torts. Mais le différend s'apaise, au moins en surface, le 4 août, par la réconciliation publique, à l'Académie, des deux adversaires. Cette polémique semble avoir stimulé, chez Perrault, une activité créatrice qui s'exerce dans les directions les plus variées. Il publie en 1688 une* Ode sur la prise de Philisbourg par le Dauphin, *en 1690* Le Cabinet des Beaux-Arts, *recueil de gravures accompagnées de leur explication, en 1691 des vers au roi sur la prise de Mons, en 1692 une pièce humoristique sur* La Chasse, *qu'il adresse à son beau-frère, en 1694, à l'occasion de la famine et d'une épidémie,* Le Triomphe de sainte Geneviève. *Il écrit deux comédies,* L'Oublieux *et* Les Fontanges, *qui resteront longtemps inédites.*

II

LES CONTES EN VERS

1. Griselidis

De cette effervescence devaient aussi résulter les premiers contes. Ils se ressentent du climat dans lequel ils sont nés. Fontenelle, en 1688, dans sa Digression sur les Anciens et les Modernes, *avait regardé ce genre littéraire, au même titre que la lettre galante ou l'opéra, comme une variété neuve dont l'Antiquité n'offrait pas l'équivalent et dont La Fontaine avait pour jamais fixé la formule. Aussi* Griselidis *reste-t-elle encore apparentée de très près aux nouvelles en vers dont leur insurpassable créateur, de* Joconde *à* La Matrone d'Éphèse, *avait donné le modèle. Popularisée depuis longtemps, l'histoire appartient au fonds de la Bibliothèque bleue, mais le sujet n'en vient pas moins de Boccace. La versification mélange aux alexandrins des mètres plus courts de six, huit ou dix syllabes, dispose librement les rimes et les redouble au gré de son caprice. L'imitation se veut dans une certaine mesure originale : des indications sont développées, de nouveaux épisodes introduits, certains détails sont modifiés, d'autres supprimés. Le marquis de Saluces, longuement dépeint, se pare des qualités dont l'imagerie officielle revêt un Louis XIV. Sa répulsion pour le mariage est décrite presque pathologiquement, comme un cas d'hypocondrie. Sa passion pour la chasse, jointe à son insensibilité pour l'amour, l'apparente au type des jeunes et beaux indifférents qui se rencontrent dans la littérature pastorale. Les remontrances de ses sujets lui sont présentées par un orateur imbu de son éloquence et semblable à ceux qui, dans les grandes circonstances, portent la parole, au nom des corps constitués, devant le roi... A cette harangue répond un « discours moral » ponctué d'une impertinence, où les portraits de la dévote, de la coquette, de la précieuse, de la joueuse parodient les remarques chagrines d'un La Bruyère dans son chapitre* Des femmes *et les sarcasmes que s'apprête à publier Boileau. Le prince, romanesquement, découvrira l'héroïne au cours d'une chasse dont l'évocation s'inspire d'*Adonis. *L'annonce de son prochain mariage provoque une émulation générale parmi les femmes, qui se traduit par une amusante révolution dans les toilettes : malicieuse observation sur les variations de la mode, où le conteur, un instant, semble plagier de nouveau* Les Caractères. *Il se contente de puiser dans ses propres souvenirs pour s'étendre sur les divers préparatifs de la fête et relater avec la verve pittoresque d'un gazetier la marche du cortège nuptial. La naissance d'une fille l'amène ensuite à plaider avant Rousseau pour l'allaitement maternel. Mais voilà bientôt le mari rongé de doutes : sa jalousie injustifiée, les mauvais traitements qu'il inflige à sa femme, le monastère où leur enfant grandit comme une orpheline de marque rappellent de près* La Coupe enchantée. *Cependant l'auteur de* Saint Paulin *se reconnaît aux réflexions* *chrétiennes qu'il prête à sa Griselidis. L'idylle nouée par la jeune pensionnaire à la grille du parloir exploite une donnée de roman bien connue : on la trouvait par exemple chez Boursault dans* Artémise et Poliante. *L'addition de cet épisode entraîne encore quelques modifications dans l'économie du dénouement. La facture, en somme, demeure celle de La Fontaine. Le caractère seul du sujet a changé. Par le choix d'une légende édifiante, la nouvelle échappe au double grief que ce genre, licencieux, pèche contre la morale et qu'il porte tort aux femmes, contre lequel, dès 1665, se défendait l'auteur de* Joconde. *Une sentence de police avait frappé ses* Nouveaux Contes *en 1675. Il allait solennellement abjurer en 1693 cet « ouvrage infâme » : le règne devenait décidément plus rigoriste. Avec Perrault, le conte en vers se convertit. Le moment ne tardera guère où de bonnes âmes allaient ramener son devancier repentant dans le droit chemin.*

Griselidis *permet de mesurer la distance qui reste à parcourir jusqu'aux* Histoires du temps passé. *Pourtant, dès 1689, M*me *d'Aulnoy, dans un récit intercalaire d'*Hypolite, comte de Duglas, *avait indiqué la voie. Mais ici le merveilleux recule : plus d'enchanteresse Nérie, comme dans* La Coupe enchantée, *plus de fée Manto, comme dans* Le Petit Chien qui secoue de l'argent et des pierreries. *Déjà, toutefois, s'esquissent discrètement quelques thèmes, qui se retrouveront par la suite : la rencontre de la jeune paysanne et du chasseur égaré qu'elle désaltère annonce* Les Fées. *Le Prince découvre sa belle au bois, non point dormant, mais dans une retraite défendue par des rochers escarpés et des torrents. Afin d'en retrouver le chemin, comme le petit Poucet, il prend la précaution de se ménager des repères, qu'il note soigneusement dans sa mémoire. La nouvelle de son prochain mariage suscite une compétition non moins âpre que dans* Peau d'Ane *et* Cendrillon. *Plus loin commence à se profiler, plus fortement souligné que chez Boccace, le motif de l'inceste.*

Sur la nouvelle, du reste, les avis se partagent. A croire Le

Mercure galant *de septembre 1691, les divers enrichissements introduits par le conteur furent très goûtés lors de la première lecture, à l'Académie : « les vives descriptions dont ce poème est plein lui attirèrent beaucoup d'applaudissements ». Mais l'épître sans doute fictive écrite par l'auteur à la manière des* Provinciales *pour se justifier contre ses critiques montre les opinions plus divisées. Les résistances auxquelles il se heurte attestent que le goût change, demande obscurément un art de conter plus simple, où le narrateur s'efface davantage. Certes La Bruyère venait de dire qu'il se trouve autant de personnes pour admirer et pour censurer dans un livre le même passage. Quand Perrault montre après lui comment les appréciations de ses lecteurs se contredisent, il n'emprunte aux* Caractères *qu'un procédé de présentation commode qui lui permet de renvoyer dos à dos les différents donneurs de conseils. Cependant les principaux reproches portent sur les embellissements de son cru. L'on va chercher contre eux des armes dans l'art poétique d'Horace, et celui de Boileau : « Croyez-moi, lui dit-on, ce sont de vains et ambitieux ornements, qui appauvrissent votre Poème, au lieu de l'enrichir. » Le champion des Modernes, ici, rompt une lance contre l'adversaire : son apologie laisse percer des intentions polémiques. Reste que les digressions, les interventions du poète, qui donnaient aux contes de La Fontaine leur originalité, leur charme et leur piquant, perdent chez son successeur de leur prix, probablement parce qu'elles y dégénèrent en facilité : son talent, dans ce domaine, paraît toujours d'imitation et d'emprunt. Il ne peut devenir lui-même que par d'autres voies, qu'il n'a pas encore trouvées. Il s'obstine, pour le moment, à vouloir défendre ses erreurs.*

2. Les Souhaits ridicules

Plus de deux ans s'écouleront avant que Les Souhaits ridicules *ne voient le jour, dans* Le Mercure galant *de novembre 1693 : « Vous avez lu quantité d'ouvrages de M. Perrault de l'Académie française, écrit le présentateur, qui vous ont fait voir la beauté de son génie dans les sujets sérieux. En voici un dont la lecture vous fera connaître qu'il sait badiner agréablement quand il lui plaît. » Cette historiette dont un morceau de boudin fournit la matière risque pourtant d'offusquer certaines lectrices de la revue, plus affriandées par la littérature galante et sentimentale, voire de révolter la délicatesse outrée des précieuses : le conteur s'en amuse dans la dédicace qui lui sert de préambule. Encore se garde-t-il d'infléchir sa version vers l'obscénité. Gacon, son plagiaire, dans* Le Poète sans fard[1], *se montrera moins réservé. Le sujet appartient au folklore et ses origines plongent loin dans le temps comme dans l'espace. Il avait été déguisé par La Fontaine en fable orientale. Il est traité par son émule en fabliau. Mais les souvenirs du fabuliste n'abondent pas moins ici que les réminiscences de ses nouvelles en vers dans* Griselidis. *Le début amalgame* La Mort et le Bûcheron *avec* Le Bûcheron et Mercure. *Jupiter compatit exactement comme le Sort dans* L'Ane et ses Maîtres. *Fanchon s'apparente à Perrette par sa promptitude à bâtir des châteaux en Espagne, et son époux songe à se « faire roi », avant de redevenir à son tour « Gros-Jean comme devant ». L'apparition du boudin est calquée sur le réveil du Serpent dans l'apologue du* Villageois. *La moralité rejoint celle de* Jupiter et le Métayer. *Le mot de « fable » qui désigne l'œuvre à deux reprises dans le prologue n'est donc pas employé sans dessein : il marque de quel côté doit être cette fois cherchée la filiation. Mais il subsiste aussi quelques échos des* Contes. *La sottise du mari lui vaut, comme au* Compère Pierre, *de s'entendre chanter sa gamme. Sa « ménagère » est présentée comme un friand morceau. Toutefois, bien que l'auteur, s'inspirant du* Tableau, *rappelle que tout, dans de tels récits, tient à la « manière », il ne parvient*

1. Cologne, Corneille Egmont, 1697, pp. 206-209, *Le Conte du Boudin.*

pas à penser aussi finement que son devancier et ne s'exprime jamais avec autant de grâce. Il s'efforce de retrouver le ton de la farce, glisse des plaisanteries sur le veuvage auquel un instant l'époux est tenté de borner ses souhaits, ou sur l'avantage de laisser pendre au nez de sa femme l'appendice qui l'empêche de parler. Il essaie de renouer avec la grosse et franche gaieté de la tradition médiévale. Mais le résultat reste artificiel. On le constate en particulier dans la mise en œuvre du merveilleux, qui, curieusement, repose encore sur le deus ex machina *de la mythologie païenne. Combien plus neuf, plus poétique et plus charmant paraît le follet de La Fontaine! Un pas de plus est franchi sur la voie qui mène au* Petit Poucet. *Cependant ne s'annoncent encore ni le saut décisif du vers à la prose, ni le souci de donner à la narration le tour naïf des histoires enfantines.*

3. Peau d'Ane

Peau d'Ane *semble avoir suivi de peu* Les Souhaits ridicules. *Une édition collective, intitulée « seconde », les regroupe en 1694 avec* Griselidis. *Point de conte plus répandu, ni plus souvent mentionné.*

Il appartient au répertoire de Robin Le Clerc, que Noël du Fail évoque dans ses Propos rustiques *(chapitre V) : teillant du chanvre, après souper, le dos au feu, tandis que son épouse file et que le reste de la famille s'occupe à différentes besognes, le compagnon charpentier entame, après avoir obtenu le silence, « le conte de la Cigogne, du temps que les bêtes parlaient, ou comme Renard dérobait le poisson, comme il fit battre le Loup aux lavandières lorsqu'il apprenait à pêcher, comme le Chien et le Chat allaient bien loin; du Lion roi des bêtes, qui fit l'Ane son lieutenant, et voulut être roi du tout, de la Corneille, qui en chantant perdit son fromage, de Mélusine, du Loup garou, de Cuir d'Anette, du Moine bourré, des Fées, et que souventes fois parlait à elles familièrement, même la vêprée, passant le chemin creux, et qu'il les voyait danser au branle, près la fontaine du Cormier, au son d'une belle vèze couverte de cuir rouge ».*

Il tient également sa place dans le fonds, plus mêlé de culture savante, où puise le Page disgracié de Tristan : « Je pouvais, déclare-t-il dans le chapitre V, agréablement et facilement débiter toutes les fables qui nous sont connues, depuis celles d'Homère et d'Ovide, jusqu'à celles d'Ésope et de Peau d'Ane. »

Il berce les premières années de Louis XIV, qui souffre, à sept ans, d'en être sevré : « ce qui lui fit le plus de peine, relate La Porte, son valet de chambre, était que je ne pouvais plus lui fournir des contes de Peau d'Ane avec lesquels les femmes avaient coutume de l'endormir. »

Sorel, dans ses burlesques Amours de Vénus (Nouveau recueil des pièces les plus agréables de ce temps), *le met irrévérencieusement dans la bouche des Parques : « Pensant conter mots nouveaux, Clotho raconta la fable de Peau d'Ane, Lachesis raconta celle de Finette », tandis qu'Atropos commence « la généalogie des fées ».*

Scarron imagine plaisamment, dans le deuxième Livre de son Virgile travesti, *que déjà la reine Hécube le contait à son petit-fils Astyanax :*

> Et cette bonne mère-grand,
> Quand il devint un peu plus grand,
> Faisait avec lui la badine,
> L'entretenait de Mélusine,
> De Peau d'Ane et de Fierabras,
> Et de cent autres vieux fatras.

*Il reparaît dans l'*Ovide bouffon *de Richer, à la faveur d'une énumération différente :*

... Sachant par cœur de mot à mot
L'Orque [2], le petit Pucelot,
La Souris, Peau d'Ane et la Fée.

Le voici dans une Allégorie *drolatique, où les animaux méditent de se révolter contre les hommes : « Il nous faudra, pour nous moquer d'eux, que nous mettions les contes de Peau d'Ane et de Moitié de Coq pour les mystères de notre nouvelle religion, et que nous enchaînions, massacrions, et empalions tous ceux qui ne voudront pas la croire [3]. »*

Il se trouve partout, et jusque chez la mystique Mme Guyon : ses ennemis se scandaliseront qu'elle en possède un exemplaire.

On l'allègue souvent, mais en général par dérision et dans une intention méprisante. Gabriel Naudé, dans son Instruction à la France, *parle à propos des Rose-Croix de « fables semblables à celles que content les Bretons du Roi Artus, les Parisiens du Moine bourru, et les bonnes femmes de leurs Fées, Peau d'Ane et Mère à sept têtes » (VI, 2).*

Cyrano, dans une lettre satirique, ironise sur les dangers que courent les poèmes burlesques de Scarron « d'être bientôt inhumés en papier bleu »; et il doute que « ce pot-pourri de Peaux d'Anes et de Contes de ma mère l'Oie » immortalise leur auteur « autant de siècles que l'histoire d'Énée a fait durer Virgile ».

Dans Le Roman comique *lui-même, on redoute que le petit Ragotin n'inflige à ses auditeurs « une histoire que l'on croyait être une imitation de Peau d'Ane » (I, 8). Et le romancier, offrant à Raincy ses* Hypocrites, *précise qu'on n'y rencontrera rien « qui ressemble à un conte de Peau d'Ane ».*

« Qu'aurait-on dit de Virgile, bon Dieu! s'exclame l'auteur de la Dissertation sur Joconde, *si à la descente d'Énée dans*

2. L'Ogre.

3. *Recueil de quelques pièces nouvelles et galantes, tant en prose qu'en vers*, Cologne, Pierre du Marteau, 1667, t. II, p. 149.

l'Italie, il lui avait fait conter par un hôtelier l'Histoire de Peau d'Ane, ou les Contes de ma Mère-l'Oie? »

Moisant de Brieux, regardant le cheval de Troie comme « quelque chose de la dernière féerie et rêverie », ajoute : « les contes de Peau d'Ane, du Pot à deux anses et de Finette n'ont rien d'approchant[4]. »

Retz, dans ses Mémoires, *montre bien trop de flair pour se laisser prendre à des « contes de Peaux d'Anes plus ridicules que ceux que l'on fait aux enfants ». Et Lauzun commence par ne pas prendre plus au sérieux les chimères de Mademoiselle au sujet de leur mariage : « Ne faisons pas de contes de Peau d'Ane, quand nous parlons sérieusement*[5]. »

Perrault lui-même, dans sa comédie des Fontanges, *s'était moqué d'un écolier en droit qui prétendait divertir Lisette et sa cousine en leur « faisant le conte de Peau d'Ane ». Bien plus, dans la* Préface *mise en 1695 à son recueil, il rappellera, pour les besoins de sa cause, que* Psyché, *tant admirée par les partisans des Anciens, ne constitue somme toute qu'un « conte de Vieille comme celui de Peau d'Ane » : « Aussi voyons-nous, poursuivra-t-il, qu'Apulée le fait raconter par une vieille femme à une jeune fille que des voleurs avaient enlevée, de même que celui de Peau d'Ane est conté tous les jours à des Enfants par leurs Gouvernantes et par leurs Grands-Mères. »*

Le Dictionnaire *de l'Académie, après celui de Furetière, enregistre la valeur dépréciative de la locution et d'autres analogues : « Le vulgaire appelle conte au vieux loup, conte de vieille, conte de ma mère l'oie, conte de la cigogne, à la cigogne, conte de peau d'âne, conte à dormir debout, conte jaune, bleu, violet, conte borgne, des fables ridicules telles que sont celles dont les vieilles gens entretiennent et amusent les enfants. »*

4. *Divertissements curieux*, 1668. Cité par Noémi Hepp, « Moisant de Brieux devant l'antiquité classique », *Cahier des Annales de Normandie*, n° 9, p. 217.

5. *Mémoires de la Grande Mademoiselle*, édition Chéruel, t. IV, p. 120.

Qu'on ne s'attendrisse donc pas trop sur la petite Louison du Malade imaginaire *quand, inversant les rôles, elle propose à son papa, pour le « désennuyer », de lui dire « le conte de Peau d'Ane, ou bien la fable du Corbeau et du Renard »,* apprise par elle depuis peu *: le trait, d'une fine vérité, comportait, pour les spectateurs de 1673, une résonance comique devenue pour nous moins perceptible.*

Et l'on peut de même s'interroger sur le sens qu'il faut donner à l'aveu du fabuliste, dans Le Pouvoir des fables :

Si Peau d'Ane m'était conté,
J'y prendrais un plaisir extrême.

Selon Gudin, en « parlant ainsi pour montrer la faiblesse de l'esprit humain, La Fontaine avait choisi le conte le plus insipide et le moins propre à intéresser. Aussi s'était-il bien gardé de le mettre en vers [...] *Mais Perrault et beaucoup d'autres ont pris ces vers pour un éloge*[6] ».

Le poète, cette fois, n'a donc pu servir comme précédemment de modèle que l'on copie ou contre lequel on s'exerce à jouter. Son rôle s'est réduit à celui d'incitateur et de guide vers un domaine jusqu'alors dédaigné, demeuré comme en dehors ou mieux en deçà de la littérature, vaste continent, riche de tout ce dont s'enchante l'enfance. Notre conteur, pour la première fois, s'ouvre un accès vers ces terres inexplorées. Sa tentative reste timide et dans une certaine mesure maladroite, parce qu'elle s'empêtre encore dans le vers comme dans un vêtement qui ne lui va pas. Mais, par elle, une étape importante n'en est pas moins franchie. Gudin n'en voudra sentir que les défauts. Il critique le choix, reproche à Perrault de n'avoir pas su trouver

6. *Contes* de Paul-Philippe Gudin, précédés de recherches sur l'origine des contes, pour servir à l'histoire de la poésie et des ouvrages d'imagination, Paris, Dabin, 1804, t. I, p. 187.

le ton juste, réservant toute son admiration pour les Histoires du temps passé, *qu'il croit uniquement de son fils : « Malheureusement pour lui il versifia le Conte de Peau d'Ane [...] C'est un conte ridicule pour le fond. Il le rima d'une manière niaise et non pas naïve, plate et non pas simple. On accabla Perrault de plaisanteries*[7]*. » Sans doute songe-t-il notamment à la* Parodie burlesque de la première ode de Pindare à la louange de M. P***, *où Boileau, pour modèle « du parfait ennuyeux », propose « l'auteur inimitable » de « Peau d'Ane mis en vers », et qui trouve son écho dans une épigramme anonyme recueillie par Moetjens, ainsi qu'à la lettre écrite en juin 1694 par le satirique au Grand Arnauld, où, citant diverses œuvres de son adversaire, il plaçait en tête de son énumération* « Le Conte de Peau d'Ane et l'Histoire de la femme au nez de Boudin, *mises en vers par M. Perrault, de l'Académie Française ». En dépit de ces railleries faciles, pourtant, l'expérience ne se soldait nullement par un échec. Il restait seulement à dépasser cette formule encore hybride et transitoire, où s'abâtardit la poétique si savamment personnelle de La Fontaine, sans que le récit puise dans la tradition orale assez franchement pour se retremper à ses sources vives.*

4. La Préface

En 1695 paraît une édition des trois contes en vers qui se donne pour la quatrième, bien qu'il n'en ait pas existé d'autre, semble-t-il, depuis la « seconde ». Si le recueil ne comporte pas de pièce inédite, il s'augmente d'une Préface *qui présente à divers titres un vif intérêt.*

7. *Contes* de Paul-Philippe Gudin, *loc. cit.*

Tout d'abord, sans jamais se référer explicitement à La Fontaine, ce texte, publié l'année même où s'éteint le vieux poète, permet de mesurer ce que son successeur doit aux idées qu'il avait exprimées au-devant de ses Contes, *puis de ses* Fables, *quelque trois décennies plus tôt, mais aussi de constater les différences qui les séparent. Tous deux sollicitent l'indulgence pour leurs bagatelles. Mais, tandis que l'un, alléguant le goût du temps, réclamait le droit d'égayer sa narration de traits un peu libres, l'autre se les interdit : la décence y gagne ce que peut y perdre le piquant. Comme au fabuliste de naguère, « conter pour conter » ne lui suffit pas : il prétend instruire et satisfaire à l'exigence horacienne qui veut que l'utilité se mêle à l'agrément. Aussi reprend-il à son compte les fines analyses de son prédécesseur sur l'efficacité pédagogique des histoires fabuleuses dont le charme agit si puissamment sur l'imagination enfantine. Le madrigal qu'il cite pour finir, et qu'il attribue à Mlle Lhéritier, mais qu'on le soupçonnerait volontiers d'avoir composé lui-même, tant il résume avec fidélité toute sa doctrine, répond très précisément au vœu formulé dans* Le Pouvoir des fables : Peau d'Ane *est désormais conté ; l'on y prend un plaisir extrême.*

Ces quelques pages apparaissent en deuxième lieu comme un manifeste en faveur des Modernes, dont le défenseur, après l'apaisement de la Querelle, n'a rien abandonné de ses positions. Une vingtaine d'années après Desmarets de Saint-Sorlin, qui voulait prouver par l'exemple de ses propres ouvrages la supériorité de la poésie française sur celle des Grecs et des Latins, il prétend établir que les contes dont il s'inspire l'emportent en valeur morale sur ceux de l'Antiquité. Huet qui, dans une Dissertation *de 1692, avait réfuté les thèses du* Parallèle, *fournit ici des armes à notre préfacier, dont la documentation vient pour une large part du* Traité sur l'origine des romans. *Le premier point de sa démonstration consiste à prouver que la littérature narrative des Anciens, si prisée par leurs thuriféraires, ne vaut après tout pas mieux que celle qu'ils affectent de dédaigner parce qu'elle n'en dérive pas. Mlle Lhéritier soutient une opinion toute semblable dans ses* Enchantements de l'Éloquence[8] : « *Contes pour contes, il me paraît que ceux de l'antiquité gauloise valent bien à peu près ceux de l'antiquité grecque; et les fées ne sont pas moins en droit de faire des prodiges que les dieux de la fable.* » *Mais si les fictions du paganisme ne diffèrent pas essentiellement des nôtres, elles apparaissent comme très inférieures dès qu'on les envisage sous le rapport de la morale, car elles ne comportent pas de leçon.* Griselidis, *à cet égard, l'emporte sur* La Matrone d'Éphèse, Peau d'Ane *sur* Psyché, Les Souhaits ridicules *sur* Jupiter et le Métayer. *L'accusation vise Pétrone, Apulée, Ésope, mais tombe par contrecoup à plomb sur La Fontaine, dont Perrault garde sans doute sur le cœur l'Épître à l'évêque d'Avranches, et avec lequel il achève ainsi de prendre ses distances.*

Il s'émancipe en effet de sa tutelle, sûr à présent d'avoir enfin trouvé sa voie. Par cette sorte de postface à ses nouvelles en vers, il ne prend pas seulement congé de sa première manière, ne se borne pas à tirer le bilan de ses expériences antérieures et des résultats désormais acquis. Mais déjà se profilent, en particulier avec l'esquisse des Fées, *les* Histoires ou Contes du temps passé. *La* Préface *de 1695 marque la transition de la série close et révolue à celle dont elle contient plus que la promesse. Elle forme charnière entre les deux.*

8. Publiés parmi les *Œuvres mêlées*, Paris, J. Guignard, 1695 (privilège du 19 juin, achevé d'imprimer du 8 octobre) et par conséquent, contemporains, ou peu s'en faut, de la *Préface*.

III

LES « HISTOIRES OU CONTES DU TEMPS PASSÉ »

1. Le problème d'attribution

On ne saurait aborder les Contes de ma mère l'Oie[9] *sans s'être demandé préalablement à qui nous les devons. Rappelons, par ordre chronologique, les éléments du dossier.*

En 1695, les cinq premières pièces du recueil sont calligra-

9. Disons, au passage, un mot de cette dénomination. Elle n'apparaît qu'en tête du manuscrit partiel de 1695 et, sous la forme d'une inscription, dans la gravure servant de frontispice à l'édition originale. Perrault semble avoir envisagé de donner à son recueil ce titre qu'il n'a finalement pas retenu, sans doute à cause de sa nuance dépréciative, attestée par les *Dictionnaires* du temps. La locution « conte de ma mère l'Oie » figure en effet chez Furetière, concurremment avec « conte de la cigogne ». L'une et l'autre se trouvent, on l'a vu, ainsi que « conte au vieux loup » et « à la cigogne », en 1694, dans le *Dictionnaire* de l'Académie française, avec cette définition : « fables ridicules telles que sont celles dont les vieilles gens entretiennent et amusent les enfants ». On ignore l'origine de ces formules. Les savants, observe Anatole France dans le *Dialogue sur les contes de fées* qui termine *Le Livre de mon ami* (Paris, Calmann-Lévy, 1885, pp. 289-290), « ont reconnu Ma Mère l'Oie dans cette reine Pédauque que les maîtres imagiers représentèrent sur le portail de Sainte-Marie de Nesles dans le diocèse de Troyes, sur le portail de Sainte-Bénigne [*sic*, pour « Saint-Bénigne »] de Dijon, sur le portail de Saint-Pourçain en Auvergne et de Saint-Pierre de Nevers. Ils ont identifié Ma Mère l'Oie à la reine Bertrade, femme et commère du roi Robert ; à la reine Berthe au grand pied, mère de Charlemagne ; à la reine de Saba, qui, étant idolâtre, avait le pied fourchu ; à Freya au pied de cygne, la plus belle des déesses scandinaves ; à sainte Lucie, dont le corps, comme le nom, était lumière ». Mais, poursuit-il (p. 290), « qu'est-ce que Ma Mère l'Oie, sinon notre aïeule à tous et les aïeules de nos aïeules, femmes au cœur simple, aux bras noueux, qui firent leur tâche quotidienne avec une humble grandeur et qui, desséchées par l'âge, n'ayant comme les cigales, ni chair ni sang, devisaient encore au coin de l'âtre, sous la poutre enfumée et tenaient à tous les marmots de la maisonnée ces longs discours qui leur faisaient voir mille choses? ». On peut lire, dans *Le Dossier Perrault* (Paris, Hachette, 1972, pp. 317-323), les hypothèses, plus ingénieuses que convaincantes, de Marc Soriano sur l'intitulé « *Contes de ma Mère l'Oye* ».

phiées par le copiste qui, l'année précédente, a transcrit La Création du monde *et par conséquent travaille pour Perrault, dans un manuscrit aux armes de Mademoiselle, nièce de Louis XIV, sœur du Régent futur, à laquelle il est destiné. Le* Portrait d'Iris, *à l'époque de Foucquet, les* Divers ouvrages *de 1674, étaient de même entrés, sous cette forme, avant l'impression, dans la bibliothèque du Surintendant pour l'un, de Versailles pour l'autre. L'épître dédicatoire s'y trouve, signée « P. P. », initiales de Pierre Perrault, dernier fils de l'académicien. Le jeune homme, qui va sur ses dix-sept ou dix-huit ans, y présente son recueil comme composé, sans doute depuis plusieurs années, par « un Enfant ».*

Vers la même époque, Mlle *Lhéritier dédie à la sœur de Pierre* Marmoisan, *qu'elle publie dans ses* Œuvres mêlées. *Elle évoque dans cette dédicace une conversation où sont loués* Griselidis, Peau d'Ane, Les Souhaits ridicules, *puis où l'on vient à parler de « la bonne éducation » que Charles Perrault « donne à ses enfants » : « on dit, poursuit-elle, qu'ils marquent tous beaucoup d'esprit ; et enfin on tomba sur les contes naïfs qu'un de ses jeunes élèves a mis depuis peu sur le papier avec tant d'agrément. » On en raconte quelques-uns. Elle-même, sollicitée de dire le sien, s'exécute, et, quand elle a terminé, la compagnie lui suggère de « le communiquer à ce jeune conteur qui occupe si spirituellement les amusements de son enfance » : « J'espère, conclut-elle, que vous en ferez part à votre aimable frère, et vous jugerez ensemble si cette fable est digne d'être placée dans son agréable recueil. »*

En 1696, La Belle au bois dormant *paraît dans* Le Mercure galant *de février, sous une forme quelque peu différente du texte définitif, qui correspond, sauf sur de minimes points de détail, à celui de la copie manuscrite : Aurore et Jour, peut-être pour ne pas choquer les lectrices de la revue, n'y sont pas mis au monde pendant que le mariage de leurs parents reste secret. L'ouvrage est introduit par quelques lignes de présentation : « Quoique les Contes de Fées et des Ogres semblent n'être bons que pour les enfants, je suis persuadé que la lecture de celui que je vous envoie vous fera plaisir. Il est écrit d'une manière agréable, et le style convient parfaitement au sujet. On doit cet ouvrage à la même personne qui a écrit l'Histoire de la petite Marquise dont je vous fis part il y a un an et qui fut si applaudie dans votre province.* »

*La nouvelle anonyme à laquelle renvoie la dernière phrase, s'il s'agit bien, comme il semble, d'une allusion à l'*Histoire de la Marquise-Marquis de Banneville, *imputable selon certains à l'abbé de Choisy, selon d'autres à M*[lle] *Lhéritier, peut-être avec la collaboration du précédent, est réimprimée dans* Le Mercure *d'août et de septembre 1696. Cette seconde version s'augmente, sur* La Belle au bois dormant, *d'une courte réflexion prêtée à l'héroïne :* « *Si je l'ai lue? s'écria la petite Marquise. Je l'ai lue quatre fois et ce petit conte m'a raccommodée avec* Le Mercure galant *où j'ai été ravie de le trouver. Je n'ai encore rien vu de mieux narré ; un tour fin et délicat, des expressions toutes naïves; mais je ne m'en suis point étonnée quand on m'a dit le nom de l'auteur. Il est fils de Maître et s'il n'avait pas bien de l'esprit, il faudrait qu'on l'eût changé en nourrice*[10]. »

Le 23 septembre 1696, l'abbé Dubos apprend à Bayle que chez le libraire Barbin s'impriment « *les contes de ma mère l'Oie par M. Perrault* » : « *Ce sont, précise-t-il, bagatelles auxquelles il s'est amusé autrefois pour réjouir ses enfants.* »

Le 26 octobre, est accordé, pour ce volume, un privilège « *au sieur P. Darmancour* », *qui, conformément à l'usage, le cède à l'éditeur. Il sera registré le 11 janvier 1697, date vers laquelle commence la mise en vente de l'ouvrage. Le nom de* « *P. Darmancour* » *(par lequel on désignait Pierre, dernier des enfants de Charles Perrault) s'y retrouve au bas de l'épître à Mademoiselle.*

10. *Suite de l'Histoire du mois dernier, Le Mercure galant*, septembre 1696, p. 154.

Le Mercure *de janvier l'annonce, aussitôt après avoir parlé des* Hommes illustres *et signalé le dernier tome du* Parallèle, *qui paraît également à cette époque : « Je me souviens, écrit le rédacteur, de vous avoir envoyé l'année dernière le conte de* La Belle au bois dormant, *que vous me témoignâtes avoir lu avec beaucoup de satisfaction. Ainsi je ne doute point que vous n'appreniez avec plaisir que celui qui en est l'auteur vient de donner un recueil de contes qui en contient sept autres avec celui-là. Ceux qui font de ces sortes d'ouvrages sont ordinairement bien aises qu'on croie qu'ils sont de leur invention. Pour lui, il veut bien qu'on sache qu'il n'a fait autre chose que de les rapporter naïvement en la manière qu'il les a ouï conter dans son enfance. Les connaisseurs prétendent qu'ils en sont plus estimables, et qu'on doit les regarder comme ayant pour auteurs un nombre infini de pères et de mères, de grands-mères, de gouvernantes et de grand'amies qui, depuis peut-être mille ans, y ont ajouté, en enchérissant toujours les uns sur les autres, beaucoup d'agréables circonstances qui y sont demeurées, pendant que tout ce qui était mal pensé est tombé dans l'oubli. Ils disent que ce sont des contes originaux et de la vieille roche, qu'on retient sans peine et dont la morale est très claire, deux marques les plus certaines de la bonté d'un conte. Quoi qu'il en soit, je suis fort sûr qu'ils vous divertiront beaucoup et que vous trouverez tout le mérite que de semblables bagatelles peuvent avoir. »*

Une contrefaçon hollandaise, publiée la même année par Henry Desbordes précisera : « Par le Fils de M. Perrault, de l'Académie française », tandis que Moetjens, dans son Recueil, *s'abstient de toute indication sur l'auteur.*

Dubos, le 1er *mars 1697, informe son correspondant que « M*[me] *d'Aulnoy ajoute un second volume aux contes de ma mère l'Oie de M. Perrault ». Le 19 août, il répond à Bayle : « M. Perrault* [...] *dit que vous n'avez point raison, parce qu'il aura été assez bonhomme pour écrire des contes, de penser qu'il puisse croire votre compliment. »*

L'auteur de sa notice nécrologique dans Le Mercure galant *ne semblera pas douter davantage qu'au moins* La Belle au bois dormant *n'ait été composée par lui, tout comme la nouvelle en vers de ses débuts : « M. Perrault a fait beaucoup d'ouvrages qu'il n'a regardés que comme des amusements et qui ne laissent pas d'avoir leur mérite; comme il savait bien peindre et qu'il tirait d'une matière tout ce qu'elle pouvait lui fournir, on ne doit pas s'étonner si tous ces ouvrages ont été bien reçus du public, et si le succès de* Griselidis *a été si grand* [...] *Son génie était universel et brillait dans les moindres bagatelles : on peut dire qu'il changeait en or tout ce qu'il touchait. L'heureuse fiction où l'Aurore et le petit Jour sont si ingénieusement introduits, et qui parut il y a neuf à dix années, a fait naître tous les contes de fées qui ont paru depuis ce temps-là, plusieurs personnes d'esprit n'ayant pas cru ces sortes d'ouvrages indignes de leur réputation. »*

Quelques conclusions se dégagent de ces documents. Comme le souligne l'annonce du Mercure galant, *ces* Histoires du temps passé, *création collective, tirent leur origine d'une tradition immémoriale. Charles Perrault, Dubos l'atteste, a commencé par les conter à ses enfants. Ils ont ensuite servi de thème à Pierre qui les a recueillis et couchés sur le papier, ainsi que nous l'apprenons par Mlle Lhéritier. L'idée germe alors d'une publication, sous le nom du fils, à partir de son travail, mais non sans une révision du père. Le texte que nous connaissons, suivant l'hypothèse la plus naturelle et la plus vraisemblable, résulterait donc d'une souple collaboration, que soupçonnait dès 1699 l'abbé de Villiers dans ses* Entretiens sur les contes de fées, *quand il prêtait ces réflexions aux deux interlocuteurs de ses dialogues : « Vous m'avouerez que les meilleurs contes que nous ayons sont ceux qui imitent le plus le style et la simplicité des nourrices et c'est pour cette seule raison que je vous ai vu assez content de ceux que l'on attribue au fils d'un célèbre académicien. Cependant vous ne direz pas que les nourrices ne soient point ignorantes. — Elles le sont, il est vrai; mais il faut être habile pour bien imiter la simplicité de leur ignorance : cela n'est pas donné à tout le monde; et quelque estime que j'aie pour le fils de l'académicien dont vous parlez, j'ai peine à croire que le père n'ait pas mis la main à son ouvrage. »*

Il s'est même trouvé, semble-t-il, au point de départ comme à l'arrivée, de sorte qu'il tient les deux bouts de la chaîne. Mais d'un côté le chœur anonyme venu depuis le lointain des âges, et qui monte jusqu'à lui, de l'autre la « petite voix grêle » qui se mêle à la sienne et que discernait Marty-Laveaux donnent à l'œuvre sa résonance profonde et son charme singulier. On les détruirait, pour un résultat très aléatoire, si l'on se risquait dans la vaine entreprise de déterminer plus précisément la part qui, de ce miraculeux amalgame, revient à chacun. Le mérite reste à Perrault d'avoir amené le répertoire de ma mère l'Oie à l'existence littéraire. Mais il entre dans l'essence du conte de n'appartenir en propre à personne.

2. L'art de Perrault

Laissons les folkloristes avec Aarne, Thompson, Paul Delarue et Marie-Louise Ténèze, étiqueter, numéroter, cataloguer les thèmes; les spécialistes de la mythologie, sur lesquels Anatole France ironise dans Le Livre de mon ami, *chercher avec Max Müller, Angelo de Gubernatis, Michel Bréal, André Lefèvre, Frédéric Dillaye, Gaston Paris, la signification dans le soleil, la lune, les étoiles, les saisons, le jour, la nuit, le crépuscule; les ethnologues, avec Andrew Lang puis Pierre Saintyves, demander une explication aux rituels initiatiques ou bien à la liturgie des fêtes saisonnières; les comparatistes, avec Charles Walckenaer, Edelestand du Méril, L. de Baecker, Emmanuel Cosquin, Paul Rignault, remonter jusqu'aux sources bretonnes, germaniques, hindoues*[11]*; les anthropologues s'interroger sur les archétypes de l'imaginaire; les structuralistes, à la suite de Vladimir Propp et de Tzvetan Todorov, définir la morphologie du conte; ceux qui, tel Marc Soriano, s'intéressent à l'ensemble des sciences humaines, renouveler l'approche, approfondir l'enquête à la lumière de la psychanalyse; les médecins et les psychologues de l'enfant utiliser* Cendrillon *à des fins éducatives en même temps que thérapeutiques. Ces investigations, souvent passionnantes, parfois hasardeuses, présentent l'inconvénient de n'étudier presque jamais le texte de Perrault pour lui-même, comme une œuvre littéraire, dans sa spécificité, mais de le fondre et de le confondre parmi d'autres versions. Limitons-nous, beaucoup*

11. Nous laissons volontairement de côté la question des origines lointaines et notamment indiennes auxquelles peuvent se rattacher les contes de fées traités par Perrault : il puise en effet dans une tradition beaucoup plus proche, dans l'espace comme dans le temps, et pour lui le problème ne se pose pas. Huet pourtant, dès 1669, au début de sa *Lettre sur l'origine des romans,* non sans admettre au surplus que le goût des fictions a toujours existé partout chez l'homme, avait souligné que « les Orientaux », Égyptiens, Arabes, Perses, Indiens, Syriens, en ont de toute antiquité « paru plus fortement possédés que les autres, et que leur exemple a fait une telle impression sur les nations de l'Occident les plus ingénieuses et les plus polies qu'on peut avec justice leur en attribuer l'invention ». Mais Perrault, en dépit des relations assez étroites qu'il entretient avec l'évêque d'Avranches, au point de le consulter sur son *Parallèle,* se montre, en partisan des Modernes, bien trop convaincu de la supériorité de son siècle ainsi que de sa nation pour s'intéresser à ce passé du genre, dont il abandonne volontiers l'étude aux doctes. D'ailleurs, la curiosité pour les sources orientales, du moins dans le domaine du conte, sinon dans celui de la fable, ne commencera vraiment qu'au lendemain de sa mort, avec la publication des *Mille et Une Nuits,* traduites par Galland. On sait du reste aujourd'hui que, si nombre de contes sont venus de l'Inde vers l'Occident depuis le haut Moyen Age, par une transmission sur laquelle nous demeurons mal renseignés, si *L'Océan des rivières de contes,* de Somadeva, dérivé du *Grand Récit* de Gounâdhya, datant du XIe siècle et comprenant quelque trois cent cinquante narrations annexes greffées sur l'histoire principale, atteste que l'imagination féerique est apparue de bonne heure parmi les peuples hindous, on ne croit plus de nos jours que toute la tradition narrative soit uniquement sortie de leur pays.

plus modestement, à rappeler quelques-unes des caractéristiques par lesquelles il s'en différencie.

Il faut souligner d'abord la diversité des huit pièces qui forment ce recueil. Aucune, comme il arrivera trop fréquemment par la suite, ne donne l'impression que le conteur se répète, parce que chaque fois changent le tempo, la tonalité, l'équilibre des parties proprement narratives, des dialogues, des éléments descriptifs ou pittoresques. La longueur varie de deux ou trois pages à plus de dix. L'action se complique de rebondissements ou se simplifie à l'extrême. L'heureux dénouement qui reste la règle souffre des exceptions, comme en témoigne l'abrupte conclusion du Petit Chaperon rouge calquée peut-être sur la fin du Loup et l'Agneau. La cour, la ville ou la campagne, le palais, la maison bourgeoise ou la chaumière servent indifféremment de décor. Toutes les conditions, depuis les plus élevées jusqu'aux plus humbles, tous les milieux sont représentés. La société du temps, ses inégalités, ses brassages, se reflètent et s'accusent dans ce raccourci de Comédie humaine avant la lettre qui ne fournit pas, quand on sait le lire, un document moins révélateur que Les Caractères : quel commentaire que La Barbe bleue, aux chapitres Des biens de fortune et De quelques usages !

Partout, en effet, sous la fiction, affleure, discrètement présente grâce aux objets, aux meubles, aux détails sur la nourriture ou les vêtements, la réalité contemporaine, qui permet à la féerie de s'enraciner dans le quotidien, et la met d'autant mieux en valeur par le contraste. L'ouvrage, à sa manière, participe au vaste mouvement qui porte les romanciers de cette époque à se rapprocher du vrai. Si le conteur sait évoquer dans Le Chat botté les travaux des champs, plaisamment dessiner, dans La Belle au bois dormant, la foule des courtisans, la nombreuse domesticité qui s'affairent autour des princes, suggérer dans Cendrillon l'enchantement d'un bal, il excelle encore davantage à peindre les intérieurs, à restituer leur atmosphère, à pénétrer dans le secret du monde familial, à révéler en quelques phrases ses conflits, ses déchirements, ses drames, à mentionner les différents soins du ménage, depuis la cuisson du pain et de la galette, les voyages à la fontaine pour aller puiser de l'eau, jusqu'aux besognes les plus rebutantes ou les plus rudes comme le nettoyage des montées. Sous le couvert de l'apparente fantaisie, revivent, dans leur simplicité, les usages et les mœurs d'autrefois.

Le merveilleux n'est employé qu'avec sobriété. Pour les personnages, il n'est représenté que par une dizaine de fées, dont l'une, servie par un petit nain, est traînée par des dragons, des ogres et des ogresses, des animaux qui parlent, comme ceux des fables, conservant leur nature de bêtes ou se comportant à la manière des hommes. Parmi les objets, outre l'indispensable baguette magique, on ne relève guère que les bottes de sept lieues, apparues dès La Belle au bois dormant et qui se retrouvent, après avoir enjambé tout le reste du volume, dans Le Petit Poucet, ainsi que la clef dont il est dit dans La Barbe bleue qu'elle « était Fée ». Dans Cendrillon, la forme de la citrouille, la couleur des souris, la « maîtresse barbe » du rat, la livrée verte des lézards donnent aux métamorphoses un semblant de rationalité. Riquet à la houppe, qui régnait sur les gnomes dans la version de Mlle Bernard, devient seulement un « petit homme fort laid ». Sa transformation finale ne résulte plus d'une opération surnaturelle. Par une explication purement psychologique, elle est présentée comme un simple effet de l'amour, une illusion. Maintes fois l'enjouement et l'humour avertissent que l'auteur ne croit pas plus qu'il ne faut à son histoire. Les moralités en vers, qu'on peut comparer aux épigrammes galantes ou badines plaquées sur les apologues ésopiques dans Le Labyrinthe de Versailles, introduisent une dissonance ironique ou prennent une sorte de distance avec le récit qui les précède. A la fin du Petit Poucet, qui coïncide avec celle du recueil, le conteur semble même avoir voulu délibérément rompre le charme par un doute qu'il émet sur sa propre fiction, et par un brusque retour à *l'actualité d'alors, avec des allusions à la guerre qui se termine à peine quand l'ouvrage est publié : le héros du conte se met au service du roi, se mue en messager, s'enrichit vite dans cet emploi. Les galantes intrigues des dames avec des officiers, un instant évoquées, nous ramènent au monde peint par Dancourt dans son* Été des coquettes. *Le texte s'achève sur une réclame pour les offices de nouvelle création qui servent de palliatif contre un déficit croissant. On retombe ainsi du rêve pour se retrouver de plain-pied avec le réel. L'imagination gagne, en définitive, à ce qu'on lui tienne la bride. Moins économes dans leur usage de la féerie, les continuatrices et les émules de Perrault ne sauront pas toujours se prémunir aussi bien contre l'abus des prodiges faciles.*

Cette prose volontairement limpide, enfin, est semée de savoureuses locutions que le Dictionnaire *de l'Académie recueille pour la plupart comme proverbiales ou familières dans sa première édition, parue la même année que* Peau d'Ane *et trois ans avant les* Contes de ma mère l'Oie. *Il faut s'y référer, plutôt qu'à ceux de Richelet ou même de Furetière, non seulement pour éclairer le sens et la nuance exacte de mots à présent vieillis, mais pour comprendre à quel point la langue du conteur coïncide avec l'état qui vient d'en être officiellement fixé. Quelques archaïsmes subsistent à la faveur de formules véhiculées par la tradition orale. Rares et discrets, ils donnent au récit son léger parfum d'ancienneté. Mais, hormis ces exceptions, l'écrivain se borne à jouer du clavier lexicologique mis à sa disposition depuis peu par ce précieux instrument de travail, dont il s'est efforcé, selon les directives de Colbert, d'activer l'élaboration et l'achèvement à partir de son entrée dans la Compagnie. Cette espèce d'osmose que l'on constate entre les deux in-folio de 1694 et le mince recueil de 1697 confirmerait, s'il en fallait un indice de plus, la part prépondérante prise à la rédaction des* Contes *par l'académicien.*

IV
LES PROLONGEMENTS

1. Charles Perrault après les *Contes*

Il abandonne à d'autres le soin de continuer sur sa lancée, d'exploiter un genre mis brusquement dans toute sa vogue par le succès de son propre livre. Lui-même retourne à des occupations toutes différentes. Il traduit du latin, en 1697, une pièce de Boutard sur Marly, l'année suivante le portrait de Bossuet par le même auteur, différentes hymnes anciennes ou modernes, outre celles qui figurent dans le Bréviaire de Paris, plus tard les cent fables de Faërne, qui lui permettent une dernière fois de marcher sur les brisées de La Fontaine. Il adresse des odes, en 1698 à M. de Callières sur la paix de Ryswick, trois ans après au roi Philippe V, à l'occasion de son départ pour l'Espagne. Une autre, sur le jeune Charles XII de Suède, sera publiée en 1702. Ses Hommes illustres, *en 1700, se sont doublés d'un second tome. Il a pris un privilège, le 24 mai 1701, pour une édition, allégée de quelques pièces, augmentée par plusieurs autres, de ses* Divers ouvrages, *qui ne paraîtra, sous le titre d'*Œuvres posthumes, *qu'en 1729. Il rédige ses* Mémoires. *Il chante encore la canne à sucre dans* Le Roseau du Nouveau Monde, *joint l'année même de sa mort à la satire du* Faux bel esprit. *Sa dernière apparition à l'Académie date du 30 avril 1703, deux semaines avant qu'il ne s'éteigne, à son domicile, dans la nuit du 15 au 16 mai. Le lendemain, on l'inhume à Saint-Benoît, sa paroisse, en présence de son fils Charles, qui sert en qualité d'écuyer la duchesse de Bourgogne, et de son beau-frère, chanoine de Verdun.* Le Mercure galant *lui consacre, dans son numéro de ce mois, plus de vingt pages. Comme le veut l'usage, chaque fois qu'un* *académicien disparaît, un service funèbre est célébré. Dans l'assistance figure Boileau.*

Des ennuis, puis un deuil avaient assombri ce crépuscule de sa vie. Les Histoires ou Contes du temps passé *ne se vendaient pas depuis plus de trois mois lorsque son fils Pierre se trouve impliqué dans un meurtre. Le 6 avril 1697, il a tiré l'épée contre Guillaume Caulle, un voisin de seize ou dix-sept ans qui meurt de ses blessures. La mère, veuve d'un maître menuisier, obtient un dédommagement. Le 9 septembre une saisie est ordonnée par le lieutenant civil sur les biens de Charles Perrault. Une lettre du 25 septembre 1699, écrite par l'architecte suédois Cronström, indiquera qu'à cette époque « ses affaires ne sont pas bonnes ». Darmancour, devenu par la suite lieutenant dans le Régiment Dauphin, est enlevé le 2 mars 1700 par une mort prématurée que* Le Mercure *annonce en quelques lignes, sans un mot pour le volume auquel était attaché son nom.*

2. Les *Contes* après Charles Perrault

Nulle œuvre ne pouvait plus facilement se détacher de son créateur pour vivre après sa disparition d'une existence autonome. Issue du patrimoine commun, elle y retourne comme par une tendance naturelle. Il convient toutefois de distinguer entre le destin des nouvelles en vers, que le conteur avait avouées, et celui des récits en prose, dont l'attribution demeurait environnée d'un certain flou. Les premières, éclipsées, tombent vite et pour longtemps dans un oubli presque complet; les seconds, souvent réimprimés, se répandent à travers l'Europe grâce aux traductions. Leur texte parfois s'altère, et leur ordre primitif n'est pas toujours bien respecté. On leur adjoint souvent L'Adroite Princesse, *de Mlle Lhéritier, ou, plus exceptionnellement,* La Veuve et ses deux filles, *par Mme Leprince de Beaumont. En 1781, les deux séries, originellement conçues comme deux ouvrages distincts, se rejoignent, à l'initiative de l'éditeur Lamy, pour n'en plus former qu'un seul.* Peau d'Ane *en même temps se double d'une version en prose, médiocre, mais qui finit par s'incorporer si bien au reste que Flaubert, prenant le change, lui réserve le meilleur de son enthousiasme pour les* Contes *de Perrault.*

Lorsqu'ils parlent de notre conteur, ni Voltaire dans le catalogue qui suit Le Siècle de Louis XIV, *ni Diderot, qui déclare qu'excepté lui, La Motte, Terrasson, Boindin, Fontenelle, « il n'y avait peut-être pas un homme (dans le siècle dernier) qui eût écrit une page de l'*Encyclopédie *qu'on daignât lire aujourd'hui », ni d'Alembert dans son* Éloge *ne songent à mentionner seulement ce que nous tenons pour son chef-d'œuvre. Le* Dictionnaire *de Moréri consacre à l'académicien près de deux colonnes, contre une demie pour son frère Claude. Mais les* Contes, *noyés parmi d'autres titres, fugitivement évoqués y passent presque inaperçus. Le rédacteur s'arrange de surcroît pour qu'on ne sache pas trop s'il pense uniquement aux trois pièces en vers, ou s'il englobe aussi dans sa rapide allusion les* Histoires du temps passé : « *Dès 1668, lit-on dans cet article, il avait donné le* Poème de la Peinture : *il donna depuis celui de* Saint Paulin *et l'idylle à M. de La Quintinie, directeur des jardins et potagers du roi. Ils furent suivis du* Poème de la Création du Monde, *de* Griselidis, *et même de quelques contes; et dans tous ces ouvrages on fut étonné des exactes descriptions qu'on y voyait. Jamais poète ne fouilla si avant dans la nature, et ne fit des peintures plus vives et plus naturelles des choses qui paraissaient les plus ingrates.* » *Sabatier de Castres n'allègue à son tour de telles puérilités, dans son* Tableau de la Littérature française, *que pour les mépriser. Il prend pour cible, après Boileau,* Les Souhaits ridicules, *afin de discréditer toute l'œuvre du conteur. S'étonnant que les Encyclopédistes enrôlent cet écrivain « presque oublié » dans leur armée, il se demande par quels mérites il s'est attiré leur admiration : « Serait-ce par le goût qui règne dans ses* poésies? On répondrait encore que la naïveté est bien éloignée de la platitude, et cette dernière est éminemment l'apanage de Perrault. Il est vrai qu'il a fait quelques contes, dont les enfants s'amusent, et qu'on peut lire encore dans un âge avancé, pour affaiblir un moment d'ennui; mais un homme qui fait tomber une aune de boudin de la cheminée; qui occupe le grand Jupiter à attacher ce boudin au nez d'une héroïne, n'a pas prétendu travailler pour les gens de goût, encore moins se destiner par là à figurer parmi les coopérateurs du grand chef-d'œuvre de l'esprit humain. »

En 1826, immédiatement après Collin de Plancy, le baron Walckenaer ouvrira la voie aux enquêtes sérieuses. Mais il commence par déposséder Perrault de ses *Contes*, sous prétexte qu'il ne les a pas inventés. Et le XIXe siècle s'achève, en 1900, sur un article non moins significatif où Marty-Laveaux lui chicane en faveur de son fils sa part dans la rédaction. Certes, Sainte-Beuve, en 1851, dans une *Causerie du lundi*, refusant de s'appesantir sur ce problème d'attribution, affirmait presque d'entrée, sans ambages, avec une assurance tranquille : « Charles Perrault est, comme on sait, l'auteur, le rédacteur de ces sept ou huit jolis contes vieux comme le monde, qui ont charmé notre enfance et qui charmeront celle encore, je l'espère, des générations à venir, aussi longtemps qu'il restera quelques fées du moins pour le premier âge, et qu'on n'en viendra pas à enseigner la chimie et les mathématiques aux enfants dès le berceau. » Mais lui-même s'empresse d'écarter l'œuvre, dont il ne dit à peu près rien, pour privilégier l'homme, qui l'intéresse beaucoup plus, et, selon sa méthode, parler presque exclusivement de lui, de sorte que le lien qu'il établit entre le texte et son auteur reste des plus ténus. Au rebours, Anatole France, dans le dialogue qui termine *Le Livre de mon ami*, disserte excellemment, par personnages interposés, sur *Le Petit Poucet*, *Peau d'Ane*, *Barbe bleue*, *Le Chat botté*, *Cendrillon*. De *La Belle au bois dormant*, il écrit, sans plus aucune intention péjorative, qu'elle « est chose puérile » :

*« C'est ce qui la fait ressembler à un chant de l'*Odyssée. *Cette belle simplicité, cette divine ignorance du premier âge qu'on ne retrouve pas dans les ouvrages littéraires des époques classiques, est conservée en fleur avec son parfum dans les contes et les chansons populaires. Ajoutons bien vite [...] que ces contes sont absurdes. S'ils n'étaient pas absurdes, ils ne seraient pas charmants. » Mais il oublie si bien Perrault que son nom n'est pas prononcé plus d'une fois ou deux. La dissociation atteint ici sa limite extrême : d'un côté des contes anonymes et sans âge, retombés dans le domaine public, aux contours assez vagues pour autoriser toutes les interprétations des exégètes, pâture toute prête pour les illustrateurs et les adaptateurs de toute sorte, vaudevillistes, librettistes, chorégraphes, musiciens, plus tard scénaristes, de l'autre un conteur qu'on regarderait presque comme un intrus et qu'on éprouve d'autant moins de scrupule à déposséder de son bien qu'il ne l'a jamais très clairement revendiqué.*

Sa gloire et celle de La Fontaine ont grandi suivant la même courbe : elles apparaissent comme jumelles. L'un par ses Contes, *l'autre par ses* Fables *ont conquis le premier rang parmi les classiques de l'enfance. A les comparer de près, cependant, on s'aperçoit qu'il existe entre eux une différence essentielle et même une complète opposition. L'œuvre du fabuliste ne vaut que par la présence du poète, sensible presque à chaque vers par les inflexions de sa voix, celle du conteur par son effacement : il ne parvient jamais mieux à ses fins que lorsqu'il se dissimule, se dérobe au point de disparaître et de se perdre. Ce qui, dans les* Fables *de La Fontaine, compte le plus, ce ne sont pas les fables, mais La Fontaine ; dans les* Contes *de Perrault, ce seront toujours les contes, et non pas Perrault.*

Plus que jamais, cependant, on s'intéresse à lui. Notre temps le redécouvre, au besoin même le réinvente. Aux solides enquêtes d'histoire littéraire menées par un Paul Bonnefon, devaient succéder, plus près de nous, les travaux de Jacques Barchilon, l'excellente édition des Contes *procurée par Gilbert*

Rouger, la synthèse tentée par Marc Soriano, riche d'idées, suggestive, mais parfois conjecturale. Certes le problème de l'attribution n'est pas définitivement résolu. Car Darmancour garde ses partisans. Mais on s'oriente en général vers l'idée d'une collaboration où le rôle du père demeure primordial. A l'origine de l'œuvre se devine désormais une personnalité curieuse, attachante, multiple, complexe, qui permet de la mieux comprendre, de l'éclairer en profondeur et de lui donner tout son prix.

3. Des précurseurs aux épigones

Il reste à préciser la place de ce singulier chef-d'œuvre dans l'histoire d'un genre dont il a largement contribué par son succès à lancer la mode. Les fées, les enchanteurs, les magiciennes et tout l'arsenal du merveilleux, issus des vieux romans, ou véhiculés par la pastorale, préexistent, mais épars. Honoré d'Urfé, dans L'Astrée, *perce à jour les prestiges de l'imposteur Climanthe, mais il introduit, à titre épisodique, Mélusine et la vieille Mandrague. Voiture commence une de ses lettres par cet agréable badinage : « Quelqu'une de vos Fées, à qui vous dites que vous abandonnez vos lettres après les avoir écrites, a touché à celle que vous m'avez envoyée. Encore faut-il que ce soit une des plus savantes de leur troupe, et qui ait autant demeuré à la cour que dans les bois. Je ne crois pas qu'il y en eût beaucoup entre elles qui en sussent faire autant; et je pense que la même qui vous inspire quand vous parlez, vous a pour cette fois aidée à écrire. » Et, pour satisfaire aux appétits de romanesque, combien d'îles inaccessibles, comme celle où règne la princesse Alcidiane dans le* Polexandre *de Gomberville, imaginaires, comme celle que décrit M*lle *de Montpensier, ou flottantes, comme celle qui porte la duchesse de Saint-Simon, sans qu'elle s'en aperçoive, suivant la géographie allégorique et sentimentale inventée par M*lle *de Scu-*

déry, directement jusqu'à Tendre-sur-Inclination! Le Grand Cyrus *même accueille des éléments surnaturels ou légendaires, tels que l'anneau de Gygès, qui rend invisible. Avec les mondains, les doctes ne demeurent pas en reste : se référant à* La Jérusalem délivrée, *ils discutent gravement sur la place que doit tenir la magie dans l'épopée. Et Furetière, en 1666, s'amuse à terminer son* Roman bourgeois *par ce conte, qu'il emprunte à Rabelais : « Dans le pays des fées, il y avait deux animaux privilégiés : l'un était un chien fée, qui avait obtenu le don qu'il attraperait toutes les bêtes sur lesquelles on le lâcherait ; l'autre était un lièvre fée, qui de son côté avait eu le don de n'être jamais pris par quelque chien qui le poursuivît. Le hasard voulut qu'un jour le chien fût lâché sur le lièvre fée. On demanda là-dessus quel serait le don qui prévaudrait : si le chien prendrait le lièvre, ou si le lièvre échapperait du chien, comme il était écrit dans la destinée de chacun. La résolution de cette difficulté est qu'ils courent encore. » Furetière tient tant à cette histoire qu'il en parle dans son* Dictionnaire, *à l'article « fée ».*

Mais nulle part peut-être la féerie n'était plus répandue qu'à travers l'œuvre de La Fontaine, parce qu'aucun poète n'a possédé plus naturellement que lui le sens du merveilleux. Pour évoquer le parc et le château de Vaux, il avait envisagé d'utiliser « l'enchantement » concurremment avec la « prophétie » et le « songe » : il alléguait « le sage Zirzimir, fils du soudan Zarzafiel », *montrait Oronte (Foucquet) invitant « tout ce qu'il y avait de savantes fées dans le monde » à « contester le prix proposé », mettait en compétition celles de l'Architecture, de la Peinture, des Jardins et de la Poésie. Dans* Psyché *surtout, les fées se mêlent aux divinités de la mythologie gréco-latine : Cupidon leur donne l'ordre de prévenir tous les désirs de l'héroïne, dont les habits nuptiaux sont présentés comme un « ouvrage de fée, lequel d'ordinaire ne coûte rien ». Comme elles connaissent l'avenir, leur savoir met « en tapisserie les malheurs de Troie, bien qu'ils ne fussent pas encore arrivés ». Lorsque l'Amour voit son épouse tombée entre les mains de Vénus, il « fait venir dans le voisinage une fée qui faisait parler les pierres », afin de l'aider « par ses suffumigations, par ses cercles, par ses paroles » dans l'exécution des tâches imposées par la déesse. S'agit-il de trier du grain, elle contraindra toutes les fourmis de l'univers à se rassembler, comme dans la version de* Peau d'Ane *donnée par les* Nouvelles récréations et joyeux devis. *Elle indique ensuite à Psyché la route qui lui permettra de descendre aux Enfers. Un peu plus tard,* La Coupe enchantée, Le petit Chien qui secoue de l'argent et des pierreries *puiseront dans l'Arioste de quoi prêter à la nouvelle en vers tous les charmes de la féerie.*

Cependant, pour que le conte de fées se sépare de la mythologie classique, pour qu'il cesse de se diluer en fugitives apparitions dans des œuvres d'un caractère tout différent, pour qu'il conquière son autonomie et se développe comme une variété spécifique, il fallait un catalyseur. L'échantillon que Mme de Sévigné donne en 1677 des « contes avec quoi l'on amuse les dames de Versailles » le montre bien : on reconnaît dans son résumé divers ingrédients du genre futur, qui se laisse pressentir, mais à l'état diffus. Comme la marquise le suggère avec esprit, on demeure plus près de l'opéra qu'on ne s'achemine vers ma mère l'Oie. Mme de Coulanges, écrit-elle, « nous mitonna donc, et nous parla d'une île verte, où l'on élevait une princesse plus belle que le jour ; c'étaient les fées qui soufflaient sur elle à tout moment. Le prince des délices était son amant. Ils arrivèrent dans une boule de cristal, alors qu'on y pensait le moins. Ce fut un spectacle admirable. Chacun regardait en l'air, et chantait sans doute :

Allons, allons, accourons tous,
Cybèle va descendre.

Ce conte dure une bonne heure. »

Le combat mené par Perrault contre les Anciens le

prédisposait plus que personne à devenir ici l'artisan de l'évolution décisive. Il ne parvint cependant pas d'emblée à quitter le sillage de La Fontaine. Il ne fut mis vraiment dans la bonne voie que lorsqu'il exploita le fonds qui se trouvait déjà, hors de France, dans le Pentamerone *du Napolitain Giambattista Basile*[12].

Dès 1690, Mme d'Aulnoy avait de peu pris les devants, mais elle n'avait tenté qu'une expérience isolée, avec son Ile de la Félicité, *qui restait enfouie dans son* Histoire d'Hypolite, comte de Duglas. *Mlle Lhéritier, cinq ans plus tard, dans ses* Œuvres mêlées, *utilise encore le vers pour la première de ses quatre nouvelles. Le merveilleux n'entre que dans les deux dernières :* Les Enchantements de l'Éloquence, *où le thème des* Fées *se greffe sur celui de* Cendrillon, *et* L'Adroite Princesse. *L'ensemble se veut composite. L'année suivante,*

12. Sur ce recueil et sur son auteur voir ci-après les notices de *Peau d'Ane, La Belle au bois dormant, Le Chat botté, Les Fées, Cendrillon, Le Petit Poucet*, ainsi que, dans la *Bibliographie* (II, 2), l'article de François Génin, signalé sous la date de 1856. Giambattista Basile, né en 1575, était mort en 1632. Auteur d'un poème en vingt chants, *Théagène*, qui vaut comme document sur la vie littéraire de Naples, il est surtout connu par ses contes, écrits dans un jargon napolitain facilement compréhensible, même pour un étranger. Ils s'élèvent au nombre de cinquante et furent publiés après sa mort, sous le pseudonyme de Gian Alesio Abbattutis, de 1634 à 1636, en cinq journées. Ils portaient originellement pour titre *Lo Cunto de li cunti, overo lo tratteniemento de' peccerille* (*Le Conte des contes, ou le divertissement des enfants*). L'appellation de *Pentamerone* apparaît seulement à partir d'une édition publiée en 1674. On en doit une édition critique (1891) de même qu'une traduction en italien moderne (1925) à Benedetto Croce. Il n'en existe encore à l'heure actuelle aucune version complète en français. L'obstacle de la langue, les divergences notables entre les récits de Basile et ceux de Perrault lorsqu'il traite des sujets analogues ou voisins, incitent à se montrer prudent sur la question de l'influence exercée par le conteur napolitain sur son successeur. Toutefois un texte comme *Le Miroir* atteste l'intérêt de Perrault pour la littérature, même peu connue, d'outremonts. De plus, comme les *Histoires du temps passé*, les contes du *Pentamerone* sont ponctués par une courte moralité versifiée. Enfin, comme contrôleur général des bâtiments, Charles n'a pu manquer de se trouver en contact avec des artistes ou des artisans originaires d'Italie, et par là même susceptibles d'attirer son attention sur Basile.

comme naguère Mme d'Aulnoy, Catherine Bernard insère Le Prince Rosier *et* Riquet à la houppe *dans la trame d'un roman traditionnel.*

On mesure donc toute la nouveauté du recueil publié par Barbin en 1697 : les Histoires ou Contes du temps passé *marquent la naissance d'un genre où se cristallisent une mode restée en quête, jusque-là, de sa forme propre et de son expression littéraire. Ils seront suivis par une soudaine éclosion d'ouvrages auxquels ils survivront à peu près seuls et dont la prolifération ne tardera pas à lasser le public. Trois mois après leur mise en vente, Mme d'Aulnoy leur préparait un second volume de son cru. A ses* Contes des fées, *en trois tomes, s'ajouteront bientôt ses* Contes nouveaux, ou les fées à la mode. *Mlle de La Force, avec ses* Contes des Contes, *Mme de Murat, avec ses* Contes de fées, *puis ses* Histoires sublimes et allégoriques, *un peu plus tard Mme d'Auneuil, avec sa* Tyrannie des fées détruite, *la rejoignent dans la cohorte des conteuses. Celle des conteurs comprend, outre Fénelon, qui, dans certaines de ses* Fables, *utilise la féerie au profit de son enseignement, et Nodot, avec ses* Histoires de Mélusine, *puis* de Geofroy surnommé à la grand'dent, *le chevalier de Mailly, qui dédie aux dames ses* Illustres fées, contes galants, *suivis un an plus tard d'un autre* Recueil, *Préchac, auteur de* Sans parangon *et de* La Reine des fées, *deux* Contes moins contes que les autres. *A cette abondante production se joignent également deux adaptations dramatiques. Si* Les Fées *de Dancourt, comédie en trois actes, représentée pour la première fois le 24 septembre 1699 par les Comédiens-Français, se présente comme une froide allégorie, Dufresny, dans un acte du même titre, créé dès le 2 mars 1697 sur la scène du Théâtre-Italien, avait plaisamment parodié les* Contes de ma mère l'Oie, *comme on peut en juger par ce récit d'Arlequin : « Il était un Prince d'une coudée et demie de haut, qu'on surnommait Croquignollet, à cause de quantité de batailles qu'il avait gagnées à coups de croquignoles. Il avait épousé l'infante Bichette, surnommée l'Œil poché, à cause d'un coup de poing qu'il lui donna le premier jour de ses noces. L'infante Bichette était héritière présomptive d'un royaume que son père avait envie de conquérir. Croquignollet eut de l'infante une fille belle comme le jour, dont il était si raffolé qu'il passait les jours et les nuits à la bercer, en chantant : Do, do, l'enfant dort. Car c'était le premier prince du monde, et qui avait les plus beaux talents pour endormir les petits enfants* [...] *Il arriva qu'un jour Croquignollet allant à la chasse aux dindons, il en prit un par la barbe : mais il fut tout surpris d'y voir une fée à cheval* [...] *Croquignollet épouvanté de la prédiction de la Fée fit enfermer sa fille dans une grande tour de fer ; mais un Ogre qui en était éperdument amoureux, sachant cela se fit faire d'abord une bague d'une pierre d'aimant, avec laquelle il attirait la tour, et la faisait suivre après lui comme un petit chien barbet, et prit des bottes de sept lieues pour n'être point attrapé. » A cette histoire sert de pendant celle du prince Brutalin, de la princesse Petille et de Bonbenin, Bonbenet, Bonbeninguet, que conte la nourrice à l'héroïne de la pièce, amusant pastiche, mais plus scabreux, où s'annonce, en moins délicatement spirituel, la manière d'un Antoine Hamilton dans* Fleur d'Épine *ou* Le Bélier.

La veine cependant s'épuisait. Certes la tradition se perpétue tout au long du XVIIIe siècle, jusqu'à ce que paraissent, de 1785 à 1789, grâce à Charles-Joseph de Mayer, les quarante et un volumes dont se compose Le Cabinet des fées. *Jacques Barchilon en a suivi les avatars dans son étude sur* Le Conte merveilleux français de 1690 à 1790. *Aux noms que nous avons cités succéderont ceux de Mme Lefèvre, Mlle de Lubert, Mme de Lintot, Mme Leprince de Beaumont, Caylus, Henri Pajon.*

Mais le genre se renouvelle avec la publication, un an après la mort de Perrault, des Mille et Une Nuits, *traduites par Antoine Galland. Pratiqué par Montesquieu, Voltaire, Diderot, Rousseau même, Crébillon fils, Moncrif, Duclos, Voisenon,*

Fougeret de Monbron, La Morlière, Boufflers, et par une centaine d'autres conteurs, il se charge d'intentions philosophiques, devient moralisateur sous l'influence de Marmontel après être à l'inverse tombé dans le graveleux, s'oriente en somme vers d'autres destinées et s'éloigne de sa source vive. Il suffit heureusement pour la retrouver dans sa fraîcheur première, de rouvrir Le Petit Poucet *ou* Le Chat botté, La Belle au bois dormant *ou* Cendrillon, *et de se laisser prendre au charme toujours neuf de ces très vieilles histoires que nul écrivain de notre langue, depuis Perrault, n'a su si bien conter.*

*De tout ce qui précède, il ressort que, même si le conte de fées était enraciné de longue date dans la tradition populaire, sa vogue à la fin du XVII*e *siècle apparaît comme un épiphénomène essentiellement aristocratique et mondain. Perrault ne se différencie tout au plus de ses devancières et de ses émules qu'en ce qu'il représente plus spécifiquement l'esprit de cette bourgeoisie montante à laquelle il appartient. Il ne se soucie que peu d'élever à la dignité d'œuvre littéraire le fonds de la Bibliothèque bleue, qu'il dédaigne et laisse au peuple. Il se préoccupe plutôt — après La Fontaine, en même temps que Fénelon — d'inventer une littérature enfantine que toutefois il ne veut plus destinée, comme les* Fables *de naguère ou bientôt le* Télémaque, *d'abord aux enfants des rois, mais à ceux de tous, à commencer par les siens propres; moins d'ailleurs une littérature pour l'enfance, peut-être, qu'une littérature par l'enfance : ainsi se justifie la part dévolue à Darmancour dans l'élaboration et la publication des contes en prose. N'y voyons point une supercherie; parlons moins encore de « mystification » avant la lettre : il fallait que l'ouvrage fût mis sous le nom d'un « enfant » pour que fût rendu sensible ce qui demeure son originalité fondamentale.*

Jean-Pierre Collinet

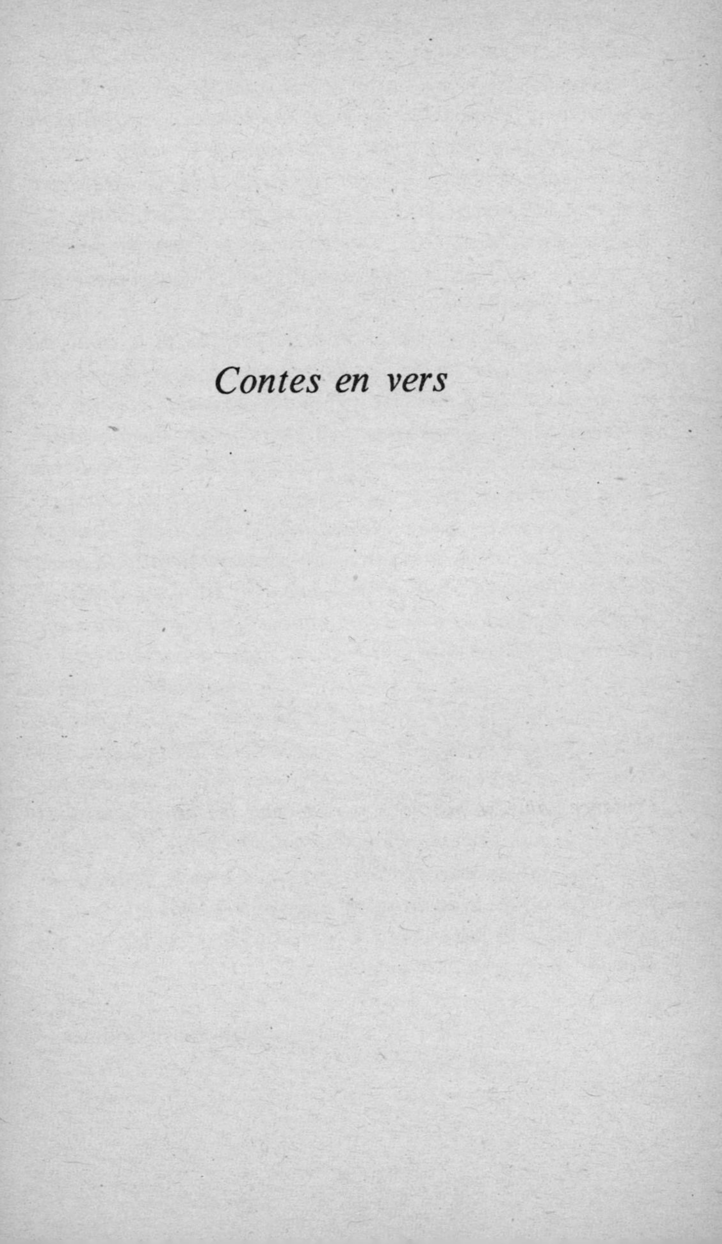

Contes en vers

PRÉFACE

La manière dont le Public a reçu les Pièces de ce Recueil, à mesure qu'elles lui ont été données séparément [1], est une espèce d'assurance qu'elles ne lui déplairont pas en paraissant toutes ensemble. Il est vrai que quelques personnes qui affectent de paraître graves, et qui ont assez d'esprit pour voir que ce sont des Contes faits à plaisir [2], et que la matière n'en est pas fort importante, les ont regardées avec mépris; mais on a eu la satisfaction de voir que les gens de bon goût n'en ont pas jugé de la sorte.

Ils ont été bien aises de remarquer que ces bagatelles n'étaient pas de pures bagatelles, qu'elles renfermaient une morale utile, et que le récit enjoué dont elles étaient enveloppées [3] n'avait été choisi que pour les faire entrer plus agréablement dans l'esprit et d'une manière qui instruisît et divertît tout ensemble [4]. Cela devrait me suffire pour ne pas craindre le reproche de m'être amusé [5] à des choses frivoles. Mais comme j'ai affaire à bien des gens qui ne se payent pas de raisons et qui ne peuvent être touchés, que par l'autorité et par l'exemple des Anciens, je vais les satisfaire là-dessus. Les Fables Milésiennes [6] si célèbres parmi les Grecs, et qui ont fait les délices d'Athènes et de Rome, n'étaient pas d'une autre espèce que les Fables de ce Recueil. L'Histoire de la Matrone d'Éphèse [7] est de la même nature que celle de Griselidis : ce sont l'une et l'autre des Nouvelles, c'est-à-dire des Récits de choses qui peuvent être arrivées, et qui n'ont rien qui blesse absolument la vraisemblance. La Fable de Psyché écrite par Lucien[8] et par Apulée est une fiction toute pure et un conte de Vieille comme celui de Peau d'Ane. Aussi voyons-nous qu'Apulée le fait raconter par une vieille femme à une jeune fille que des voleurs avaient enlevée, de même que celui de Peau d'Ane est conté tous les jours à des Enfants par leurs Gouvernantes, et par leurs Grands-mères. La Fable du Laboureur qui obtint de Jupiter le pouvoir de faire comme il lui plairait la pluie et le beau temps, et qui en usa de telle sorte, qu'il ne recueillit que de la paille sans aucuns grains, parce qu'il n'avait jamais demandé ni vent, ni froid, ni neige, ni aucun temps semblable ; chose nécessaire cependant pour faire fructifier les plantes[9] : cette Fable, dis-je, est de même genre que le Conte des Souhaits Ridicules, si ce n'est que l'un est sérieux et l'autre comique ; mais tous les deux vont à dire que les hommes ne connaissent pas ce qu'il leur convient, et sont plus heureux d'être conduits par la Providence, que si toutes choses leur succédaient[10] selon qu'ils le désirent. Je ne crois pas qu'ayant devant moi de si beaux modèles dans la plus sage et la plus docte Antiquité, on soit en droit de me faire aucun reproche. Je prétends même que mes Fables méritent mieux d'être racontées que la plupart des Contes anciens, et particulièrement celui de la Matrone d'Éphèse et celui de Psyché, si l'on les regarde du côté de la Morale, chose principale dans toute sorte de Fables[11], et pour laquelle elles doivent avoir été faites. Toute la moralité qu'on peut tirer de la Matrone d'Éphèse est que souvent les femmes qui semblent les plus vertueuses le sont le moins, et qu'ainsi il n'y en a presque point qui le soient véritablement.

Qui ne voit que cette Morale est très mauvaise, et qu'elle ne va qu'à corrompre les femmes par le mauvais exemple, et à leur faire croire qu'en manquant à leur devoir elles ne font que suivre la voie commune[12]. Il n'en est pas de même de la

Morale de Griselidis, qui tend à porter les femmes à souffrir de leurs maris, et à faire voir qu'il n'y en a point de si brutal ni de si bizarre, dont la patience d'une honnête femme ne puisse venir à bout. A l'égard de la Morale cachée dans la Fable de Psyché, Fable en elle-même très agréable et très ingénieuse, je la comparerai avec celle de Peau d'Ane quand je la saurai, mais jusqu'ici je n'ai pu la deviner. Je sais bien que Psyché signifie l'Ame; mais je ne comprends point ce qu'il faut entendre par l'Amour qui est amoureux de Psyché, c'est-à-dire de l'Ame, et encore moins ce qu'on ajoute, que Psyché devait être heureuse, tant qu'elle ne connaîtrait point celui dont elle était aimée, qui était l'Amour, mais qu'elle serait très malheureuse dès le moment qu'elle viendrait à le connaître : voilà pour moi une énigme impénétrable [13]. Tout ce qu'on peut dire, c'est que cette Fable de même que la plupart de celles qui nous restent des Anciens n'ont été faites que pour plaire sans égard aux bonnes mœurs qu'ils négligeaient beaucoup. Il n'en est pas de même des contes que nos aïeux ont inventés pour leurs Enfants. Ils ne les ont pas contés avec l'élégance et les agréments dont les Grecs et les Romains ont orné leurs Fables; mais ils ont toujours eu un très grand soin que leurs contes renfermassent une moralité louable et instructive. Partout la vertu y est récompensée, et partout le vice y est puni. Ils tendent tous à faire voir l'avantage qu'il y a d'être honnête, patient, avisé, laborieux, obéissant, et le mal qui arrive à ceux qui ne le sont pas. Tantôt ce sont des Fées qui donnent pour don à une jeune fille qui leur aura répondu avec civilité, qu'à chaque parole qu'elle dira, il lui sortira de la bouche un diamant ou une perle; et à une autre fille qui leur aura répondu brutalement, qu'à chaque parole il lui sortira de la bouche une grenouille ou un crapaud. Tantôt ce sont des enfants qui pour avoir bien obéi à leur père ou à leur mère deviennent grands Seigneurs, ou d'autres, qui ayant été vicieux et désobéissants, sont tombés dans des malheurs épouvantables. Quelque frivoles et bizarres que soient toutes ces Fables dans leurs aventures, il est certain qu'elles excitent dans les Enfants le désir de ressembler à ceux qu'ils voient devenir heureux, et en même temps la crainte des malheurs où les méchants sont tombés par leur méchanceté. N'est-il pas louable à des Pères et à des Mères, lorsque leurs Enfants ne sont pas encore capables de goûter les vérités solides et dénuées de tous agréments, de les leur faire aimer, et si cela se peut dire, les leur faire avaler, en les enveloppant dans des récits agréables et proportionnés à la faiblesse de leur âge[14]. Il n'est pas croyable avec quelle avidité ces âmes innocentes, et dont rien n'a encore corrompu la droiture naturelle[15], reçoivent ces instructions cachées; on les voit dans la tristesse et dans l'abattement, tant que le Héros ou l'Héroïne de Conte sont dans le malheur, et s'écrier de joie quand le temps de leur bonheur arrive; de même qu'après avoir souffert impatiemment[16] la prospérité du méchant ou de la méchante, ils sont ravis de les voir enfin punis comme ils le méritent. Ce sont des semences[17] qu'on jette qui ne produisent d'abord que des mouvements de joie et de tristesse, mais dont il ne manque guère d'éclore de bonnes inclinations.

J'aurais pu rendre mes Contes plus agréables en y mêlant certaines choses un peu libres dont on a accoutumé de les égayer[18]; mais le désir de plaire ne m'a jamais assez tenté pour violer une loi que je me suis imposée de ne rien écrire qui pût blesser ou la pudeur ou la bienséance[19]. Voici un Madrigal qu'une jeune Demoiselle[a] de beaucoup d'esprit a composé sur ce sujet, et qu'elle a écrit au-dessous du Conte de Peau d'Ane que je lui avais envoyé.

Le Conte de Peau d'Ane est ici raconté
Avec tant de naïveté[20],

a. Mademoiselle Lhéritier[23].

Qu'il ne m'a pas moins divertie,
Que quand auprès du feu ma Nourrice ou ma Mie[21]
Tenaient en le faisant mon esprit enchanté[22].
On y voit par endroits quelques traits de Satire,
Mais qui sans fiel et sans malignité,
A tous également font du plaisir à lire :
Ce qui me plaît encor dans sa simple douceur,
C'est qu'il divertit et fait rire,
Sans que Mère, Époux, Confesseur,
Y puissent trouver à redire.

GRISELIDIS

Nouvelle

A MADEMOISELLE**[1]

En vous offrant, jeune et sage Beauté,
Ce modèle de Patience,
Je ne me suis jamais flatté
Que par vous de tout point il serait imité,
C'en serait trop en conscience.

Mais Paris où l'homme est poli,
Où le beau sexe né pour plaire
Trouve son bonheur accompli,
De tous côtés est si rempli
D'exemples du vice contraire,
Qu'on ne peut en toute saison,
Pour s'en garder ou s'en défaire,
Avoir trop de contrepoison.

Une Dame aussi patiente
Que celle dont ici je relève le prix,
Serait partout une chose étonnante,
Mais ce serait un prodige à Paris.

Les femmes y sont souveraines,
Tout s'y règle selon leurs vœux,
Enfin c'est un climat heureux
Qui n'est habité que de Reines.

Ainsi je vois que de toutes façons,
Griselidis[2] *y sera peu prisée,*
Et qu'elle y donnera matière de risée,
Par ses trop antiques leçons.

Ce n'est pas que la Patience
Ne soit une vertu des Dames de Paris,
Mais par un long usage elles ont la science
De la faire exercer par leurs propres maris.

GRISELIDIS

Nouvelle

Au pied des célèbres montagnes
Où le Pô s'échappant de dessous ses roseaux,
Va dans le sein des prochaines campagnes
Promener ses naissantes eaux,
Vivait un jeune et vaillant Prince,
Les délices de sa Province :
Le Ciel, en le formant, sur lui tout à la fois
Versa ce qu'il a de plus rare,
Ce qu'entre ses amis d'ordinaire il sépare,
Et qu'il ne donne qu'aux grands Rois.

Comblé de tous les dons et du corps et de l'âme,
Il fut robuste, adroit, propre au métier de Mars,
Et par l'instinct secret d'une divine flamme,
Avec ardeur il aima les beaux Arts.
Il aima les combats, il aima la victoire,
Les grands projets, les actes valeureux,
Et tout ce qui fait vivre un beau nom dans l'histoire;
Mais son cœur tendre et généreux
Fut encor plus sensible à la solide gloire
De rendre ses Peuples heureux.

Ce tempérament héroïque
Fut obscurci d'une sombre vapeur

Qui, chagrine et mélancolique [3],
Lui faisait voir dans le fond de son cœur
Tout le beau sexe infidèle et trompeur :
Dans la femme où brillait le plus rare mérite,
Il voyait une âme hypocrite,
Un esprit d'orgueil enivré,
Un cruel ennemi qui sans cesse n'aspire
Qu'à prendre un souverain empire
Sur l'homme malheureux qui lui sera livré.

Le fréquent usage du monde,
Où l'on ne voit qu'Époux subjugués ou trahis,
Joint à l'air jaloux du Pays,
Accrut encor cette haine profonde.
Il jura donc plus d'une fois
Que quand même le Ciel pour lui plein de tendresse
Formerait une autre Lucrèce [4],
Jamais de l'hyménée il ne suivrait les lois.

Ainsi, quand le matin, qu'il donnait aux affaires,
Il avait réglé sagement
Toutes les choses nécessaires
Au bonheur du gouvernement,
Que du faible orphelin, de la veuve oppressée [5],
Il avait conservé les droits,
Ou banni quelque impôt qu'une guerre forcée
Avait introduit autrefois,
L'autre moitié de la journée
A la chasse était destinée,
Où les Sangliers et les Ours,
Malgré leur fureur et leurs armes
Lui donnaient encor moins d'alarmes
Que le sexe charmant qu'il évitait toujours.

Cependant ses sujets que leur intérêt presse
De s'assurer d'un successeur
Qui les gouverne un jour avec même douceur,
A leur donner un fils le conviaient sans cesse.

Un jour dans le Palais ils vinrent tous en corps
Pour faire leurs derniers efforts;
Un Orateur d'une grave apparence,
Et le meilleur qui fût alors,
Dit tout ce qu'on peut dire en pareille occurrence.
Il marqua [6] leur désir pressant
De voir sortir du Prince une heureuse lignée
Qui rendît à jamais leur État florissant;
Il lui dit même en finissant
Qu'il voyait un Astre naissant
Issu de son chaste hyménée
Qui faisait pâlir le Croissant [7].

D'un ton plus simple et d'une voix moins forte,
Le Prince à ses sujets répondit de la sorte :

« Le zèle ardent, dont je vois qu'en ce jour
Vous me portez aux nœuds du mariage,
Me fait plaisir, et m'est de votre amour
Un agréable témoignage;
J'en suis sensiblement touché,
Et voudrais dès demain pouvoir vous satisfaire :
Mais à mon sens l'hymen est une affaire
Où plus l'homme est prudent, plus il est empêché [8].

Observez bien toutes les jeunes filles;
Tant qu'elles sont au sein de leurs familles,
Ce n'est que vertu, que bonté,
Que pudeur, que sincérité,
Mais sitôt que le mariage

Au déguisement a mis fin,
Et qu'ayant fixé leur destin
Il n'importe plus d'être sage,
Elles quittent leur personnage,
Non sans avoir beaucoup pâti,
Et chacune dans son ménage
Selon son gré prend son parti [9].

L'une d'humeur chagrine, et que rien ne récrée,
Devient une Dévote [10] outrée,
Qui crie et gronde à tous moments;
L'autre se façonne en Coquette [11],
Qui sans cesse écoute ou caquette,
Et n'a jamais assez d'Amants;
Celle-ci des beaux Arts follement curieuse,
De tout décide avec hauteur,
Et critiquant le plus habile Auteur,
Prend la forme de Précieuse [12];
Cette autre s'érige en Joueuse [13],
Perd tout, argent, bijoux, bagues [14], meubles de prix,
Et même jusqu'à ses habits.

Dans la diversité des routes qu'elles tiennent,
Il n'est qu'une chose où je voi
Qu'enfin toutes elles conviennent,
C'est de vouloir donner la loi.
Or je suis convaincu que dans le mariage
On ne peut jamais vivre heureux,
Quand on y commande tous deux;
Si donc vous souhaitez qu'à l'hymen je m'engage,
Cherchez une jeune Beauté
Sans orgueil et sans vanité,
D'une obéissance achevée,
D'une patience éprouvée,
Et qui n'ait point de volonté,
Je la prendrai quand vous l'aurez trouvée [15]. »

Le Prince ayant mis fin à ce discours moral,
Monte brusquement à cheval,
Et court joindre à perte d'haleine
Sa meute qui l'attend au milieu de la plaine.

Après avoir passé des prés et des guérets,
Il trouve ses Chasseurs couchés sur l'herbe verte;
Tous se lèvent et tous alerte [16],
Font trembler de leurs cors les hôtes des forêts.
Des chiens courants l'aboyante famille,
Deçà, delà, parmi le chaume brille,
Et les Limiers à l'œil ardent
Qui du fort [17] de la Bête à leur poste reviennent,
Entraînent en les regardant
Les forts valets qui les retiennent.

S'étant instruit par un des siens
Si tout est prêt, si l'on est sur la trace,
Il ordonne aussitôt qu'on commence la chasse,
Et fait donner le Cerf aux chiens.
Le son des cors qui retentissent,
Le bruit des chevaux qui hennissent
Et des chiens animés les pénétrants abois,
Remplissent la forêt de tumulte et de trouble,
Et pendant que l'écho sans cesse les redouble,
S'enfoncent avec eux dans les plus creux du bois [18].

Le Prince, par hasard ou par sa destinée,
Prit une route détournée
Où nul des Chasseurs ne le suit [19];
Plus il court, plus il s'en sépare :
Enfin à tel point il s'égare
Que des chiens et des cors il n'entend plus le bruit.

L'endroit où le mena sa bizarre aventure,
Clair de ruisseaux et sombre de verdure,
Saisissait les esprits [20] d'une secrète horreur;
La simple et naïve Nature
S'y faisait voir et si belle et si pure,
Que mille fois il bénit son erreur.

Rempli des douces rêveries [21]
Qu'inspirent les grands bois, les eaux et les prairies,
Il sent soudain frapper et son cœur et ses yeux
Par l'objet le plus agréable,
Le plus doux et le plus aimable
Qu'il eût jamais vu sous les Cieux.

C'était une jeune Bergère
Qui filait aux bords d'un ruisseau,
Et qui conduisant son troupeau,
D'une main sage et ménagère [22]
Tournait son agile fuseau.

Elle aurait pu dompter les cœurs les plus sauvages;
Des lys, son teint a la blancheur,
Et sa naturelle fraîcheur
S'était toujours sauvée [23] à l'ombre des bocages :
Sa bouche, de l'enfance avait tout l'agrément,
Et ses yeux qu'adoucit une brune paupière,
Plus bleus que n'est le firmament,
Avaient aussi plus de lumière.

Le Prince, avec transport, dans le bois se glissant,
Contemple les beautés dont son âme est émue,
Mais le bruit qu'il fait en passant
De la Belle sur lui fit détourner la vue;
Dès qu'elle se vit aperçue,
D'un brillant incarnat la prompte et vive ardeur

De son beau teint redoubla la splendeur,
Et sur son visage épandue,
Y fit triompher la pudeur.

Sous le voile innocent de cette honte aimable,
Le Prince découvrit une simplicité,
Une douceur, une sincérité,
Dont il croyait le beau sexe incapable,
Et qu'il voit là dans toute leur beauté.

Saisi d'une frayeur pour lui toute nouvelle,
Il s'approche interdit, et plus timide qu'elle,
Lui dit d'une tremblante voix,
Que de tous ses Veneurs il a perdu la trace,
Et lui demande si la chasse
N'a point passé quelque part dans le bois.

« Rien n'a paru, Seigneur, dans cette solitude,
Dit-elle, et nul ici que vous seul n'est venu;
Mais n'ayez point d'inquiétude,
Je remettrai vos pas sur un chemin connu.

— De mon heureuse destinée
Je ne puis, lui dit-il, trop rendre grâce aux Dieux;
Depuis longtemps je fréquente ces lieux,
Mais j'avais ignoré jusqu'à cette journée
Ce qu'ils ont de plus précieux. »

Dans ce temps elle voit que le Prince se baisse
Sur le moite bord du ruisseau,
Pour étancher dans le cours de son eau
La soif ardente qui le presse.
« Seigneur, attendez un moment »,
Dit-elle, et courant promptement
Vers sa cabane, elle y prend une tasse

Qu'avec joie et de bonne grâce [24],
Elle présente à ce nouvel Amant.

Les vases précieux de cristal et d'agate
Où l'or en mille endroits éclate,
Et qu'un Art curieux [25] avec soin façonna,
N'eurent jamais pour lui, dans leur pompe inutile,
Tant de beauté que le vase d'argile
Que la Bergère lui donna.

Cependant pour trouver une route facile
Qui mène le Prince à la Ville,
Ils traversent des bois, des rochers escarpés
Et de torrents entrecoupés;
Le Prince n'entre point dans de route nouvelle
Sans en bien observer tous les lieux d'alentour,
Et son ingénieux Amour
Qui songeait au retour,
En fit une carte fidèle.

Dans un bocage sombre et frais
Enfin la Bergère le mène,
Où de dessous ses branchages épais
Il voit au loin dans le sein de la plaine
Les toits dorés de son riche Palais.

S'étant séparé de la Belle,
Touché d'une vive douleur,
A pas lents il s'éloigne d'Elle,
Chargé du trait qui lui perce le cœur;
Le souvenir de sa tendre aventure
Avec plaisir le conduisit chez lui.
Mais dès le lendemain il sentit sa blessure,
Et se vit accablé de tristesse et d'ennui.

Dès qu'il le peut il retourne à la chasse,
Où de sa suite adroitement
Il s'échappe et se débarrasse
Pour s'égarer heureusement.
Des arbres et des monts les cimes élevées,
Qu'avec grand soin il avait observées,
Et les avis secrets de son fidèle amour,
Le guidèrent si bien que malgré les traverses [26]
De cent routes diverses,
De sa jeune Bergère il trouva le séjour.

Il sut qu'elle n'a plus que son Père avec elle,
Que Griselidis on l'appelle,
Qu'ils vivent doucement du lait de leurs brebis,
Et que de leur toison qu'elle seule elle file,
Sans avoir recours à la Ville,
Ils font eux-mêmes leurs habits.

Plus il la voit, plus il s'enflamme
Des vives beautés de son âme ;
Il connaît en voyant tant de dons précieux,
Que si la Bergère est si belle,
C'est qu'une légère étincelle
De l'esprit qui l'anime a passé dans ses yeux.

Il ressent une joie extrême
D'avoir si bien placé ses premières amours ;
Ainsi sans plus tarder, il fit dès le jour même
Assembler son Conseil et lui tint ce discours :

« Enfin aux Lois de l'Hyménée
Suivant vos vœux je me vais engager ;
Je ne prends point ma femme en Pays étranger,
Je la prends parmi vous, belle, sage, bien née,
Ainsi que mes aïeux ont fait plus d'une fois,

Mais j'attendrai cette grande journée
A vous informer de mon choix. »
Dès que la nouvelle fut sue,
Partout elle fut répandue.
On ne peut dire avec combien d'ardeur
L'allégresse publique
De tous côtés s'explique;
Le plus content fut l'Orateur,
Qui par son discours pathétique
Croyait d'un si grand bien être l'unique Auteur.
Qu'il se trouvait homme de conséquence!
« Rien ne peut résister à la grande éloquence »,
Disait-il sans cesse en son cœur.

Le plaisir fut de voir le travail inutile
Des Belles de toute la Ville
Pour s'attirer et mériter le choix
Du Prince leur Seigneur, qu'un air chaste et modeste
Charmait uniquement et plus que tout le reste,
Ainsi qu'il l'avait dit cent fois.

D'habit et de maintien toutes elles changèrent,
D'un ton dévot elles toussèrent,
Elles radoucirent leurs voix,
De demi-pied les coiffures [27] baissèrent,
La gorge se couvrit, les manches s'allongèrent,
A peine on leur voyait le petit bout des doigts.

Dans la Ville avec diligence,
Pour l'Hymen dont le jour s'avance,
On voit travailler tous les Arts :
Ici se font de magnifiques chars [28]
D'une forme toute nouvelle,
Si beaux et si bien inventés,
Que l'or qui partout étincelle
En fait la moindre des beautés.

Là, pour voir aisément et sans aucun obstacle
Toute la pompe du spectacle,
On dresse de longs échafauds [29],
Ici de grands Arcs triomphaux [30]
Où du Prince guerrier se célèbre la gloire,
Et de l'Amour sur lui l'éclatante victoire.

Là, sont forgés d'un art industrieux,
Ces feux [31] qui par les coups d'un innocent tonnerre,
En effrayant la Terre,
De mille astres nouveaux embellissent les Cieux.
Là d'un ballet [32] ingénieux
Se concerte avec soin l'agréable folie,
Et là d'un Opéra peuplé de mille Dieux,
Le plus beau que jamais ait produit l'Italie,
On entend répéter les airs mélodieux.

Enfin, du fameux Hyménée,
Arriva la grande journée.

Sur le fond d'un Ciel vif et pur,
A peine l'Aurore vermeille
Confondait l'or avec l'azur,
Que partout en sursaut le beau sexe s'éveille;
Le Peuple curieux s'épand de tous côtés,
En différents endroits des Gardes sont postés
Pour contenir la Populace,
Et la contraindre à faire place.
Tout le Palais retentit de clairons,
De flûtes, de hautbois, de rustiques musettes,
Et l'on n'entend aux environs
Que des tambours et des trompettes.

Enfin le Prince sort entouré de sa Cour,
Il s'élève un long cri de joie,
Mais on est bien surpris quand au premier détour,
De la Forêt prochaine on voit qu'il prend la voie,
Ainsi qu'il faisait chaque jour.
« Voilà, dit-on, son penchant qui l'emporte,
Et de ses passions, en dépit de l'Amour,
La Chasse est toujours la plus forte. »

Il traverse rapidement
Les guérets de la plaine et gagnant la montagne,
Il entre dans le bois au grand étonnement
De la Troupe qui l'accompagne.

Après avoir passé par différents détours,
Que son cœur amoureux se plaît à reconnaître,
Il trouve enfin la cabane champêtre,
Où logent ses tendres amours.

Griselidis de l'Hymen informée,
Par la voix de la Renommée,
En avait pris son bel habillement;
Et pour en aller voir la pompe magnifique,
De dessous sa case [33] rustique
Sortait en ce même moment.

« Où courez-vous si prompte et si légère?
Lui dit le Prince en l'abordant
Et tendrement la regardant;
Cessez de vous hâter, trop aimable Bergère :
La noce où vous allez, et dont je suis l'Époux,
Ne saurait se faire sans vous.

Oui, je vous aime, et je vous ai choisie
Entre mille jeunes beautés,

Pour passer avec vous le reste de ma vie,
Si toutefois mes vœux ne sont pas rejetés.

— Ah! dit-elle, Seigneur, je n'ai garde de croire
Que je sois destinée à ce comble de gloire,
Vous cherchez à vous divertir.
— Non, non, dit-il, je suis sincère,
J'ai déjà pour moi votre Père,
(Le Prince avait eu soin de l'en faire avertir).
Daignez, Bergère, y consentir,
C'est là tout ce qui reste à faire.
Mais afin qu'entre nous une solide paix
Éternellement se maintienne,
Il faudrait me jurer que vous n'aurez jamais
D'autre volonté que la mienne.

— Je le jure, dit-elle, et je vous le promets;
Si j'avais épousé le moindre du Village,
J'obéirais, son joug me serait doux;
Hélas! combien donc davantage,
Si je viens à trouver en vous
Et mon Seigneur et mon Époux. »

Ainsi le Prince se déclare,
Et pendant que la Cour applaudit à son choix,
Il porte la Bergère à souffrir qu'on la pare
Des ornements qu'on donne aux Épouses des Rois
Celles qu'à cet emploi leur devoir intéresse [34]
Entrent dans la cabane, et là diligemment
Mettent tout leur savoir et toute leur adresse
A donner de la grâce à chaque ajustement.

Dans cette Hutte où l'on se presse
Les Dames admirent sans cesse
Avec quel art la Pauvreté

S'y cache sous la Propreté [35];
Et cette rustique Cabane,
Que couvre et rafraîchit un spacieux Platane,
Leur semble un séjour enchanté.

Enfin, de ce Réduit sort pompeuse et brillante
La Bergère charmante;
Ce ne sont qu'applaudissements
Sur sa beauté, sur ses habillements;
Mais sous cette pompe étrangère
Déjà plus d'une fois le Prince a regretté
Des ornements de la Bergère
L'innocente simplicité.

Sur un grand char d'or et d'ivoire,
La Bergère s'assied pleine de majesté;
Le Prince y monte avec fierté,
Et ne trouve pas moins de gloire
A se voir comme Amant assis à son côté
Qu'à marcher en triomphe après une victoire;
La Cour les suit et tous gardent le rang
Que leur donne leur charge ou l'éclat de leur sang.

La Ville dans les champs presque toute sortie
Couvrait les plaines d'alentour,
Et du choix du Prince avertie,
Avec impatience attendait son retour.
Il paraît, on le joint. Parmi l'épaisse foule
Du Peuple qui se fend le char à peine [36] roule;
Par les longs cris de joie à tout coup redoublés
Les chevaux émus et troublés
Se cabrent, trépignent, s'élancent,
Et reculent plus qu'ils n'avancent.

Dans le Temple on arrive enfin,
Et là par la chaîne éternelle
D'une promesse solennelle,
Les deux Époux unissent leur destin;
Ensuite au Palais ils se rendent,
Où mille plaisirs les attendent,
Où la Danse, les Jeux, les Courses [37], les Tournois,
Répandent l'allégresse en différents endroits;
Sur le soir le blond Hyménée
De ses chastes douceurs couronna la journée.

Le lendemain, les différents États [38]
De toute la Province
Accourent haranguer la Princesse et le Prince
Par la voix de leurs Magistrats.

De ses Dames environnée,
Griselidis, sans paraître étonnée,
En Princesse les entendit,
En Princesse leur répondit.
Elle fit toute chose avec tant de prudence,
Qu'il sembla que le Ciel eût versé ses trésors
Avec encor plus d'abondance
Sur son âme que sur son corps.
Par son esprit, par ses vives lumières,
Du grand monde aussitôt elle prit les manières,
Et même dès le premier jour
Des talents, de l'humeur des Dames de sa Cour,
Elle se fit si bien instruire,
Que son bon sens jamais embarrassé
Eut moins de peine à les conduire
Que ses brebis du temps passé.

Avant la fin de l'an, des fruits de l'Hyménée
Le Ciel bénit leur couche fortunée;

Ce ne fut pas un Prince, on l'eût bien souhaité;
Mais la jeune Princesse avait tant de beauté
Que l'on ne songea plus qu'à conserver sa vie;
Le Père qui lui trouve un air doux et charmant
La venait voir de moment en moment,
Et la Mère encor plus ravie
La regardait incessamment [39].

Elle voulut la nourrir elle-même [40] :
« Ah! dit-elle, comment m'exempter de l'emploi
Que ses cris demandent de moi
Sans une ingratitude extrême?
Par un motif de Nature ennemi
Pourrais-je bien vouloir de mon Enfant que j'aime
N'être la Mère qu'à demi? [41] »

Soit que le Prince eût l'âme un peu moins enflammée
Qu'aux premiers jours de son ardeur,
Soit que de sa maligne humeur
La masse se fût rallumée,
Et de son épaisse fumée [42]
Eût obscurci ses sens et corrompu son cœur,
Dans tout ce que fait la Princesse,
Il s'imagine voir peu de sincérité.
Sa trop grande vertu le blesse,
C'est un piège qu'on tend à sa crédulité;
Son esprit inquiet et de trouble agité
Croit tous les soupçons qu'il écoute,
Et prend plaisir à révoquer en doute
L'excès de sa félicité [43]

Pour guérir les chagrins dont son âme est atteinte,
Il la suit, il l'observe, il aime à la troubler
Par les ennuis de la contrainte,
Par les alarmes de la crainte,

Par tout ce qui peut démêler
La vérité d'avec la feinte.
« C'est trop, dit-il, me laisser endormir ;
Si ses vertus sont véritables,
Les traitements les plus insupportables
Ne feront que les affermir. »

Dans son Palais il la tient resserrée,
Loin de tous les plaisirs qui naissent à la Cour,
Et dans sa chambre, où seule elle vit retirée,
A peine il laisse entrer le jour.
Persuadé que la Parure
Et le superbe Ajustement
Du sexe que pour plaire a formé la Nature
Est le plus doux enchantement
Il lui demande avec rudesse
Les perles, les rubis, les bagues, les bijoux
Qu'il lui donna pour marque de tendresse,
Lorsque de son Amant il devint son Époux.

Elle dont la vie est sans tache,
Et qui n'a jamais eu d'attache[44]
Qu'à s'acquitter de son devoir,
Les lui donne sans s'émouvoir,
Et même, le voyant se plaire à les reprendre,
N'a pas moins de joie à les rendre
Qu'elle en eut à les recevoir.

« Pour m'éprouver mon Époux me tourmente,
Dit-elle, et je vois bien qu'il ne me fait souffrir
Qu'afin de réveiller ma vertu languissante,
Qu'un doux et long repos pourrait faire périr.
S'il n'a pas ce dessein, du moins suis-je assurée
Que telle est du Seigneur la conduite sur moi
Et que de tant de maux l'ennuyeuse durée
N'est que pour exercer ma constance et ma foi.

Pendant que tant de malheureuses
Errent au gré de leurs désirs
Par mille routes dangereuses,
Après de faux et vains plaisirs;
Pendant que le Seigneur dans sa lente justice
Les laisse aller aux bords du précipice
Sans prendre part à leur danger,
Par un pur mouvement de sa bonté suprême[45].
Il me choisit comme un enfant qu'il aime.
Et s'applique à me corriger.

Aimons donc sa rigueur utilement cruelle,
On n'est heureux qu'autant qu'on a souffert,
Aimons sa bonté paternelle
Et la main dont elle se sert. »

Le Prince a beau la voir obéir sans contrainte
A tous ses ordres absolus :
« Je vois le fondement de cette vertu feinte,
Dit-il, et ce qui rend tous mes coups superflus,
C'est qu'ils n'ont porté leur atteinte
Qu'à des endroits où son amour n'est plus.

Dans son Enfant, dans la jeune Princesse,
Elle a mis toute sa tendresse;
A l'éprouver si je veux réussir,
C'est là qu'il faut que je m'adresse,
C'est là que je puis m'éclaircir. »

Elle venait de donner la mamelle
Au tendre objet de son amour ardent,
Qui couché sur son sein se jouait avec elle,
Et riait en la regardant :
« Je vois que vous l'aimez, lui dit-il, cependant

Il faut que je vous l'ôte en cet âge encor tendre,
Pour lui former les mœurs et pour la préserver
De certains mauvais airs qu'avec vous l'on peut prendre[46];
Mon heureux sort m'a fait trouver
Une Dame d'esprit qui saura l'élever
Dans toutes les vertus et dans la politesse
Que doit avoir une Princesse.
Disposez-vous à la quitter,
On va venir pour l'emporter. »

Il la laisse à ces mots, n'ayant pas le courage,
Ni les yeux assez inhumains,
Pour voir arracher de ses mains
De leur amour l'unique gage;
Elle de mille pleurs se baigne le visage,
Et dans un morne accablement
Attend de son malheur le funeste moment.

Dès que d'une action si triste et si cruelle
Le ministre odieux à ses yeux se montra,
« Il faut obéir », lui dit-elle;
Puis prenant son Enfant qu'elle considéra,
Qu'elle baisa d'une ardeur maternelle,
Qui de ses petits bras tendrement la serra,
Toute en pleurs elle le livra.
Ah! que sa douleur fut amère!
Arracher l'enfant ou le cœur
Du sein d'une si tendre Mère,
C'est la même douleur.

Près de la Ville était un Monastère,
Fameux par son antiquité,
Où des Vierges vivaient dans une règle austère,
Sous les yeux d'une Abbesse illustre en piété.
Ce fut là que dans le silence,

Et sans déclarer sa naissance,
On déposa l'Enfant, et des bagues de prix,
Sous l'espoir d'une récompense
Digne des soins que l'on en aurait pris.

Le Prince qui tâchait d'éloigner par la chasse
Le vif remords qui l'embarrasse
Sur l'excès de sa cruauté,
Craignait de revoir la Princesse,
Comme on craint de revoir une fière Tigresse
A qui son faon [47] vient d'être ôté ;
Cependant il en fut traité
Avec douceur, avec caresse,
Et même avec cette tendresse
Qu'elle eut aux plus beaux jours de sa prospérité.

Par cette complaisance et si grande et si prompte,
Il fut touché de regret et de honte,
Mais son chagrin [48] demeura le plus fort :
Ainsi, deux jours après, avec des larmes feintes
Pour lui porter encor de plus vives atteintes,
Il lui vint dire que la Mort
De leur aimable Enfant avait fini le sort.

Ce coup inopiné mortellement la blesse,
Cependant malgré sa tristesse,
Ayant vu son Époux qui changeait de couleur,
Elle parut oublier son malheur.
Et n'avoir même de tendresse
Que pour le consoler de sa fausse douleur.

Cette bonté, cette ardeur sans égale
D'amitié conjugale,
Du Prince tout à coup désarmant la rigueur,
Le touche, le pénètre et lui change le cœur,

Jusque-là qu'il lui prend envie
De déclarer que leur Enfant
Jouit encore de la vie;
Mais sa bile s'élève et fière lui défend
De rien découvrir du mystère
Qu'il peut être utile de taire.

Dès ce bienheureux jour telle des deux Époux
Fut la mutuelle tendresse,
Qu'elle n'est point plus vive aux moments les plus doux
Entre l'Amant et la Maîtresse.

Quinze fois le Soleil, pour former les saisons,
Habita tour à tour dans ses douze maisons,
Sans rien voir qui les désunisse;
Que si quelquefois par caprice
Il prend plaisir à la fâcher,
C'est seulement pour empêcher
Que l'amour ne se ralentisse,
Tel que le Forgeron qui pressant son labeur,
Répand un peu d'eau sur la braise
De sa languissante fournaise
Pour en redoubler la chaleur.

Cependant la jeune Princesse
Croissait en esprit, en sagesse;
A la douceur, à la naïveté
Qu'elle tenait de son aimable Mère,
Elle joignit de son illustre Père
L'agréable et noble fierté;
L'amas de ce qui plaît dans chaque caractère
Fit une parfaite beauté.

Partout comme un Astre elle brille;
Et par hasard un Seigneur de la Cour,

Jeune, bien fait et plus beau que le jour,
L'ayant vu paraître à la grille,
Conçut pour elle un violent amour.
Par l'instinct qu'au beau sexe a donné la Nature
Et que toutes les Beautés ont
De voir l'invisible blessure
Que font leurs yeux, au moment qu'ils la font,
La Princesse fut informée
Qu'elle était tendrement aimée.

Après avoir quelque temps résisté
Comme on le doit avant que de se rendre,
D'un amour également tendre
Elle l'aima de son côté.

Dans cet Amant, rien n'était à reprendre,
Il était beau, vaillant, né d'illustres aïeux
Et dès longtemps pour en faire son Gendre
Sur lui le Prince avait jeté les yeux.
Ainsi donc avec joie il apprit la nouvelle
De l'ardeur tendre et mutuelle
Dont brûlaient ces jeunes Amants;
Mais il lui prit une bizarre envie
De leur faire acheter par de cruels tourments
Le plus grand bonheur de leur vie.

« Je me plairai, dit-il, à les rendre contents;
Mais il faut que l'Inquiétude,
Par tout ce qu'elle a de plus rude,
Rende encor leurs feux plus constants;
De mon Épouse en même temps
J'exercerai la patience,
Non point, comme jusqu'à ce jour,
Pour assurer ma folle défiance,
Je ne dois plus douter de son amour;

Mais pour faire éclater aux yeux de tout le Monde
Sa Bonté, sa Douceur, sa Sagesse profonde,
Afin que de ces dons si grands, si précieux,
La Terre se voyant parée,
En soit de respect pénétrée,
Et par reconnaissance en rende grâce aux Cieux. »

Il déclare en public que manquant de lignée,
En qui l'État un jour retrouve son Seigneur,
Que la fille qu'il eut de son fol hyménée
Étant morte aussitôt que née,
Il doit ailleurs chercher plus de bonheur;
Que l'Épouse qu'il prend est d'illustre naissance,
Qu'en un Convent[49] on l'a jusqu'à ce jour
Fait élever dans l'innocence,
Et qu'il va par l'hymen couronner son amour.

On peut juger à quel point fut cruelle
Aux deux jeunes Amants cette affreuse nouvelle;
Ensuite, sans marquer ni chagrin, ni douleur,
Il avertit son Épouse fidèle
Qu'il faut qu'il se sépare d'elle
Pour éviter un extrême malheur;
Que le Peuple indigné de sa basse naissance
Le force à prendre ailleurs une digne alliance.

« Il faut, dit-il, vous retirer
Sous votre toit de chaume et de fougère
Après avoir repris vos habits de Bergère
Que je vous ai fait préparer. »

Avec une tranquille et muette constance,
La Princesse entendit prononcer sa sentence;
Sous les dehors d'un visage serein
Elle dévorait son chagrin,

Et sans que la douleur diminuât ses charmes,
De ses beaux yeux tombaient de grosses larmes,
Ainsi que quelquefois au retour du Printemps,
Il fait Soleil et pleut en même temps.

« Vous êtes mon Époux, mon Seigneur, et mon Maître [50],
(Dit-elle en soupirant, prête à s'évanouir),
Et quelque affreux que soit ce que je viens d'ouïr,
Je saurai vous faire connaître
Que rien ne m'est si cher que de vous obéir. »

Dans sa chambre aussitôt seule elle se retire,
Et là se dépouillant de ses riches habits,
Elle reprend paisible et sans rien dire,
Pendant que son cœur en soupire,
Ceux qu'elle avait en gardant ses brebis.

En cet humble et simple équipage,
Elle aborde le Prince et lui tient ce langage :

« Je ne puis m'éloigner de vous
Sans le pardon d'avoir su vous déplaire;
Je puis souffrir le poids de ma misère,
Mais je ne puis, Seigneur, souffrir votre courroux;
Accordez cette grâce à mon regret sincère,
Et je vivrai contente en mon triste séjour,
Sans que jamais le Temps altère
Ni mon humble respect, ni mon fidèle amour. »

Tant de soumission et tant de grandeur d'âme
Sous un si vil habillement,
Qui dans le cœur du Prince en ce même moment
Réveilla tous les traits [51] de sa première flamme,
Allaient casser l'arrêt de son bannissement.
Ému par de si puissants charmes,

Et prêt à répandre des larmes,
Il commençait à s'avancer
Pour l'embrasser,
Quand tout à coup l'impérieuse gloire
D'être ferme en son sentiment
Sur son amour remporta la victoire,
Et le fit en ces mots répondre durement :

« De tout le temps passé j'ai perdu la mémoire,
Je suis content de votre repentir,
Allez, il est temps de partir. »

Elle part aussitôt, et regardant son Père
Qu'on avait revêtu de son rustique habit,
Et qui, le cœur percé d'une douleur amère,
Pleurait un changement si prompt et si subit :
« Retournons, lui dit-elle, en nos sombres bocages,
Retournons habiter nos demeures sauvages,
Et quittons sans regret la pompe des Palais [52];
Nos cabanes n'ont pas tant de magnificence [53],
Mais on y trouve avec plus d'innocence,
Un plus ferme repos, une plus douce paix. »

Dans son désert [54] à grand peine arrivée,
Elle reprend et quenouille et fuseaux,
Et va filer au bord des mêmes eaux
Où le Prince l'avait trouvée.
Là son cœur tranquille et sans fiel
Cent fois le jour demande au Ciel
Qu'il comble son Époux de gloire, de richesses,
Et qu'à tous ses désirs il ne refuse rien;
Un Amour nourri de caresses
N'est pas plus ardent que le sien.

Ce cher Époux qu'elle regrette
Voulant encore l'éprouver,
Lui fait dire dans sa retraite
Qu'elle ait à le venir trouver.

« Griselidis, dit-il, dès qu'elle se présente,
Il faut que la Princesse à qui je dois demain
Dans le Temple donner la main[55],
De vous et de moi soit contente.
Je vous demande ici tous vos soins, et je veux
Que vous m'aidiez à plaire à l'objet de mes vœux ;
Vous savez de quel air il faut que l'on me serve,
Point d'épargne, point de réserve ;
Que tout sente le Prince, et le Prince amoureux.

Employez toute votre adresse
A parer son appartement,
Que l'abondance, la richesse,
La propreté, la politesse
S'y fasse voir également ;
Enfin songez incessamment
Que c'est une jeune Princesse
Que j'aime tendrement.

Pour vous faire entrer davantage
Dans les soins de votre devoir,
Je veux ici vous faire voir
Celle qu'à bien servir mon ordre vous engage. »

Telle qu'aux Portes du Levant
Se montre la naissante Aurore,
Telle parut en arrivant
La Princesse plus belle encore.
Griselidis à son abord
Dans le fond de son cœur sentit un doux transport

De la tendresse maternelle;
Du temps passé, de ses jours bienheureux,
Le souvenir en son cœur se rappelle :
« Hélas! ma fille, en soi-même dit-elle,
Si le Ciel favorable eût écouté mes vœux,
Serait presque aussi grande, et peut-être aussi belle. »

Pour la jeune Princesse en ce même moment
Elle prit un amour si vif, si véhément,
Qu'aussitôt qu'elle fut absente,
En cette sorte au Prince elle parla,
Suivant, sans le savoir, l'instinct qui s'en mêla :

« Souffrez, Seigneur, que je vous représente
Que cette Princesse charmante,
Dont vous allez être l'Époux,
Dans l'aise, dans l'éclat, dans la pourpre nourrie,
Ne pourra supporter, sans en perdre la vie,
Les mêmes traitements que j'ai reçus de vous.

Le besoin, ma naissance obscure,
M'avaient endurcie aux travaux.
Et je pouvais souffrir toutes sortes de maux
Sans peine et même sans murmure;
Mais elle qui jamais n'a connu la douleur,
Elle mourra dès la moindre rigueur,
Dès la moindre parole un peu sèche, un peu dure.
Hélas! Seigneur, je vous conjure
De la traiter avec douceur.

— Songez, lui dit le Prince avec un ton sévère,
A me servir selon votre pouvoir,
Il ne faut pas qu'une simple Bergère
Fasse des leçons, et s'ingère
De m'avertir de mon devoir. »

Griselidis, à ces mots, sans rien dire,
Baisse les yeux et se retire.

Cependant pour l'Hymen les Seigneurs invités,
Arrivèrent de tous côtés ;
Dans une magnifique salle
Où le Prince les assembla
Avant que d'allumer la torche nuptiale,
En cette sorte il leur parla :

« Rien au monde, après l'Espérance,
N'est plus trompeur que l'Apparence ;
Ici l'on en peut voir un exemple éclatant.
Qui ne croirait que ma jeune Maîtresse,
Que l'Hymen va rendre Princesse,
Ne soit heureuse et n'ait le cœur content ?
Il n'en est rien pourtant.

Qui pourrait s'empêcher de croire
Que ce jeune Guerrier amoureux de la gloire
N'aime à voir cet Hymen, lui qui dans les Tournois
Va sur tous ses Rivaux remporter la victoire ?
Cela n'est pas vrai toutefois.

Qui ne croirait encor qu'en sa juste colère,
Griselidis ne pleure et ne se désespère ?
Elle ne se plaint point, elle consent à tout,
Et rien n'a pu pousser sa patience à bout.

Qui ne croirait enfin que de ma destinée,
Rien ne peut égaler la course fortunée,
En voyant les appas de l'objet de mes vœux ?
Cependant si l'Hymen me liait de ses nœuds,
J'en concevrais une douleur profonde,
Et de tous les Princes du Monde
Je serais le plus malheureux.

L'Énigme vous paraît difficile à comprendre;
Deux mots vont vous la faire entendre,
Et ces deux mots feront évanouir
Tous les malheurs que vous venez d'ouïr.

Sachez, poursuivit-il, que l'aimable Personne
Que vous croyez m'avoir blessé le cœur,
Est ma Fille, et que je la donne
Pour Femme à ce jeune Seigneur
Qui l'aime d'un amour extrême,
Et dont il est aimé de même.

Sachez encor, que touché vivement
De la patience et du zèle
De l'Épouse sage et fidèle
Que j'ai chassée indignement,
Je la reprends, afin que je répare,
Par tout ce que l'amour peut avoir de plus doux,
Le traitement dur et barbare
Qu'elle a reçu de mon esprit jaloux.

Plus grande sera mon étude
A prévenir tous ses désirs,
Qu'elle ne fut dans mon inquiétude [56]
A l'accabler de déplaisirs [57];
Et si dans tous les temps doit vivre la mémoire
Des ennuis [58] dont son cœur ne fut point abattu,
Je veux que plus encore on parle de la gloire
Dont j'aurai couronné sa suprême vertu. »

Comme quand un épais nuage
A le jour obscurci,
Et que le Ciel de toutes parts noirci,
Menace d'un affreux orage;

Si de ce voile obscur par les vents écarté
Un brillant rayon de clarté
Se répand sur le paysage,
Tout rit et reprend sa beauté;
Telle, dans tous les yeux où régnait la tristesse,
Éclate tout à coup une vive allégresse.

Par ce prompt éclaircissement;
La jeune Princesse ravie
D'apprendre que du Prince elle a reçu la vie
Se jette à ses genoux qu'elle embrasse ardemment.
Son père qu'attendrit une fille si chère,
La relève, la baise, et la mène à sa mère,
A qui trop de plaisir en un même moment
Ôtait presque tout sentiment.
Son cœur, qui tant de fois en proie
Aux plus cuisants traits du malheur,
Supporta si bien la douleur,
Succombe au doux poids de la joie;
A peine de ses bras pouvait-elle serrer
L'aimable Enfant que le Ciel lui renvoie,
Elle ne pouvait que pleurer.

« Assez dans d'autres temps vous pourrez satisfaire,
Lui dit le Prince, aux tendresses du sang;
Reprenez les habits qu'exige votre rang,
Nous avons des noces à faire. »

Au Temple on conduisit les deux jeunes Amants,
Où la mutuelle promesse
De se chérir avec tendresse
Affermit pour jamais leurs doux engagements.
Ce ne sont que Plaisirs, que Tournois magnifiques,
Que Jeux, que Danses, que Musiques,
Et que Festins délicieux,

Où sur Griselidis se tournent tous les yeux,
Où sa patience éprouvée
Jusques au Ciel est élevée
Par mille éloges glorieux :
Des Peuples réjouis la complaisance est telle
Pour leur Prince capricieux,
Qu'ils vont jusqu'à louer son épreuve cruelle,
A qui d'une vertu si belle,
Si séante au beau sexe, et si rare en tous lieux,
On doit un si parfait modèle.

A MONSIEUR***[1] EN LUI ENVOYANT GRISELIDIS

Si je m'étais rendu à tous les différents avis qui m'ont été donnés sur l'Ouvrage que je vous envoie, il n'y serait rien demeuré[2] *que le Conte tout sec et tout uni, et en ce cas j'aurais mieux fait de n'y pas toucher et de le laisser dans son papier bleu*[3] *où il est depuis tant d'années. Je le lus d'abord à deux de mes Amis. « Pourquoi, dit l'un, s'étendre si fort sur le caractère de votre Héros? Qu'a-t-on à faire de savoir ce qu'il faisait le matin dans son Conseil, et moins encore à quoi il se divertissait l'après-dînée? Tout cela est bon à retrancher. — Ôtez-moi, je vous prie, dit l'autre, la réponse enjouée qu'il fait aux Députés de son Peuple qui le pressent de se marier; elle ne convient point à un Prince grave et sérieux. Vous voulez bien encore, poursuivit-il, que je vous conseille de supprimer la longue description de votre chasse? Qu'importe tout cela au fond de votre histoire? Croyez-moi, ce sont de vains et ambitieux ornements*[4]*, qui appauvrissent votre Poème au lieu de l'enrichir. Il en est de même, ajouta-t-il, des préparatifs qu'on fait pour le mariage du Prince, tout cela est oiseux et inutile. Pour vos Dames qui rabaissent leurs coiffures, qui couvrent leurs gorges, et qui allongent leurs manches, froide plaisanterie aussi bien que celle de l'Orateur qui s'applaudit de son éloquence. — Je demande encore, reprit celui qui avait parlé le premier, que vous ôtiez les réflexions Chrétiennes de Griselidis, qui dit que c'est Dieu qui veut l'éprouver; c'est un* *sermon hors de sa place. Je ne saurais encore souffrir les inhumanités de votre Prince, elles me mettent en colère, je les supprimerais. Il est vrai qu'elles sont de l'Histoire, mais il n'importe. J'ôterais encore l'Épisode du jeune Seigneur qui n'est là que pour épouser la jeune Princesse, cela allonge trop votre conte. — Mais, lui dis-je, le conte finirait mal sans cela. — Je ne saurais que vous dire, répondit-il, je ne laisserais pas que de l'ôter. » A quelques jours de là, je fis la même lecture à deux autres de mes Amis, qui ne me dirent pas un seul mot sur les endroits dont je viens de parler*[5]*, mais qui en reprirent quantité d'autres. « Bien loin de me plaindre de la rigueur de votre critique, leur dis-je, je me plains de ce qu'elle n'est pas assez sévère : vous m'avez passé une infinité d'endroits que l'on trouve très dignes de censure. — Comme quoi? dirent-ils. — On trouve, leur dis-je, que le caractère du Prince est trop étendu, et qu'on n'a que faire de savoir ce qu'il faisait le matin et encore moins l'après-dînée. — On se moque de vous, dirent-ils tous deux ensemble, quand on vous fait de semblables critiques. — On blâme, poursuivis-je, la réponse que fait le Prince à ceux qui le pressent de se marier, comme trop enjouée et indigne d'un Prince grave et sérieux. — Bon, reprit l'un d'eux; et où est l'inconvénient qu'un jeune Prince d'Italie, pays où l'on est accoutumé à voir les hommes les plus graves et les plus élevés en dignité dire des plaisanteries, et qui d'ailleurs fait profession de mal parler et des femmes et du mariage, matières si sujettes à la raillerie, se soit un peu réjoui sur cet article? Quoi qu'il en soit, je vous demande grâce pour cet endroit comme pour celui de l'Orateur qui croyait avoir converti le Prince, et pour le rabaissement des coiffures; car ceux qui n'ont pas aimé la réponse enjouée du Prince, ont bien la mine d'avoir fait main basse*[6] *sur ces deux endroits-là. — Vous l'avez deviné, lui dis-je. Mais d'un autre côté, ceux qui n'aiment que les choses plaisantes n'ont pu souffrir les réflexions Chrétiennes de la Princesse, qui dit que c'est Dieu qui la veut éprouver. Ils prétendent que c'est un sermon hors de propos. — Hors de* *propos? reprit l'autre; non seulement ces réflexions conviennent au sujet, mais elles y sont absolument nécessaires. Vous aviez besoin de rendre croyable la Patience de votre Héroïne; et quel autre moyen aviez-vous que de lui faire regarder les mauvais traitements de son Époux comme venant de la main de Dieu? Sans cela, on la prendrait pour la plus stupide de toutes les femmes, ce qui ne ferait pas assurément un bon effet. — On blâme encore, leur dis-je, l'Épisode du jeune Seigneur*[7] *qui épouse la jeune Princesse. — On a tort, reprit-il; comme votre Ouvrage est un véritable Poème, quoique vous lui donniez le titre de Nouvelle, il faut qu'il n'y ait rien à désirer quand il finit. Cependant si la jeune Princesse s'en retournait dans son Convent sans être mariée après s'y être attendue, elle ne serait point contente ni ceux qui liraient la Nouvelle*[8]*.» Ensuite*[9] *de cette conférence*[10]*, j'ai pris le parti de laisser mon Ouvrage tel à peu près qu'il a été lu dans l'Académie*[11]*. En un mot, j'ai eu soin de corriger les choses qu'on m'a fait voir être mauvaises en elles-mêmes; mais à l'égard de celles que j'ai trouvées n'avoir point d'autre défaut que de n'être pas au goût de quelques personnes peut-être un peu trop délicates, j'ai cru n'y devoir pas toucher.*

Est-ce une raison décisive
D'ôter un bon mets d'un repas,
Parce qu'il s'y trouve un Convive
Qui par malheur ne l'aime pas?
Il faut que tout le monde vive,
Et que les mets, pour plaire à tous,
Soient différents comme les goûts.

Quoi qu'il en soit, j'ai cru devoir m'en remettre au Public qui juge toujours bien. J'apprendrai de lui ce que j'en dois croire, et je suivrai exactement tous ses avis, s'il m'arrive jamais de faire une seconde édition de cet Ouvrage[12]*.*

PEAU D'ANE

Conte

A MADAME LA MARQUISE DE L***[1]

Il est des gens de qui l'esprit guindé,
Sous un front jamais déridé,
Ne souffre, n'approuve et n'estime
Que le pompeux et le sublime;
Pour moi, j'ose poser en fait
Qu'en de certains moments l'esprit le plus parfait
Peut aimer sans rougir jusqu'aux Marionnettes;
Et qu'il est des temps et des lieux
Où le grave et le sérieux
Ne valent pas d'agréables sornettes[2].
Pourquoi faut-il s'émerveiller
Que la Raison la mieux sensée,
Lasse souvent de trop veiller,
Par des contes d'Ogre[a] et de Fée
Ingénieusement bercée,
Prenne plaisir à sommeiller?

Sans craindre donc qu'on me condamne
De mal employer mon loisir,
Je vais, pour contenter votre juste désir,
Vous conter tout au long l'histoire de Peau d'Ane[3].

a. Homme sauvage qui mangeait les petits enfants.

Il était une fois un Roi,
Le plus grand qui fût sur la Terre,
Aimable en Paix, terrible en Guerre,
Seul enfin comparable à soi :
Ses voisins le craignaient, ses États étaient calmes,
Et l'on voyait de toutes parts
Fleurir, à l'ombre de ses palmes [4],
Et les Vertus et les beaux Arts [5].
Son aimable Moitié, sa Compagne fidèle,
Était si charmante et si belle,
Avait l'esprit si commode [6] et si doux
Qu'il était encor avec elle
Moins heureux Roi qu'heureux époux.
De leur tendre et chaste Hyménée
Plein de douceur et d'agrément,
Avec tant de vertus une fille était née
Qu'ils se consolaient aisément
De n'avoir pas de plus ample lignée.

Dans son vaste et riche Palais
Ce n'était que magnificence ;
Partout y fourmillait une vive abondance
De Courtisans et de Valets ;
Il avait dans son Écurie
Grands et petits chevaux de toutes les façons ;
Couverts de beaux caparaçons,
Roides d'or et de broderie ;
Mais ce qui surprenait tout le monde en entrant,
C'est qu'au lieu le plus apparent [7],
Un maître [8] Ane étalait ses deux grandes oreilles.
Cette injustice vous surprend,
Mais lorsque vous saurez ses vertus nonpareilles,
Vous ne trouverez pas que l'honneur fût trop grand.
Tel et si net [9] le forma la Nature
Qu'il ne faisait jamais d'ordure,

Mais bien beaux Écus au soleil [10]
Et Louis de toute manière,
Qu'on allait recueillir sur la blonde litière
Tous les matins à son réveil.

Or le Ciel qui parfois se lasse
De rendre les hommes contents,
Qui toujours à ses biens mêle quelque disgrâce,
Ainsi que la pluie au beau temps,
Permit qu'une âpre maladie
Tout à coup de la Reine attaquât les beaux jours.
Partout on cherche du secours ;
Mais ni la Faculté qui le Grec étudie,
Ni les Charlatans ayant cours [11],
Ne purent tous ensemble arrêter l'incendie
Que la fièvre allumait en s'augmentant toujours.

Arrivée à sa dernière heure
Elle dit au Roi son Époux :
« Trouvez bon qu'avant que je meure
J'exige une chose de vous ;
C'est que s'il vous prenait envie
De vous remarier quand je n'y serai plus...
— Ah ! dit le Roi, ces soins [12] sont superflus,
Je n'y songerai de ma vie,
Soyez en repos là-dessus.
— Je le crois bien, reprit la Reine,
Si j'en prends à témoin votre amour véhément ;
Mais pour m'en rendre plus certaine,
Je veux avoir votre serment,
Adouci toutefois par ce tempérament [13]
Que si vous rencontrez une femme plus belle,
Mieux faite et plus sage que moi,
Vous pourrez franchement [14] lui donner votre foi
Et vous marier avec elle. »

Sa confiance en ses attraits
Lui faisait regarder une telle promesse
Comme un serment, surpris [15] avec adresse,
De ne se marier jamais.
Le Prince jura donc, les yeux baignés de larmes,
Tout ce que la Reine voulut;
La Reine entre ses bras mourut,
Et jamais un Mari ne fit tant de vacarmes.
A l'ouïr sangloter et les nuits et les jours,
On jugea que son deuil ne lui durerait guère,
Et qu'il pleurait ses défuntes Amours
Comme un homme pressé qui veut sortir d'affaire.

On ne se trompa point. Au bout de quelques mois
Il voulut procéder à faire un nouveau choix;
Mais ce n'était pas chose aisée,
Il fallait garder son serment
Et que la nouvelle Épousée
Eût plus d'attraits et d'agrément
Que celle qu'on venait de mettre au monument [16].

Ni la Cour en beautés fertile,
Ni la Campagne, ni la Ville,
Ni les Royaumes d'alentour
Dont on alla faire le tour,
N'en purent fournir une telle;
L'Infante seule était plus belle
Et possédait certains tendres appas
Que la défunte n'avait pas.
Le Roi le remarqua lui-même
Et brûlant d'un amour extrême,
Alla follement s'aviser
Que par cette raison il devait l'épouser.
Il trouva même un Casuiste
Qui jugea que le cas se pouvait proposer [17].

Mais la jeune Princesse triste
D'ouïr parler d'un tel amour,
Se lamentait et pleurait nuit et jour.

De mille chagrins l'âme pleine,
Elle alla trouver sa Marraine,
Loin, dans une grotte à l'écart
De Nacre et de Corail richement étoffée [18].
C'était une admirable Fée
Qui n'eut jamais de pareille en son Art.
Il n'est pas besoin qu'on vous die
Ce qu'était une Fée en ces bienheureux temps;
Car je suis sûr que votre Mie
Vous l'aura dit dès vos plus jeunes ans.

« Je sais, dit-elle, en voyant la Princesse,
Ce qui vous fait venir ici,
Je sais de votre cœur la profonde tristesse;
Mais avec moi n'ayez plus de souci.
Il n'est rien qui vous puisse nuire
Pourvu qu'à mes conseils vous vous laissiez conduire.
Votre Père, il est vrai, voudrait vous épouser;
Écouter sa folle demande
Serait une faute bien grande,
Mais sans le contredire on le peut refuser [19].

Dites-lui qu'il faut qu'il vous donne
Pour rendre vos désirs contents,
Avant qu'à son amour votre cœur s'abandonne,
Une Robe qui soit de la couleur du Temps.
Malgré tout son pouvoir et toute sa richesse,
Quoique le Ciel en tout favorise ses vœux,
Il ne pourra jamais accomplir sa promesse. »

Aussitôt la jeune Princesse
L'alla dire en tremblant à son Père amoureux
Qui dans le moment fit entendre
Aux Tailleurs les plus importants
Que s'ils ne lui faisaient, sans trop le faire attendre,
Une Robe qui fût de la couleur du Temps,
Ils pouvaient s'assurer qu'il les ferait tous pendre.

Le second jour ne luisait pas encor
Qu'on apporta la Robe désirée;
Le plus beau bleu de l'Empyrée
N'est pas, lorsqu'il est ceint de gros nuages d'or,
D'une couleur plus azurée.
De joie et de douleur l'Infante pénétrée
Ne sait que dire ni comment
Se dérober à son engagement.
« Princesse, demandez-en une,
Lui dit sa Marraine tout bas,
Qui plus brillante et moins commune.
Soit de la couleur de la Lune.
Il ne vous la donnera pas. »
A peine la Princesse en eut fait la demande
Que le Roi dit à son Brodeur :
« Que l'astre de la Nuit n'ait pas plus de splendeur
Et que dans quatre jours sans faute on me la rende[20]. »

Le riche habillement fut fait au jour marqué,
Tel que le Roi s'en était expliqué.
Dans les Cieux où la Nuit a déployé ses voiles,
La Lune est moins pompeuse en sa robe d'argent
Lors même qu'au milieu de son cours diligent
Sa plus vive clarté fait pâlir les étoiles.

La Princesse admirant ce merveilleux habit,
Était à consentir presque délibérée;

Mais par sa Marraine inspirée,
Au Prince amoureux elle dit :
« Je ne saurais être contente
Que je n'aie une Robe encore plus brillante
Et de la couleur du Soleil. »
Le Prince qui l'aimait d'un amour sans pareil,
Fit venir aussitôt un riche Lapidaire
Et lui commanda de la faire
D'un superbe tissu d'or et de diamants,
Disant que s'il manquait à le bien satisfaire,
Il le ferait mourir au milieu des tourments[21].

Le Prince fut exempt de s'en donner la peine,
Car l'ouvrier industrieux,
Avant la fin de la semaine,
Fit apporter l'ouvrage précieux,
Si beau, si vif, si radieux,
Que le blond Amant de Clymène[22],
Lorsque sur la voûte des Cieux
Dans son char d'or il se promène,
D'un plus brillant éclat n'éblouit pas les yeux.

L'Infante que ces dons achèvent de confondre,
A son Père, à son Roi ne sait plus que répondre.
Sa Marraine aussitôt la prenant par la main :
« Il ne faut pas, lui dit-elle à l'oreille,
Demeurer en si beau chemin ;
Est-ce une si grande merveille
Que tous ces dons que vous en recevez,
Tant qu'il aura l'Ane que vous savez,
Qui d'écus d'or sans cesse emplit sa bourse ?
Demandez-lui la peau de ce rare Animal.
Comme il est toute sa ressource,
Vous ne l'obtiendrez pas, ou je raisonne mal. »

Cette Fée était bien savante,
Et cependant elle ignorait encor
Que l'amour violent pourvu qu'on le contente,
Compte pour rien l'argent et l'or;
La peau fut galamment aussitôt accordée
Que l'Infante l'eut demandée.

Cette Peau quand on l'apporta
Terriblement l'épouvanta
Et la fit de son sort amèrement se plaindre.
Sa Marraine survint et lui représenta
Que quand on fait le bien on ne doit jamais craindre;
Qu'il faut laisser penser au Roi
Qu'elle est tout à fait disposée
A subir avec lui la conjugale Loi,
Mais qu'au même moment, seule et bien déguisée,
Il faut qu'elle s'en aille en quelque État lointain
Pour éviter un mal si proche et si certain.

« Voici, poursuivit-elle, une grande cassette
Où nous mettrons tous vos habits,
Votre miroir, votre toilette[23],
Vos diamants et vos rubis.
Je vous donne encor ma Baguette;
En la tenant en votre main,
La cassette suivra votre même chemin
Toujours sous la Terre cachée;
Et lorsque vous voudrez l'ouvrir,
A peine mon bâton la Terre aura touchée
Qu'aussitôt à vos yeux elle viendra s'offrir.

Pour vous rendre méconnaissable,
La dépouille de l'Ane est un masque admirable.
Cachez-vous bien dans cette peau,
On ne croira jamais, tant elle est effroyable,
Qu'elle renferme rien de beau.

La Princesse ainsi travestie
De chez la sage Fée à peine fut sortie,
Pendant la fraîcheur du matin,
Que le Prince qui pour la Fête
De son heureux Hymen s'apprête,
Apprend tout effrayé son funeste destin.
Il n'est point de maison, de chemin, d'avenue,
Qu'on ne parcoure promptement;
Mais on s'agite vainement,
On ne peut deviner ce qu'elle est devenue.

Partout se répandit un triste et noir chagrin;
Plus de Noces, plus de Festin,
Plus de Tarte, plus de Dragées;
Les Dames de la Cour, toutes découragées,
N'en dînèrent [24] point la plupart;
Mais du Curé surtout la tristesse fut grande,
Car il en déjeuna fort tard,
Et qui pis est n'eut point d'offrande [25].

L'Infante cependant poursuivait son chemin,
Le visage couvert d'une vilaine crasse;
A tous Passants elle tendait la main,
Et tâchait pour servir [26] de trouver une place.
Mais les moins délicats et les plus malheureux
La voyant si maussade [27] et si pleine d'ordure [28],
Ne voulaient écouter ni retirer [29] chez eux
Une si sale créature.

Elle alla donc bien loin, bien loin, encor plus loin;
Enfin elle arriva dans une Métairie
Où la Fermière avait besoin
D'une souillon [30], dont l'industrie [31]
Allât jusqu'à savoir bien laver des torchons
Et nettoyer l'auge aux Cochons.

On la mit dans un coin au fond de la cuisine
Où les Valets, insolente vermine,
Ne faisaient que la tirailler,
La contredire et la railler;
Ils ne savaient quelle pièce [32] lui faire,
La harcelant à tout propos;
Elle était la butte ordinaire
De tous leurs quolibets et de tous leurs bons mots.

Elle avait le Dimanche un peu plus de repos;
Car, ayant du matin [33] fait sa petite affaire,
Elle entrait dans sa chambre et tenant son huis [34] clos,
Elle se décrassait, puis ouvrait sa cassette,
Mettait proprement sa toilette,
Rangeait dessus ses petits pots.
Devant son grand miroir, contente et satisfaite,
De la Lune tantôt la robe elle mettait,
Tantôt celle où le feu du Soleil éclatait,
Tantôt la belle robe bleue
Que tout l'azur des Cieux ne saurait égaler,
Avec ce chagrin seul que leur traînante queue
Sur le plancher trop court ne pouvait s'étaler.
Elle aimait à se voir jeune, vermeille et blanche
Et plus brave [35] cent fois que nulle autre n'était;
Ce doux plaisir la sustentait
Et la menait jusqu'à l'autre Dimanche.

J'oubliais à dire en passant
Qu'en cette grande Métairie
D'un Roi magnifique [36] et puissant
Se faisait la Ménagerie [37],
Que là, Poules de Barbarie [38],
Râles, Pintades, Cormorans,
Oisons musqués [39] Canes Petières.

Et mille autres oiseaux de bizarres manières,
Entre eux presque tous différents [40],
Remplissaient à l'envi dix cours toutes entières.

Le fils du Roi dans ce charmant séjour
Venait souvent au retour de la Chasse
Se reposer, boire à la glace
Avec les Seigneurs de sa Cour.
Tel ne fut point le beau Céphale [41] :
Son air était Royal, sa mine martiale,
Propre à faire trembler les plus fiers bataillons.
Peau d'Ane de fort loin le vit avec tendresse,
Et reconnut par cette hardiesse
Que sous sa crasse et ses haillons
Elle gardait encor le cœur d'une Princesse.

« Qu'il a l'air grand, quoiqu'il l'ait négligé,
Qu'il est aimable, disait-elle,
Et que bienheureuse est la belle
A qui son cœur est engagé !
D'une robe de rien s'il m'avait honorée,
Je m'en trouverais plus parée
Que de toutes celles que j'ai. »

Un jour le jeune Prince errant à l'aventure
De basse-cour en basse-cour,
Passa dans une allée obscure
Où de Peau d'Ane était l'humble séjour.
Par hasard il mit l'œil au trou de la serrure.
Comme il était fête ce jour,
Elle avait pris une riche parure
Et ses superbes vêtements
Qui, tissus de fin [42] or et de gros diamants,
Égalaient du Soleil la clarté la plus pure.
Le Prince au gré de son désir

La contemple et ne peut qu'à peine,
En la voyant, reprendre haleine,
Tant il est comblé de plaisir.
Quels que soient les habits, la beauté du visage,
Son beau tour [43], sa vive blancheur,
Ses traits fins, sa jeune fraîcheur
Le touchent cent fois davantage;
Mais un certain air de grandeur,
Plus encore une sage et modeste pudeur,
Des beautés de son âme assuré témoignage,
S'emparèrent de tout son cœur.

Trois fois, dans la chaleur du feu qui le transporte,
Il voulut enfoncer la porte;
Mais croyant voir une Divinité,
Trois fois par le respect son bras fut arrêté.

Dans le Palais, pensif il se retire,
Et là, nuit et jour il soupire;
Il ne veut plus aller au Bal
Quoiqu'on soit dans le Carnaval.
Il hait la Chasse, il hait la Comédie [44],
Il n'a plus d'appétit, tout lui fait mal au cœur,
Et le fond de sa maladie
Est une triste et mortelle langueur.

Il s'enquit quelle était cette Nymphe [45] admirable
Qui demeurait dans une basse-cour,
Au fond d'une allée effroyable,
Où l'on ne voit goutte en plein jour.
« C'est, lui dit-on, Peau d'Ane, en rien Nymphe ni belle
Et que Peau d'Ane l'on appelle,
A cause de la Peau qu'elle met sur son cou;
De l'Amour c'est le vrai remède,
La bête en un mot la plus laide,

Qu'on puisse voir après le Loup. »
On a beau dire, il ne saurait le croire ;
Les traits que l'amour a tracés
Toujours présents à sa mémoire
N'en seront jamais effacés.

Cependant la Reine sa Mère
Qui n'a que lui d'enfant pleure et se désespère ;
De déclarer son mal elle le presse en vain,
Il gémit, il pleure, il soupire,
Il ne dit rien, si ce n'est qu'il désire
Que Peau d'Ane lui fasse un gâteau de sa main ;
Et la Mère ne sait ce que son Fils veut dire.
« O Ciel ! Madame, lui dit-on,
Cette Peau d'Ane est une noire Taupe
Plus vilaine encore et plus gaupe [46]
Que le plus sale Marmiton.
— N'importe, dit la Reine, il le faut satisfaire
Et c'est à cela seul que nous devons songer. »
Il aurait eu de l'or, tant l'aimait cette Mère,
S'il en avait voulu manger.

Peau d'Ane donc prend sa farine
Qu'elle avait fait bluter exprès
Pour rendre sa pâte plus fine,
Son sel, son beurre et ses œufs frais ;
Et pour bien faire sa galette,
S'enferme seule en sa chambrette.

D'abord elle se décrassa
Les mains, les bras et le visage,
Et prit un corps [47] d'argent que vite elle laça
Pour dignement faire l'ouvrage
Qu'aussitôt elle commença.

On dit qu'en travaillant un peu trop à la hâte,
De son doigt par hasard il tomba dans la pâte
Un de ses anneaux de grand prix;
Mais ceux qu'on tient savoir le fin [48] de cette histoire
Assurent que par elle exprès il y fut mis;
Et pour moi franchement je l'oserais bien croire,
Fort sûr que, quand le Prince à sa porte aborda
Et par le trou la regarda,
Elle s'en était aperçue :
Sur ce point la femme est si drue [49]
Et son œil va si promptement
Qu'on ne peut la voir un moment
Qu'elle ne sache qu'on l'a vue.
Je suis bien sûr encor, et j'en ferais serment,
Qu'elle ne douta point que de son jeune Amant
La Bague ne fût bien reçue.

On ne pétrit jamais un si friand [50] morceau,
Et le Prince trouva la galette si bonne
Qu'il ne s'en fallut rien que d'une faim gloutonne
Il n'avalât aussi l'anneau.
Quand il en vit l'émeraude admirable,
Et du jonc d'or le cercle étroit,
Qui marquait la forme du doigt,
Son cœur en fut touché d'une joie incroyable;
Sous son chevet il le mit à l'instant,
Et son mal toujours augmentant,
Les Médecins sages d'expérience,
En le voyant maigrir de jour en jour,
Jugèrent tous, par leur grande science,
Qu'il était malade d'amour.

Comme l'Hymen, quelque mal qu'on en die,
Est un remède exquis [51] pour cette maladie,
On conclut à le marier;

Il s'en fit quelque temps prier,
Puis dit : « Je le veux bien, pourvu que l'on me donne
En mariage la personne
Pour qui cet anneau sera bon. »
A cette bizarre demande,
De la Reine et du Roi la surprise fut grande,
Mais il était si mal qu'on n'osa dire non.

Voilà donc qu'on se met en quête
De celle que l'anneau, sans nul égard du sang,
Doit placer dans un si haut rang ;
Il n'en est point qui ne s'apprête
A venir présenter son doigt
Ni qui veuille céder son droit.

Le bruit ayant couru que pour prétendre au Prince,
Il faut avoir le doigt bien mince,
Tout Charlatan, pour être bienvenu,
Dit qu'il a le secret de le rendre menu ;
L'une, en suivant son bizarre caprice,
Comme une rave le ratisse [52] ;
L'autre en coupe un petit morceau ;
Une autre en le pressant croit qu'elle l'apetisse [53] ;
Et l'autre, avec de certaine eau,
Pour le rendre moins gros en fait tomber la peau ;
Il n'est enfin point de manœuvre
Qu'une Dame ne mette en œuvre,
Pour faire que son doigt cadre bien à l'anneau.

L'essai fut commencé par les jeunes Princesses,
Les Marquises et les Duchesses ;
Mais leurs doigts quoique délicats,
Étaient trop gros et n'entraient pas.
Les Comtesses, et les Baronnes,
Et toutes les nobles Personnes,

Comme elles tour à tour présentèrent leur main
Et la présentèrent en vain.

Ensuite vinrent les Grisettes [54]
Dont les jolis et menus doigts,
Car il en est de très bien faites,
Semblèrent à l'anneau s'ajuster quelquefois.
Mais la Bague toujours trop petite ou trop ronde
D'un dédain presque égal rebutait [55] tout le mond

Il fallut en venir enfin
Aux Servantes, aux Cuisinières,
Aux Tortillons [56], aux Dindonnières [57],
En un mot à tout le fretin,
Dont les rouges et noires pattes,
Non moins que les mains délicates
Espéraient un heureux destin.
Il s'y présenta mainte fille
Dont le doigt, gros et ramassé,
Dans la Bague du Prince eût aussi peu passé
Qu'un câble au travers d'une aiguille

On crut enfin que c'était fait,
Car il ne restait en effet,
Que la pauvre Peau d'Ane au fond de la cuisine
Mais comment croire, disait-on,
Qu'à régner le Ciel la destine!
Le Prince dit : « Et pourquoi non?
Qu'on la fasse venir. » Chacun se prit à rire,
Criant tout haut : « Que veut-on dire,
De faire entrer ici cette sale guenon? »
Mais lorsqu'elle tira de dessous sa peau noire
Une petite main qui semblait de l'ivoire
Qu'un peu de pourpre a coloré
Et que de la Bague fatale [58].

D'une justesse sans égale
Son petit doigt fut entouré,
La Cour fut dans une surprise
Qui ne peut pas être comprise.

On la menait au Roi dans ce transport subit;
Mais elle demanda qu'avant que de paraître
Devant son Seigneur et son Maître,
On lui donnât le temps de prendre un autre habit.
De cet habit, pour la vérité dire,
De tous côtés on s'apprêtait à rire;
Mais lorsqu'elle arriva dans les Appartements [59],
Et qu'elle eut traversé les salles
Avec ses pompeux vêtements
Dont les riches beautés n'eurent jamais d'égales;
Que ses aimables cheveux blonds
Mêlés de diamants dont la vive lumière
En faisait autant de rayons,
Que ses yeux bleus, grands, doux et longs,
Qui pleins d'une Majesté fière
Ne regardent jamais sans plaire et sans blesser,
Et que sa taille enfin si menue et si fine
Qu'avecque ses deux mains on eût pu l'embrasser,
Montrèrent leurs appas et leur grâce divine,
Des Dames de la Cour, et de leurs ornements
Tombèrent tous les [60] agréments.

Dans la joie et le bruit de toute l'Assemblée,
Le bon Roi ne se sentait [61] pas
De voir sa Bru posséder tant d'appas;
La Reine en était affolée [62],
Et le Prince son cher Amant,
De cent plaisirs l'âme comblée,
Succombait sous le poids de son ravissement.

Pour l'Hymen aussitôt chacun prit ses mesures ;
Le Monarque en pria [63] tous les Rois d'alentour,
Qui, tous brillants de diverses parures,
Quittèrent leurs États pour être à ce grand jour.
On en vit arriver des climats de l'Aurore,
Montés sur de grands Éléphants ;
Il en vint du rivage More,
Qui, plus noirs et plus laids encore,
Faisaient peur aux petits enfants ;
Enfin de tous les coins du Monde,
Il en débarque et la Cour en abonde.

Mais nul Prince, nul Potentat,
N'y parut avec tant d'éclat
Que le Père de l'Épousée,
Qui d'elle autrefois amoureux
Avait avec le temps purifié les feux
Dont son âme était embrasée.
Il en avait banni tout désir criminel
Et de cette odieuse flamme
Le peu qui restait dans son âme
N'en rendait que plus vif son amour paternel.
Dès qu'il la vit : « Que béni soit le Ciel
Qui veut bien que je te revoie,
Ma chère enfant », dit-il, et tout pleurant de joie,
Courut tendrement l'embrasser ;
Chacun à son bonheur voulut s'intéresser,
Et le futur Époux était ravi d'apprendre
Que d'un Roi si puissant il devenait le Gendre.

Dans ce moment la Marraine arriva
Qui raconta toute l'histoire,
Et par son récit acheva
De combler Peau d'Ane de gloire.

Il n'est pas malaisé de voir
Que le but de ce Conte est qu'un Enfant apprenne
Qu'il vaut mieux s'exposer à la plus rude peine
Que de manquer à son devoir;

Que la Vertu peut être infortunée
Mais qu'elle est toujours couronnée;

Que contre un fol amour et ses fougueux transports
La Raison la plus forte est une faible digue,
Et qu'il n'est point de si riches trésors
Dont un Amant ne soit prodigue;

Que de l'eau claire et du pain bis
Suffisent pour la nourriture
De toute jeune Créature,
Pourvu qu'elle ait de beaux habits;
Que sous le Ciel il n'est point de femelle[64]
Qui ne s'imagine être belle,
Et qui souvent ne s'imagine encor
Que si des trois Beautés la fameuse querelle[65]
S'était démêlée[66] avec elle,
Elle aurait eu la pomme d'or[67].

Le Conte de Peau d'Ane est difficile à croire,
Mais tant que dans le Monde on aura des Enfants,
Des Mères et des Mères-grands[68],
On en gardera la mémoire.

LES
SOUHAITS RIDICULES

Conte

A MADEMOISELLE DE LA C***[1]

Si vous étiez moins raisonnable,
Je me garderais bien de venir vous conter
La folle et peu galante[2] fable
Que je m'en vais vous débiter.
Une aune de Boudin en fournit la matière.
« Une aune de Boudin, ma chère!
Quelle pitié[3]! c'est une horreur »,
S'écriait[4] une Précieuse,
Qui toujours tendre et sérieuse
Ne veut ouïr parler que d'affaires de cœur.
Mais vous qui mieux qu'Ame qui vive
Savez charmer en racontant,
Et dont l'expression est toujours si naïve[5],
Que l'on croit voir ce qu'on entend;
Qui savez que c'est la manière
Dont quelque chose est inventé[6],
Qui beaucoup plus que la matière
De tout Récit fait la beauté,
Vous aimerez ma fable[7] et sa moralité;
J'en ai, j'ose le dire, une assurance entière.

Il était une fois un pauvre Bûcheron
Qui las de sa pénible vie,
Avait, disait-il, grande envie

De s'aller reposer aux bords de l'Achéron [8] :
Représentant, dans sa douleur profonde,
Que depuis qu'il était au monde,
Le Ciel cruel n'avait jamais
Voulu remplir un seul de ses souhaits [9].

Un jour que, dans le Bois, il se mit à se plaindre,
A lui, la foudre en main, Jupiter s'apparut [10].
On aurait peine à bien dépeindre
La peur que le bonhomme [11] en eut.
« Je ne veux rien, dit-il, en se jetant par terre,
Point de souhaits, point de Tonnerre,
Seigneur, demeurons but à but [12].
— Cesse d'avoir aucune crainte;
Je viens, dit Jupiter, touché de ta complainte [13],
Te faire voir le tort que tu me fais [14].
Écoute donc. Je te promets,
Moi qui du monde entier suis le souverain maître,
D'exaucer pleinement les trois premiers souhaits
Que tu voudras former sur quoi que ce puisse être.
Vois ce qui peut te rendre heureux,
Vois ce qui peut te satisfaire;
Et comme ton bonheur dépend tout de tes vœux,
Songes-y bien avant que de les faire. »

A ces mots Jupiter dans les Cieux remonta,
Et le gai Bûcheron, embrassant sa falourde [15],
Pour retourner chez lui sur son dos la jeta.
Cette charge jamais ne lui parut moins lourde.
« Il ne faut pas, disait-il en trottant,
Dans tout ceci, rien faire à la légère;
Il faut, le cas est important,
En prendre avis de notre ménagère [16].
Çà, dit-il, en entrant sous son toit de fougère,
Faisons, Fanchon, grand feu, grand chère [17],

Nous sómmes riches à jamais,
Et nous n'avons qu'à faire des souhaits. »
Là-dessus tout au long le fait il lui raconte.
A ce récit, l'Épouse vive et prompte
Forma dans son esprit mille vastes projets ;
Mais considérant l'importance
De s'y conduire avec prudence :
« Blaise, mon cher ami, dit-elle à son époux,
Ne gâtons rien par notre impatience ;
Examinons bien entre nous
Ce qu'il faut faire en pareille occurrence ;
Remettons à demain notre premier souhait
Et consultons notre chevet.
— Je l'entends bien ainsi, dit le bonhomme Blaise ;
Mais va tirer du vin derrière ces fagots. »
A son retour il but, et goûtant à son aise
Près d'un grand feu la douceur du repos,
Il dit, en s'appuyant sur le dos de sa chaise :
« Pendant que nous avons une si bonne braise,
Qu'une aune de Boudin viendrait bien à propos ! »
A peine acheva-t-il de prononcer ces mots,
Que sa femme aperçut, grandement étonnée,
Un Boudin fort long, qui partant
D'un des coins de la cheminée,
S'approchait d'elle en serpentant.
Elle fit un cri dans l'instant ;
Mais jugeant que cette aventure
Avait pour cause le souhait
Que par bêtise toute pure
Son homme [18] imprudent avait fait,
Il n'est point de pouille et d'injure [19]
Que de dépit et de courroux
Elle ne dît au pauvre époux.
« Quand on peut, disait-elle, obtenir un Empire,
De l'or, des perles, des rubis,

Des diamants, de beaux habits,
Est-ce alors du Boudin qu'il faut que l'on désire?
— Eh bien, j'ai tort, dit-il, j'ai mal placé mon choix,
J'ai commis une faute énorme,
Je ferai mieux une autre fois.
— Bon, bon, dit-elle, attendez-moi sous l'orme [20],
Pour faire un tel souhait, il faut être bien bœuf [21]! »
L'époux plus d'une fois, emporté de colère,
Pensa [22] faire tout bas le souhait d'être veuf,
Et peut-être, entre nous, ne pouvait-il mieux faire :
« Les hommes, disait-il, pour souffrir sont bien nés!
Peste soit du Boudin et du Boudin encore;
Plût à Dieu, maudite Pécore [23],
Qu'il te pendît au bout du nez! »

La prière aussitôt du Ciel fut écoutée,
Et dès que le Mari la parole lâcha,
Au nez de l'épouse irritée
L'aune de Boudin s'attacha.
Ce prodige imprévu grandement le fâcha.
Fanchon était jolie, elle avait bonne grâce,
Et pour dire sans fard la vérité du fait,
Cet ornement en cette place
Ne faisait pas un bon effet;
Si ce n'est qu'en pendant sur le bas du visage [24],
Il l'empêchait de parler aisément,
Pour un époux merveilleux avantage,
Et si grand qu'il pensa dans cet heureux moment
Ne souhaiter rien davantage [25].

« Je pourrais bien, disait-il à part soi,
Après un malheur si funeste,
Avec le souhait qui me reste,
Tout d'un plein saut [26] me faire Roi.
Rien n'égale, il est vrai, la grandeur souveraine;

Mais encore faut-il songer
Comment serait faite la Reine,
Et dans quelle douleur ce serait la plonger
De l'aller placer sur un trône
Avec un nez plus long qu'une aune.
Il faut l'écouter sur cela,
Et qu'elle-même elle soit la maîtresse
De devenir une grande Princesse
En conservant l'horrible nez qu'elle a,
Ou de demeurer Bûcheronne
Avec un nez comme une autre personne,
Et tel qu'elle l'avait avant ce malheur-là. »

La chose bien examinée,
Quoiqu'elle sût d'un sceptre et la force et l'effet,
Et que, quand on est couronnée,
On a toujours le nez bien fait;
Comme au désir de plaire il n'est rien qui ne cède,
Elle aima mieux garder son Bavolet [27]
Que d'être Reine et d'être laide.

Ainsi le Bûcheron ne changea point d'état,
Ne devint point grand Potentat,
D'écus ne remplit point sa bourse,
Trop heureux d'employer le souhait qui restait,
Faible bonheur, pauvre ressource,
A remettre sa femme en l'état qu'elle était.

Bien est donc vrai qu'aux hommes misérables,
Aveugles, imprudents, inquiets [28], variables,
Pas n'appartient de faire des souhaits,
Et que peu d'entre eux sont capables
De bien user des dons que le Ciel leur a faits.

Histoires ou Contes du temps passé

avec des Moralités

A
MADEMOISELLE[1]

MADEMOISELLE,

On ne trouvera pas étrange qu'un Enfant[2] *ait pris plaisir à composer les Contes de ce Recueil, mais on s'étonnera qu'il ait eu la hardiesse de vous les présenter. Cependant,* MADEMOISELLE, *quelque disproportion qu'il y ait entre la simplicité de ces Récits, et les lumières de votre esprit, si on examine bien ces Contes, on verra que je ne suis pas aussi blâmable que je le parais d'abord. Ils renferment tous une Morale très sensée, et qui se découvre plus ou moins, selon le degré de pénétration de ceux qui les lisent*[3]*; d'ailleurs comme rien ne marque tant la vaste étendue d'un esprit, que de pouvoir s'élever en même temps aux plus grandes choses, et s'abaisser aux plus petites, on ne sera point surpris que la même Princesse, à qui la Nature et l'éducation ont rendu familier ce qu'il y a de plus élevé, ne dédaigne pas de prendre plaisir à de semblables bagatelles. Il est vrai que ces Contes donnent une image de ce qui se passe dans les moindres Familles, où la louable impatience d'instruire les enfants fait imaginer des Histoires dépourvues de raison, pour s'accommoder à ces mêmes enfants qui n'en ont pas encore; mais à qui convient-il mieux de connaître comment vivent les Peuples, qu'aux Personnes que le Ciel destine à les conduire? Le désir de cette connaissance a poussé des Héros, et même des Héros de votre Race*[4]*, jusque dans des huttes et* *des cabanes, pour y voir de près et par eux-mêmes ce qui s'y passait de plus particulier : cette connaissance leur ayant paru nécessaire pour leur parfaite instruction. Quoi qu'il en soit,* MADEMOISELLE,

Pouvais-je mieux choisir pour rendre vraisemblable
Ce que la Fable a d'incroyable?
Et jamais Fée au temps jadis
Fit-elle à jeune Créature,
Plus de dons, et de dons exquis,
Que vous en a fait la Nature?

Je suis avec un très profond respect,
MADEMOISELLE,

De Votre Altesse Royale,

Le très humble et
très obéissant serviteur,
P. DARMANCOUR.

LA BELLE
AU BOIS DORMANT

Conte

Il était une fois un Roi et une Reine, qui étaient si fâchés de n'avoir point d'enfants, si fâchés qu'on ne saurait dire. Ils allèrent à toutes les eaux [1] du monde ; vœux [2], pèlerinages [3], menues dévotions, tout fut mis en œuvre, et rien n'y faisait. Enfin pourtant la Reine devint grosse, et accoucha d'une fille : on fit un beau Baptême ; on donna pour Marraines à la petite Princesse toutes les Fées qu'on pût trouver dans le Pays (il s'en trouva sept), afin que chacune d'elles lui faisant un don, comme c'était la coutume des Fées en ce temps-là, la Princesse eût par ce moyen toutes les perfections imaginables. Après les cérémonies du Baptême toute la compagnie revint au Palais du Roi, où il y avait un grand festin pour les Fées. On mit devant chacune d'elles un couvert magnifique, avec un étui d'or massif, où il y avait une cuiller, une fourchette, et un couteau de fin [4] or, garni de diamants et de rubis. Mais comme chacun prenait sa place à table, on vit entrer une vieille Fée qu'on n'avait point priée parce qu'il y avait plus de cinquante ans qu'elle n'était sortie d'une Tour et qu'on la croyait morte, ou enchantée [5]. Le Roi lui fit donner un couvert, mais il n'y eut pas moyen de lui donner un étui d'or massif, comme aux autres, parce que l'on n'en avait fait faire que sept pour les sept Fées. La vieille crut qu'on la méprisait, et grommela quelques menaces entre ses dents. Une des jeunes Fées qui se trouva auprès d'elle l'entendit, et jugeant qu'elle pourrait donner quelque fâcheux don à la petite Princesse, alla dès qu'on fut sorti de table se cacher derrière la tapisserie, afin de parler la dernière, et de pouvoir réparer autant qu'il lui serait possible le mal que la vieille aurait fait. Cependant les Fées commencèrent à faire leurs dons à la Princesse. La plus jeune lui donna pour don qu'elle serait la plus belle personne du monde, celle d'après qu'elle aurait de l'esprit comme un Ange, la troisième qu'elle aurait une grâce admirable à tout ce qu'elle ferait, la quatrième qu'elle danserait parfaitement bien, la cinquième qu'elle chanterait comme un Rossignol, et la sixième qu'elle jouerait de toutes sortes d'instruments dans la dernière perfection. Le rang de la vieille Fée étant venu, elle dit, en branlant la tête encore plus de dépit que de vieillesse, que la Princesse se percerait la main d'un fuseau, et qu'elle en mourrait. Ce terrible don fit frémir toute la compagnie, et il n'y eut personne qui ne pleurât. Dans ce moment la jeune Fée sortit de derrière la tapisserie, et dit tout haut ces paroles : « Rassurez-vous, Roi et Reine, votre fille n'en mourra pas ; il est vrai que je n'ai pas assez de puissance pour défaire entièrement ce que mon ancienne a fait. La Princesse se percera la main d'un fuseau ; mais au lieu d'en mourir, elle tombera seulement dans un profond sommeil qui durera cent ans, au bout desquels le fils d'un Roi viendra la réveiller. » Le Roi, pour tâcher d'éviter le malheur annoncé par la vieille, fit publier aussitôt un Édit, par lequel il défendait à toutes personnes de filer au fuseau, ni d'avoir des fuseaux chez soi sur peine de la vie. Au bout de quinze ou seize ans, le Roi et la Reine étant allés à une de leurs Maisons de plaisance, il arriva que la jeune Princesse courant un jour dans le Château, et montant de chambre en chambre, alla jusqu'au haut d'un donjon dans un petit galetas, où une bonne Vieille était seule à filer sa quenouille. Cette bonne femme n'avait point ouï parler des défenses que le Roi avait faites de filer au fuseau. « Que faites-vous là, ma bonne femme[6]? dit la Princesse. — Je file, ma belle enfant, lui répondit la vieille qui ne la connaissait pas. — Ah! que cela est joli, reprit la Princesse, comment faites-vous? donnez-moi que je voie si j'en ferais bien autant. » Elle n'eut pas plus tôt pris le fuseau, que comme elle était fort vive, un peu étourdie, et que d'ailleurs l'Arrêt des Fées l'ordonnait ainsi, elle s'en perça la main, et tomba évanouie. La bonne vieille, bien embarrassée, crie au secours : on vient de tous côtés, on jette de l'eau au visage de la Princesse, on la délace, on lui frappe dans les mains, on lui frotte les temples[7] avec de l'eau de la Reine de Hongrie[8]; mais rien ne la faisait revenir. Alors le Roi, qui était monté au bruit, se souvint de la prédiction des Fées, et jugeant bien qu'il fallait que cela arrivât, puisque les Fées l'avaient dit, fit mettre la Princesse dans le plus bel appartement du Palais, sur un lit en broderie d'or et d'argent. On eût dit d'un Ange, tant elle était belle; car son évanouissement n'avait pas ôté les couleurs vives de son teint : ses joues étaient incarnates, et ses lèvres comme du corail; elle avait seulement les yeux fermés, mais on l'entendait respirer doucement, ce qui faisait voir qu'elle n'était pas morte. Le Roi ordonna qu'on la laissât dormir en repos, jusqu'à ce que son heure de se réveiller fût venue. La bonne Fée qui lui avait sauvé la vie, en la condamnant à dormir cent ans, était dans le Royaume de Mataquin[9], à douze mille lieues de là, lorsque l'accident arriva à la Princesse; mais elle en fut avertie en un instant par un petit Nain, qui avait des bottes de sept lieues (c'était des bottes avec lesquelles on faisait sept lieues d'une seule enjambée). La Fée partit aussitôt, et on la vit au bout d'une heure arriver dans un chariot[10] tout de feu, traîné par des dragons. Le Roi lui alla présenter la main[11] à la descente du chariot. Elle approuva tout ce qu'il avait fait; mais comme elle était grandement prévoyante, elle pensa que quand la Princesse viendrait à se réveiller, elle serait bien embarrassée toute seule dans ce vieux Château : voici ce qu'elle fit. Elle toucha de sa baguette tout ce qui était dans ce Château (hors le Roi et la Reine), Gouvernantes [12], Filles d'Honneur [13], Femmes de Chambre, Gentilshommes, Officiers [14], Maîtres d'Hôtel, Cuisiniers, Marmitons, Galopins [15], Gardes, Suisses, Pages, Valets de pied; elle toucha aussi tous les chevaux qui étaient dans les Écuries, avec les Palefreniers, les gros mâtins de basse-cour [16], et la petite Pouffe, petite chienne de la Princesse, qui était auprès d'elle sur son lit. Dès qu'elle les eut touchés, ils s'endormirent tous, pour ne se réveiller qu'en même temps que leur Maîtresse, afin d'être tout prêts à la servir quand elle en aurait besoin; les broches mêmes qui étaient au feu toutes pleines de perdrix et de faisans s'endormirent, et le feu aussi. Tout cela se fit en un moment; les Fées n'étaient pas longues à leur besogne. Alors le Roi et la Reine, après avoir baisé leur chère enfant sans qu'elle s'éveillât, sortirent du château, et firent publier des défenses à qui que ce soit d'en approcher. Ces défenses n'étaient pas nécessaires, car il crût dans un quart d'heure tout autour du parc une si grande quantité de grands arbres et de petits, de ronces et d'épines entrelacées les unes dans les autres, que bête ni homme n'y aurait pu passer : en sorte qu'on ne voyait plus que le haut des Tours du Château, encore n'était-ce que de bien loin. On ne douta point que la Fée n'eût encore fait là un tour de son métier, afin que la Princesse, pendant qu'elle dormirait, n'eût rien à craindre des Curieux.

Au bout de cent ans, le Fils du Roi qui régnait alors, et qui était d'une autre famille que la Princesse endormie, étant allé à la chasse de ce côté-là, demanda ce que c'était que des Tours qu'il voyait au-dessus d'un grand bois fort épais; chacun lui répondit selon qu'il en avait ouï parler. Les uns disaient que c'était un vieux Château où il revenait des Esprits; les autres que tous les Sorciers de la contrée y faisaient leur sabbat. La plus commune opinion était qu'un Ogre y demeurait, et que là il emportait tous les enfants qu'il pouvait attraper, pour les pouvoir manger à son aise, et sans qu'on le pût suivre, ayant seul le pouvoir de se faire un passage au travers du bois. Le Prince ne savait qu'en croire, lorsqu'un vieux Paysan prit la parole, et lui dit : « Mon Prince, il y a plus de cinquante ans que j'ai ouï dire à mon père qu'il y avait dans ce Château une Princesse, la plus belle du monde ; qu'elle y devait dormir cent ans, et qu'elle serait réveillée par le fils d'un Roi, à qui elle était réservée. » Le jeune Prince, à ce discours, se sentit tout de feu ; il crut sans balancer qu'il mettrait fin à[17] une si belle aventure[18] ; et poussé par l'amour et par la gloire, il résolut de voir sur-le-champ ce qui en était. A peine s'avança-t-il vers le bois, que tous ces grands arbres, ces ronces et ces épines s'écartèrent d'elles-mêmes pour le laisser passer[19] : il marche vers le Château qu'il voyait au bout d'une grande avenue où il entra, et ce qui le surprit un peu, il vit que personne de ses gens ne l'avait pu suivre, parce que les arbres s'étaient rapprochés dès qu'il avait été passé. Il ne laissa pas de continuer son chemin : un Prince jeune et amoureux est toujours vaillant. Il entra dans une grande avant-cour où tout ce qu'il vit d'abord était capable de le glacer de crainte : c'était un silence affreux, l'image de la mort s'y présentait partout, et ce n'était que des corps étendus d'hommes et d'animaux, qui paraissaient morts. Il reconnut pourtant bien au nez bourgeonné[20] et à la face vermeille des Suisses, qu'ils n'étaient qu'endormis, et leurs tasses où il y avait encore quelques gouttes de vin montraient assez qu'ils s'étaient endormis en buvant. Il passe une grande cour pavée de marbre, il monte l'escalier, il entre dans la salle des Gardes qui étaient rangés en haie, la carabine[21] sur l'épaule, et ronflants[22] de leur mieux. Il traverse plusieurs chambres pleines de Gentilshommes et de Dames, dormants tous, les uns debout, les autres assis ; il entre dans une chambre toute dorée, et il vit sur un lit, dont les rideaux[23] étaient ouverts de tous côtés, le plus beau spectacle qu'il eût jamais vu : une Princesse qui paraissait avoir quinze ou seize ans, et dont l'éclat resplendissant avait quelque chose de lumineux et de divin. Il s'approcha en tremblant et en admirant, et se mit à genoux auprès d'elle[24]. Alors comme la fin de l'enchantement était venue, la Princesse s'éveilla; et le regardant avec des yeux plus tendres qu'une première vue[25] ne semblait le permettre : « Est-ce vous, mon Prince? lui dit-elle, vous vous êtes bien fait attendre. » Le Prince charmé de ces paroles, et plus encore de la manière dont elles étaient dites, ne savait comment lui témoigner sa joie et sa reconnaissance; il l'assura qu'il l'aimait plus que lui-même. Ses discours furent mal rangés[26], ils en plurent davantage; peu d'éloquence, beaucoup d'amour. Il était plus embarrassé qu'elle, et l'on ne doit pas s'en étonner; elle avait eu le temps de songer à ce qu'elle aurait à lui dire, car il y a apparence (l'Histoire n'en dit pourtant rien) que la bonne Fée, pendant un si long sommeil, lui avait procuré le plaisir des songes agréables[27]. Enfin il y avait quatre heures qu'ils se parlaient, et ils ne s'étaient pas encore dit la moitié des choses qu'ils avaient à se dire.

Cependant[28] tout le Palais s'était réveillé avec la Princesse; chacun songeait à faire sa charge[29], et comme ils n'étaient pas tous amoureux, ils mouraient de faim[30]; la Dame d'honneur, pressée[31] comme les autres, s'impatienta, et dit tout haut à la Princesse que la viande[32] était servie. Le Prince aida à la Princesse à se lever; elle était tout habillée et fort magnifiquement; mais il se garda bien de lui dire qu'elle était habillée comme ma mère-grand, et qu'elle avait un collet monté[33]; elle n'en était pas moins belle. Ils passèrent dans un Salon[34] de miroirs, et y soupèrent, servis par les Officiers de la Princesse; les Violons et les Hautbois jouèrent de vieilles pièces, mais excellentes, quoiqu'il y eût près de cent ans qu'on ne les jouât plus; et après soupé[35], sans perdre de temps, le grand Aumônier[36] les maria dans la Chapelle du Château, et la Dame d'honneur leur tira le rideau[37] : ils dormirent peu, la Princesse n'en avait pas grand besoin, et le Prince la quitta dès le matin pour retourner à la

Ville, où son Père devait être en peine de lui. Le Prince lui dit qu'en chassant il s'était perdu dans la forêt, et qu'il avait couché dans la hutte d'un Charbonnier, qui lui avait fait manger du pain noir et du fromage. Le Roi son père, qui était bon homme [38], le crut, mais sa Mère n'en fut pas bien persuadée, et voyant qu'il allait presque tous les jours à la chasse, et qu'il avait toujours une raison en main pour s'excuser, quand il avait couché deux ou trois nuits dehors, elle ne douta plus qu'il n'eût quelque amourette [39] : car il vécut avec la Princesse plus de deux ans entiers, et en eut deux enfants, dont le premier, qui fut une fille, fut nommée l'Aurore, et le second un fils, qu'on nomma le Jour, parce qu'il paraissait encore plus beau que sa sœur. La Reine dit plusieurs fois à son fils, pour le faire expliquer, qu'il fallait se contenter [40] dans la vie, mais il n'osa jamais se fier à elle de son secret; il la craignait quoiqu'il l'aimât, car elle était de race Ogresse, et le Roi ne l'avait épousée qu'à cause de ses grands biens; on disait même tout bas à la Cour qu'elle avait les inclinations des Ogres, et qu'en voyant passer de petits enfants, elle avait toutes les peines du monde à se retenir de se jeter sur eux; ainsi le Prince ne [41] voulut jamais rien dire. Mais quand le Roi fut mort, ce qui arriva au bout de deux ans, et qu'il se vit le maître, il déclara publiquement son Mariage, et alla en grande cérémonie querir la Reine sa femme dans son Château. On lui fit une entrée [42] magnifique dans la Ville Capitale [43], où elle entra au milieu de ses deux enfants. Quelque temps après le Roi alla faire la guerre à l'Empereur Cantalabutte son voisin. Il laissa la Régence du Royaume à la Reine sa mère, et lui recommanda fort [44] sa femme et ses enfants : il devait être à la guerre tout l'Été, et dès qu'il fut parti, la Reine-Mère envoya sa Bru et ses enfants à une maison de campagne dans les bois, pour pouvoir plus aisément assouvir son horrible envie. Elle y alla quelques jours après, et dit un soir à son Maître d'Hôtel : « Je veux [45] manger demain à mon dîner la petite Aurore.

— Ah! Madame, dit le Maître d'Hôtel. — Je le veux, dit la Reine (et elle le dit d'un ton d'Ogresse qui a envie de manger de la chair fraîche), et je la veux manger à la Sauce-robert[46]. » Ce pauvre homme voyant bien qu'il ne fallait pas se jouer à une Ogresse, prit son grand couteau, et monta à la chambre de la petite Aurore : elle avait pour lors quatre ans, et vint en sautant et en riant se jeter à son col, et lui demander du bonbon[47]. Il se mit à pleurer, le couteau lui tomba des mains, et il alla dans la basse-cour couper la gorge à un petit agneau, et lui fit une si bonne sauce que sa Maîtresse l'assura qu'elle n'avait jamais rien mangé de si bon. Il avait emporté en même temps la petite Aurore, et l'avait donnée à sa femme pour la cacher dans le logement qu'elle avait au fond de la basse-cour. Huit jours après la méchante Reine dit à son Maître d'Hôtel : « Je veux manger à mon souper le petit Jour. » Il ne répliqua pas, résolu de la tromper comme l'autre fois; il alla chercher le petit Jour, et le trouva avec un petit fleuret à la main, dont il faisait des armes avec un gros Singe; il n'avait pourtant que trois ans[48]. Il le porta à sa femme qui le cacha avec la petite Aurore, et donna à la place du petit Jour un petit chevreau fort tendre, que l'Ogresse trouva admirablement bon.

Cela était fort bien allé jusque-là; mais un soir cette méchante Reine dit au Maître d'Hôtel : « Je veux manger la Reine à la même sauce que ses enfants. » Ce fut alors que le pauvre Maître d'Hôtel désespéra de la pouvoir encore tromper. La jeune Reine avait vingt ans passés, sans compter les cent ans qu'elle avait dormi : sa peau était un peu dure, quoique belle et blanche; et le moyen de trouver dans la Ménagerie[49] une bête aussi dure que cela? Il prit la résolution, pour sauver sa vie, de couper la gorge à la Reine, et monta dans sa chambre, dans l'intention de n'en pas faire à deux fois; il s'excitait à la fureur, et entra le poignard à la main dans la chambre de la jeune Reine. Il ne voulut pourtant point la surprendre[50], et il lui dit avec beaucoup de respect l'ordre qu'il avait reçu de la Reine-Mère. « Faites votre devoir, lui dit-elle, en lui tendant le col; exécutez l'ordre qu'on vous a donné; j'irai revoir mes enfants, mes pauvres enfants que j'ai tant aimés »; car elle les croyait morts depuis qu'on les avait enlevés sans lui rien dire. « Non, non, Madame, lui répondit le pauvre Maître d'Hôtel tout attendri, vous ne mourrez point, et vous ne laisserez pas d'aller revoir vos chers enfants, mais ce sera chez moi où je les ai cachés, et je tromperai encore la Reine, en lui faisant manger une jeune biche en votre place. » Il la mena aussitôt à sa chambre, où la laissant embrasser ses enfants et pleurer avec eux, il alla accommoder une biche, que la Reine mangea à son soupé, avec le même appétit que si c'eût été la jeune Reine. Elle était bien contente de sa cruauté, et elle se préparait à dire au Roi, à son retour, que les loups enragés avaient mangé la Reine sa femme et ses deux enfants.

Un soir qu'elle rôdait à son ordinaire dans les cours et basses-cours du Château pour y halener [51] quelque viande fraîche, elle entendit dans une salle basse [52] le petit Jour qui pleurait, parce que la Reine sa mère le voulait faire fouetter, à cause qu'il avait été méchant, et elle entendit aussi la petite Aurore qui demandait pardon pour son frère. L'Ogresse reconnut la voix de la Reine et de ses enfants, et furieuse d'avoir été trompée, elle commande dès le lendemain au matin, avec une voix épouvantable qui faisait trembler tout le monde, qu'on apportât au milieu de la cour une grande cuve, qu'elle fit remplir de crapauds, de vipères, de couleuvres et de serpents, pour y faire jeter la Reine et ses enfants, le Maître d'Hôtel, sa femme et sa servante : elle avait donné ordre de les amener les mains liées derrière le dos. Ils étaient là, et les bourreaux se préparaient à les jeter dans la cuve, lorsque [53] le Roi, qu'on n'attendait pas si tôt, entra dans la cour à cheval; il était venu en poste [54], et demanda tout étonné [55] ce que voulait dire cet horrible spectacle; personne n'osait l'en instruire, quand l'Ogresse, enragée de voir ce qu'elle voyait, se jeta elle-même la tête la première dans la cuve, et fut dévorée en un instant par les vilaines bêtes qu'elle y avait fait mettre. Le Roi ne laissa pas d'en être fâché : elle était sa mère; mais il s'en consola bientôt avec sa belle femme et ses enfants.

MORALITÉ

Attendre quelque temps pour avoir un Époux,
Riche, bien fait, galant et doux[56]*,*
La chose est assez naturelle,
Mais l'attendre cent ans, et toujours en dormant,
On ne trouve plus de femelle,
Qui dormît si tranquillement[57]*.*

La Fable semble encor vouloir nous faire entendre,
Que souvent de l'Hymen les agréables nœuds,
Pour être différés, n'en sont pas moins heureux,
Et qu'on ne perd rien pour attendre ;
Mais le sexe avec tant d'ardeur,
Aspire à la foi conjugale,
Que je n'ai pas la force ni le cœur,
De lui prêcher cette morale.

LE PETIT CHAPERON[1] ROUGE

Conte

Il était une fois une petite fille de Village, la plus jolie qu'on eût su voir; sa mère en était folle, et sa mère-grand plus folle encore. Cette bonne femme lui fit faire un petit chaperon rouge, qui lui seyait si bien, que partout on l'appelait le Petit chaperon rouge.

Un jour sa mère, ayant cuit [2] et fait des galettes [3], lui dit : « Va voir comme se porte ta mère-grand, car on m'a dit qu'elle était malade, porte-lui une galette et ce petit pot de beurre. » Le petit chaperon rouge partit aussitôt pour aller chez sa mère-grand, qui demeurait dans un autre Village. En passant dans un bois elle rencontra compère [4] le Loup, qui eut bien envie de la manger; mais il n'osa, à cause de quelques Bûcherons qui étaient dans la Forêt. Il lui demanda où elle allait; la pauvre enfant, qui ne savait pas qu'il est dangereux de s'arrêter à écouter un Loup, lui dit : « Je vais voir ma Mère-grand, et lui porter une galette avec un petit pot de beurre que ma Mère lui envoie. — Demeure-t-elle bien loin? lui dit le Loup. — Oh! oui, dit le petit chaperon rouge, c'est par-delà le moulin que vous voyez tout là-bas, là-bas, à la première maison du Village. — Hé bien, dit le Loup, je veux l'aller voir aussi; je m'y en vais par ce chemin ici [5], et toi par ce chemin-là, et nous verrons qui plus tôt [6] y sera. » Le Loup se mit à courir de toute sa force par le chemin qui était le plus court, et la petite fille s'en alla par le chemin le plus long, s'amusant à cueillir des noisettes[7], à courir après des papillons, et à faire des bouquets des petites fleurs qu'elle rencontrait. Le Loup ne fut pas longtemps à arriver à la maison de la Mère-grand; il heurte[8] : Toc, toc[9]. « Qui est là? — C'est votre fille[10] le petit chaperon rouge (dit le Loup, en contrefaisant sa voix) qui vous apporte une galette et un petit pot de beurre que ma Mère vous envoie. » La bonne Mère-grand, qui était dans son lit à cause qu'elle se trouvait un peu mal[11], lui cria : « Tire la chevillette, la bobinette cherra[12]. » Le Loup tira le chevillette, et la porte s'ouvrit. Il se jeta sur la bonne femme, et la dévora en moins de rien; car il y avait plus de trois jours qu'il n'avait mangé. Ensuite il ferma la porte, et s'alla coucher dans le lit de la Mère-grand, en attendant le petit chaperon rouge, qui quelque temps après vint heurter à la porte. Toc, toc. « Qui est là? » Le petit chaperon rouge, qui entendit la grosse voix du Loup, eut peur d'abord, mais croyant que sa Mère-grand était enrhumée, répondit : « C'est votre fille le petit chaperon rouge, qui vous apporte une galette et un petit pot de beurre que ma Mère vous envoie. » Le Loup lui cria en adoucissant un peu sa voix : « Tire la chevillette, la bobinette cherra. » Le petit chaperon rouge tira la chevillette, et la porte s'ouvrit. Le Loup, la voyant entrer, lui dit en se cachant dans le lit sous la couverture : « Mets la galette et le petit pot de beurre sur la huche, et viens te coucher avec moi. » Le petit chaperon rouge se déshabille, et va se mettre dans le lit, où elle fut bien étonnée de voir comment sa Mère-grand était faite en son déshabillé. Elle lui dit : « Ma mère-grand, que vous avez de grands bras! — C'est pour mieux t'embrasser, ma fille. — Ma mère-grand, que vous avez de grandes jambes! — C'est pour mieux courir, mon enfant. — Ma mère-grand, que vous avez de grandes oreilles! — C'est pour mieux écouter, mon enfant. — Ma mère-grand, que vous avez de grands yeux! — C'est pour mieux voir, mon enfant. — Ma mère-grand, que vous avez de grandes dents! — C'est pour te manger[13]. » — Et en disant ces mots, ce méchant Loup se jeta sur le petit chaperon rouge, et la mangea.

MORALITÉ

On voit ici que de jeunes enfants,
Surtout de jeunes filles
Belles, bien faites, et gentilles[14]*,*
Font très mal d'écouter toute sorte de gens,
Et que ce n'est pas chose étrange,
S'il en est tant que le loup mange.
Je dis le loup, car tous les loups
Ne sont pas de la même sorte ;
Il en est d'une humeur accorte,
Sans bruit, sans fiel et sans courroux,
Qui privés[15]*, complaisants et doux,*
Suivent les jeunes Demoiselles
Jusque dans les maisons, jusque dans les ruelles[16] *;*
Mais hélas! qui ne sait que ces Loups doucereux,
De tous les Loups sont les plus dangereux.

LA BARBE BLEUE

Il était une fois un homme qui avait de belles maisons à la Ville et à la Campagne, de la vaisselle d'or et d'argent, des meubles[1] en broderie, et des carrosses tout dorés; mais par malheur cet homme avait la Barbe bleue : cela le rendait si laid et si terrible, qu'il n'était ni femme ni fille qui ne s'enfuît de devant lui. Une de ses Voisines, Dame de qualité, avait deux filles parfaitement belles. Il lui en demanda une en Mariage, et lui laissa le choix de celle qu'elle voudrait lui donner. Elles n'en voulaient point toutes deux, et se le renvoyaient l'une à l'autre, ne pouvant se résoudre à prendre un homme qui eût la barbe bleue. Ce qui les dégoûtait encore, c'est qu'il avait déjà épousé plusieurs femmes, et qu'on ne savait ce que ces femmes étaient devenues. La Barbe bleue, pour faire connaissance, les mena avec leur Mère, et trois ou quatre de leurs meilleures amies, et quelques jeunes gens du voisinage, à une de ses maisons de Campagne, où on demeura huit jours entiers. Ce n'était que promenades, que parties de chasse et de pêche, que danses et festins, que collations[2] : on ne dormait point, et on passait toute la nuit à se faire des malices[3] les uns aux autres; enfin tout alla si bien, que la Cadette commença à trouver que le Maître du logis n'avait plus la barbe si bleue, et que c'était un fort honnête homme[4]. Dès qu'on fut de retour à la Ville, le Mariage se conclut. Au bout d'un mois la Barbe bleue dit à sa femme qu'il était obligé de faire un voyage en Province, de six semaines au moins, pour une affaire de conséquence ; qu'il la priait de se bien divertir pendant son absence, qu'elle fît venir ses bonnes amies, qu'elle les menât à la Campagne si elle voulait, que partout elle fît bonne chère. « Voilà, lui dit-il, les clefs des deux grands garde-meubles [5], voilà celles de la vaisselle d'or et d'argent qui ne sert pas tous les jours, voilà celles de mes coffres-forts, où est mon or et mon argent, celles des cassettes où sont mes pierreries, et voilà le passe-partout de tous les appartements. Pour cette petite clef-ci, c'est la clef du cabinet au bout de la grande galerie de l'appartement bas [6] : ouvrez tout, allez partout, mais pour ce petit cabinet, je vous défends d'y entrer, et je vous le défends de telle sorte, que s'il vous arrive de l'ouvrir, il n'y a rien que vous ne deviez attendre de ma colère. » Elle promit d'observer exactement tout ce qui lui venait d'être ordonné ; et lui, après l'avoir embrassée, il monte dans son carrosse, et part pour son voyage. Les voisines et les bonnes amies n'attendirent pas qu'on les envoyât querir pour aller chez la jeune Mariée, tant elles avaient d'impatience de voir toutes les richesses de sa Maison, n'ayant osé y venir pendant que le Mari y était, à cause de sa Barbe bleue qui leur faisait peur. Les voilà aussitôt à parcourir les chambres, les cabinets [7], les garde-robes [8], toutes plus belles et plus riches les unes que les autres. Elles montèrent ensuite aux garde-meubles, où elles ne pouvaient assez admirer le nombre et la beauté des tapisseries, des lits, des sofas [9], des cabinets [10], des guéridons, des tables et des miroirs, où l'on se voyait depuis les pieds jusqu'à la tête, et dont les bordures, les unes de glace [11], les autres d'argent et de vermeil doré [12], étaient les plus belles et les plus magnifiques qu'on eût jamais vues. Elles ne cessaient d'exagérer et d'envier le bonheur de leur amie, qui cependant ne se divertissait point à voir toutes ces richesses, à cause de l'impatience qu'elle avait d'aller ouvrir le cabinet de l'appartement bas. Elle fut si pressée de sa curiosité, que sans considérer qu'il était malhonnête de quitter sa compagnie, elle y descendit par un petit escalier dérobé, et avec tant de précipitation, qu'elle pensa se rompre le cou deux ou trois fois. Étant arrivée à la porte du cabinet, elle s'y arrêta quelque temps, songeant à la défense que son Mari lui avait faite, et considérant qu'il pourrait lui arriver malheur d'avoir été désobéissante; mais la tentation était si forte qu'elle ne put la surmonter : elle prit donc la petite clef, et ouvrit en tremblant la porte du cabinet. D'abord elle ne vit rien, parce que les fenêtres étaient fermées; après quelques moments elle commença à voir que le plancher était tout couvert de sang caillé, et que dans ce sang se miraient les corps de plusieurs femmes mortes et attachées le long des murs (c'était toutes les femmes que la Barbe bleue avait épousées et qu'il avait égorgées l'une après l'autre) [13]. Elle pensa mourir de peur, et la clef du cabinet qu'elle venait de retirer de la serrure lui tomba de la main. Après avoir un peu repris ses esprits, elle ramassa la clef, referma la porte, et monta à sa chambre pour se remettre un peu; mais elle n'en pouvait venir à bout, tant elle était émue. Ayant remarqué que la clef du cabinet était tachée de sang, elle l'essuya deux ou trois fois, mais le sang ne s'en allait point; elle eut beau la laver, et même la frotter avec du sablon [14] et avec du grès [15], il y demeura toujours du sang, car la clef était Fée [16], et il n'y avait pas moyen de la nettoyer tout à fait : quand on ôtait le sang d'un côté, il revenait de l'autre. La Barbe bleue revint de son voyage dès le soir même, et dit qu'il avait reçu des Lettres dans le chemin, qui lui avaient appris que l'affaire pour laquelle il était parti venait d'être terminée à son avantage [17]. Sa femme fit tout ce qu'elle put pour lui témoigner qu'elle était ravie de son prompt retour. Le lendemain il lui redemanda les clefs, et elle les lui donna, mais d'une main si tremblante, qu'il devina sans peine tout ce qui s'était passé. « D'où vient, lui dit-il, que la clef du cabinet n'est point avec les autres? — Il faut, dit-elle, que je l'aie laissée là-haut sur ma table. — Ne manquez pas, dit la Barbe bleue, de me la donner tantôt[18]. » Après plusieurs remises[19], il fallut apporter la clef. La Barbe bleue, l'ayant considérée, dit à sa femme : « Pourquoi y a-t-il du sang sur cette clef? — Je n'en sais rien, répondit la pauvre femme, plus pâle que la mort. — Vous n'en savez rien, reprit la Barbe bleue, je le sais bien, moi; vous avez voulu entrer dans le cabinet! Hé bien, Madame, vous y entrerez, et irez prendre votre place auprès des Dames que vous y avez vues. » Elle se jeta aux pieds de son Mari, en pleurant et en lui demandant pardon, avec toutes les marques d'un vrai repentir de n'avoir pas été obéissante. Elle aurait attendri un rocher, belle et affligée comme elle était; mais la Barbe bleue avait le cœur plus dur qu'un rocher. « Il faut mourir, Madame, lui dit-il, et tout à l'heure[20]. — Puisqu'il faut mourir, répondit-elle, en le regardant les yeux baignés de larmes, donnez-moi un peu de temps pour prier Dieu. — Je vous donne un demi-quart d'heure, reprit la Barbe bleue, mais pas un moment davantage. » Lorsqu'elle fut seule, elle appela sa sœur, et lui dit : « Ma sœur Anne (car elle s'appelait ainsi), monte, je te prie, sur le haut de la Tour, pour voir si mes frères ne viennent point; ils m'ont promis qu'ils me viendraient voir aujourd'hui, et si tu les vois, fais-leur signe de se hâter. » La sœur Anne monta sur le haut de la Tour, et la pauvre affligée lui criait de temps en temps : « *Anne, ma sœur Anne, ne vois-tu rien venir?* » Et la sœur Anne lui répondait : « *Je ne vois rien que le Soleil qui poudroie*[21]*, et l'herbe qui verdoie*[22]. » Cependant la Barbe bleue, tenant un grand coutelas à sa main, criait de toute sa force à sa femme : « Descends vite, ou je monterai là-haut. — Encore un moment, s'il vous plaît », lui répondait sa femme; et aussitôt elle criait tout bas : « *Anne, ma sœur Anne, ne vois-tu rien venir?* » Et la sœur Anne répondait : « *Je ne vois rien que le Soleil qui poudroie, et l'herbe qui verdoie.* » « Descends donc vite, criait la Barbe bleue, ou je monterai là-haut. — Je m'en vais[23] » répondait sa femme, et puis elle criait : « *Anne, ma sœur Anne, ne vois-tu rien venir?* — Je vois, répondit la sœur Anne, une grosse poussière qui vient de ce côté-ci. — Sont-ce mes frères? — Hélas! non ma sœur, c'est un Troupeau de Moutons. — Ne veux-tu pas descendre? criait la Barbe bleue. — Encore un moment », répondait sa femme; et puis elle criait : « *Anne, ma sœur Anne, ne vois-tu rien venir?* — Je vois, répondit-elle, deux Cavaliers qui viennent de ce côté-ci, mais ils sont bien loin encore... Dieu soit loué, s'écria-t-elle un moment après, ce sont mes frères; je leur fais signe tant que je puis de se hâter. » La Barbe bleue se mit à crier si fort que toute la maison en trembla. La pauvre femme descendit, et alla se jeter à ses pieds toute épleurée [24] et toute échevelée. « Cela ne sert de rien, dit la Barbe bleue, il faut mourir. » Puis la prenant d'une main par les cheveux, et de l'autre levant le coutelas en l'air, il allait lui abattre la tête. La pauvre femme se tournant vers lui, et le regardant avec des yeux mourants, le pria de lui donner un petit moment pour se recueillir. « Non, non, dit-il, recommande-toi bien à Dieu »; et levant son bras... Dans ce moment on heurta si fort à la porte, que la Barbe bleue s'arrêta tout court : on ouvrit, et aussitôt on vit entrer deux Cavaliers, qui mettant l'épée à la main, coururent droit à la Barbe bleue [25]. Il reconnut que c'était les frères de sa femme, l'un Dragon [26] et l'autre Mousquetaire [27], de sorte qu'il s'enfuit aussitôt pour se sauver [28]; mais les deux frères le poursuivirent de si près, qu'ils l'attrapèrent avant qu'il pût gagner le perron [29]. Ils lui passèrent leur épée au travers du corps, et le laissèrent mort. La pauvre femme était presque aussi morte que son Mari, et n'avait pas la force de se lever pour embrasser ses Frères. Il se trouva que la Barbe bleue n'avait point d'héritiers, et qu'ainsi sa femme demeura maîtresse de tous ses biens. Elle en employa une partie à marier sa sœur Anne avec un jeune Gentilhomme, dont elle était aimée depuis longtemps; une autre partie à acheter des Charges [30] de Capitaine à ses deux frères; et le reste à se marier elle-même à un fort honnête homme, qui lui fit oublier le mauvais temps qu'elle avait passé avec la Barbe bleue.

MORALITÉ

La curiosité malgré tous ses attraits,
Coûte souvent bien des regrets;
On en voit tous les jours mille exemples paraître.
C'est, n'en déplaise au sexe, un plaisir bien léger;
Dès qu'on le prend il cesse d'être,
Et toujours il coûte trop cher.

AUTRE MORALITÉ

Pour peu qu'on ait l'esprit sensé,
Et que du Monde on sache le grimoire[31]*,*
On voit bientôt que cette histoire
Est un conte du temps passé;
Il n'est plus d'Époux si terrible,
Ni qui demande l'impossible,
Fût-il malcontent[32] *et jaloux.*
Près de sa femme on le voit filer doux[33]*;*
Et de quelque couleur que sa barbe puisse être,
On a peine à juger qui des deux est le maître[34]*.*

LE MAITRE[1] CHAT OU LE CHAT BOTTÉ

Conte

Un Meunier ne laissa pour tous biens à trois enfants qu'il avait, que son Moulin, son Ane, et son Chat. Les partages furent bientôt faits, ni le Notaire, ni le Procureur [2] n'y furent point appelés. Ils auraient eu bientôt mangé tout le pauvre patrimoine. L'aîné eut le Moulin, le second eut l'Ane, et le plus jeune n'eut que le Chat. Ce dernier ne pouvait se consoler d'avoir un si pauvre lot : « Mes frères, disait-il, pourront gagner leur vie honnêtement [3] en se mettant ensemble; pour moi, lorsque j'aurai mangé mon chat, et que je me serai fait un manchon [4] de sa peau [5], il faudra que je meure de faim. » Le Chat qui entendait ce discours, mais qui n'en fit pas semblant, lui dit d'un air posé et sérieux : « Ne vous affligez point, mon maître, vous n'avez qu'à me donner un Sac, et me faire faire une paire de Bottes pour aller dans les broussailles, et vous verrez que vous n'êtes pas si mal partagé que vous croyez. » Quoique le Maître du chat ne fît pas grand fond là-dessus, il lui avait vu faire tant de tours de souplesse, pour prendre des Rats et des Souris, comme quand il se pendait par les pieds, ou qu'il se cachait dans la farine pour faire le mort [6], qu'il ne désespéra pas d'en être secouru dans sa misère. Lorsque le chat eut ce qu'il avait demandé, il se botta bravement [7], et mettant son sac à son cou, il en prit les cordons avec ses deux pattes de devant, et s'en alla dans une garenne où il y avait grand nombre de lapins. Il mit du son et des lasserons [8] dans son sac, et s'étendant comme s'il eût été mort, il attendit que quelque jeune lapin, peu instruit encore des ruses de ce monde, vînt se fourrer dans son sac pour manger ce qu'il y avait mis. A peine fut-il couché, qu'il eut contentement; un jeune étourdi de lapin entra dans son sac et le maître chat tirant aussitôt les cordons le prit et le tua sans miséricorde. Tout glorieux de sa proie [9], il s'en alla chez le Roi et demanda à lui parler. On le fit monter à l'Appartement de sa Majesté, où étant entré il fit une grande révérence au Roi, et lui dit : « Voilà, Sire, un Lapin de Garenne que Monsieur le Marquis de Carabas [10] (c'était le nom qu'il lui prit en gré de donner à son Maître) m'a chargé de vous présenter de sa part. — Dis à ton Maître, répondit le Roi, que je le remercie, et qu'il me fait plaisir. » Une autre fois, il alla se cacher dans un blé [11], tenant toujours son sac ouvert; et lorsque deux Perdrix y furent entrées, il tira les cordons, et les prit toutes deux. Il alla ensuite les présenter au Roi, comme il avait fait [12] le Lapin de garenne. Le Roi reçut encore avec plaisir les deux Perdrix, et lui fit donner pour boire [13]. Le chat continua ainsi pendant deux ou trois mois à porter de temps en temps au Roi du Gibier de la chasse de son Maître. Un jour qu'il sut que le Roi devait aller à la promenade sur le bord de la rivière avec sa fille, la plus belle Princesse du monde, il dit à son Maître : « Si vous voulez suivre mon conseil, votre fortune est faite : vous n'avez qu'à vous baigner dans la rivière à l'endroit que je vous montrerai, et ensuite me laisser faire. » Le Marquis de Carabas fit ce que son chat lui conseillait, sans savoir à quoi cela serait bon. Dans le temps qu'il se baignait, le Roi vint à passer, et le Chat se mit à crier de toute sa force : « Au secours, au secours, voilà Monsieur le Marquis de Carabas qui se noie! » A ce cri le Roi mit la tête à la portière, et reconnaissant le Chat qui lui avait apporté tant de fois du Gibier, il ordonna à ses Gardes qu'on allât vite au secours de Monsieur le Marquis de Carabas. Pendant qu'on retirait le pauvre Marquis de la rivière, le Chat s'approcha du Carrosse, et dit au Roi que dans le temps que son Maître se baignait, il était venu des Voleurs qui avaient emporté ses habits, quoiqu'il eût crié au voleur de toute sa force; le drôle [14] les avait cachés sous une grosse pierre. Le Roi ordonna aussitôt aux Officiers de sa Garde-robe [15] d'aller querir un de ses plus beaux habits pour Monsieur le Marquis de Carabas. Le Roi lui fit mille caresses, et comme les beaux habits qu'on venait de lui donner relevaient sa bonne mine (car il était beau, et bien fait de sa personne), la fille du Roi le trouva fort à son gré, et le Comte [16] de Carabas ne lui eut pas jeté deux ou trois regards fort respectueux, et un peu tendres, qu'elle en devint amoureuse [17] à la folie. Le Roi voulut qu'il montât dans son Carrosse, et qu'il fût de la promenade. Le Chat ravi de voir que son dessein commençait à réussir, prit les devants, et ayant rencontré des Paysans qui fauchaient un Pré, il leur dit : « *Bonnes gens qui fauchez, si vous ne dites au Roi que le pré que vous fauchez appartient à Monsieur le Marquis de Carabas, vous serez tous hachés menu comme chair à pâté.* » Le Roi ne manqua pas à demander aux Faucheux [18] à qui était ce Pré qu'ils fauchaient. « C'est à Monsieur le Marquis de Carabas », dirent-ils tous ensemble, car la menace du Chat leur avait fait peur. « Vous avez là un bel héritage [19], dit le Roi au Marquis de Carabas. — Vous voyez, Sire, répondit le Marquis, c'est un pré qui ne manque point de rapporter abondamment toutes les années. » Le maître chat, qui allait toujours devant, rencontra des Moissonneurs, et leur dit : « *Bonnes gens qui moissonnez, si vous ne dites pas que tous ces blés appartiennent à Monsieur le Marquis de Carabas, vous serez tous hachés menu comme chair à pâté.* » Le Roi, qui passa un moment après, voulut savoir à qui appartenaient tous les blés qu'il voyait. « C'est à Monsieur le Marquis de Carabas », répondirent les Moissonneurs, et le Roi s'en réjouit encore avec le Marquis. Le Chat, qui allait devant le Carrosse, disait toujours la même chose à tous ceux qu'il rencontrait; et le Roi était étonné des grands biens de Monsieur le Marquis de Carabas. Le maître Chat arriva enfin dans un beau Château dont le Maître était un Ogre, le plus riche qu'on ait jamais vu, car toutes les terres par où le Roi avait passé étaient de la dépendance de ce Château. Le Chat, qui eut soin de s'informer qui était cet Ogre, et ce qu'il savait faire, demanda à lui parler, disant qu'il n'avait pas voulu passer si près de son Château, sans avoir l'honneur de lui faire la révérence. L'Ogre le reçut aussi civilement que le peut un Ogre, et le fit reposer. « On m'a assuré, dit le Chat, que vous aviez le don de vous changer en toute sorte d'Animaux, que vous pouviez par exemple vous transformer en Lion, en Éléphant? — Cela est vrai, répondit l'Ogre brusquement, et pour vous le montrer, vous m'allez voir devenir Lion. » Le Chat fut si effrayé de voir un Lion devant lui, qu'il gagna aussitôt les gouttières, non sans peine et sans péril, à cause de ses bottes qui ne valaient rien pour marcher sur les tuiles. Quelque temps après, le Chat, ayant vu que l'Ogre avait quitté sa première forme, descendit, et avoua qu'il avait eu bien peur. « On m'a assuré encore, dit le Chat, mais je ne saurais le croire, que vous aviez aussi le pouvoir de prendre la forme des plus petits Animaux, par exemple, de vous changer en un Rat, en une souris; je vous avoue que je tiens cela tout à fait impossible. — Impossible? reprit l'Ogre, vous allez voir », et en même temps il se changea en une Souris, qui se mit à courir sur le plancher. Le Chat ne l'eut pas plus tôt aperçue qu'il se jeta dessus, et la mangea. Cependant le Roi, qui vit en passant le beau Château de l'Ogre, voulut entrer dedans. Le Chat, qui entendit le bruit du Carrosse qui passait sur le pont-levis, courut au-devant, et dit au Roi : « Votre Majesté soit la bienvenue dans le Château de Monsieur le Marquis de Carabas. — Comment, Monsieur le Marquis, s'écria le Roi, ce Château est encore à vous! il ne se peut rien de plus beau que cette cour et que tous ces Bâtiments qui l'environnent :

voyons les dedans, s'il vous plaît. » Le Marquis donna la main à la jeune Princesse, et suivant le Roi qui montait le premier, ils entrèrent dans une grande Salle où ils trouvèrent une magnifique collation que l'Ogre avait fait préparer pour ses amis qui le devaient venir voir ce même jour-là, mais qui n'avaient pas osé entrer, sachant que le Roi y était. Le Roi charmé des bonnes qualités de Monsieur le Marquis de Carabas, de même que sa fille qui en était folle, et voyant les grands biens qu'il possédait, lui dit, après avoir bu cinq ou six coups : « Il ne tiendra qu'à vous [20], Monsieur le Marquis, que vous ne soyez mon gendre. » Le Marquis, faisant de grandes révérences, accepta l'honneur que lui faisait le Roi; et dès le même jour épousa la Princesse. Le Chat devint grand Seigneur, et ne courut plus après les souris, que pour se divertir.

MORALITÉ

Quelque grand que soit l'avantage
De jouir d'un riche héritage
Venant à nous de père en fils,
Aux jeunes gens pour l'ordinaire,
L'industrie et le savoir-faire [21]
Valent mieux que des biens acquis.

AUTRE MORALITÉ

Si le fils d'un Meunier, avec tant de vitesse,
Gagne le cœur d'une Princesse,
Et s'en fait regarder avec des yeux mourants,
C'est que l'habit, la mine et la jeunesse,
Pour inspirer de la tendresse,
N'en sont pas des moyens toujours indifférents.

LES FÉES[1]

Conte

Il était une fois une veuve qui avait deux filles [2]; l'aînée lui ressemblait si fort et d'humeur et de visage, que qui la voyait voyait la mère. Elles étaient toutes deux si désagréables et si orgueilleuses qu'on ne pouvait vivre avec elles. La cadette, qui était le vrai portrait de son Père pour la douceur et pour l'honnêteté [3], était avec cela une des plus belles filles qu'on eût su voir. Comme on aime naturellement son semblable, cette mère était folle de sa fille aînée, et en même temps avait une aversion effroyable pour la cadette. Elle la faisait manger à la Cuisine et travailler sans cesse.

Il fallait entre autre chose que cette pauvre enfant allât deux fois le jour puiser de l'eau à une grande demi-lieue du logis, et qu'elle en rapportât plein une grande cruche. Un jour qu'elle était à cette fontaine [4], il vint à elle une pauvre femme qui la pria de lui donner à boire. « Oui-da [5], ma bonne mère », dit cette belle fille; et rinçant aussitôt sa cruche, elle puisa de l'eau au plus bel endroit de la fontaine, et la lui présenta, soutenant toujours la cruche afin qu'elle bût plus aisément. La bonne femme, ayant bu, lui dit : « Vous êtes si belle, si bonne, et si honnête, que je ne puis m'empêcher de vous faire un don (car c'était une Fée qui avait pris la forme d'une pauvre femme de village, pour voir jusqu'où irait l'honnêteté de cette jeune fille). Je vous donne pour don, poursuivit la Fée, qu'à chaque parole que vous direz, il vous sortira de la bouche ou une Fleur, ou une Pierre précieuse. » Lorsque cette belle fille arriva au logis, sa mère la gronda de revenir si tard de la fontaine. « Je vous demande pardon, ma mère, dit cette pauvre fille, d'avoir tardé si longtemps »; et en disant ces mots, il lui sortit de la bouche deux Roses, deux Perles, et deux gros Diamants. « Que vois-je là! dit sa mère toute étonnée; je crois qu'il lui sort de la bouche des Perles et des Diamants; d'où vient cela, ma fille? » (ce fut là la première fois qu'elle l'appela sa fille). La pauvre enfant lui raconta naïvement tout ce qui lui était arrivé, non sans jeter une infinité de Diamants. « Vraiment, dit la mère, il faut que j'y envoie ma fille; tenez, Fanchon, voyez ce qui sort de la bouche de votre sœur quand elle parle; ne seriez-vous pas bien aise d'avoir le même don? Vous n'avez qu'à aller puiser de l'eau à la fontaine, et quand une pauvre femme vous demandera à boire, lui en donner bien honnêtement. — Il me ferait beau voir, répondit la brutale [6], aller à la fontaine. — Je veux que vous y alliez, reprit la mère, et tout à l'heure. » Elle y alla, mais toujours en grondant [7]. Elle prit le plus beau Flacon [8] d'argent qui fût dans le logis. Elle ne fut pas plus tôt arrivée à la fontaine qu'elle vit sortir du bois une Dame magnifiquement vêtue qui vint lui demander à boire : c'était la même Fée qui avait apparu à sa sœur, mais qui avait pris l'air et les habits d'une Princesse, pour voir jusqu'où irait la malhonnêteté [9] de cette fille. « Est-ce que je suis ici venue, lui dit cette brutale orgueilleuse, pour vous donner à boire? Justement j'ai apporté un Flacon d'argent tout exprès pour donner à boire à Madame! J'en suis d'avis, buvez à même [10] si vous voulez. — Vous n'êtes guère honnête, reprit la Fée, sans se mettre en colère; hé bien! puisque vous êtes si peu obligeante, je vous donne pour don qu'à chaque parole que vous direz, il vous sortira de la bouche ou un serpent ou un crapaud. » D'abord [11] que sa mère l'aperçut, elle lui cria : « Hé bien, ma fille! — Hé bien, ma mère! lui répondit la brutale, en jetant deux vipères, et deux crapauds [12]. — O Ciel! s'écria la mère, que vois-je là? C'est sa sœur qui en est cause, elle me le paiera »; et aussitôt elle courut pour la battre. La pauvre enfant s'enfuit, et alla se sauver [13] dans la Forêt prochaine. Le fils du Roi qui revenait de la chasse la rencontra et la voyant si belle, lui demanda ce qu'elle faisait là toute seule et ce qu'elle avait à pleurer. « Hélas! Monsieur, c'est ma mère qui m'a chassée du logis. » Le fils du Roi, qui vit sortir de sa bouche cinq ou six Perles, et autant de Diamants, la pria de lui dire d'où cela lui venait. Elle lui conta toute son aventure. Le fils du Roi en devint amoureux, et considérant qu'un tel don valait mieux que tout ce qu'on pouvait donner en mariage à une autre, l'emmena au Palais du Roi son père, où il l'épousa. Pour sa sœur, elle se fit tant haïr, que sa propre mère la chassa de chez elle; et la malheureuse, après avoir bien couru sans trouver personne qui voulût la recevoir, alla mourir au coin d'un bois.

MORALITÉ

Les Diamants et les Pistoles,
Peuvent beaucoup sur les Esprits;
Cependant les douces paroles
Ont encor plus de force, et sont d'un plus grand prix.

AUTRE MORALITÉ

L'honnêteté coûte des soins,
Et veut un peu de complaisance,
Mais tôt ou tard elle a sa récompense,
Et souvent dans le temps qu'on y pense le moins.

CENDRILLON OU LA PETITE PANTOUFLE[1] DE VERRE[2]

Conte

Il était une fois un Gentilhomme qui épousa en secondes noces une femme, la plus hautaine et la plus fière qu'on eût jamais vue. Elle avait deux filles de son humeur, et qui lui ressemblaient en toutes choses. Le Mari avait de son côté une jeune fille, mais d'une douceur et d'une bonté sans exemple; elle tenait cela de sa Mère, qui était la meilleure personne du monde. Les noces ne furent pas plus tôt faites, que la Belle-mère fit éclater sa mauvaise humeur; elle ne put souffrir les bonnes qualités de cette jeune enfant, qui rendaient ses filles encore plus haïssables. Elle la chargea des plus viles occupations de la Maison : c'était elle qui nettoyait la vaisselle et les montées[3], qui frottait la chambre de Madame, et celles de Mesdemoiselles ses filles; elle couchait tout au haut de la maison, dans un grenier, sur une méchante paillasse, pendant que ses sœurs étaient dans des chambres parquetées, où elles avaient des lits des plus à la mode, et des miroirs où elles se voyaient depuis les pieds jusqu'à la tête. La pauvre fille souffrait tout avec patience, et n'osait s'en plaindre à son père qui l'aurait grondée, parce que sa femme le gouvernait[4] entièrement. Lorsqu'elle avait fait son ouvrage, elle s'allait mettre au coin de la cheminée, et s'asseoir dans les cendres, ce qui faisait qu'on l'appelait communément dans le logis Cucendron. La cadette, qui n'était pas si malhonnête[5] que son aînée, l'appelait Cendrillon; cependant Cendrillon, avec ses méchants habits, ne laissait pas d'être cent fois plus belle que ses sœurs, quoique vêtues très magnifiquement.

Il arriva que le fils du Roi donna un bal, et qu'il en pria toutes les personnes de qualité : nos deux Demoiselles en furent aussi priées, car elles faisaient grande figure [6] dans le Pays. Les voilà bien aises et bien occupées à choisir les habits et les coiffures qui leur siéraient le mieux; nouvelle peine pour Cendrillon, car c'était elle qui repassait le linge de ses sœurs et qui godronnait [7] leurs manchettes [8]. On ne parlait que de la manière dont on s'habillerait. « Moi, dit l'aînée, je mettrai mon habit de velours rouge et ma garniture [9] d'Angleterre [10]. — Moi, dit la cadette, je n'aurai que ma jupe ordinaire; mais en récompense [11], je mettrai mon manteau à fleurs d'or, et ma barrière [12] de diamants, qui n'est pas des plus indifférentes. » On envoya querir la bonne coiffeuse [13], pour dresser les cornettes à deux rangs, et on fit acheter des mouches [14] de la bonne Faiseuse : elles appelèrent Cendrillon pour lui demander son avis, car elle avait le goût bon. Cendrillon les conseilla le mieux du monde, et s'offrit même à les coiffer; ce qu'elles voulurent bien. En les coiffant, elles lui disaient : « Cendrillon, serais-tu bien aise d'aller au Bal? — Hélas, Mesdemoiselles, vous vous moquez de moi, ce n'est pas là ce qu'il me faut. — Tu as raison, on rirait bien si on voyait un Cucendron aller au Bal. » Une autre que Cendrillon les aurait coiffées de travers [15]; mais elle était bonne, et elle les coiffa parfaitement bien. Elles furent près de deux jours sans manger, tant elles étaient transportées de joie. On rompit plus de douze lacets à force de les serrer pour leur rendre la taille plus menue, et elles étaient toujours devant leur miroir. Enfin l'heureux jour arriva, on partit, et Cendrillon les suivit des yeux le plus longtemps qu'elle put; lorsqu'elle ne les vit plus, elle se mit à pleurer. Sa Marraine, qui la vit toute en pleurs, lui demanda ce qu'elle avait. « Je voudrais bien... je voudrais bien... » Elle pleurait si fort qu'elle ne put achever. Sa Marraine, qui était Fée, lui dit : « Tu voudrais bien aller au Bal, n'est-ce pas? — Hélas oui, dit Cendrillon en soupirant. — Hé bien, seras-tu bonne fille? dit sa Marraine, je t'y ferai aller. » Elle la mena dans sa chambre, et lui dit : « Va dans le jardin et apporte-moi une citrouille. » Cendrillon alla aussitôt cueillir la plus belle qu'elle put trouver, et la porta à sa Marraine, ne pouvant deviner comment cette citrouille la pourrait faire aller au Bal. Sa Marraine la creusa, et n'ayant laissé que l'écorce, la frappa de sa baguette, et la citrouille fut aussitôt changée en un beau carrosse tout doré. Ensuite elle alla regarder dans sa souricière, où elle trouva six souris toutes en vie; elle dit à Cendrillon de lever un peu la trappe [16] de la souricière, et à chaque souris qui sortait, elle lui donnait un coup de sa baguette, et la souris était aussitôt changée en un beau cheval; ce qui fit un bel attelage de six chevaux, d'un beau gris de souris [17] pommelé. Comme elle était en peine de quoi elle ferait un Cocher : « Je vais voir, dit Cendrillon, s'il n'y a point quelque rat dans la ratière, nous en ferons un Cocher. — Tu as raison, dit sa Marraine, va voir. » Cendrillon lui apporta la ratière, où il y avait trois gros rats. La Fée en prit un d'entre les trois, à cause de sa maîtresse barbe, et l'ayant touché, il fut changé en un gros Cocher, qui avait une des plus belles moustaches qu'on ait jamais vues. Ensuite elle lui dit : « Va dans le jardin, tu y trouveras six lézards derrière l'arrosoir, apporte-les-moi. » Elle ne les eut pas plus tôt apportés que la Marraine les changea en six Laquais, qui montèrent aussitôt derrière le carrosse avec leurs habits chamarrés, et qui s'y tenaient attachés, comme s'ils n'eussent fait autre chose toute leur vie. La Fée dit alors à Cendrillon : « Hé bien, voilà de quoi aller au bal, n'es-tu pas bien aise? — Oui, mais est-ce que j'irai comme cela avec mes vilains habits? » Sa Marraine ne fit que la toucher avec sa baguette, et en même temps ses habits furent changés en des habits de drap d'or et d'argent tout chamarrés de pierreries; elle lui donna ensuite une paire de pantoufles de verre, les plus jolies du monde. Quand elle fut ainsi parée, elle monta en carrosse; mais sa Marraine lui recommanda sur toutes choses de ne pas passer minuit, l'avertissant que si elle demeurait au Bal un moment davantage, son carrosse redeviendrait citrouille, ses chevaux des souris, ses laquais des lézards, et que ses vieux habits reprendraient leur première forme. Elle promit à sa Marraine qu'elle ne manquerait pas de sortir du Bal avant minuit. Elle part, ne se sentant pas de joie. Le Fils du Roi, qu'on alla avertir qu'il venait d'arriver une grande Princesse qu'on ne connaissait point, courut la recevoir; il lui donna la main à la descente du carrosse, et la mena dans la salle où était la compagnie. Il se fit alors un grand silence; on cessa de danser [18] et les violons ne jouèrent plus, tant on était attentif à contempler les grandes beautés de cette inconnue. On n'entendait qu'un bruit confus : « Ah, qu'elle est belle! » Le Roi même, tout vieux qu'il était, ne laissait pas de la regarder, et de dire tout bas à la Reine qu'il y avait longtemps qu'il n'avait vu une si belle et si aimable personne. Toutes les Dames étaient attentives à considérer sa coiffure et ses habits, pour en avoir dès le lendemain de semblables, pourvu qu'il se trouvât des étoffes assez belles, et des ouvriers assez habiles. Le Fils du Roi la mit à la place la plus honorable, et ensuite la prit pour la mener danser. Elle dansa avec tant de grâce, qu'on l'admira encore davantage. On apporta une fort belle collation, dont le jeune Prince ne mangea point, tant il était occupé à la considérer. Elle alla s'asseoir auprès de ses sœurs, et leur fit mille honnêtetés : elle leur fit part [19] des oranges et des citrons [20] que le Prince lui avait donnés, ce qui les étonna fort, car elles ne la connaissaient point. Lorsqu'elles causaient ainsi, Cendrillon entendit sonner onze heures trois quarts : elle fit aussitôt une grande révérence à la compagnie, et s'en alla le plus vite qu'elle put. Dès qu'elle fut arrivée, elle alla trouver sa Marraine, et après l'avoir remerciée, elle lui dit qu'elle souhaiterait bien aller encore le lendemain au Bal, parce que le Fils du Roi l'en avait priée. Comme elle était occupée à raconter à sa Marraine tout ce qui s'était passé au Bal, les deux sœurs heurtèrent à la porte; Cendrillon leur alla ouvrir. « Que vous êtes longtemps à revenir! » leur dit-elle en bâillant, en se frottant les yeux, et en s'étendant [21] comme si elle n'eût fait que de se réveiller; elle n'avait cependant pas eu envie de dormir depuis qu'elles s'étaient quittées. « Si tu étais venue au Bal, lui dit une de ses sœurs, tu ne t'y serais pas ennuyée : il y est venu la plus belle Princesse, la plus belle qu'on puisse jamais voir; elle nous a fait mille civilités, elle nous a donné des oranges et des citrons. » Cendrillon ne se sentait pas de joie : elle leur demanda le nom de cette Princesse; mais elles lui répondirent qu'on ne la connaissait pas, que le Fils du Roi en était fort en peine, et qu'il donnerait toutes choses au monde pour savoir qui elle était. Cendrillon sourit et leur dit : « Elle était donc bien belle? Mon Dieu, que vous êtes heureuses, ne pourrais-je point la voir? Hélas! Mademoiselle Javotte, prêtez-moi votre habit jaune que vous mettez tous les jours. — Vraiment, dit Mademoiselle Javotte, je suis de cet avis! Prêter votre habit à un vilain Cucendron comme cela : il faudrait que je fusse bien folle. » Cendrillon s'attendait bien à ce refus, et elle en fut bien aise, car elle aurait été grandement embarrassée si sa sœur eût bien voulu lui prêter son habit. Le lendemain les deux sœurs furent au Bal, et Cendrillon aussi, mais encore plus parée que la première fois. Le Fils du Roi fut toujours auprès d'elle, et ne cessa de lui conter des douceurs; la jeune Demoiselle ne s'ennuyait point, et oublia ce que sa Marraine lui avait recommandé; de sorte qu'elle entendit sonner le premier coup de minuit, lorsqu'elle ne croyait pas qu'il fût encore onze heures : elle se leva et s'enfuit aussi légèrement qu'aurait fait une biche. Le Prince la suivit, mais il ne put l'attraper; elle laissa tomber une de ses pantoufles de verre, que le Prince ramassa bien soigneusement. Cendrillon arriva chez elle bien essoufflée, sans carrosse, sans laquais, et avec ses méchants habits, rien ne lui étant resté de toute sa magnificence qu'une de ses petites pantoufles, la pareille de celle qu'elle avait laissé tomber. On demanda aux Gardes de la porte du Palais s'ils n'avaient point vu sortir une Princesse; ils dirent qu'ils n'avaient vu sortir personne, qu'une jeune fille fort mal vêtue, et qui avait plus l'air d'une Paysanne que d'une Demoiselle[22]. Quand ses deux sœurs revinrent du Bal, Cendrillon leur demanda si elles s'étaient encore bien diverties, et si la belle Dame y avait été; elles lui dirent que oui, mais qu'elle s'était enfuie lorsque minuit avait sonné, et si promptement qu'elle avait laissé tomber une de ses petites pantoufles de verre, la plus jolie du monde; que le fils du Roi l'avait ramassée, et qu'il n'avait fait que la regarder pendant tout le reste du Bal, et qu'assurément il était fort amoureux de la belle personne à qui appartenait la petite pantoufle. Elles dirent vrai, car peu de jours après, le fils du Roi fit publier à son de trompe[23] qu'il épouserait celle dont le pied serait bien juste[24] à la pantoufle. On commença à l'essayer aux Princesses, ensuite aux Duchesses, et à toute la Cour, mais inutilement. On l'apporta chez les deux sœurs, qui firent tout leur possible pour faire entrer leur pied dans la pantoufle, mais elles ne purent en venir à bout. Cendrillon qui les regardait, et qui reconnut sa pantoufle, dit en riant : « Que je voie si elle ne me serait pas bonne[25]! » Ses sœurs se mirent à rire et à se moquer d'elle. Le Gentilhomme qui faisait l'essai de la pantoufle, ayant regardé attentivement Cendrillon, et la trouvant fort belle, dit que cela était juste, et qu'il avait ordre de l'essayer à toutes les filles. Il fit asseoir Cendrillon, et approchant la pantoufle de son petit pied, il vit qu'elle y entrait sans peine, et qu'elle y était juste comme de cire[26]. L'étonnement des deux sœurs fut grand, mais plus grand encore quand Cendrillon tira de sa poche l'autre petite pantoufle qu'elle mit à son pied. Là-dessus arriva la Marraine, qui ayant donné un coup de sa baguette sur les habits de Cendrillon, les fit devenir encore plus magnifiques que tous les autres.

Alors ses deux sœurs la reconnurent pour la belle personne qu'elles avaient vue au Bal. Elles se jetèrent à ses pieds pour lui demander pardon de tous les mauvais traitements qu'elles lui avaient fait souffrir. Cendrillon les releva, et leur dit, en les embrassant, qu'elle leur pardonnait de bon cœur, et qu'elle les priait de l'aimer bien toujours. On la mena chez le jeune Prince, parée comme elle était : il la trouva encore plus belle que jamais, et peu de jours après, il l'épousa. Cendrillon, qui était aussi bonne que belle, fit loger ses deux sœurs au Palais, et les maria dès le jour même à deux grands Seigneurs de la Cour.

MORALITÉ

La beauté pour le sexe est un rare trésor,
De l'admirer jamais on ne se lasse ;
Mais ce qu'on nomme bonne grâce
Est sans prix, et vaut mieux encor.

C'est ce qu'à Cendrillon fit avoir sa Marraine,
En la dressant, en l'instruisant,
Tant et si bien qu'elle en fit une Reine :
(Car ainsi sur ce Conte on va moralisant.)

Belles, ce don vaut mieux que d'être bien coiffées,
Pour engager un cœur, pour en venir à bout,
La bonne grâce est le vrai don des Fées[27] *;*
Sans elle on ne peut rien, avec elle, on peut tout.

AUTRE MORALITÉ

C'est sans doute un grand avantage,
D'avoir de l'esprit, du courage,
De la naissance, du bon sens,
Et d'autres semblables talents,
Qu'on reçoit du Ciel en partage;
Mais vous aurez beau les avoir,
Pour votre avancement ce seront choses vaines,
Si vous n'avez, pour les faire valoir,
Ou des parrains ou des marraines.

RIQUET
A LA HOUPPE

Conte

Il était une fois une Reine qui accoucha d'un fils, si laid et si mal fait, qu'on douta longtemps s'il avait forme humaine. Une Fée qui se trouva à sa naissance assura qu'il ne laisserait pas d'être aimable, parce qu'il aurait beaucoup d'esprit ; elle ajouta même qu'il pourrait, en vertu du don qu'elle venait de lui faire, donner autant d'esprit qu'il en aurait à la personne qu'il aimerait le mieux. Tout cela consola un peu la pauvre Reine, qui était bien affligée d'avoir mis au monde un si vilain marmot [1]. Il est vrai que cet enfant ne commença pas plus tôt à parler qu'il dit mille jolies choses, et qu'il avait dans toutes ses actions je ne sais quoi de si spirituel, qu'on en était charmé. J'oubliais de dire qu'il vint au monde avec une petite houppe de cheveux sur la tête, ce qui fit qu'on le nomma Riquet à la houppe, car Riquet était le nom de la famille.

Au bout de sept ou huit ans la Reine d'un Royaume voisin accoucha de deux filles. La première qui vint au monde était plus belle que le jour : la Reine en fut si aise, qu'on appréhenda que la trop grande joie qu'elle en avait ne lui fît mal. La même Fée qui avait assisté à la naissance du petit Riquet à la houppe était présente, et pour modérer la joie de la Reine, elle lui déclara que cette petite Princesse n'aurait point d'esprit, et qu'elle serait aussi stupide qu'elle était belle. Cela mortifia beaucoup la Reine ; mais elle eut quelques

moments après un bien plus grand chagrin, car la seconde fille dont elle accoucha se trouva extrêmement laide. « Ne vous affligez point tant, Madame, lui dit la Fée; votre fille sera récompensée [2] d'ailleurs [3], et elle aura tant d'esprit, qu'on ne s'apercevra presque pas qu'il lui manque de la beauté. — Dieu le veuille, répondit la Reine; mais n'y aurait-il point moyen de faire avoir un peu d'esprit à l'aînée qui est si belle? — Je ne puis rien pour elle, Madame, du côté de l'esprit, lui dit la Fée, mais je puis tout du côté de la beauté; et comme il n'y a rien que je ne veuille faire pour votre satisfaction, je vais lui donner pour don de pouvoir rendre beau ou belle la personne qui lui plaira. » A mesure que ces deux Princesses devinrent grandes, leurs perfections crûrent aussi avec elles, et on ne parlait partout que de la beauté de l'aînée, et de l'esprit de la cadette. Il est vrai aussi que leurs défauts augmentèrent beaucoup avec l'âge. La cadette enlaidissait à vue d'œil, et l'aînée devenait plus stupide de jour en jour. Ou elle ne répondait rien à ce qu'on lui demandait, ou elle disait une sottise. Elle était avec cela si maladroite qu'elle n'eût pu ranger quatre Porcelaines [4] sur le bord d'une cheminée sans en casser une, ni boire un verre d'eau sans en répandre la moitié sur ses habits. Quoique la beauté soit un grand avantage dans une jeune personne, cependant la cadette l'emportait presque toujours sur son aînée dans toutes les Compagnies. D'abord on allait du côté de la plus belle pour la voir et pour l'admirer, mais bientôt après, on allait à celle qui avait le plus d'esprit, pour lui entendre dire mille choses agréables; et on était étonné qu'en moins d'un quart d'heure l'aînée n'avait plus personne auprès d'elle, et que tout le monde s'était rangé autour de la cadette [5]. L'aînée, quoique fort stupide, le remarqua bien, et elle eût donné sans regret toute sa beauté pour avoir la moitié de l'esprit de sa sœur. La Reine, toute sage qu'elle était, ne put s'empêcher de lui reprocher plusieurs fois sa bêtise, ce qui pensa faire mourir de douleur cette pauvre Princesse. Un jour qu'elle s'était retirée dans un bois pour y plaindre[6] son malheur, elle vit venir à elle un petit homme fort laid et fort désagréable, mais vêtu très magnifiquement. C'était le jeune Prince Riquet à la houppe, qui étant devenu amoureux d'elle sur ses Portraits qui couraient par tout le monde[7], avait quitté le Royaume de son père pour avoir le plaisir de la voir et de lui parler. Ravi de la rencontrer ainsi toute seule, il l'aborde avec tout le respect et toute la politesse imaginable[8]. Ayant remarqué, après lui avoir fait les compliments[9] ordinaires, qu'elle était fort mélancolique, il lui dit : « Je ne comprends point, Madame, comment une personne aussi belle que vous l'êtes peut être aussi triste que vous le paraissez ; car, quoique je puisse me vanter d'avoir vu une infinité de belles personnes, je puis dire que je n'en ai jamais vu dont la beauté approche de la vôtre. — Cela vous plaît à dire[10], Monsieur », lui répondit la Princesse, et en demeure là. « La beauté, reprit Riquet à la houppe, est un si grand avantage qu'il doit tenir lieu de tout le reste ; et quand on le possède, je ne vois pas qu'il y ait rien qui puisse nous affliger beaucoup. — J'aimerais mieux, dit la Princesse, être aussi laide que vous et avoir de l'esprit, que d'avoir de la beauté comme j'en ai, et être bête autant que je le suis. — Il n'y a rien, Madame, qui marque davantage qu'on a de l'esprit, que de croire n'en pas avoir, et il est de la nature de ce bien-là, que plus on en a, plus on croit en manquer. — Je ne sais pas cela, dit la Princesse, mais je sais bien que je suis fort bête, et c'est de là que vient le chagrin qui me tue[11]. — Si ce n'est que cela, Madame, qui vous afflige, je puis aisément mettre fin à votre douleur. — Et comment ferez-vous ? dit la Princesse. — J'ai le pouvoir, Madame, dit Riquet à la houppe, de donner de l'esprit[12] autant qu'on en saurait avoir à la personne que je dois aimer le plus, et comme vous êtes, Madame, cette personne, il ne tiendra qu'à vous que vous n'ayez autant d'esprit qu'on en peut avoir, pourvu que vous vouliez bien m'épouser. » La Princesse demeura toute interdite, et ne répondit rien. « Je vois, reprit Riquet à la houppe, que cette proposition vous fait de la peine, et je ne m'en étonne pas; mais je vous donne un an tout entier pour vous y résoudre. » La Princesse avait si peu d'esprit, et en même temps une si grande envie d'en avoir, qu'elle s'imagina que la fin de cette année ne viendrait jamais; de sorte qu'elle accepta la proposition qui lui était faite. Elle n'eut pas plus tôt promis à Riquet à la houpe qu'elle l'épouserait dans un an à pareil jour, qu'elle se sentit tout autre qu'elle n'était auparavant; elle se trouva une facilité incroyable à dire tout ce qui lui plaisait, et à le dire d'une manière fine, aisée et naturelle. Elle commença dès ce moment une conversation galante et soutenue avec Riquet à la houppe, où elle brilla d'une telle force que Riquet à la houppe crut lui avoir donné plus d'esprit qu'il ne s'en était réservé pour lui-même. Quand elle fut retournée au Palais, toute la Cour ne savait que penser d'un changement si subit et si extraordinaire, car autant qu'on lui avait ouï dire d'impertinences [13] auparavant, autant lui entendait-on dire des choses bien sensées et infiniment spirituelles. Toute la Cour en eut une joie qui ne se peut imaginer; il n'y eut que sa cadette qui n'en fut pas bien aise, parce que n'ayant plus sur son aînée l'avantage de l'esprit, elle ne paraissait plus auprès d'elle qu'une Guenon fort désagréable. Le Roi se conduisait par ses avis, et allait même quelquefois tenir le Conseil dans son Appartement. Le bruit de ce changement s'étant répandu, tous les jeunes Princes des Royaumes voisins firent leurs efforts pour s'en faire aimer, et presque tous la demandèrent en Mariage; mais elle n'en trouvait point qui eût assez d'esprit, et elle les écoutait tous sans s'engager à pas un d'eux. Cependant il en vint un si puissant, si riche, si spirituel et si bien fait, qu'elle ne put s'empêcher d'avoir de la bonne volonté [14] pour lui. Son père s'en étant aperçu lui dit qu'il la faisait la maîtresse sur le choix d'un Époux, et qu'elle n'avait qu'à se déclarer [15]. Comme plus on a d'esprit et plus on a de peine à prendre une ferme résolution sur cette affaire, elle demanda, après avoir remercié son père, qu'il lui donnât du temps pour y penser[16]. Elle alla par hasard se promener dans le même bois où elle avait trouvé Riquet à la houppe, pour rêver[17] plus commodément à ce qu'elle avait à faire. Dans le temps qu'elle se promenait, rêvant profondément, elle entendit un bruit sourd sous ses pieds, comme de plusieurs personnes qui vont et viennent et qui agissent. Ayant prêté l'oreille plus attentivement, elle ouït que l'un disait : « Apporte-moi cette marmite »; l'autre : « Donne-moi cette chaudière »; l'autre : « Mets du bois dans ce feu. » La terre s'ouvrit dans le même temps, et elle vit sous ses pieds comme une grande Cuisine pleine de Cuisiniers, de Marmitons et de toutes sortes d'Officiers[18] nécessaires pour faire un festin magnifique. Il en sortit une bande[19] de vingt ou trente Rôtisseurs, qui allèrent se camper[20] dans une allée du bois autour d'une table fort longue, et qui tous, la lardoire[21] à la main, et la queue de Renard sur l'oreille[22], se mirent à travailler en cadence au son d'une Chanson harmonieuse[23]. La Princesse, étonnée de ce spectacle, leur demanda pour qui ils travaillaient. « C'est, Madame, lui répondit le plus apparent de la bande, pour le Prince Riquet à la houppe, dont les noces se feront demain. » La Princesse encore plus surprise qu'elle ne l'avait été, et se ressouvenant tout à coup qu'il y avait un an qu'à pareil jour elle avait promis d'épouser le Prince Riquet à la houppe, elle pensa tomber de son haut. Ce qui faisait qu'elle ne s'en souvenait pas, c'est que, quand elle fit cette promesse, elle était une bête[24], et qu'en prenant le nouvel esprit que le Prince lui avait donné, elle avait oublié toutes ses sottises. Elle n'eut pas fait trente pas en continuant sa promenade, que Riquet à la houppe se présenta à elle, brave, magnifique, et comme un Prince qui va se marier. « Vous me voyez, dit-il, Madame, exact à tenir ma parole, et je ne doute point que vous ne veniez ici pour exécuter la vôtre, et me rendre, en me donnant la main, le plus heureux de tous les hommes. — Je vous avouerai franchement, répondit la Princesse, que je n'ai pas encore pris ma résolution là-dessus, et que je ne crois pas pouvoir jamais la prendre telle que vous la souhaitez. — Vous m'étonnez, Madame, lui dit Riquet à la houppe. — Je le crois, dit la Princesse, et assurément si j'avais affaire à un brutal [25], à un homme sans esprit, je me trouverais bien embarrassée. Une Princesse n'a que sa parole, me dirait-il, et il faut que vous m'épousiez, puisque vous me l'avez promis; mais comme celui à qui je parle est l'homme du monde qui a le plus d'esprit, je suis sûre qu'il entendra raison. Vous savez que, quand je n'étais qu'une bête, je ne pouvais néanmoins me résoudre à vous épouser; comment voulez-vous qu'ayant l'esprit que vous m'avez donné, qui me rend encore plus difficile en gens que je n'étais, je prenne aujourd'hui une résolution que je n'ai pu prendre dans ce temps-là? Si vous pensiez tout de bon à m'épouser, vous avez eu grand tort de m'ôter ma bêtise, et de me faire voir plus clair que je ne voyais. — Si [26] un homme sans esprit, répondit Riquet à la houppe, serait bien reçu [27], comme vous venez de le dire, à vous reprocher votre manque de parole, pourquoi voulez-vous, Madame, que je n'en use pas de même, dans une chose où il y va de tout le bonheur de ma vie? Est-il raisonnable que les personnes qui ont de l'esprit soient d'une pire condition que ceux qui n'en ont pas? Le pouvez-vous prétendre, vous qui en avez tant, et qui avez tant souhaité d'en avoir? Mais venons au fait, s'il vous plaît. A la réserve [28] de ma laideur, y a-t-il quelque chose en moi qui vous déplaise? Êtes-vous mal contente de ma naissance, de mon esprit, de mon humeur, et de mes manières? — Nullement, répondit la Princesse, j'aime en vous tout ce que vous venez de me dire. — Si cela est ainsi, reprit Riquet à la houppe, je vais être heureux, puisque vous pouvez me rendre le plus aimable de tous les hommes. — Comment cela se peut-il faire? lui dit la Princesse. — Cela se fera, répondit Riquet à la houppe, si vous m'aimez assez pour souhaiter que cela soit; et afin, Madame, que vous n'en doutiez pas, sachez que la même Fée qui au jour de ma naissance me fit le don de pouvoir rendre spirituelle la personne qu'il me plairait, vous a aussi fait le don de pouvoir rendre beau celui que vous aimerez, et à qui vous voudrez bien faire cette faveur. — Si la chose est ainsi, dit la Princesse, je souhaite de tout mon cœur que vous deveniez le Prince du monde le plus beau et le plus aimable; et je vous en fais le don autant qu'il est en moi. » La Princesse n'eut pas plus tôt prononcé ces paroles, que Riquet à la houppe parut à ses yeux l'homme du monde le plus beau, le mieux fait et le plus aimable qu'elle eût jamais vu. Quelques-uns assurent que ce ne furent point les charmes de la Fée qui opérèrent, mais que l'amour seul fit cette Métamorphose. Ils disent que la Princesse ayant fait réflexion sur la persévérance de son Amant, sur sa discrétion, et sur toutes les bonnes qualités de son âme et de son esprit, ne vit plus la difformité de son corps, ni la laideur de son visage, que sa bosse ne lui sembla plus que le bon air [29] d'un homme qui fait le gros dos [30], et qu'au lieu que jusqu'alors elle l'avait vu boiter effroyablement, elle ne lui trouva plus qu'un certain air penché [31] qui la charmait; ils disent encore que ses yeux, qui étaient louches [32], ne lui en parurent que plus brillants, que leur dérèglement passa dans son esprit pour la marque d'un violent excès d'amour, et qu'enfin son gros nez rouge eut pour elle quelque chose de Martial et d'Héroïque [33]. Quoi qu'il en soit, la Princesse lui promit sur-le-champ de l'épouser, pourvu qu'il en obtînt le consentement du Roi son Père. Le Roi ayant su que sa fille avait beaucoup d'estime pour Riquet à la houppe, qu'il connaissait d'ailleurs pour un Prince très spirituel et très sage, le reçut avec plaisir pour son gendre. Dès le lendemain les noces furent faites, ainsi que Riquet à la houppe l'avait prévu, et selon les ordres qu'il en avait donnés longtemps auparavant.

MORALITÉ

Ce que l'on voit dans cet écrit,
Est moins un conte en l'air [34] *que la vérité même;*
Tout est beau dans ce que l'on aime,
Tout ce qu'on aime a de l'esprit.

AUTRE MORALITÉ

Dans un objet où la Nature,
Aura mis de beaux traits, et la vive peinture
D'un teint où jamais l'Art ne saurait arriver,
Tous ces dons pourront moins pour rendre un cœur sensible [35],
Qu'un seul agrément invisible
Que l'Amour y fera trouver.

LE
PETIT POUCET
Conte

Il était une fois un Bûcheron et une Bûcheronne qui avaient sept enfants tous Garçons. L'aîné n'avait que dix ans, et le plus jeune n'en avait que sept. On s'étonnera que le Bûcheron ait eu tant d'enfants en si peu de temps; mais c'est que sa femme allait vite en besogne, et n'en faisait pas moins que deux à la fois. Ils étaient fort pauvres, et leurs sept enfants les incommodaient [1] beaucoup, parce qu'aucun d'eux ne pouvait encore gagner sa vie. Ce qui les chagrinait encore, c'est que le plus jeune était fort délicat et ne disait mot : prenant pour bêtise ce qui était une marque de la bonté de son esprit. Il était fort petit, et quand il vint au monde, il n'était guère plus gros que le pouce, ce qui fit que l'on l'appela le petit Poucet. Ce pauvre enfant était le souffre-douleurs [2] de la maison, et on lui donnait toujours le tort. Cependant il était le plus fin, et le plus avisé de tous ses frères, et s'il parlait peu, il écoutait beaucoup. Il vint une année très fâcheuse [3], et la famine [4] fut si grande, que ces pauvres gens résolurent de se défaire de leurs enfants. Un soir que ces enfants étaient couchés, et que le Bûcheron était auprès du feu avec sa femme, il lui dit, le cœur serré de douleur : « Tu vois bien que nous ne pouvons plus nourrir nos enfants; je ne saurais les voir mourir de faim devant mes yeux, et je suis résolu de les mener perdre demain au bois, ce qui sera bien aisé, car tandis qu'ils s'amuseront à fagoter [5], nous n'avons qu'à nous enfuir sans qu'ils nous voient. — Ah! s'écria la Bûcheronne, pourrais-tu bien toi-même mener perdre tes enfants? » Son mari avait beau lui représenter leur grande pauvreté, elle ne pouvait y consentir; elle était pauvre, mais elle était leur mère. Cependant ayant considéré quelle douleur ce lui serait de les voir mourir de faim, elle y consentit, et alla se coucher en pleurant. Le petit Poucet ouït tout ce qu'ils dirent, car ayant entendu de dedans son lit qu'ils parlaient d'affaires, il s'était levé doucement, et s'était glissé sous l'escabelle [6] de son père pour les écouter sans être vu. Il alla se recoucher et ne dormit point le reste de la nuit, songeant à ce qu'il avait à faire. Il se leva de bon matin, et alla au bord d'un ruisseau où il emplit ses poches de petits cailloux blancs, et ensuite revint à la maison. On partit, et le petit Poucet ne découvrit rien de tout ce qu'il savait à ses frères. Ils allèrent dans une forêt fort épaisse, où à dix pas de distance on ne se voyait pas l'un l'autre. Le Bûcheron se mit à couper du bois et ses enfants à ramasser les broutilles [7] pour faire des fagots. Le père et la mère, les voyant occupés à travailler, s'éloignèrent d'eux insensiblement, et puis s'enfuirent tout à coup par un petit sentier détourné. Lorsque ces enfants se virent seuls, ils se mirent à crier et à pleurer de toute leur force. Le petit Poucet les laissait crier, sachant bien par où il reviendrait à la maison; car en marchant il avait laissé tomber le long du chemin les petits cailloux blancs qu'il avait dans ses poches. Il leur dit donc : « Ne craignez point, mes frères; mon Père et ma Mère nous ont laissés ici, mais je vous remènerai bien au logis, suivez-moi seulement. » Ils le suivirent, et il les mena jusqu'à leur maison par le même chemin qu'ils étaient venus dans la forêt. Ils n'osèrent d'abord entrer, mais ils se mirent tous contre la porte pour écouter ce que disaient leur Père et leur Mère.

Dans le moment que le Bûcheron et la Bûcheronne arrivèrent chez eux, le Seigneur du Village leur envoya dix écus[8] qu'il leur devait il y avait longtemps, et dont ils n'espéraient plus rien[9]. Cela leur redonna la vie, car les pauvres gens mouraient de faim. Le Bûcheron envoya sur l'heure sa femme à la Boucherie. Comme il y avait longtemps qu'elle n'avait mangé, elle acheta trois fois plus de viande qu'il n'en fallait pour le souper de deux personnes. Lorsqu'ils furent rassasiés, la Bûcheronne dit : « Hélas ! où sont maintenant nos pauvres enfants ? Ils feraient bonne chère de ce qui nous reste là. Mais aussi, Guillaume, c'est toi qui les as voulu perdre ; j'avais bien dit que nous nous en repentirions. Que font-ils maintenant dans cette Forêt ? Hélas ! mon Dieu, les Loups les ont peut-être déjà mangés ! Tu es bien inhumain d'avoir perdu ainsi tes enfants. » Le Bûcheron s'impatienta à la fin, car elle redit plus de vingt fois qu'ils s'en repentiraient et qu'elle l'avait bien dit. Il la menaça de la battre si elle ne se taisait[10]. Ce n'est pas que le Bûcheron ne fût peut-être encore plus fâché[11] que sa femme, mais c'est qu'elle lui rompait la tête, et qu'il était de l'humeur de beaucoup d'autres gens, qui aiment fort les femmes qui disent bien, mais qui trouvent très importunes celles qui ont toujours bien dit. La Bûcheronne était toute en pleurs : « Hélas ! où sont maintenant mes enfants, mes pauvres enfants ? » Elle le dit une fois si haut que les enfants qui étaient à la porte, l'ayant entendu, se mirent à crier tous ensemble : « Nous voilà, nous voilà. » Elle courut vite leur ouvrir la porte, et leur dit en les embrassant : « Que je suis aise de vous revoir, mes chers enfants ! Vous êtes bien las, et vous avez bien faim ; et toi Pierrot, comme te voilà crotté, viens que je te débarbouille. » Ce Pierrot était son fils aîné qu'elle aimait plus que tous les autres, parce qu'il était un peu rousseau[12], et qu'elle était un peu rousse. Ils se mirent à Table, et mangèrent d'un appétit qui faisait plaisir au Père et à la Mère, à qui ils racontaient la peur qu'ils avaient eue dans la Forêt en parlant presque toujours tous ensemble. Ces bonnes gens étaient ravis de revoir leurs enfants avec eux, et cette joie dura tant que les dix écus durèrent. Mais lorsque l'argent fut dépensé, ils retombèrent dans leur premier chagrin, et résolurent de les perdre encore, et pour ne pas manquer leur coup, de les mener bien plus loin que la première fois. Ils ne purent parler de cela si secrètement qu'ils ne fussent entendus par le petit Poucet, qui fit son compte [13] de sortir d'affaire comme il avait déjà fait ; mais quoiqu'il se fût levé de bon matin pour aller ramasser des petits cailloux, il ne put en venir à bout, car il trouva la porte de la maison fermée à double tour. Il ne savait que faire, lorsque la Bûcheronne leur ayant donné à chacun un morceau de pain pour leur déjeuner, il songea qu'il pourrait se servir de son pain au lieu de cailloux en le jetant par miettes le long des chemins où ils passeraient ; il le serra donc dans sa poche. Le Père et la Mère les menèrent dans l'endroit de la Forêt le plus épais et le plus obscur, et dès qu'ils y furent, ils gagnèrent un faux-fuyant [14] et les laissèrent là. Le petit Poucet ne s'en chagrina pas beaucoup, parce qu'il croyait retrouver aisément son chemin par le moyen de son pain qu'il avait semé [15] partout où il avait passé ; mais il fut bien surpris lorsqu'il ne put en retrouver une seule miette ; les Oiseaux étaient venus qui avaient tout mangé. Les voilà donc bien affligés, car plus ils marchaient, plus ils s'égaraient et s'enfonçaient dans la Forêt. La nuit vint, et il s'éleva un grand vent qui leur faisait des peurs épouvantables. Ils croyaient n'entendre de tous côtés que des hurlements de Loups qui venaient à eux pour les manger. Ils n'osaient presque se parler ni tourner la tête. Il survint une grosse pluie qui les perça jusqu'aux os ; ils glissaient à chaque pas et tombaient dans la boue, d'où ils se relevaient tout crottés, ne sachant que faire de leurs mains. Le petit Poucet grimpa au haut d'un Arbre pour voir s'il ne découvrirait rien ; ayant tourné la tête de tous côtés, il vit une petite lueur comme d'une chandelle, mais qui était bien loin par-delà la Forêt. Il descendit de l'arbre ; et lorsqu'il fut à terre, il ne vit plus rien ;

cela le désola. Cependant, ayant marché quelque temps avec ses frères du côté qu'il avait vu la lumière, il la revit en sortant du Bois. Ils arrivèrent enfin à la maison où était cette chandelle, non sans bien des frayeurs, car souvent ils la perdaient de vue, ce qui leur arrivait toutes les fois qu'ils descendaient dans quelques fonds[16]. Ils heurtèrent à la porte, et une bonne femme vint leur ouvrir. Elle leur demanda ce qu'ils voulaient; le petit Poucet lui dit qu'ils étaient de pauvres enfants qui s'étaient perdus dans la Forêt, et qui demandaient à coucher par charité. Cette femme les voyant tous si jolis se mit à pleurer, et leur dit : « Hélas! mes pauvres enfants, où êtes-vous venus? Savez-vous bien que c'est ici la maison d'un Ogre qui mange les petits enfants? — Hélas! Madame, lui répondit le petit Poucet, qui tremblait de toute sa force aussi bien que ses frères, que ferons-nous? Il est bien sûr que les Loups de la Forêt ne manqueront pas de nous manger cette nuit, si vous ne voulez pas nous retirer chez vous[17]. Et cela étant, nous aimons mieux que ce soit Monsieur qui nous mange[18]; peut-être qu'il aura pitié de nous, si vous voulez bien l'en prier. » La femme de l'Ogre qui crut qu'elle pourrait les cacher à son mari jusqu'au lendemain matin, les laissa entrer et les mena se chauffer auprès d'un bon feu; car il y avait un Mouton tout entier à la broche pour le souper de l'Ogre. Comme ils commençaient à se chauffer, ils entendirent heurter trois ou quatre grands coups à la porte : c'était l'Ogre qui revenait. Aussitôt sa femme les fit cacher sous le lit et alla ouvrir la porte. L'Ogre demanda d'abord si le souper était prêt, et si on avait tiré du vin, et aussitôt se mit à table. Le Mouton était encore tout sanglant, mais il ne lui en sembla que meilleur. Il fleurait[19] à droite et à gauche, disant qu'il sentait la chair fraîche. « Il faut, lui dit sa femme, que ce soit ce Veau que je viens d'habiller[20] que vous sentez. — Je sens la chair fraîche, te dis-je encore une fois, reprit l'Ogre, en regardant sa femme de travers, et il y a ici quelque chose que je n'entends pas. »

En disant ces mots, il se leva de Table, et alla droit au lit. « Ah, dit-il, voilà donc comme tu veux me tromper, maudite femme! Je ne sais à quoi il tient que je ne te mange aussi; bien t'en prend d'être une vieille bête. Voilà du Gibier qui me vient bien à propos pour traiter trois Ogres de mes amis qui doivent me venir voir ces jours ici. » Il les tira de dessous le lit l'un après l'autre. Ces pauvres enfants se mirent à genoux en lui demandant pardon; mais ils avaient à faire au plus cruel de tous les Ogres, qui bien loin d'avoir de la pitié les dévorait déjà des yeux, et disait à sa femme que ce serait là de friands morceaux lorsqu'elle leur aurait fait une bonne sauce. Il alla prendre un grand Couteau, et en approchant de ces pauvres enfants, il l'aiguisait sur une longue pierre[21] qu'il tenait à sa main gauche. Il en avait déjà empoigné un, lorsque sa femme lui dit : « Que voulez-vous faire à l'heure qu'il est? n'aurez-vous pas assez de temps demain matin? — Tais-toi, reprit l'Ogre, ils en seront plus mortifiés[22]. — Mais vous avez encore là tant de viande, reprit sa femme; voilà un Veau, deux Moutons et la moitié d'un Cochon! — Tu as raison, dit l'Ogre; donne-leur bien à souper, afin qu'ils ne maigrissent pas, et va les mener coucher. » La bonne femme fut ravie de joie, et leur porta bien à souper, mais ils ne purent manger tant ils étaient saisis de peur. Pour l'Ogre, il se remit à boire, ravi d'avoir de quoi si bien régaler ses Amis. Il but une douzaine de coups plus qu'à l'ordinaire, ce qui lui donna un peu dans la tête[23], et l'obligea de s'aller coucher.

L'Ogre avait sept filles, qui n'étaient encore que des enfants. Ces petites Ogresses avaient toutes le teint fort beau, parce qu'elles mangeaient de la chair fraîche comme leur père; mais elles avaient de petits yeux gris et tout ronds, le nez crochu et une fort grande bouche avec de longues dents fort aiguës et fort éloignées l'une de l'autre. Elles n'étaient pas encore fort méchantes; mais elles promettaient beaucoup, car elles mordaient déjà les petits enfants pour en sucer le sang. On les avait fait coucher de bonne heure, et elles étaient toutes sept dans un grand lit, ayant chacune une Couronne d'or sur la tête. Il y avait dans la même Chambre un autre lit de la même grandeur; ce fut dans ce lit que la femme de l'Ogre mit coucher les sept petits garçons; après quoi, elle s'alla coucher auprès de son mari. Le petit Poucet qui avait remarqué que les filles de l'Ogre avaient des Couronnes d'or sur la tête, et qui craignait qu'il ne prît à l'Ogre quelque remords de ne les avoir pas égorgés dès le soir même, se leva vers le milieu de la nuit, et prenant les bonnets de ses frères et le sien, il alla tout doucement les mettre sur la tête des sept filles de l'Ogre, après leur avoir ôté leurs Couronnes d'or qu'il mit sur la tête de ses frères et sur la sienne, afin que l'Ogre les prît pour ses filles, et ses filles pour les garçons qu'il voulait égorger. La chose réussit comme il l'avait pensé; car l'Ogre s'étant éveillé sur le minuit eut regret d'avoir différé au lendemain ce qu'il pouvait exécuter la veille; il se jeta donc brusquement hors du lit, et prenant son grand Couteau : « Allons voir, dit-il, comment se portent nos petits drôles; n'en faisons pas à deux fois. » Il monta donc à tâtons à la Chambre de ses filles et s'approcha du lit où étaient les petits garçons, qui dormaient tous, excepté le petit Poucet, qui eut bien peur [24] lorsqu'il sentit la main de l'Ogre qui lui tâtait la tête, comme il avait tâté celles de tous ses frères. L'Ogre, qui sentit les Couronnes d'or : « Vraiment, dit-il, j'allais faire là un bel ouvrage; je vois bien que je bus trop hier au soir. » Il alla ensuite au lit de ses filles, où ayant senti les petits bonnets des garçons : « Ah! les voilà, dit-il, nos gaillards! travaillons hardiment. » En disant ces mots, il coupa sans balancer la gorge à ses sept filles. Fort content de cette expédition [25], il alla se recoucher auprès de sa femme. Aussitôt que le petit Poucet entendit ronfler l'Ogre, il réveilla ses frères, et leur dit de s'habiller promptement et de le suivre. Ils descendirent doucement dans le Jardin, et sautèrent par-dessus les murailles. Ils coururent presque toute la nuit, toujours en tremblant et sans savoir où ils allaient. L'Ogre s'étant éveillé dit à sa femme : « Va-t'en là-haut habiller ces petits drôles d'hier au soir. » L'Ogresse fut fort étonnée de la bonté de son mari, ne se doutant point de la manière qu'il entendait qu'elle les habillât, et croyant qu'il lui ordonnait de les aller vêtir, elle monta en haut où elle fut bien surprise lorsqu'elle aperçut ses sept filles égorgées et nageant dans leur sang. Elle commença par s'évanouir (car c'est le premier expédient que trouvent presque toutes les femmes en pareilles rencontres [26]). L'Ogre, craignant que sa femme ne fût trop longtemps à faire la besogne dont il l'avait chargée, monta en haut pour lui aider. Il ne fut pas moins étonné que sa femme lorsqu'il vit cet affreux spectacle. « Ah! qu'ai-je fait là? s'écria-t-il. Ils me le payeront, les malheureux [27], et tout à l'heure. » Il jeta aussitôt une potée [28] d'eau dans le nez de sa femme et l'ayant fait revenir : « Donne-moi vite mes bottes de sept lieues [29], lui dit-il, afin que j'aille les attraper. » Il se mit en campagne, et après avoir couru bien loin de tous côtés, enfin il entra dans le chemin où marchaient ces pauvres enfants qui n'étaient plus qu'à cent pas du logis de leur père. Ils virent l'Ogre qui allait de montagne en montagne, et qui traversait des rivières aussi aisément qu'il aurait fait le moindre ruisseau. Le petit Poucet, qui vit un Rocher creux proche le lieu où ils étaient, y fit cacher ses six frères, et s'y fourra [30] aussi, regardant toujours ce que l'Ogre deviendrait. L'Ogre qui se trouvait fort las du long chemin qu'il avait fait inutilement (car les bottes de sept lieues fatiguent fort leur homme), voulut se reposer, et par hasard il alla s'asseoir sur la roche où les petits garçons s'étaient cachés. Comme il n'en pouvait plus de fatigue, il s'endormit après s'être reposé quelque temps, et vint à ronfler si effroyablement que les pauvres enfants n'en eurent pas moins de peur que quand il tenait son grand Couteau pour leur couper la gorge. Le petit Poucet en eut moins de peur, et dit à ses frères de s'enfuir promptement à la maison pendant que l'Ogre dormait bien fort, et qu'ils ne se missent point en peine de lui. Ils crurent son conseil, et gagnèrent vite la maison. Le petit Poucet s'étant approché de l'Ogre lui tira doucement ses bottes, et les mit aussitôt. Les bottes étaient fort grandes et fort larges; mais comme elles étaient Fées, elles avaient le don de s'agrandir et de s'apetisser selon la jambe de celui qui les chaussait, de sorte qu'elles se trouvèrent aussi justes à ses pieds et à ses jambes que si elles avaient été faites pour lui. Il alla droit à la maison de l'Ogre où il trouva sa femme qui pleurait auprès de ses filles égorgées. « Votre mari, lui dit le petit Poucet, est en grand danger; car il a été pris par une troupe de Voleurs qui ont juré de le tuer s'il ne leur donne tout son or et tout son argent. Dans le moment qu'ils lui tenaient le poignard sur la gorge, il m'a aperçu et m'a prié de vous venir avertir de l'état où il est, et de vous dire de me donner tout ce qu'il a vaillant [31] sans en rien retenir, parce qu'autrement ils le tueront sans miséricorde. Comme la chose presse beaucoup, il a voulu que je prisse ses bottes de sept lieues que voilà pour faire diligence, et aussi afin que vous ne croyiez pas que je sois un affronteur [32]. » La bonne femme fort effrayée lui donna aussitôt tout ce qu'elle avait : car cet Ogre ne laissait pas d'être fort bon mari [33], quoiqu'il mangeât les petits enfants. Le petit Poucet étant donc chargé de toutes les richesses de l'Ogre s'en revint au logis de son père, où il fut reçu avec bien de la joie.

Il y a bien des gens qui ne demeurent pas d'accord de cette dernière circonstance, et qui prétendent que le petit Poucet n'a jamais fait ce vol à l'Ogre; qu'à la vérité, il n'avait pas fait conscience [34] de lui prendre ses bottes de sept lieues, parce qu'il ne s'en servait que pour courir après les petits enfants. Ces gens-là assurent le savoir de bonne part, et même pour avoir bu et mangé dans la maison du Bûcheron. Ils assurent que lorsque le petit Poucet eut chaussé les bottes de l'Ogre, il s'en alla à la Cour, où il savait qu'on était fort en peine d'une Armée qui était à deux cents lieues de là [35], et du succès d'une Bataille [36] qu'on avait donnée. Il alla, disent-ils, trouver le Roi, et lui dit que s'il le souhaitait, il lui rapporterait des nouvelles de l'Armée avant la fin du jour. Le Roi lui promit une grosse somme d'argent s'il en venait à bout. Le petit Poucet rapporta des nouvelles dès le soir même, et cette première course l'ayant fait connaître, il gagnait tout ce qu'il voulait; car le Roi le payait parfaitement bien pour porter ses ordres à l'Armée, et une infinité de Dames lui donnaient tout ce qu'il voulait pour avoir des nouvelles de leurs Amants, et ce fut là son plus grand gain. Il se trouvait quelques femmes qui le chargeaient de Lettres pour leurs maris, mais elles le payaient si mal, et cela allait [37] à si peu de chose, qu'il ne daignait mettre en ligne de compte ce qu'il gagnait de ce côté-là. Après avoir fait pendant quelque temps le métier de courrier [38], et y avoir amassé beaucoup de bien, il revint chez son père, où il n'est pas possible d'imaginer la joie qu'on eut de le revoir. Il mit toute sa famille à son aise. Il acheta des Offices [39] de nouvelle création pour son père et pour ses frères; et par là il les établit tous, et fit parfaitement bien sa Cour en même temps.

MORALITÉ

On ne s'afflige point d'avoir beaucoup d'enfants,
Quand ils sont tous beaux, bien faits et bien grands,
Et d'un extérieur qui brille;
Mais si l'un d'eux est faible ou ne dit mot,
On le méprise, on le raille, on le pille [40];
Quelquefois cependant c'est ce petit marmot
Qui fera le bonheur de toute la famille.

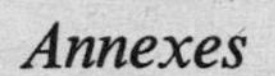

Annexes

LE MIROIR [1]

ou la Métamorphose [2] d'Orante

Je me trouvai il y a quelques jours dans une compagnie, où la Conversation s'étant tournée insensiblement sur ces descriptions galantes et ingénieuses que plusieurs personnes ont faites d'elles-mêmes, ou de leurs amis, et qui ont couru par le monde sous le nom de Portraits [3], il s'en dit cent choses jolies et curieuses.

On parla de la différence des bons, et des mauvais; des qualités nécessaires à ceux qui se mêlent d'en faire; et ensuite de ceux qui avaient réussi dans ce genre d'écrire. Ce fut un bonheur à l'illustre Sapho [4] de ne s'être pas rencontrée dans cette conversation; car, de la manière que chacun se mit à dire du bien de ceux qu'elle a faits, sa modestie eût eu bien à souffrir. Je sais qu'on ne s'avise guère de dire rien de semblable où elle est; mais je ne suis pas assuré que la crainte de lui déplaire eût pu nous empêcher de la louer en sa présence de ces sortes de choses. Quoi qu'il en soit, ce qui fut dit me plut infiniment et surtout je fus charmé d'une petite histoire qu'un homme de la compagnie nous fit sur ce sujet le plus à propos, et le plus galamment qu'il est possible.

« Voyez-vous ce grand faiseur de Portraits? nous dit-il en nous montrant le miroir de la Chambre où nous étions. Ce fut en son temps un des hommes du monde qui excella le plus en cette sorte d'ouvrages, et qui eut assurément la plus grande réputation avant qu'il fût métamorphosé. C'est dommage qu'on n'ait pu conserver jusqu'à nous aucun des portraits qu'il fit durant sa vie; mais on n'a jamais pu en garder un seul : il se contentait de les montrer aux personnes qu'il dépeignait, et soit qu'il fût trop paresseux, soit aussi qu'il appréhendât de passer pour Auteur, il observait exactement de n'en donner jamais de copie. »

Cette vision [5] nous parut plaisante, et chacun témoignant souhaiter d'apprendre les particularités d'une telle Métamorphose, toute la compagnie le conjura d'en faire le récit.

« Il y a peu de personnes, poursuivit-il, qui puissent mieux que moi satisfaire votre curiosité, et vous conter exactement l'histoire que vous me demandez, parce qu'il n'y a pas encore trois jours que je l'ai lue. Elle est d'un Auteur Vénitien, peu connu à la vérité, mais qui ne le cède assurément à pas un autre de sa Nation, pour avoir des imaginations plaisantes et extraordinaires. Cette histoire est écrite en Prose, mêlée de quelques Vers que j'ai pris plaisir à traduire en notre Langue, et dont je pourrai bien me souvenir [6]. Voici comment il la raconte.

Le Miroir que nous avons aujourd'hui parmi nous, fut autrefois un homme fort galant, fort propre, et fort poli, qui se nommait Orante, et qui se rendit considérable dans le monde par le talent extraordinaire qu'il avait de faire des Descriptions naïves, et agréables de toutes choses. Les louanges qu'il en reçut, firent qu'il s'occupa avec plaisir à faire le portrait de beaucoup de personnes qui ne pouvaient assez admirer comment il pouvait composer des Ouvrages si beaux et si finis en si peu de temps : car bien loin d'y employer des mois entiers, comme la plupart de ceux qui s'en mêlent, il les composait tous sur-le-champ et sans aucune préméditation, tellement que ceux qui voulaient avoir leur portrait, n'avaient qu'à se montrer à lui, et c'était fait en un moment. Il avait encore une adresse admirable, et toute singulière; c'est qu'il faisait le portrait du corps et de l'esprit tout ensemble : je veux dire qu'en dépeignant le corps il en exprimait si bien tous les mouvements et toutes les actions, qu'il donnait à connaître parfaitement l'esprit qui l'animait. En représentant les yeux d'une femme, il en remarquait si exactement la manière de se mouvoir et de regarder, qu'on jugeait sans peine si elle était prude, ou coquette ; stupide, ou spirituelle ; mélancolique, ou enjouée, et enfin quel était le véritable caractère de son esprit.

Cette perfection qu'avait Orante de bien représenter, était assurément inconcevable. Mais certes l'on pouvait dire que hors ce talent particulier, il n'était bon à rien. Ceux qui l'examinèrent soigneusement trouvèrent que cette étrange inégalité venait de ce qu'ayant l'imagination excellente, il n'avait ni mémoire, ni jugement ; et en effet il ne se souvenait jamais de rien, et sitôt que les choses étaient hors de devant lui, elles s'effaçaient entièrement de sa mémoire. Pour le jugement c'était encore pis ; il ne pouvait rien celer de ce qu'il savait : quelque personne qui se présentât devant lui, il lui rompait en visière, il lui disait à son nez toutes ses vérités ; et sans faire aucune distinction de celles qui sont bonnes à dire, d'avec celles qu'il faut taire, il appuyait aussi fortement sur les choses du monde les plus outrageantes que sur celles qui pouvaient le plus obliger.

Orante avait trois frères, qui se mêlaient comme lui de faire des portraits et des descriptions de toutes choses, mais il s'en fallait beaucoup qu'ils fussent si bien faits, ni si habiles que leur aîné. Deux de ces frères étaient tout ronds et fort bossus, l'un par-devant, et l'autre par-derrière ; et le troisième était tellement contraint dans sa taille, qu'il semblait avoir un bâton fiché dans le corps. Celui qui était bossu par-derrière faisait toujours les choses plus grandes qu'elles n'étaient, et comme il était d'un naturel fort ardent [7], il prenait feu tout à l'heure, et s'emportait étrangement dans l'hyperbole ; si bien qu'on pouvait dire de lui avec justice, qu'il faisait un Géant d'un Pygmée, et d'une Mouche un Éléphant. Le bossu par-devant était d'une humeur toute contraire, et n'avait point de plus grand plaisir que d'apetisser et amoindrir tout ce qu'il dépeignait [8]. Il y avait encore cette différence en leurs manières, que le premier était un peu confus et tombait souvent dans le galimatias pour vouloir trop exagérer, et que le second était fort exact, et représentait tout avec une netteté admirable. Pour le troisième, il était encore plus bizarre que ces deux-ci : quand on lui donnait à tirer le portrait de quelque chose de fort régulier, il en faisait un monstre, où l'on ne connaissait rien; et quand on lui présentait quelque chose de bien difforme, il se mettait souvent en humeur de l'embellir, et s'y mettait quelquefois à tel point, qu'il en faisait un portrait tout à fait agréable [9]. Ces trois frères quoique fort adroits et fort singuliers en leurs ouvrages, n'étaient néanmoins bons à voir qu'une fois, ou deux, par curiosité, et leur entretien devenait ennuyeux quand on demeurait longtemps en leur compagnie. Comme ils étaient assez éclairés tous trois, ils s'aperçurent aisément qu'ils n'étaient pas bien venus dans le beau monde, tellement qu'ils se retirèrent chez les curieux [10], qui les avaient en grande estime, et qui les reçurent dans leurs cabinets [11] avec bien de la joie. Là ils s'appliquèrent entièrement aux Mathématiques, où en peu de temps ils firent des merveilles, et apprirent même aux plus savants mille secrets admirables [12].

Pendant que ces trois frères devenus Mathématiciens fréquentaient les cabinets des curieux, où ils demeuraient nuit et jour attachés, leur aîné ne bougeait des cabinets des Dames, de leurs alcôves, et de leurs ruelles, où il occupait toujours la plus belle et la meilleure place. On s'étonnait assez de le voir si bien venu chez elles, vu l'étrange liberté qu'il se donnait de leur dire toutes choses; mais il était en possession d'en user de la sorte, et elles souffraient de lui ce qu'elles auraient trouvé mauvais de tout autre. Elles eussent véritablement bien souhaité qu'il se fût corrigé de cette naïveté trop grande avec laquelle il leur reprochait leurs défauts; mais il n'était pas en son pouvoir de rien dissimuler, ou du moins c'était une faveur qu'on obtenait si rarement de lui, qu'une femme s'estimait tout à fait heureuse quand elle pouvait le rencontrer en humeur de la flatter un peu. Ce qui était assez surprenant, c'est que ces mêmes femmes qui le connaissaient pour avoir peu de jugement, le consultaient néanmoins sur mille choses, dont elles auraient été bien fâchées de rien résoudre sans son avis [13]. Elles se remettaient entièrement à lui de leur contenance et de leur geste, du choix de leurs habits, et de leurs coiffures, dont il ordonnait souverainement; de sorte qu'elles n'auraient pas attaché un ruban, ni mis une mouche qu'il ne l'eût approuvé : et sans mentir il décidait si pertinemment de la bonne grâce, et des ajustements, qu'on remarquait une notable différence entre les personnes qui s'étaient servies de ses conseils, et celles qui les avaient négligés. Malgré son peu de jugement, il était encore fort raisonnable en une chose où les plus sages manquent [14] souvent : c'est que lorsqu'il entretenait une Dame, il la cajolait selon sa beauté : il ne s'emportait point dans la dernière flatterie, et jamais il ne s'avisait de persuader à une personne médiocrement belle, qu'elle l'était infiniment. Cette matière de s'exprimer, simple et naïve, lui réussissait si bien qu'on demeurait d'accord de tout ce qu'il disait; et comme il n'avançait rien que de vraisemblable, il n'avait point le déplaisir d'entendre une femme lui reprocher qu'il la prenait pour une autre ou qu'il se moquait d'elle. Il avait avec cela une excellente qualité pour plaire à celles qui le voyaient; c'est qu'il les entretenait toujours d'elles-mêmes, et jamais de la beauté des autres; mais rien n'était plus agréable que lui, lorsqu'il se trouvait auprès d'une personne parfaitement belle. Il la représentait si bien avec tous ses attraits et tous ses charmes, que l'on croyait la voir; et certes de la sorte qu'il avait soin d'en remarquer les moindres traits, et les plus petites actions, on eût dit qu'il en était passionnément amoureux, et que l'image de cette aimable personne était profondément gravée dans son cœur. Cependant elle n'était pas plus tôt hors de devant lui, qu'il ne s'en souvenait plus, et si une autre femme également belle se présentait un moment après, il lui disait les mêmes choses, et n'en paraissait pas moins passionné, quoique peut-être il ne l'eût jamais vue que cette fois-là. La vérité est qu'il était fort inconstant, et que personne n'a jamais été si susceptible que lui de différentes et nouvelles impressions. Cette mauvaise qualité n'empêcha pas néanmoins qu'il ne fût fort considéré de beaucoup de Dames qui se souciaient peu de ce qu'il disait aux autres, pourvu qu'il ne leur dît rien que d'obligeant. Surtout il fut aimé tendrement d'une jeune personne fort galante, et qui était sans doute une des plus belles de son siècle.

On tient que les personnes qui s'aiment beaucoup elles-mêmes, n'ont jamais de fortes passions pour les autres : parce que le cœur n'ayant qu'un certain fonds d'amour précis et limité, il ne peut pas fournir à la poursuite de deux différents objets en même temps. Cette maxime qui se trouve si véritable en mille rencontres, ne le fut point en celle-ci; et la belle Caliste, qui est celle dont nous parlons, quoiqu'elle eût pour elle-même tout l'amour et toute la complaisance imaginable, ne fut pas exempte néanmoins d'une autre affection très violente : au contraire cette complaisance qu'elle eut pour sa personne, augmenta celle qu'elle eut pour son Amant; et l'on peut dire que l'amour-propre [15] qui détruit ordinairement toutes les autres amours, fit naître dans son cœur celle qu'elle eut pour Orante. Il serait malaisé de remarquer [16] précisément la naissance de cette affection : tout ce qu'on en peut assurer, c'est qu'elle commença dès son enfance, et qu'elle s'accrut avec l'âge, et à mesure que sa beauté s'augmentait. Ce qui la disposa davantage à l'aimer, c'est qu'il fut un des premiers qui la cajola, et qui dans un temps où peu de gens la regardaient encore, lui assura qu'elle était aimable, et qu'on avait tort de ne lui en rien dire : mais ce qui acheva de la gagner entièrement, ce fut un portrait admirable qu'il fit de sa jeune Maîtresse, un jour qu'elle se trouva beaucoup plus belle qu'elle ne l'avait encore été. Depuis ce temps-là elle rechercha tellement toutes les occasions de le revoir, que chacun s'aperçut de l'empressement qu'elle avait pour s'entretenir avec lui. Ce qui confirma davantage l'opinion qu'on avait conçue de cette amitié naissante, fut qu'un jour Caliste étant entrée dans une chambre où était Orante, et où il avait pris sa place entre deux fenêtres, qui était une place qu'il affectait[17] fort, soit que la lumière lui fît mal, soit qu'il fût assez coquet pour chercher l'ombre, elle s'alla mettre vis-à-vis de lui, sans songer qu'elle s'exposait elle-même au grand jour qu'elle avait évité jusqu'alors, avec un soin qui n'est pas concevable; mais elle ne pensait qu'à se placer en un lieu d'où elle pût bien voir son cher Orante, et le contempler à son aise. Depuis qu'elle fut entrée jusques à ce qu'elle sortit, elle ne leva pas les yeux de dessus lui, et bien que quelques personnes lui en fissent la guerre, elle ne put s'en empêcher : il lui arriva même bien des fois de répondre hors de propos à ce qu'on lui demandait, parce qu'elle était trop attentive à lui parler des yeux, et à écouter en même temps ce qu'il lui disait. Cependant leur entretien était pour lors assez commun, et à dire le vrai :

Ce n'était qu'une bagatelle
Qu'il répéta plus de cent fois,
Mais, qui la charmait toutefois,
Et lui semblait toujours nouvelle;
Il lui disait qu'elle était belle.

La passion de l'aimable Caliste s'accrut si fort avec le temps, qu'elle ne pouvait plus abandonner son cher Orante; elle voulut qu'il s'attachât à elle absolument, et qu'il la suivît partout où elle irait, de sorte que bien des gens disaient assez plaisamment qu'elle l'avait toujours pendu à sa ceinture[18]. Quoi qu'il en soit, il est constant[19] qu'on les a trouvés cent fois seuls, et tête à tête dans une chambre, où ils passaient des jours presque entiers à s'entretenir, sans qu'il parût que la Dame se fût ennuyée. Un de ses Amants fort jaloux, et fort emporté de son naturel en pensa mourir de dépit, un jour qu'il les surprit ensemble. La porte de la chambre était entrouverte, et ils étaient placés de telle manière, qu'il voyait sa Maîtresse sans qu'il pût voir celui qui était avec elle; il jugea seulement qu'elle était en conversation galante avec quelqu'un, et quoiqu'il n'ouït pas ce qu'elle disait, parce qu'il était trop éloigné, il le conjectura ainsi par les différents mouvements de son visage, de ses mains, de ses bras, et de toute sa personne.

Quelquefois paisible et tranquille
Elle se tenait immobile,
Et semblait écouter avec attachement[20]*;*
D'autres fois on eût dit, en la voyant sourire,
Qu'elle approuvait obligeamment
Les galantes douceurs qu'on venait de lui dire.

Tantôt ses beaux yeux adorables
A tous les cœurs si redoutables,
D'un noble et digne orgueil paraissaient animés :
Tantôt ces mêmes yeux quittant leur humeur fière,
Languissants et demi fermés,
Jetaient négligemment de longs traits de lumière.

Quelquefois sa bouche incarnate,
D'une manière délicate,
Exprimait de son cœur les tendres mouvements,
Et tâchait de se rendre encore plus aimable
Par mille petits agréments
Que formait tout autour un souris[21] *agréable.*

Tantôt son front chaste et sévère
Se montrait ému de colère,
Comme si son Amant en eût un peu trop dit,
Tantôt s'adoucissant elle semblait se rendre,
Et d'un air assez interdit :
Commander qu'il se tût, et souhaiter l'entendre.

D'une honte discrète, et sage
Le feu lui montait au visage,
Qu'elle voulait cacher en y portant la main;
Mais un petit soupir vrai témoin de sa flamme,
S'étant échappé de son sein,
Découvrait en passant le secret de son âme.

Quoique toutes ces actions tendres et passionnées ne voulussent rien dire, et que l'aimable Caliste n'entretînt de la sorte Orante, que par pur divertissement, et seulement pour savoir de lui si elle s'y prenait de bonne grâce. Le jaloux néanmoins qui crut que c'était tout de bon, ne peut se tenir d'éclater, et tout impatient de voir ce fortuné rival qu'il haïssait déjà sans le connaître, entre brusquement dans la chambre, le visage en feu, les yeux égarés, et avec la démarche d'un homme furieux et tout hors de soi; mais il fut bien surpris lorsqu'il vit qu'Orante était le Galant avec qui sa Maîtresse s'entretenait ainsi. Il n'en fut pas fâché, à dire le vrai : car bien qu'Orante fût très aimable, et de très bonne mine, on ne s'alarmait pas de le voir seul avec une Dame : il avait assez d'entretien, mais c'était tout, et dans l'obscurité même où les Amants sont le plus dangereux et le plus entreprenants, on savait qu'il n'était pas capable de rien oser; de sorte qu'il passait bien souvent les nuits dans la chambre des Dames, sans que néanmoins on en soupçonnât rien à leur désavantage.

Orante sans s'étonner[22] le moins du monde se moqua plaisamment de l'incartade[23] du Jaloux : il en fit une description naïve et ridicule, et lui fit voir en même temps que cela était de fort mauvaise grâce, d'entrer ainsi tout effaré dans la chambre d'une Dame qu'il faisait profession d'aimer, et à qui d'ailleurs il ne pouvait rendre trop de respect. Le Jaloux en demeura honteux, et Caliste de son côté parut fort interdite. Elle quitta donc la conversation qu'elle avait avec Orante, pour en commencer une autre avec le nouveau venu, qui tout galant et tout spirituel qu'il était, n'eut garde [24] de la cajoler si agréablement que lui. Aussi quittait-elle volontiers toute autre compagnie pour celle d'Orante, qui assurément ne l'entretenait jamais que de choses agréables, si ce n'était aux jours qu'elle était moins belle qu'à son ordinaire : car alors, il ne pouvait s'empêcher de le lui dire, ou qu'elle était pâle, ou qu'elle avait les yeux battus, ou du moins qu'elle n'avait pas bon visage. Cette façon d'agir n'était pas à la vérité fort galante, aussi en fut-il puni, et très sévèrement, puisque enfin, il lui en coûta la vie, qui lui fut ôtée par cette même personne dont il était aimé.

Dans le temps que Caliste avait le plus de passion pour Orante, et qu'elle lui en donnait mille preuves obligeantes par les assiduités qu'elle avait pour lui, elle tomba malade d'une grosse fièvre qui l'obligea de se mettre au lit. Les Médecins ayant reconnu sa maladie qui était quelque chose de plus qu'une fièvre, et qui était sans doute la maladie la plus fâcheuse que puisse avoir une belle personne, non seulement pour le péril qu'il y a de la vie; mais aussi pour les atteintes cruelles et funestes qu'en reçoit la beauté [25], firent retirer d'auprès d'elle tout ce qui pouvait l'incommoder, et commencèrent par Orante, avec défenses expresses de le laisser entrer, quelque prière qu'en fît la Malade. Cet ordre ne fut pas difficile à observer dans le commencement, et dans le fort du mal qui ne lui permettait pas de songer à autre chose qu'à elle-même; mais lorsqu'elle se vit hors de danger, on eut bien de la peine à résister à l'empressement qu'elle eut de voir son cher Orante, elle le demanda cent fois à ses femmes. Elle les pressa, et par prières et par menaces de le faire venir, mais inutilement : on voyait trop le péril qu'il y avait de lui donner cette satisfaction; elle était tellement changée qu'elle n'était pas reconnaissable, et ceux qui l'abordaient ne pouvaient presque s'empêcher de témoigner leur étonnement et l'horreur qu'elle leur faisait. On se gardait bien néanmoins de lui rien dire qui la pût fâcher, et l'on tâchait de lui persuader que hors qu'elle était un peu bouffie, et un peu rouge, elle était aussi belle que jamais. Cependant elle jugeait bien qu'on la flattait, et qu'on craignait de l'affliger, et enfin qu'il n'y avait au monde que son fidèle Orante, qui fût assez sincère pour lui dire franchement la vérité.

Un jour qu'elle se trouva seule, et que malheureusement aucune de ses femmes n'était demeurée auprès d'elle, pressée d'impatience, elle se lève, et n'ayant mis sur elle qu'une jupe, elle passe dans son antichambre, où elle croyait trouver Orante, et où en effet elle le rencontra appuyé sur la table, où il attendait toujours qu'on le fît entrer. Transportée d'une extrême joie de le voir, et en même temps saisie d'une horrible crainte qu'il ne lui apprît de mauvaises nouvelles, elle s'approche. Mais hélas, quelle entrevue! et qu'elle fut cruelle à tous les deux, elle ne fut pas plutôt devant lui, que par une indiscrétion étrange, il lui dit qu'elle faisait peur. On ne peut pas exprimer le dépit ni la douleur qu'elle en ressentit, ni la précipitation avec laquelle elle se retira. Néanmoins comme elle ne pouvait croire une chose si étrange et si surprenante, et que d'ailleurs elle voulait voir si son insolence irait jusqu'à redoubler[26], elle s'avance toute tremblante et tout enflammée de colère : lui sans s'émouvoir répète distinctement ce qu'il venait de dire, et ajoute seulement qu'elle avait tort de s'émouvoir ainsi, et que cette grande altération qui paraissait sur son visage, ne servait qu'à la rendre encore plus laide et plus épouvantable. « Ha! c'en est trop, s'écria l'infortunée Caliste, tu t'en repentiras, et voici la dernière fois qu'il t'arrivera d'en user ainsi. » En prononçant ces mots, elle prit un poinçon [27] qui était sur la table, et en frappa de toute sa force le malheureux Orante. Quoïque l'arme dont elle se servit ne soit pas de soi fort dangereuse, et qu'elle fût conduite par la main d'une femme, elle fit néanmoins une telle blessure que le coup se trouva mortel, le pauvre Orante ne cessa pas néanmoins de lui dire ses vérités tant qu'elle fut devant lui. Il est vrai qu'il ne s'expliquait pas si nettement qu'à l'ordinaire, et qu'il était un peu confus pour vouloir s'exprimer en trop de manières; mais il ne se rendit point tant qu'il put se faire entendre. L'Amour qui suit partout la Beauté, et qui ne peut vivre un moment sans elle, avait quitté Caliste depuis quelques jours. Mais parce qu'il ne pouvait pas oublier entièrement une personne, dont il avait tiré de si grands avantages, et qui l'avait rendu Maître de tant de cœurs, il venait la voir de temps en temps pour apprendre de ses nouvelles.

Ce petit Dieu qui aimait Orante, et qui sans doute lui eût sauvé la vie s'il eût été présent à cette aventure, n'arriva malheureusement qu'après que le coup fut donné, et lorsqu'il n'était plus temps de le secourir. Déjà sa belle âme s'était envolée [28], et lorsqu'il approcha de lui, il ne trouva plus que son corps, sans couleur, sans mouvement, et froid comme glace. A la vue d'un si triste spectacle, l'Amour fut touché de douleur, et soupira de la perte qu'il venait de faire. Il se souvenait que c'était de lui que mille personnes avaient appris l'art de se faire aimer. Que souvent une femme médiocrement belle qu'il avait aidée à s'ajuster, avait blessé des cœurs que sans son secours, elle n'aurait pas seulement touchés; et enfin qu'il perdait en lui un de ses plus importants ministres [29], qui avait travaillé le plus utilement pour la gloire et pour l'agrandissement de son Empire, et qui sans doute s'entendait le mieux à bien ranger des attraits, et à mettre des charmes et des appas en état de vaincre, et de conquérir. Il eut à la vérité quelque joie de la juste punition d'Orante qui avait outragé si cruellement une femme dont il était aimé, et qui avait contrevenu avec tant d'insolence a la première et la plus inviolable de toutes ses lois, qui est de ne jamais parler mal des femmes, et surtout en leur présence. Néanmoins il eût bien souhaité pouvoir lui redonner la vie; mais on ne sait que trop que c'est une chose au-delà de ses forces. Tout ce qu'il put obtenir des destinées, fut que le corps d'Orante serait incorruptible, et qu'il aurait les mêmes qualités que son âme avait possédées. A peine l'Amour l'eut-il ainsi ordonné, que le corps d'Orante perdant insensiblement la figure d'homme, devint poli, clair et brillant, capable de recevoir toutes sortes d'images, et de les exprimer naïvement, si bien que dans le même temps on lui vit représenter tous les objets qui se trouvèrent devant lui. L'Amour qu'il dépeignit avec son arc et son carquois, et tel qu'il était alors en parut tout surpris. Il s'approche avec admiration, il se regarde de tous côtés, et remarque avec bien de la joie que depuis qu'il est au monde, il n'a rien vu de si beau ni de si charmant que lui.

Comblé de plaisir et de gloire,
Il contemple son front d'ivoire,
Ses yeux étincelants et doux,
Ses yeux qui font trembler le plus ferme courage,
Et de qui le muet langage
Est le plus éloquent de tous [30].

Il voit de sa bouche divine,
Le ris et la grâce enfantine,
Dont lui-même il se trouve épris.
Il voit de ses cheveux les tresses vagabondes,
Qui mollement tombent par ondes,
Sur son teint de rose et de lys.

Il voit de ses plumes changeantes
Les couleurs vives et brillantes;
Il en admire les appas;
Et semble s'étonner en les voyant si belles,
Pourquoi l'on se plaint de ses ailes,
Jusqu'à vouloir qu'il n'en eût pas.

Il voit sa trousse où sont serrées
Ces petites flèches dorées
Qui partout le rendent vainqueur;
Dont les coups font languir d'un aimable martyre,
Et dont quelque part qu'il les tire,
Il sait toujours frapper au cœur.

Le Dieu volage de Cythère,
Qui se mire et se considère,
Est amoureux de son tableau;
Et son cœur enflammé sent un plaisir extrême,
Qui le rend la moitié plus beau
En voyant un autre lui-même.

Ainsi lorsque deux belles âmes
Brûlent de mutuelles flammes,
L'amour en a plus d'agrément [31].
Il répand dans les cœurs une joie incroyable,
Et jamais il n'est plus charmant
Que quand il trouve son semblable.

La satisfaction que reçut l'Amour en se mirant fut si grande qu'elle dissipa entièrement le chagrin que lui avait donné la mort d'Orante, surtout quand il le vit métamorphosé de la sorte : parce qu'il jugea bien qu'il pourrait à l'avenir lui être aussi utile que jamais, et lui rendre en cet état les mêmes services qu'il en avait reçus durant sa vie. »

Ainsi finit l'histoire que ce galant homme nous conta. Elle

plut fort à la compagnie, et lui fournit un ample sujet de conversation. Chacun fit sa réflexion sur l'aventure du malheureux Orante, et tous demeurèrent d'accord qu'il avait été véritablement un grand faiseur de portraits; mais qu'il n'était pas arrivé néanmoins à la dernière perfection de son art, qui ne demande pas seulement une imagination vive et prompte comme la sienne, pour dépeindre indifféremment toutes choses, mais qui désire encore un jugement solide, qu'il n'avait pas pour savoir faire le choix de ces mêmes choses, et pour bien connaître la belle manière dont il les faut représenter : parce, dirent-ils, qu'en faisant un portrait, ou quelque autre description, il s'offre mille petites vérités, ou inutiles ou désagréables que l'on doit supprimer; qu'il s'en présente d'autres qu'il ne faut toucher que légèrement, et enfin que comme il n'est rien qui ne puisse être regardé de plusieurs biais, l'adresse principale de celui qui travaille, est de les tourner toujours du plus beau côté. Cette maxime fut appuyée par l'exemple de plusieurs belles descriptions, et surtout de celles qui sont dans Clélie, et dans Célinte [32] qui furent admirées de toute la compagnie, et desquelles il fut dit d'une commune voix, que si jusques à ce jour elles ont eu peu de semblables, elles seront à l'avenir le modèle de toutes les autres.

LA PEINTURE

Poème[1]

Doux charme de l'esprit, aimable Poésie,
Conduis la vive ardeur dont mon âme est saisie,
Et mêlant dans mes vers la force à la douceur
Viens louer avec moi la Peinture ta sœur,
Qui par les doux attraits dont elle est animée,
En séduisant mes yeux a mon âme charmée.
Et toi fameux Le Brun[2], ornement de nos jours,
Favori de la Nymphe, et ses tendres amours,
Qui seul as mérité par ta haute science,
D'avoir de ses secrets l'entière confidence,
D'une oreille attentive écoute dans ces vers
Les dons et les beautés de celle que tu sers.
　De l'Esprit Éternel la sagesse infinie
A peine eut du Chaos la Discorde bannie,
Et le vaste pourpris[3] de l'Empire des Cieux
A peine était encor peuplé de tous ses Dieux,
Qu'ensemble on vit sortir du sein de la Nature
L'aimable Poésie et l'aimable Peinture,
Deux sœurs, dont les appas égaux, mais différents,
Furent le doux plaisir de l'esprit et des sens :
L'aînée eut en naissant la parole en partage,
La plus jeune jamais n'en eut le moindre usage;

Mais ses traits et son teint ravirent tous les Dieux;
Sa sœur charma l'oreille; elle charma les yeux,
Elle apprit avec l'âge et les soins de l'École,
A si bien réparer son défaut de parole,
Que du geste aisément elle sut s'exprimer,
Et non moins que sa sœur discourir et charmer.
Si juste elle savait d'une adresse incroyable
Donner à chaque objet sa couleur véritable,
Que l'œil en le voyant de la sorte imité
Demandait à la main si c'était vérité.
  Sitôt qu'elle parut sur la voûte éternelle
Tous les Dieux étonnés eurent les yeux sur elle,
Et pour apprendre un art si charmant et si beau
Chacun d'eux à l'envi prit en main le pinceau.
  Le Maître souverain du Ciel et de la Terre,
D'un rouge étincelant colora son Tonnerre,
Et marqua d'un trait vif dans le vague des airs
L'éblouissant éclat de ses brillants éclairs.
  Dès la pointe du jour la diligente Aurore,
Depuis l'Inde [4] fameux jusqu'au rivage More,
Couvrit tout l'Horizon d'un or luisant et pur,
Pour y répandre ensuite et le pourpre et l'azur.
  Celui qui des saisons fournit l'ample carrière [5],
Fit toutes les couleurs avecque sa lumière;
Et ses rayons dorés sur la terre et les eaux
Furent dès ce moment comme autant de pinceaux,
Qui touchant les objets d'une légère atteinte,
Leur donnèrent à tous leur véritable teinte.
  D'un trait ingénieux l'inimitable Iris
Traça sur le fond bleu du céleste lambris
Un grand arc triomphal dont les couleurs brillantes
S'unissant l'une à l'autre, et pourtant différentes,
De leur douce nuance enchantèrent les yeux,
Et furent l'ornement de la voûte des Cieux.
  La céleste Junon sur l'air, et les nuages,

Peignit d'or et d'azur cent diverses images;
Et la mère Cybèle en mille autres façons,
Colora ses guérets, ses prés et ses moissons.
Mais le plaisir fut grand de voir Flore et Pomone
Sur les riches présents que la terre leur donne
A l'envi s'exercer en couchant leurs couleurs,
A qui l'emporterait ou des fruits ou des fleurs.
Les Nymphes toutefois des limpides fontaines,
Et des mornes étangs qui dorment dans les plaines,
Ravirent plus que tous les yeux et les esprits,
Et sur les autres Dieux remportèrent le prix.
Ce fut peu d'employer les couleurs les plus vives
A peindre au naturel le penchant de leurs rives,
D'une adresse incroyable on les vit imiter
Tout ce qu'à leurs regards on voulut présenter.
Des plaines d'alentour, et des prochains bocages
Sur l'heure elles formaient cent divers paysages,
Et le plus vite oiseau sitôt qu'il paraissait,
Était peint sur leur onde au moment qu'il passait.
Au pied de l'Hélicon d'un art inimitable
La Nymphe avait construit sa demeure agréable;
Là souvent Apollon, qui plus voisin des Cieux
Habite de ce mont les sommets glorieux,
Venait avec plaisir voir les nobles pensées
Qu'avait sa docte main sur la toile tracées,
Et lui communiquait ses savantes clartés
Sur les desseins divers qu'elle avait médités.
Un jour qu'il vint trouver cette divine Amante
Dans son riche palais, où d'une main savante
Sur les larges parois, et dans les hauts lambris
Elle-même avait peint mille tableaux de prix;
Il la vit au milieu d'une superbe salle,
Que le jour éclairait d'une lumière égale,
Qui par les traits hardis de ses doctes pinceaux,
D'un soin laborieux retouchait les tableaux

De neuf jeunes beautés [a], qui toutes singulières
Sous ses ordres suivaient neuf diverses manières,
Et qui s'étant formé de différents objets,
Avaient représenté neuf sortes de sujets.
Celle [b] qui s'occupait aux tableaux de l'Histoire,
Sur sa toile avait peint l'immortelle victoire
Que sur les vains Titans remportèrent les Dieux,
Lorsqu'un injuste orgueil leur disputa les Cieux.
Sur l'Olympe éclatant d'une vive lumière
Paraissait des vainqueurs la troupe auguste et fière;
Et dans l'ombre gisaient les vaincus dispersés,
Fumant du foudre encor qui les a renversés.
Une autre [c] moins sévère, et plus capricieuse,
Avait des mêmes Dieux peint la fuite honteuse [6],
Quand sur les bords du Nil vainement alarmés
On les voyait encore à demi transformés;
D'un Bélier bondissant la toison longue et belle,
Cachait le Souverain de la troupe immortelle.
La timide Vénus plus froide qu'un glaçon,
Femme à moitié du corps finissait en poisson.
Et Bacchus dont la peur rendait les regards mornes
Avait déjà d'un Bouc et la barbe et les cornes;
Apollon qui se vit des ailes de corbeau,
Se détourna de honte, et quitta le tableau.
Il se plut dans un autre [d] à voir le vieux Silène,
Qui hâte sa monture, et s'y tenant à peine,
Mène un folâtre essaim de Faunes insolents,
Et de Dieux Chèvre-pieds, ivres et chancelants.
Ensuite [e] il contempla l'image de son père,

a. Les neuf Genres de Peinture. (Ces notes qui figurent en marge du poème sont vraisemblablement de Perrault lui-même.)
b. L'Histoire.
c. Les Grotesques.
d. Les Bacchanales.
e. Les Portraits.

Plus connaissable encor par ce saint caractère
Qui le fait adorer des Dieux et des humains,
Que par le foudre ardent qu'il porte dans ses mains.
Sur la toile suivante [f] il vit les beaux rivages
Du sinueux Pénée, et ses gras pâturages,
où libre de tous soins à l'ombre des ormeaux
Pan faisait résonner ses frêles chalumeaux.
Dans un autre tableau [g] riche d'Architecture,
Il voit de son Palais la superbe structure
Où brillent à l'envi l'or, l'argent, le cristal,
L'opale, et le rubis du bord Oriental.
Dans le tableau suivant [h] il sent tromper sa vue,
Par le fuyant lointain d'une longue avenue
De cèdres pâlissants, et de verts orangers,
Dont Pomone enrichit ses fertiles vergers.
Ensuite [i] il voit le Nil, qui sur ses blonds rivages
Abreuve de ses eaux mille animaux sauvages,
Puis les lis [j], les œillets, les roses, les jasmins,
Qui de la jeune Flore émaillent les jardins.
De ces tableaux divers le beau fils de Latone
Contemple avec plaisir le travail qui l'étonne,
Admire leurs couleurs, leurs ombres, et leurs jours,
Puis regardant la Nymphe, il lui tint ce discours.
« Beauté de l'Univers, honneur de la Nature,
Charme innocent des yeux, trop aimable Peinture,
Rien ne peut égaler l'excellence des traits
Dont brillent à l'envi ces chefs-d'œuvre parfaits;
Mais puisque l'Avenir en ses replis plus sombres [7],
N'a rien dont mes regards ne pénètrent les ombres,
Je veux vous révéler les succès éclatants,
Qu'aura votre bel Art dans la suite des temps,

f. Les Paysages.
g. L'Architecture.
h. La Perspective.
i. Les Animaux.
j. Les Fleurs.

Quand aux simples mortels l'Amour par sa puissance
En aura découvert la première science.
La Grèce ingénieuse à qui les Dieux amis,
De l'âme, et de l'esprit tous les dons ont promis,
Entre les régions doit être la première
Sur qui de tous les arts [8] s'épandra la lumière;
Chez elle les humains savants et curieux,
Marqueront les premiers le mouvement des Cieux;
Les premiers verront clair dans cette nuit obscure
Dont se cache aux mortels la secrète Nature;
Le Méandre étonné sur ses tortueux bords,
De la première Lyre entendra les accords :
Votre art en même temps pour comble de sa gloire
Produira mille effets d'éternelle mémoire,
Là d'un soin sans égal les fruits représentés,
Par les oiseaux déçus se verront becquetés,
Et là d'un voile peint avec un art extrême,
L'image trompera les yeux du trompeur même [9].
D'un Maître renommé le chef-d'œuvre charmant
De sa ville éteindra l'affreux embrasement [10].
D'un autre plus fameux la main prompte et fidèle
Peindra la Cythérée [11], et la peindra si belle,
Que jamais nul pinceau n'osera retoucher
Les beaux traits que le sien n'aura fait qu'ébaucher.
Par mille autres travaux d'une grâce infinie,
La Grèce fera voir sa force et son génie.
Mais comme le Destin veut que de toutes parts
Habitent tour à tour la Science et les Arts;
Que de ses grands desseins la sagesse profonde
En veut avec le temps honorer tout le monde,
Et dans tous les climats des hommes habités,
Épandre de leurs feux les fécondes clartés,
Les jours arriveront où l'aimable Italie
Des arts et des vertus doit se voir embellie;
Le Chantre de Mantoue [12] égalera les sons

Dont le divin Aveugle [13] animait ses chansons;
Et du Consul Romain [14] les paroles hautaines
Feront autant de bruit que les foudres d'Athènes [15].
Alors éclatera l'adresse du Pinceau,
Et l'ouvrage immortel du pénible Ciseau;
Là de mille tableaux les murailles parées,
Des Maîtres de votre Art se verront admirées;
Et les marbres vivants épars dans les vergers
Charmeront à jamais les yeux des Étrangers.
Mais à quelque degré que cette gloire monte,
Rien ne peut empêcher que Rome n'ait la honte,
Malgré tout son orgueil de voir avec douleur
Passer chez ses voisins ce haut comble d'honneur :
Lorsque par les beaux arts, non moins que par la guerre,
La France deviendra l'ornement de la terre,
Elle aura quelque temps ce précieux trésor
Qu'elle ne croira pas le posséder encor,
Mais quand pour élever un Palais qui réponde
A l'auguste grandeur du plus grand Roi du monde,
L'homme, en qui tous les Arts sembleront ramassés,
Du Tibre glorieux les bords aura laissés [16],
Elle verra qu'en vain de ces lieux elle appelle
La Science et les Arts qui sont déjà chez elle :
Sagement toutefois d'un désir curieux
Les Élèves [17] iront enlever de ces lieux,
Sous de vieilles couleurs la science cachée,
Après qu'avec travail leur main l'aura cherchée,
Et mesurant des yeux ces marbres renommés
En dérober l'esprit dont ils sont animés.

Les Arts arriveront à leur degré suprême,
Conduits par le génie et la prudence extrême
De celui [18] dont alors le plus puissant des Rois,
Pour les faire fleurir aura su faire choix.
D'un sens qui n'erre point sa belle âme guidée,
Et possédant du beau l'invariable idée,

Élèvera si haut l'esprit des Artisans [19],
En leur donnant à tous ses ordres instruisants,
Et leur fera tirer par sa vive lumière,
Tant d'exquises beautés du sein de la matière,
Qu'eux-mêmes regardant leurs travaux plus qu'humains
A peine croiront voir l'ouvrage de leurs mains.
Nymphe c'est en ce temps que le bel art de peindre
Doit monter aussi haut que l'homme peut atteindre,
Et qu'au dernier degré les Pinceaux arrivés
Produiront à l'envi des tableaux achevés;
Tableaux, dont toutefois l'ample et noble matière,
Que le Prince lui seul fournira tout entière,
Encor plus que l'Art même aura de l'agrément,
Et remplira les yeux de plus d'étonnement.
Rien ne peut égaler cette brillante gloire,
Qui formera le corps de toute son histoire,
Et qui doit animer les plus excellents traits,
Que la main d'un mortel dessignera [20] jamais;
Il n'est rien de semblable à l'adresse infinie,
Des Maîtres qui peindront au gré de leur génie,
Ses Chasses, ses Tournois, ses Spectacles charmants,
Ses Festins, ses Ballets, et ses déguisements.
Combien sera la main noble, savante, et juste,
Qui donnera la Vie à ce visage auguste,
Où seront tous les traits, par qui les Souverains
Charment et font trembler le reste des humains?
Que ceux dont le bon goût donné par la Nature,
Aime, admire, et connaît la belle Architecture,
Auront l'esprit content, et l'esprit satisfait,
De voir les grands desseins [21] de ses riches Palais,
Qui pour leur noble audace, et leur grâce immortelle
Des pompeux bâtiments deviendront le modèle;
Qu'il sera doux de voir peint d'un soin curieux
De tous les beaux vergers le plus délicieux,
Soit pour l'aspect fuyant des longues avenues,

Soit pour l'aimable objet des différentes vues,
Soit pour le riche émail, et les vives couleurs
Des parterres semés des plus riantes fleurs!
Soit pour les grands étangs, et les claires fontaines
Qui de leurs vases d'or superbes et hautaines,
Et malgré la Nature, hôtesses de ces lieux
Par le secours de l'Art monteront jusqu'aux Cieux [22]?
Soit enfin pour y voir mille troupes errantes
De tous les animaux d'espèces différentes
Qui parmi l'Univers autrefois dispersés,
Dans ce charmant réduit [23] se verront ramassés;
C'est là que le Héros las du travail immense
Qu'exige des grands Rois l'emploi de leur puissance,
Ayant porté ses soins sur la terre et les flots,
Ira goûter en paix les charmes du repos;
Afin qu'y reprenant une vigueur nouvelle,
Il retourne aussitôt où son peuple l'appelle.
 Ainsi lorsque mon char de la mer approchant,
Roule d'un pas plus vite aux portes du Couchant,
Après que j'ai versé dans tous les coins du monde
Les rayons bienfaisants de ma clarté féconde,
J'entre pour ranimer mes feux presque amortis
Dans l'humide séjour des grottes de Téthys [24],
D'où sortant au matin couronné de lumière,
Je reprends dans les Cieux ma course coutumière.
 De tant de beaux sujets le spectacle charmant,
De vos Nymphes alors, sera l'étonnement,
Elles verront un jour ces Nymphes si savantes,
Que de simples mortels avec leurs mains pesantes,
Malgré l'obscurité des nuages épais,
Qui du jour éternel leur dérobe les traits,
Atteindront aux beautés du souverain exemple,
Non moins qu'elles dont l'œil, sans voile le contemple.
Les neuf divines Sœurs [25] écoutant les chansons
Qu'entonneront alors leurs savants Nourrissons [26],

En louant du Héros les hautes entreprises,
D'un même étonnement se trouveront surprises;
Telle doit en ces temps de gloire et de grandeur,
De votre Art et du mien [27] éclater la splendeur. »
Là se tut Apollon, et la Nymphe ravie,
De voir de tant d'honneurs sa Science suivie,
Se plaignit en son cœur des Destins envieux,
Qui remettaient si loin ce siècle glorieux.
Le Brun, c'est en nos jours que seront éclaircies
Du fidèle Apollon les grandes prophéties,
Puisqu'enfin dans la France on voit de toutes parts
Fleurir le règne heureux des Vertus et des Arts.
Tu sais ce qu'on attend de ces rares Génies
Qui pour connaître tout, ont leurs clartés unies [28],
Et pour qui désormais la Nature et les Cieux [29]
N'ont rien d'impénétrable à leur œil curieux.
De combien d'Amphions les savantes merveilles,
De combien d'Arions les chansons nonpareilles,
Nous ravissent l'esprit par leurs aimables vers,
Et nous charment l'oreille au doux son de leurs airs?
Mais il suffit de voir ce que ta main nous donne,
Ces chefs-d'œuvre de l'Art, dont l'Art même s'étonne,
Et ce qu'en mille endroits de tes grands ateliers [30],
Travaille sous tes yeux la main des Ouvriers.
C'est là que la Peinture avec l'or et la soie
Sur un riche tissu tous ses charmes déploie
Et que sous le ciseau les métaux transformés
Imposent à la vue, et semblent animés.
Sur ces travaux divers l'œil d'un regard avide
Admire le savoir de l'esprit qui le guide,
Mais ce qui plus encor les rendra précieux,
Est d'y voir figurer d'un soin industrieux,
Du plus grand des Héros les exploits mémorables,
Surtout dans ces tableaux [31] à jamais admirables,
Où la savante aiguille a si naïvement

Tracé tout le détail de chaque événement.
Là [32] d'un art sans égal se remarque dépeinte
Du Monarque des Lys la ferveur humble et sainte,
Lorsqu'il reçoit les dons du baume [33] précieux
Qu'autrefois à la France envoyèrent les Cieux.
Là les yeux sont charmés de l'auguste présence
De deux Princes rivaux [34] qui jurent alliance
Et devenus amis, mettent fin aux combats
Qui depuis trente Étés désolaient leurs États.
LOUIS, le cœur touché d'une solide gloire,
Et vainqueur des appas qu'étalait la Victoire,
Préfère sans regret le repos des sujets
Au bonheur assuré de ses vaillants projets.
Ici brille l'éclat de l'heureuse journée,
Où le sacré lien d'un illustre Hyménée,
Parmi les vœux ardents des peuples réjouis,
Joint le cœur de THÉRÈSE à celui de LOUIS [35].
Là se voit l'heureux jour, qui fatal [36] à la France,
Lui donne tous les biens qu'enferme l'espérance,
Faisant naître un Dauphin [37] en qui le Ciel a mis
De quoi remplir le sort à la France promis.
Sur un autre tableau s'aperçoit figurée
Dunkerque qui des mains de l'Anglais retirée,
Ouvre ses larges murs et le fond de son cœur
A LOUIS son Monarque et son Libérateur [38].
Ensuite on aperçoit la Nation [39] fidèle,
Qui pleine de respect, de chaleur et de zèle,
A ce vaillant Héros vient ses armes offrir,
Et sous ses Étendards, veut ou vaincre, ou mourir.
Ici le fier Marsal, au seul éclair du foudre,
Se rend avant le coup qui l'eût réduit en poudre,
Et du courroux du Prince évitant le malheur,
Éprouve sa clémence au lieu de sa valeur [40].
Ici devant les yeux de l'Europe assemblée
L'Espagne reconnaît que de fureur troublée,

Elle a près la Tamise épanché notre sang
Et nous cède à jamais l'honneur du premier rang [41] ;
Au front de son Ministre on voit la honte empreinte,
Sur ceux des Étrangers la surprise et la crainte,
Dans les yeux des Français brille l'aise du cœur,
Et dans ceux de LOUIS l'héroïque grandeur.
  Ici pour expier une pareille offense
Rome vient de LOUIS implorer la clémence,
Promet d'en élever d'éternels monuments,
Et le désarme ainsi de ses ressentiments [42].
  Là le Raab étonné voit son onde rougie
De l'infidèle sang des peuples de Phrygie
Que le bras des Français par cent vaillants efforts
Au salut de l'Empire a versé sur ses bords [43].
  Mais Le Brun désormais il faut que tu t'apprêtes
A donner à nos yeux ces fameuses conquêtes,
Où le Prince lui-même au milieu des combats,
De son illustre exemple animait les soldats
Où pareil aux torrents qui tombant des montagnes
Entraînent avec eux les moissons des campagnes,
Il a d'un prompt effort fièrement renversé
Tous les murs ennemis, où son cours a passé [44].
  De tant de grands sujets un amas se présente,
Capables d'épuiser la main la plus savante,
Que sans doute étonné de ce nombre d'exploits,
Ta peine la plus grande, est d'en faire le choix.
Mais garde d'oublier, quand d'un pas intrépide,
On le vit affronter la tranchée homicide,
Qui surprise, trembla d'un si hardi dessein,
Au moment périlleux qu'il entra dans son sein.
C'est là qu'avec grand soin il faut qu'en son visage
Tu traces vivement l'ardeur de son courage
Qui dans l'âpre danger ayant porté ses pas
Le fasse reconnaître au milieu des soldats.
Fais-nous voir quand Douai succombant à ses armes [45]

THÉRÈSE y répandit la douceur de ses charmes,
Et de ses seuls regards fit naître mille fleurs,
Où naguère coulaient et le sang, et les pleurs.
Quand Lille se voyant presque réduite en cendre,
Par le feu des assauts qui la force à se rendre,
Elle ouvre à son vainqueur ses murs et ses remparts,
Où gronde et fume encor le fier courroux de Mars[46];
En ce Prince elle voit tant de vertus paraître,
Qu'elle bénit le Ciel de lui donner un maître
Qu'au prix de plus de sang elle aurait dû vouloir,
Qu'elle n'en a versé pour ne le pas avoir.
Surtout que ta main prenne un pinceau de lumière,
Pour tracer dignement sa victoire dernière,
Quand le cœur averti d'une secrète voix
Par le Démon qui veille au bonheur des François,
Il quitte tout à coup sa conquête nouvelle,
Et courant sans relâche où la Gloire l'appelle,
Il suit les Ennemis qui chargeaient nos soldats,
Lassés et dépourvus du secours de son bras[47].
La terreur de son Nom qui devance ses armes,
Épandit dans les rangs de si vives alarmes
Qu'arrivant sur les lieux il trouva nos guerriers
Qui tous à pleines mains moissonnaient des lauriers;
Ces lions irrités redoublant leur courage,
Faisaient des Ennemis un si cruel carnage,
Qu'il connut que son Nom prévenant son grand cœur
Dérobait à son bras le titre de vainqueur,
Et qu'enfin la Victoire attendait toute prête
Qu'il parût à ses yeux pour couronner sa tête[48].
Ainsi quand au matin les ombres de la nuit
Combattent les rayons du premier jour qui luit,
À peine en arrivant la belle Avant-Courrière
Annonce le retour du Dieu de la lumière,
Qu'on voit de toutes parts les ombres trébucher;
Ou derrière les monts s'enfuir et se cacher.

Cependant, cher Le Brun, sais-tu que cette gloire
Dont tu le vois paré des mains de la Victoire,
Qui ternit la splendeur des autres Demi-Dieux,
Qui de son vif éclat éblouit tous les yeux,
Et fait qu'en le voyant l'âme presque l'adore,
Sais-tu que cet éclat n'est encor que l'aurore,
Et le rayon naissant des beaux et des grands jours
Qu'il fera sur la Terre au plus haut de son cours.

Oui du Dieu que je sers [49] les plus sacrés augures
Par qui l'âme entrevoit dans les choses futures,
Et les divins accords de nos saintes chansons,
Ne sont qu'un vain mensonge et d'inutiles sons,
Ou nous allons entrer dans un siècle de gloire
Qui couvrira de honte, et la Fable, et l'Histoire,
Qui fameux et fertile en mille exploits divers
Portera sa lumière au bout de l'Univers.

Que je vois de combats et de grandes journées,
De remparts abattus, de batailles gagnées,
De triomphes fameux, et de faits tout nouveaux
Qui doivent exercer tes glorieux pinceaux!
Alors sans remonter au siècle d'Alexandre [50],
Pour donner à ta main l'essor qu'elle aime à prendre
Dans le noble appareil des grands Événements,
Dans la diversité d'Armes, de Vêtements,
De Pays, d'Animaux, et de Peuples étranges,
Les Exploits de LOUIS sans qu'en rien tu les changes,
Et tels que je les vois par le sort arrêtés,
Fourniront plus encor d'étonnantes beautés,
Soit qu'il faille étaler sa guerrière puissance
Près des murs de Memphis, de Suse et de Byzance;
Soit qu'il faille tracer ses triomphes pompeux
Où suivront enchaînés les Tyrans orgueilleux
Qui sur leur triste front auront l'image empreinte
D'une sombre fierté qui fléchit sous la crainte,
Et dont l'affreux regard de douleur abattu,

Du glorieux Vainqueur publiera la vertu;
Où les Ours, les Lions, les Tigres, les Panthères,
Redoutable ornement des Terres étrangères,
Les riches vases d'or, et les meubles exquis
Marqueront les climats des Royaumes conquis.
Voilà les grands travaux que le Ciel te prépare,
Qui seront de nos jours l'ornement le plus rare
Et des siècles futurs le trésor précieux [51],
Puisqu'on sait que le temps, peintre judicieux,
Qui des Maîtres communs les tableaux décolore
Rendra les tiens plus beaux, et plus charmants encore,
Lorsque de son pinceau secondant ton dessein
Il aura sur leurs traits mis la dernière main.
Ce fut ce qu'autrefois un sage et savant Maître
Aux peintres de son temps sut bien faire connaître,
Il sut par son adresse en convaincre leurs yeux
Et leur en fit ainsi l'emblème ingénieux.
Il peignit un vieillard dont la barbe chenue
Tombait à flots épais sur sa poitrine nue,
D'un sable diligent [52] son front était chargé
Et d'ailes de Vautour tout son dos ombragé;
Près de lui se voyait une faux argentée
Qui faisait peur à voir, mais qu'il avait quittée
Pour prendre ainsi qu'un Maître ébauchant un tableau,
D'une main une éponge, et de l'autre un pinceau.
Les chefs-d'œuvre fameux dont la Grèce se vante,
Les tableaux de Zeuxis, d'Apelle et de Timanthe;
D'autres maîtres encor des siècles plus âgés,
Etaient avec honneur à sa droite rangés :
A sa gauche gisaient honteux et méprisables,
Des peintres ignorants les tableaux innombrables,
Ouvrages sans esprit, sans vie et sans appas
Et qui blessaient la vue, ou ne la touchaient pas.
Sur les uns le Vieillard, à qui tout est possible,
Passait de son pinceau la trace imperceptible,

D'une couche légère allait les brunissant,
Y marquant des beautés, même en les effaçant;
Et d'un noir sans égal fortifiant les ombres,
Les rendait plus charmants, en les rendant plus sombres,
Leur donnait ce teint brun qui les fait respecter
Et qu'un pinceau mortel ne saurait imiter.
Sur les autres tableaux d'un mépris incroyable,
Il passait sans les voir l'éponge impitoyable,
Et loin de les garder aux siècles à venir
Il en effaçait tout jusques au souvenir [53].

Mais Le Brun, si le Temps dans la suite des âges,
Loin de les effacer embellit tes ouvrages,
Et si ton art s'élève au comble de l'honneur,
Sache que de LOUIS t'est venu ce bonheur.

Quand le Ciel veut donner un Héros à la terre
Aimable dans la paix, terrible dans la guerre,
Dont le nom soit fameux dans la suite des ans,
Il fait naître avec lui des hommes excellents,
Qui sont par leurs vertus, leur courage et leur zèle,
Les dignes instruments de sa gloire immortelle,
Et qui pour son amour l'un de l'autre rivaux
Le suivent à l'envi dans ses rudes travaux :
De là nous sont donnés ces vaillants Capitaines
Qui semant la terreur dans les Belgiques plaines
Et courant aux dangers sur les pas de LOUIS,
Secondent de leurs bras ses Exploits inouïs.
De là viennent encor, et prennent leur naissance
Ces Nestors de nos jours, dont la rare prudence
Travaillant sous le Prince au bien de ses Sujets
Exécute avec soin ses glorieux projets.

De là nous est donné cet homme infatigable [54]
Cet homme d'un labeur à jamais incroyable,
Qui sans peine remplit les emplois les plus hauts
Qui sans peine descend aux plus humbles travaux,
Qui l'esprit éclairé d'une lumière pure,

Voit tout, agit par tout ; semblable à la Nature
Dont l'âme répandue en ce vaste Univers
Opère dans les Cieux, sur la Terre et les Mers
Où paraît sa sagesse en merveilles fertile
Et dans le même temps sur le moindre reptile
Fait voir tant de travail, que nos regards surpris
Ne peuvent concevoir les soins qu'elle en a pris.

Mais le Ciel non content que du Héros qu'il donne
Par mille grands Exploits la vertu se couronne,
Il forme en même temps par ses féconds regards
Des hommes merveilleux dans tous les plus beaux Arts,
Afin qu'en cent façons ils célèbrent sa gloire,
Et que de ses hauts faits conservant la mémoire,
Des vertus du Héros la brillante clarté
Serve encor de lumière à la postérité.
De là nous sont venus tant de doctes Orphées
Qui chantent de LOUIS les glorieux trophées,
Apollon de ses feux anime leurs efforts
Et leur inspire à tous ces merveilleux accords :
De là vient que le Ciel au gré de la Nature
A voulu qu'en nos jours la charmante PEINTURE
T'ait mis au premier rang de tous les favoris
Que dans le cours des ans elle a le plus chéris,
T'ait donné de son Art la science profonde,
Ait caché dans ton sein cette source féconde
De traits ingénieux, de nobles fictions
Et le fond infini de ses inventions.

Ainsi donc qu'à jamais ta main laborieuse
Poursuive de LOUIS l'histoire glorieuse,
Sans qu'un autre labeur, ni de moindres tableaux
Profanent désormais tes illustres pinceaux ;
Songe que tu lui dois tes traits inimitables,
Qu'il y va de sa gloire, et qu'enfin tes semblables
Appartiennent au Prince, et lui sont réservés
Ainsi que les trésors sur ses terres trouvés.

Et vous, Peintres savants, heureux dépositaires
Des secrets de la Nymphe et de ses saints mystères
Dont par votre discours [55], et les traits de vos mains
Se répand la lumière au reste des humains
D'hommes tous excellents, sage et docte assemblée [k]
Que les bontés du Prince ont de grâces comblée [56],
De ce Roi sans égal vous savez les hauts faits,
Vous voyez devant vous ses superbes Palais,
Allez, et que partout vos pinceaux se répandent
Pour donner à ces lieux les beautés qu'ils demandent,
Que là, votre savoir par mille inventions
Parle de ses vertus et de ses actions;
Mais que les mêmes traits qui marqueront sa gloire
De vos noms à jamais conservent la mémoire,
Et que de tous les temps les tableaux plus [57] vantés,
Par vos nobles travaux se trouvent surmontés :
Montrez que de votre Art la science est divine,
Et qu'il tire des Cieux sa première origine.
Quelques profanes voix ont dit que le hasard
Aux premiers des mortels enseigna ce bel Art,
Et que quelques couleurs bizarrement placées
Leur en ont inspiré les premières pensées,
Mais qu'ils sachent qu'Amour le plus puissant des Dieux
Le premier aux humains fit ce don précieux,
Qu'à sa main libérale en appartient la gloire,
Et pour n'en plus douter, qu'ils en sachent l'histoire [58].

Dans l'Ile de Paphos fut un jeune Étranger
Qui vivait inconnu sous l'habit d'un Berger,
La Nature avec joie et d'un soin favorable
Amassant en lui seul tout ce qui rend aimable
Avec tant d'agrément avait su le former
Que ce fut même chose et le voir et l'aimer.
Des Eaux et des Forêts les Nymphes les plus fières,

k. L'Académie Royale de Peinture et de Sculpture.

Sans attendre ses vœux, parlèrent les premières,
Mais son cœur insensible à leurs tendres désirs,
Loin de les écouter, méprisa leurs soupirs.
Entre mille beautés, qui rendirent les armes
Une jeune Bergère eut pour lui mille charmes
Et de ses doux appas lui captivant le cœur
Eut l'extrême plaisir de plaire à son vainqueur;
L'aise qu'elle sentit d'aimer et d'être aimée,
Accrut encor l'ardeur de son âme enflammée.
Soit que l'Astre des Cieux vienne allumer le jour
Soit que dans l'Océan il finisse son tour
Il la voit de l'esprit, et des yeux attachée
Sur le charmant objet dont son âme est touchée;
Et la Nuit, quand des Cieux elle vient s'emparer,
Sans un mortel effort ne l'en peut séparer.
Pour la seconde fois la frileuse hirondelle
Annonçait le retour de la saison nouvelle,
Lorsque de son bonheur le destin envieux
Voulut que son Berger s'éloignât de ces lieux.
La nuit qui précéda cette absence cruelle
Il vint voir sa Bergère, et prendre congé d'elle,
Se plaindre des rigueurs de son malheureux sort
Et de ce dur départ plus cruel que la mort.
Elle pâle, abattue et de larmes baignée
Déplore en soupirant sa triste destinée,
Et songeant au plaisir qu'elle avait de le voir,
Ne voit dans l'avenir qu'horreur et désespoir.
Encor s'il me restait de ce charmant visage
Quelque trait imparfait, quelque légère image,
Ce départ odieux, disait-elle en son cœur,
Quelque cruel qu'il soit, aurait moins de rigueur.
Amour qui sais ma flamme et les maux que j'endure,
N'auras-tu point pitié de ma triste aventure?
Je ne demande pas la fin de mon tourment,
Mais hélas! donne-moi quelque soulagement.

Sur l'aile des soupirs la prière portée
Du tout-puissant Amour ne fut point rejetée.
Sur le mur opposé la lampe en ce moment
Marquait du beau garçon le visage charmant,
L'éblouissant rayon de sa vive lumière
Serrant de toutes parts l'ombre épaisse et grossière
Dans le juste contour d'un trait clair et subtil,
En avait nettement dessigné le profil.
Surprise elle aperçoit l'image figurée,
Et se sentant alors par l'Amour inspirée
D'un poinçon par hasard sous ses doigts rencontré,
Sa main qui suit le trait par la lampe montré,
Arrête sur le mur promptement et sans peine
Du visage chéri la figure incertaine ;
L'Amour ingénieux, qui forma ce dessein,
Fut vu dans ce moment lui conduire la main.
Sur la face du mur marqué de cette trace
Chacun du beau Berger connut l'air et la grâce,
Et l'effet merveilleux de cet événement
Fut d'un Art si divin l'heureux commencement.
Par la Nymphe aux cent voix la charmante Peinture
Instruite du succès d'une telle aventure,
Vint apprendre aux mortels mille secrets nouveaux
Et leur montra si bien, comment dans les tableaux
Les diverses couleurs doivent être arrangées,
Ensuite au gré du jour plus ou moins ombragées ;
Comment il faut toucher les contours et le trait,
Et tout ce qui peut rendre un ouvrage parfait,
Qu'enfin l'Art est monté par l'étude et l'exemple
A ce degré suprême où notre œil le contemple,
Digne de la grandeur du Roi que nous servons,
Digne de la splendeur du siècle où nous vivons.

LE LABYRINTHE DE VERSAILLES[1]

Entre les beautés presque infinies qui composent la superbe et agréable Maison de Versailles, le Labyrinthe en est une, qui peut-être n'éblouit pas d'abord extrêmement, mais qui étant bien considérée, a sans doute plus de charmes et d'agréments que pas une autre. C'est un carré de jeune bois fort épais et touffu, coupé d'un grand nombre d'allées qui se confondent les unes dans les autres avec tant d'artifice, que rien n'est si facile ni si plaisant que de s'y égarer. A chaque extrémité d'allée, et partout où elles se croisent, il y a des fontaines, de sorte qu'en quelque endroit qu'on se trouve on en voit toujours trois ou quatre et souvent six ou sept à la fois. Les bassins de ces fontaines, tous différents de figure et de dessein, sont enrichis de rocailles fines et de coquilles rares, et ont pour ornement divers animaux, qui représentent les plus agréables fables d'Ésope. Ces animaux sont si bien faits au naturel, qu'ils semblent être encore dans l'action qu'ils représentent, on peut dire même qu'ils ont en quelque façon la parole que la fable leur attribue, puisque l'eau qu'ils se jettent les uns aux autres, paraît non seulement leur donner la vie et l'action, mais leur servir aussi comme de voix pour exprimer leurs passions et leurs pensées.

Quoique ces fables n'aient été choisies entre plusieurs autres, que parce qu'elles ont été trouvées plus propres pour servir d'ornement à des fontaines (ce qu'elles font avec un succès incroyable) on a encore trouvé depuis, qu'elles renfermaient toutes quelque moralité galante. Ce mystère auquel on ne s'attendait pas, joint aux charmes et aux agréments sans exemple de ce lieu délicieux, beaucoup plus grand que l'on ne se l'était promis, ont fait dire à quelques gens que l'Amour lui-même s'en était mêlé, et ce qu'ils disent n'est pas sans apparence. Ils assurent que ce petit Dieu ayant rencontré un jour Apollon qui se promenait dans les beaux jardins de Versailles, qu'il aime maintenant plus qu'il n'a jamais aimé l'île Délos, lui parla de cette manière : « Je vois que toutes choses se font ici sous votre nom, et si je ne me trompe, sous votre conduite; car je remarque tant de grandeur et tant d'esprit dans les divers ouvrages de cette Maison admirable, que les Arts mêmes avec toutes leurs lumières ne les auraient jamais pu faire, s'ils n'avaient été élevés et soutenus par une intelligence plus qu'humaine, et telle que la vôtre. Vous m'avouerez que les siècles passés n'ont rien fait de semblable, et que les excellents ouvrages de sculpture, qui vous représentent ici, soit lorsque vous sortez du sein des Eaux, pour éclairer la Terre [2], soit lorsque vous vous délassez dans les grottes de Téthys après vos grands travaux [3]; vous m'avouerez, dis-je, que ces figures vous font plus d'honneur que toutes celles que l'Antiquité vous a jamais consacrées. — Vous êtes bien honnête, répondit Apollon, de me donner toute la gloire de ces chefs-d'œuvre, sachant la part que vous y avez. — Quoi qu'il en soit, reprit l'Amour, je vous en laisse toute la gloire et consens que vous ordonniez de toutes choses, pourvu que vous me laissiez la disposition du Labyrinthe que j'aime avec passion, et qui me convient tout à fait. Car vous savez que je suis moi-même un labyrinthe, où l'on s'égare facilement. Ma pensée serait d'y faire quantité de fontaines, et de les orner des plus ingénieuses fables d'Ésope, sous lesquelles j'enfermerais des leçons et des maximes pour la conduite des amants; en sorte que comme ces divers ornements de fontaines serviront à faire retrouver l'issue du Labyrinthe à ceux qui s'y seront égarés, mes maximes contenues sous ces fables, serviront aussi aux amants pour se tirer d'une infinité d'embarras où ils se trouvent tous les jours. Je voudrais aussi que la figure d'Ésope et la mienne fussent mises à l'entrée du Labyrinthe, lui comme Auteur des fables, et moi comme Auteur des moralités, je crois que ces deux figures, l'une d'un jeune garçon, aussi beau qu'on a accoutumé de me peindre; et l'autre d'un homme aussi laid qu'Ésope, feraient un contraste qui ne serait pas désagréable. Voici, poursuivit-il, les Fables que j'ai choisies, et les Moralités que j'y ai faites. »

Ceux qui racontent cette histoire, disent que l'Amour fit voir à Apollon les Fables et les Moralités qui suivent, qu'Apollon trouva le tout fort à son gré, et qu'il promit à l'Amour d'y faire travailler avec tout le soin et toute la diligence imaginable.

Vers pour mettre dans le piédestail[4] de la Figure d'Ésope :

Avec mes animaux pleins de ruse et d'adresse,
Qui de vos mœurs font le vivant portrait
Je voudrais bien enseigner la sagesse,
Mais mon voisin ne veut pas qu'on en ait.

Vers pour mettre dans le piédestail de la Figure de l'Amour :

Je veux qu'on aime, et qu'on soit sage,
C'est être fou que n'aimer rien;
Chaque animal le dit en son langage
Il ne faut que l'écouter bien.

I
LE DUC ET LES OISEAUX

Un jour le Duc fut tellement battu par tous les Oiseaux, à cause de son vilain chant et de son laid plumage, que depuis il n'a osé se montrer que la nuit.

Tout homme avisé qui s'engage
Dans le Labyrinthe d'Amour,
Et qui veut en faire le tour,
Doit être doux en son langage,
Galant, propre en son équipage,
Surtout nullement loup-garou.
Autrement toutes les femelles
Jeunes, vieilles, laides et belles,
Blondes, brunes, douces, cruelles,
Se jetteront sur lui comme sur un Hibou.

II
LES COQS ET LA PERDRIX

Une Perdrix s'affligeait fort d'être battue par des Coqs; mais elle se consola, ayant vu qu'ils se battaient eux-mêmes.

Si d'une belle on se voit maltraiter
Les premiers jours qu'on entre à son service,
Il ne faut pas se rebuter :
Bien des Amants, quoiqu'Amour les unisse,
Ne laissent pas de s'entrepicoter.

III
LE COQ ET LE RENARD

Un Renard priait un Coq de descendre, pour se réjouir ensemble de la paix faite entre les Coqs et les Renards :

« Volontiers, dit le Coq, quand deux lévriers que je vois, qui en apportent la nouvelle, seront arrivés. » Le Renard remit la réjouissance à une autre fois et s'enfuit.

Un rival contre nous est toujours enragé;
S'y fier est chose indiscrète,
Quelque amitié qu'il vous promette,
Il voudrait vous avoir mangé.

IV

LE COQ ET LE DIAMANT

Un Coq ayant trouvé un Diamant, dit : « J'aimerais mieux avoir trouvé un grain d'orge. »

Ainsi jeune beauté, mignonne et délicate,
Gardez-vous bien de tomber sous la patte
D'un brutal qui n'ayant point d'yeux
Pour tous les beaux talents dont votre esprit éclate,
Aimerait cent fois mieux
La moindre fille de village,
Qui serait plus à son usage.

V

LE CHAT PENDU ET LES RATS

Un Chat se pendit par la patte, et faisant le mort, attrapa plusieurs Rats. Une autre fois il se couvrit de farine. Un vieux Rat lui dit : « Quand tu serais même le sac de la farine, je ne m'approcherais pas. »

Le plus sûr bien souvent est de faire retraite
Le Chat est Chat, la Coquette est Coquette.

VI

L'AIGLE ET LE RENARD

Une Aigle fit amitié avec un Renard, qui avait ses petits au pied de l'arbre où était son nid; l'Aigle eut faim et mangea les petits du Renard qui ayant trouvé un flambeau allumé mit le feu à l'arbre et mangea les Aiglons qui tombèrent à demi rôtis.

Il n'est point de peine cruelle
Que ne mérite une infidèle.

VII

LES PAONS ET LE GEAI

Le Geai s'étant paré un jour des plumes de plusieurs Paons, voulait faire comparaison avec eux; chacun reprit ses plumes, et le Geai ainsi dépossédé, leur servit de risée.

Qui n'est pas né pour la galanterie,
Et n'a qu'un bel air emprunté,
Doit s'attendre à la raillerie,
Et que des vrais galants il sera bafoué.

VIII

LE COQ ET LE COQ D'INDE[5]

Un Coq d'Inde entra dans une Cour en faisant la roue. Un Coq s'en offensa et courut le combattre, quoiqu'il fût entré sans dessein de lui nuire.

D'aucun rival il ne faut prendre ombrage,
Sans le connaître auparavant :
Tel que l'on croit dangereux personnage
N'est qu'un fanfaron bien souvent.

IX
LE PAON ET LA PIE

Les Oiseaux élirent le Paon pour leur Roi à cause de sa beauté. Une Pie s'y opposa, et leur dit qu'il fallait moins regarder à la beauté qu'il avait qu'à la vertu qu'il n'avait pas.

Pour mériter le choix d'une jeune merveille,
N'en déplaise à maint jouvenceau
Dont le teint est plus frais qu'une rose vermeille,
Ce n'est pas tout que d'être beau.

X
LE DRAGON, L'ENCLUME, ET LA LIME

Un Dragon voulait ronger une Enclume, une Lime lui dit : « Tu te rompras plutôt les dents que de l'entamer. Je puis moi seule avec les miennes te ronger toi-même et tout ce qui est ici. »

Quand un galant est fâché tout de bon
En vain l'amante se courrouce,
Elle ne gagne rien de faire le Dragon,
Plus ferait une Lime douce [6].

XI

LE SINGE ET SES PETITS

Un Singe trouva un jour un de ses petits si beau, qu'il l'étouffa à force de l'embrasser.

Mille exemples pareils nous font voir tous les jours,
Qu'il n'est point de laides amours.

XII

LE COMBAT DES OISEAUX

Les Oiseaux eurent guerre avec les Animaux terrestres. La Chauve-Souris croyant les Oiseaux plus faibles, passa du côté de leurs ennemis qui perdirent pourtant la bataille. Elle n'a osé depuis retourner avec les Oiseaux et ne vole plus que la nuit.

Quand on a pris parti pour les yeux d'une belle,
Il faut être insensible à tous autres attraits,
Il faut jusqu'à la mort lui demeurer fidèle,
Ou s'aller cacher pour jamais.

XIII

LA POULE ET LES POUSSINS

Une Poule voyant approcher un Milan, fit entrer ses Poussins dans une cage, et les garantit ainsi de leur ennemi.

Quand on craint les attraits d'une beauté cruelle,
Il faut se cacher à ses yeux
Ou soudain se ranger sous les lois d'une Belle
Qui sache nous défendre et qui nous traite mieux.

XIV
LE RENARD ET LA GRUE

Un Renard ayant invité une Grue à manger, ne lui servit dans un bassin fort plat, que de la bouillie qu'il mangea presque toute lui seul.

Tromper une Maîtresse est trop se hasarder,
Et ce serait grande merveille,
Si malgré tous les soins qu'on prend à s'en garder,
Elle ne rendait la pareille.

XV
LA GRUE ET LE RENARD

La Grue pria ensuite le Renard à manger, et lui servit aussi de la bouillie, mais dans une fiole, où faisant entrer son grand bec, elle la mangea toute, elle seule.

On connaît peu les gens à la première vue,
On n'en juge qu'au hasard
Telle qu'on croit une Grue
Est plus fine qu'un Renard.

XVI
LE PAON ET LE ROSSIGNOL

Un Paon se plaignait à Junon de n'avoir pas le chant agréable comme le Rossignol. Junon lui dit : « Les Dieux partagent ainsi leurs dons, il te surpasse en la douceur du chant, tu le surpasses en la beauté du plumage. »

L'un est bien fait, l'autre est galant,
Chacun pour plaire a son talent.

XVII
LE PERROQUET ET LE SINGE

Un Perroquet se vantait de parler comme un homme : « Et moi, dit le Singe, j'imite toutes ses actions. » Pour en donner une marque, il mit la chemise d'un jeune garçon qui se baignait là auprès, où il s'empêtra si bien que le jeune garçon le prit et l'enchaîna.

Il ne faut se mêler que de ce qu'on sait faire,
Bien souvent on déplaît pour chercher trop à plaire.

XVIII
LE SINGE JUGE

Un Loup et un Renard plaidaient l'un contre l'autre pour une affaire fort embrouillée[7]. Le Singe qu'ils avaient pris pour Juge, les condamna tous deux à l'amende[8], disant qu'il ne pouvait faire mal de condamner deux aussi méchantes bêtes.

Quand deux amants en usent mal,
Ou que l'un et l'autre est brutal,
Quelques bonnes raisons que chacun puisse dire
Pour être préféré par l'objet de ses vœux,
La Belle doit en rire
Et les chasser tous deux.

XIX
LE RAT ET LA GRENOUILLE

Une Grenouille voulant noyer un Rat, lui proposa de le porter sur son dos par tout son marécage, elle lia une de ses pattes à celle du Rat, non pas pour l'empêcher de tomber, comme elle disait ; mais pour l'entraîner au fond de l'eau. Un Milan voyant le Rat fondit dessus, et l'enlevant, enleva aussi la Grenouille et les mangea tous deux.

De soi la trahison est infâme et maudite,
Et pour perdre un rival, rien n'est si hasardeux,
Quelque bien qu'elle soit conduite,
Elle fait périr tous les deux.

XX
LE LIÈVRE ET LA TORTUE

Un Lièvre s'étant moqué de la lenteur d'une Tortue, de dépit elle le défia à la course. Le Lièvre la voit partir et la laisse si bien avancer, que quelques efforts qu'il fît ensuite, elle toucha le but avant lui.

Trop croire en son mérite est manquer de cervelle,
Et pour s'y fier trop maint amant s'est perdu.
Pour gagner le cœur d'une Belle,
Rien n'est tel que d'être assidu.

XXI
LE LOUP ET LA GRUE

Un Loup pria une Grue de lui ôter avec son bec un os qu'il avait dans la gorge, elle le fit et lui demanda récompense : « N'est-ce pas assez, dit le Loup, de ne t'avoir pas mangée ? »

Servir une ingrate beauté,
C'est tout au moins peine perdue,
Et pour prétendre en être bien traité,
Il faut être bien Grue [9].

XXII

LE MILAN ET LES OISEAUX

Un Milan feignit de vouloir traiter les petits Oiseaux le jour de sa naissance, et les ayant reçus chez lui les mangea tous.

Quand vous voyez qu'une fine femelle,
En même temps fait les yeux doux
A quinze ou seize jeunes fous,
Qui tous ne doutent point d'être aimés de la Belle,
Pourquoi vous imaginez-vous
Qu'elle les attire chez elle
Si ce n'est pour les plumer tous.

XXIII

LE SINGE ROI

Un Singe fut élu Roi par les Animaux, pour avoir fait cent singeries avec la couronne qui avait été apportée pour couronner celui qui serait élu. Un Renard indigné de ce choix, dit au nouveau Roi qu'il vînt prendre un trésor qu'il avait trouvé. Le Singe y alla et fut pris à un trébuchet tendu où le Renard disait qu'était le trésor.

Savoir bien badiner est un grand avantage
Et d'un très grand usage,
Mais il faut être accort [10], sage, discret et fin,
Autrement l'on n'est qu'un badin [11].

XXIV
LE RENARD ET LE BOUC

Un Bouc et un Renard descendirent dans un puits pour y boire, la difficulté fut de s'en retirer; le Renard proposa au Bouc de se tenir debout, qu'il monterait sur ses cornes, et qu'étant sorti il lui aiderait. Quand il fut dehors, il se moqua du Bouc, et lui dit : « Si tu avais autant de sens que de barbe [12], tu ne serais pas descendu là, sans savoir comment tu en sortirais. »

Tomber entre les mains d'une Coquette fière,
Est un plus déplorable sort,
Que tomber dans un puits la tête la première,
On est bien fin quand on en sort.

XXV
LE CONSEIL DES RATS

Les Rats tinrent conseil pour se garantir d'un Chat qui les désolait. L'un d'eux proposa de lui pendre un grelot au cou; l'avis fut loué, mais la difficulté se trouva grande à mettre le grelot [13].

Quand celle à qui l'on fait la cour,
Est rude, sauvage et sévère;
Le moyen le plus salutaire,
Serait de lui pouvoir donner un peu d'amour,
Mais c'est là le point de l'affaire.

XXVI
LE SINGE ET LE CHAT

Le Singe voulant manger des marrons qui étaient dans le feu, se servit de la patte du Chat pour les tirer.

Faire sa cour aux dépens d'un Rival,
Est à peu près un tour égal.

XXVII
LE RENARD ET LES RAISINS

Un Renard ne pouvant atteindre aux Raisins d'une treille [14], dit qu'ils n'étaient pas mûrs, et qu'il n'en voulait point.

Quand d'une charmante beauté,
Un galant fait le dégoûté,
Il a beau dire, il a beau feindre,
C'est qu'il n'y peut atteindre [15].

XXVIII
L'AIGLE ET LE LAPIN

L'Aigle poursuivant un Lapin, fut priée par un Escarbot de lui donner la vie [16], elle n'en voulut rien faire, et mangea le Lapin. L'Escarbot par vengeance cassa deux années de suite les œufs de l'Aigle, qui enfin alla pondre sur la robe de Jupiter. L'Escarbot y fit tomber son ordure. Jupiter voulant la secouer, jeta les œufs en bas, et les cassa.

Ce n'est pas assez que de plaire
A l'objet dont votre âme a ressenti les coups :
Il faut se faire aimer de tous;
Car si la soubrette est contraire,
Vous ne ferez jamais affaire
Quand la Belle serait pour vous.

XXIX
LE LOUP ET LE PORC-ÉPIC

Un Loup voulait persuader à un Porc-Épic de se défaire de ses piquants, et qu'il en serait bien plus beau. « Je le crois, dit le Porc-Épic, mais ces piquants servent à me défendre. »

Jeunes beautés, chacun vous étourdit,
A force de prôner que vous seriez plus belles,
Si vous cessiez d'être cruelles,
Il est vrai, mais souvent c'est un Loup qui le dit.

XXX
LE SERPENT A PLUSIEURS TÊTES

Deux Serpents l'un à plusieurs têtes, l'autre à plusieurs queues, disputaient de leurs avantages. Ils furent poursuivis; celui à plusieurs queues se sauva au travers des broussailles, toutes les queues suivant aisément la tête. L'autre y demeura, parce que les unes de ses têtes allant à droite, les autres à gauche, elles trouvèrent des branches qui les arrêtèrent.

Écouter trop d'avis est un moyen contraire,
Pour venir à sa fin,
Le plus sûr, en amour, comme en toute autre affaire,
Est d'aller son chemin.

XXXI
LA PETITE SOURIS, LE CHAT, ET LE COCHET

Une petite Souris ayant rencontré un Chat et un Cochet, voulait faire amitié avec le Chat ; mais elle fut effarouchée par le Cochet qui vint à chanter. Elle s'en plaignit à sa mère, qui lui dit : « Apprends que cet animal qui te semble si doux, ne cherche qu'à nous manger, et que l'autre ne nous fera jamais de mal. »

De ces jeunes plumets [17] plus braves qu'Alexandre,
Il est aisé de se défendre ;
Mais gardez-vous des doucereux,
Ils sont cent fois plus dangereux.

XXXII
LE MILAN ET LES COLOMBES

Les Colombes poursuivies par le Milan, demandèrent secours à l'Épervier, qui leur fit plus de mal que le Milan même.

On sait bien qu'un mari fait souvent enrager,
Toutefois la jeune Colombe,
Qui gémit, et veut se venger,
Doit bien, avant que s'engager,
Voir en quelles mains elle tombe ;
Car si l'amant est brutal et jaloux,
Il est pire encor que l'époux.

XXXIII
LE DAUPHIN ET LE SINGE

Un Singe dans un naufrage, sauta sur un Dauphin qui le reçut, le prenant pour un homme; mais lui ayant demandé s'il visitait souvent le Pirée qui est un port de mer, et le Singe ayant répondu qu'il était de ses amis, il connut qu'il ne portait qu'une bête, et le noya.

En vain un galant fait le beau,
A beaux traits, beaux habits, beau linge, et belle tête,
Si du reste c'est une bête,
Il n'est bon qu'à jeter en l'eau.

XXXIV
LE RENARD ET LE CORBEAU

Un Renard voyant un fromage dans le bec d'un Corbeau, se mit à louer son beau chant. Le Corbeau voulut chanter, et laissa choir son fromage que le Renard mangea.

On peut s'entendre cajoler,
Mais le péril est de parler.

XXXV
DU CYGNE ET DE LA GRUE

La Grue demanda à un Cygne, pourquoi il chantait : « C'est que je vais mourir, répondit le Cygne, et mettre fin à tous mes maux. »

Quand d'une extrême ardeur on languit nuit et jour,
Cette ardeur devient éloquente,

Et la voix d'un amant n'est jamais si charmante,
Que quand il meurt d'amour.

XXXVI
LE LOUP ET LA TÊTE

Un Loup voyant une belle Tête, chez un Sculpteur, disait : « Elle est belle, mais le principal lui manque, l'esprit et le jugement. »

Pour tenir dans les fers un amant arrêté,
Il faut joindre l'esprit avecque la beauté.

XXXVII
LE SERPENT ET LE HÉRISSON

Un Serpent retira dans sa caverne un Hérisson qui s'étant familiarisé, se mit à le piquer. Il le pria de se loger ailleurs. « Si je t'incommode, dit le Hérisson, tu peux toi-même chercher un autre logement. »

Introduire un ami chez la beauté qu'on aime,
Est bien souvent une imprudence extrême,
Dont à loisir on se repent;
L'ami prend votre place, est aimé de la belle,
Et l'on n'est plus regardé d'elle
Que comme un malheureux serpent.

XXXVIII
LES CANES ET LE PETIT BARBET

Un petit Barbet poursuivait à la nage de grandes Canes. Elles lui dirent : « Tu te tourmentes en vain, tu as bien assez de force pour nous faire fuir, mais tu n'en as pas assez pour nous prendre. »

> Il faut que l'objet soit sortable [18];
> C'est autrement soi-même se trahir,
> Quand on n'est pas assez aimable;
> Plus on poursuit, plus on se fait haïr [19].

Le Barbet de cette fontaine court effectivement après les Canes qui fuient devant lui; et le Barbet et les Canes jettent de l'eau en l'air, en tournant l'un après l'autre. Cette fontaine s'appelle aussi la fontaine du gouffre, parce que les eaux qui entrent dans son bassin avec grande abondance, y tournoient avec rapidité et avec bruit; puis s'engouffrent dans la terre et s'y perdent.

DOSSIER

CHRONOLOGIE

1628. 12 janvier. Naissance, à Paris, de Charles Perrault, fils de Pierre Perrault et de Pâquette Leclerc. Son frère jumeau, François, ne devait pas vivre plus de six mois. Les deux enfants sont baptisés le lendemain à Saint-Étienne-du-Mont. Charles a pour parrain son frère Pierre, pour marraine sa cousine Françoise Pépin.

Vers 1636 ou 1637. Comme ses frères aînés, il entre au collège de Beauvais, dont il devient vite un des meilleurs sujets. Il compose notamment des vers avec une précoce facilité.

Vers 1643 ou 1644. Parvenu en classe de philosophie, il quitte le collège, à la suite d'une dissension entre son régent et lui. Avec un camarade, Beaurain, il complète, sans maîtres, pendant trois ou quatre ans sa formation, lisant presque toute la Bible, presque tout Tertullien, dont les deux jeunes gens traduisent *L'Habillement des femmes*, apprenant l'histoire dans La Serre et dans Davila (probablement grâce à la traduction procurée en 1642 par Jean Baudouin), étudiant Virgile, Horace, Tacite et la plupart des classiques latins. Sur la suggestion de Beaurain, Charles Perrault, avec la collaboration de ses frères Nicolas et surtout Claude, traduit en vers burlesques le sixième livre de l'*Énéide*.

1651. 23 juillet. Avec deux de ses camarades, Charles Perrault présente supplique à l'Université d'Orléans pour prendre ses licences en droit civil et canon. Il passe l'examen la nuit même, si l'on en croit ses *Mémoires,* ou, selon l'usage, un jour ou deux plus tard. Le 27, ses deux camarades et lui sont reçus avocats. Il ne plaidera que deux fois.

1652. Le père de Charles Perrault meurt.

1653. Le premier livre des *Murs de Troie ou l'origine du burlesque* paraît à Paris chez Louis Chamhoudry, composé en commun par Charles, ses frères et Beaurain. Le second livre, demeuré manuscrit, était dû tout entier au seul Claude.

1654. Pierre Perrault achète sa charge de receveur général et prend Charles comme commis.

1657. Mort de Pâquette Leclerc. La maison de Viry-sur-Orge échoit à Pierre, qui l'embellit, avec l'aide de ses frères, et notamment de Charles. On y voit François Charpentier, Guillaume Colletet, La Mesnardière, Pinchesne, Quinault, le graveur Robert Nanteuil. Charles compose ses *Portraits d'Iris* et *de la voix d'Iris*, des rondeaux, son *Dialogue de l'Amour et de l'Amitié*, qui sera, comme l'*Adonis* de La Fontaine, calligraphié par Nicolas Jarry pour le surintendant Foucquet.

1659. Le *Portrait d'Iris* et celui de sa voix sont imprimés dans le *Recueil de divers portraits*, rassemblés par Segrais.

7 novembre. Signature du traité des Pyrénées. Charles Perrault célèbre l'événement par une *Ode sur la paix*.

1660. 9 juin. Mariage, à Saint-Jean-de-Luz, de Louis XIV et de Marie-Thérèse. Charles Perrault compose une ode à cette occasion. Cette pièce et la précédente sont lues, au témoignage de Chapelain, avec grand plaisir par Mazarin. Elles sont imprimées, ainsi que le *Dialogue de l'Amour et de l'Amitié*, qui paraît chez Étienne Loyson ou Charles de Sercy.

1661. Charles Perrault publie chez Charles de Sercy et Claude Barbin *Le Miroir ou la métamorphose d'Orante* (privilège du 20 mars, achevé d'imprimer du 8 avril).

1er novembre. Naissance du Dauphin, que Charles Perrault célèbre dans une ode au roi, jugée mauvaise par Racine (lettre à l'abbé Le Vasseur, 28 mars 1662).

1663. Charles Perrault entre comme commis auprès de Colbert. Sur la recommandation de Chapelain, après avoir montré son savoir-faire en composant le *Discours sur l'acquisition de Dunkerque par le Roi, en l'année 1663*, il est introduit comme secrétaire des séances dans le petit conseil ou petite Académie dont s'entoure le ministre. Il touche à dater de cette année une gratification de 1 500 livres.

1664. Pierre Perrault, convaincu d'avoir prélevé quelques deniers sur les fonds publics pour payer ses dettes les plus criantes, est contraint de vendre sa charge beaucoup au-dessous de ce qu'il l'a payée. Charles s'entremet en vain à deux reprises en sa faveur auprès de Colbert.

1665. Charles Perrault devient premier commis des bâtiments. Pose de la première pierre de la façade orientale du Louvre qui doit être élevée selon les plans du Bernin. Mais une cabale fera écarter le célèbre « cavalier » qui regagnera l'Italie au printemps de 1666.

1666. Colbert charge Perrault de rassembler les éloges de Mazarin (*Elogia Julii Mazarini cardinalis,* Paris, Antoine Vitré).

1667. Avril. Sur la proposition de Charles Perrault à Colbert, est mis en place un « petit conseil du Louvre », comprenant Le Vau, premier architecte du roi, Le Brun, son premier peintre, Claude Perrault et son frère Charles pour secrétaire. Cette commission doit élaborer un projet pour la façade du Louvre. La part que s'attribuent les deux Perrault dans l'élaboration de la colonnade reste encore aujourd'hui matière à contestation.

1668. Charles Perrault touche (pour la première fois) 1 500 livres qui, de 1675 à 1680, seront augmentées de 500, en qualité de premier commis, en sus de sa pension, portée à 2 000 livres. Il publie, chez François Léonard, son poème sur *La Peinture* (permission du 10 décembre 1667). L'occupation de la Franche-Comté, en février, lui inspire *Le Parnasse poussé à bout,* allégorie mythologique en prose et en vers sous forme d'une lettre à Chapelain.

1670. Charles Perrault, sous le titre *Courses de têtes et de bagues faites par le roi et par les princes et seigneurs,* luxueux volume orné de gravures par Chauveau et Israël Silvestre, sorti des presses de l'Imprimerie Royale, publie une relation du carrousel de 1662, suivie d'un poème latin par Fléchier.

1671. 23 novembre. Charles Perrault est reçu à l'Académie française. Il succède à Jean de Montigny, évêque de Léon. Son remerciement est tellement apprécié que la décision est prise de rendre à l'avenir publiques les séances de réception. Chapelain, directeur en exercice, lui répond. Huygens assiste à la séance.

1672. 28 janvier. Mort du chancelier Séguier, protecteur de l'Académie française. Louis XIV accepte d'en porter désormais lui-même le titre et loge la Compagnie au Louvre. A cette occasion est frappée une médaille, dont la devise, « *Apollo Palatinus* », est due à Charles Perrault. Élu chancelier de l'Académie, Perrault s'emploie auprès de

Colbert pour lui procurer différents avantages (création d'un fonds pour les fournitures en bougies, plumes, bois de chauffage, le nettoyage de la salle, etc.). Il propose diverses modifications au règlement (élections au scrutin secret, horaire fixe des séances, installation d'une pendule, institution d'un registre de présence et de jetons, destinés à stimuler l'assiduité de ses confrères et à davantage accélérer l'avancement du *Dictionnaire,* utilisation d'une machine à voter, etc.), qui sont adoptées à l'unanimité. Devenu contrôleur général des bâtiments, il touche 3 000 livres d'appointements. Colbert a créé pour lui cet office dont il se voit pourvu sans rien débourser et qui lui rapporte 4 125 livres par an.

1er mai. Charles Perrault épouse, en l'église Saint-Gervais, Marie Guichon, âgée de dix-neuf ans, fille d'un payeur des rentes, seigneur de Rosières et de Vielaines, dans les environs de Troyes, Samuel Guichon. Le contrat de mariage, passé entre Charles Perrault, « contrôleur général des bâtiments et jardins, arts et manufactures de France, demeurant rue Neuve-des-Bons-Enfants », et sa future épouse, a été signé le 26 avril, en présence de la famille Colbert, de Claude Perrault, des ducs de Chevreuse, de Noailles, de Beauvilliers. La dot, de 70 000 livres, est relativement modeste.

1673. 8 mai. Charles Perrault est réélu chancelier de l'Académie française. Le 21 août, Louis XIV signe à Nancy l'ordre de tirer six cent soixante volumes de sa bibliothèque pour doter d'un premier fonds celle de l'Académie. Ils sont placés sous la garde de Charles Perrault, qui prend le titre de bibliothécaire de la Compagnie, fonction qui ne sera pas continuée après lui.

1674. Perrault prend la défense d'*Alceste,* opéra de Quinault et Lulli, représenté pour la première fois le 19 janvier au Palais-Royal, et s'efforce d'en montrer la supériorité sur la pièce d'Euripide, dans une *Critique de l'opéra ou examen de la tragédie intitulée Alceste ou le Triomphe d'Alcide,* publiée avec une permission du 16 juillet. Racine y répondra dans sa *Préface* d'*Iphigénie* (Paris, Barbin, 1675). A la suite de la seconde conquête de la Franche-Comté, de février à juin, Quinault et Charles Perrault publient *Deux poèmes à la louange du roi,* accompagnés de leur traduction en vers latins par Maury. Celui de Perrault figure dans le manuscrit calligraphié et richement relié du *Recueil de divers ouvrages* offert par lui à la bibliothèque de Versailles.

1675. Publication, chez Jean-Baptiste Coignard, avec une épître dédicatoire de Jean Le Laboureur au prince de Conti, du *Recueil de divers ouvrages en prose et en vers* (privilège du 12 novembre 1674, registré le 19). Le volume, qui sera réimprimé en 1676 (achevé d'imprimer du 20 août), comprend des *Lettres* (à Bontemps, l'abbé d'Aubignac, Conrart), le *Dialogue de l'Amour et de l'Amitié, Le Miroir, La Chambre de justice de l'Amour,* le *Discours sur Dunkerque, Le Parnasse poussé à bout,* la traduction d'une épître latine composée par le chancelier de L'Hospital, les portraits d'Iris et de sa voix, les *Odes* sur la paix, le mariage du roi, la naissance du Dauphin, une élégie, *La Peinture,* trois ou quatre pièces de vers, dont un sonnet et un madrigal, le remerciement à l'Académie, deux compliments au nom de la Compagnie, *Le Labyrinthe de Versailles,* la *Critique de l'opéra,* le poème à la louange du roi.
25 mai. Baptême, à Saint-Eustache, de Charles-Samuel, premier fils de Charles Perrault. La marraine est sa tante, Catherine Lormier, épouse de Pierre Perrault.

1676. 20 octobre. Baptême, en la même église, de Charles, deuxième fils de Charles Perrault. Parrain : Claude, son oncle; marraine : Laurence, fille de Pierre de Niert.

1678. 21 mars. Baptême, toujours à Saint-Eustache, de Pierre Perrault Darmancour, né rue de Cléry, dernier fils de Charles Perrault.
Octobre. Mort de Marie Guichon.

1679. 19 mai. Mort de l'abbé Jacques Cassagne. Charles Perrault lui succède comme membre de la petite Académie.

1680. Charles Perrault cesse de toucher ses émoluments de premier commis. Vers cette époque il est supplanté dans ses fonctions par le marquis d'Ormoy, propre fils de Colbert.

1681. Charles Perrault cesse à peu près complètement de servir sous Colbert. Il ne touche plus sa pension. Il publie un *Poème à la louange de M. Le Brun.* Il est élu directeur de l'Académie.

1682. Naissance du duc de Bourgogne, petit-fils de Louis XIV. Charles Perrault célèbre l'événement dans son *Banquet des dieux* (permission d'imprimer du 15 novembre), ouvrage allégorique en prose et en vers. Furetière, dans son *Second factum,* l'accusera d'en avoir dérobé le titre et l'invention à

Mallemant de Messanges et à sa *Fête des dieux* (permission du 16 juillet).

1683. Avril. Charles Perrault, dont les rapports avec Colbert ne cessent de se détériorer depuis quelques années, signe en qualité de contrôleur général des bâtiments ses derniers marchés.

6 septembre. Mort de Colbert, que Louvois remplace à la surintendance des bâtiments. Charles Perrault perd sa charge, qu'on lui rachète 22 000 livres pour la revendre le triple et gratifier de la différence Le Brun et Le Nôtre. Exclu de la petite Académie, il y est remplacé par André Félibien. Il compose une *Epître chrétienne sur la pénitence*, qui sera louée par Bossuet. Il publie une *Traduction* de l'ode latine de Santeul à Pellisson, écrite à la louange de Louis XIV protecteur de la religion catholique.

1685. 22 janvier. Furetière est exclu de l'Académie, pour l'avoir déloyalement concurrencée par son *Dictionnaire*. Charles Perrault a figuré, en compagnie de Charpentier, Thomas Corneille, l'abbé Régnier-Desmarais et l'évêque de Dax, Paul-Philippe de Chaumont, au nombre des commissaires qui, les jours précédents, ont tenu des conférences avec lui chez le premier président de Novion, alors directeur de l'Académie.

14 octobre. Édit de Fontainebleau, révoquant celui de Nantes. Charles Perrault publie une ode *Aux nouveaux convertis*.

1686. Charles Perrault publie, chez Jean-Baptiste Coignard, *Saint Paulin, évêque de Nole,* poème en six chants, dédié à Bossuet, que Perrault a consulté, ainsi que Huet, au cours de son élaboration. L'œuvre est suivie de l'*Épître sur la pénitence* et de l'ode aux nouveaux convertis. Perrault dédie à Fontenelle son épître sur *Le Génie*.

1687. 27 janvier. Séance à l'Académie française pour célébrer la guérison du roi, qui vient d'être opéré. L'abbé de Lavau lit le poème de Charles Perrault sur *Le Siècle de Louis le Grand* qui, suscitant l'irritation de Boileau, déclenche la Querelle des Anciens et des Modernes. L'œuvre paraîtra la même année.

1688. Le premier volume du *Parallèle des Anciens et des Modernes,* qui concerne les sciences et les arts, est publié chez Jean-Baptiste Coignard, avec *Le Siècle de Louis le Grand* et l'épître sur le génie.

29 octobre. Capitulation de Philisbourg. Charles Perrault compose à cette occasion une ode à Mgr le Dauphin, publiée dans *Le Mercure galant* de décembre parmi des pièces d'autres poètes sur cette campagne, et en édition séparée.

1690. Le premier tome du *Parallèle* est réédité, en même temps que paraît le second, consacré à l'éloquence. Charles Perrault publie en outre *Le Cabinet des Beaux-Arts,* recueil d'estampes gravées d'après les tableaux d'un plafond où les Beaux-Arts sont représentés, avec l'explication de ces mêmes tableaux, une ode *A l'Académie française*, une idylle à La Quintinie (mort le 11 novembre 1688) qui, publiée à part, sert aussi de préface à son *Instruction posthume pour les jardins fruitiers et potagers.*

1691. 8 avril. Capitulation de Mons. Charles publie *Au roi, sur la prise de Mons.*

25 août. L'abbé de Lavau lit à l'Académie française *La Marquise de Salusses ou la Patience de Griselidis.* La nouvelle de Charles Perrault paraîtra peu après dans le *Recueil* de l'Académie pour 1691, où figure également *A Monsieur** en lui envoyant La Marquise de Salusses,* ainsi que différents textes de lui (épître au président Rose, réponse au discours de réception de l'abbé de Caumartin). Elle sera aussi, toujours en 1691, publiée séparément chez Jean-Baptiste Coignard.

La Création du monde est lue à l'Académie française. Le poème sera publié l'année suivante et réimprimé en 1693 dans le *Recueil de l'Académie.* En 1691 paraît encore, traduite par Perrault, l'hymne de saint Nicolas, composée en latin par Santeul.

1692. Charles Perrault publie son poème humoristique de *La Chasse,* sous forme d'une épître à M. de Rosières (son beau-frère le chanoine Guichon). Il sera réimprimé l'année suivante dans le *Recueil* de l'Académie.

Octobre. Huet réfute le *Parallèle* de Perrault dans une *Dissertation* en forme de lettre.

Charles communique à Boileau le troisième tome de son *Parallèle,* qui porte sur la poésie, avec une lettre qui le désarme, et qui, imprimée dans le volume, selon le vœu du satirique, lui servira de conclusion.

1693. Boileau publie son *Ode sur la prise de Namur,* achevée en juin, avec un avis « Au lecteur », devenu par la suite le

Discours sur l'Ode, où il répond aux attaques formulées par Charles Perrault contre Pindare dans le troisième tome de son *Parallèle*. L'ode elle-même s'achève sur une allusion satirique à « l'auteur de *Saint Paulin* ». Charles Perrault riposte par son *Ode au roi*, lue à l'Académie le 25 août 1693 et publiée la même année avec un *Avis*, ainsi que par une *Lettre à M. D*** touchant la préface de son Ode sur Namur avec une autre lettre où l'on compare l'ode de M. D. avec celle que M. Chapelain fit autrefois pour le cardinal de Richelieu.*
Novembre. *Les Souhaits ridicules*, conte, paraissent dans *Le Mercure galant*.
Charles Perrault publie encore, cette année-là, le *Dialogue d'Hector et d'Andromaque tiré du sixième livre de l'Iliade*.

1694. *Griselidis, Peau d'Âne* (sans doute édité séparément dès les derniers mois de 1693) et *Les Souhaits ridicules* sont publiés chez Jean-Baptiste Coignard avec la mention « seconde édition ». Les trois contes se retrouvent avec d'autres œuvres de Perrault (*La Création du monde, La Chasse*, le *Dialogue d'Hector et d'Andromaque, L'Apologie des femmes*) au tome I du *Recueil* Moetjens. Le tome II du même *Recueil* contient les *Lettres de Monsieur de ** à Mademoiselle*** sur les pièces de Griselidis et Peau d'Âne*, ainsi que *Le Triomphe de sainte Geneviève*, l'idylle à La Quintinie, *Le Génie*.
Mars. Boileau publie la *Satire X*, où une précieuse ridicule loue le poème de *Saint Paulin* et à laquelle Charles Perrault répond quelques jours plus tard en publiant son *Apologie des femmes*, précédée d'une préface sévère pour la satire de Boileau.
Avril. Composées par Boileau entre 1692 et 1694 en réponse aux thèses soutenues par Charles Perrault dans *Le Siècle de Louis le Grand* et les trois premiers tomes de son *Parallèle*, les neuf premières *Réflexions critiques* sur Longin sont publiées dans ses *Œuvres diverses* avec le *Traité du Sublime*, la satire X, l'ode sur la prise de Namur et huit épigrammes.
4 août. Boileau et Perrault se réconcilient publiquement, grâce à l'habile diplomatie de Racine, lors d'une séance de l'Académie.
8 août. Mort du Grand Arnauld, que les deux adversaires avaient pris pour arbitre et qui, dans une lettre écrite sans doute en avril à Perrault, lui donnait à peu près tous les torts. En juin, cependant, Perrault ignore encore l'existence

de la lettre, qui ne lui a pas été envoyée, mais dont Boileau a obtenu la copie et qu'il juge si avantageuse pour lui qu'il écrit à Antoine Arnauld pour l'en remercier, tandis que Perrault s'inquiète de cette lettre dont on lui parle mais qu'il n'a pas vue, parce que ses amis le médecin Dodart et l'oratorien Varet ne veulent pas qu'on la lui montre, non plus que Bossuet, consulté sur la question.

Famine, épidémie, en août sécheresse. Perrault publie *Le Triomphe de sainte Geneviève.*

1695. Une quatrième édition (la troisième reste introuvable) de *Griselidis*, avec le conte de *Peau d'Âne* et celui des *Souhaits ridicules*, est publiée chez Jean-Baptiste Coignard. La *Préface* y figure pour la première fois.

L'*Épître à Mademoiselle*, signée « P. P. », *La Belle au bois dormant, Le Petit Chaperon rouge, La Barbe bleue, Le Maître Chat ou le Chat botté, Les Fées* sont copiés par un calligraphe dans un manuscrit aux armes de Mademoiselle.

8 octobre. Achevé d'imprimer des *Œuvres mêlées* de Mlle Lhéritier (privilège registré le 18 août). *Marmoisan* y est dédié à la sœur de Perrault d'Armancour.

1696. Février. *La Belle au bois dormant* paraît avec quelques variantes dans *Le Mercure galant*. Ce texte est reproduit la même année au tome V (première partie) du *Recueil* Moetjens.

10 mai. Achevé d'imprimer d'*Inès de Cordoue*, par Mlle Bernard (privilège du 19 février), qui contient un premier *Riquet à la houppe.*

Perrault publie la première série des *Hommes illustres qui ont paru en France pendant ce siècle avec leurs portraits au naturel*, réunis par les soins de Michel Bégon.

23 septembre. L'abbé Dubos écrit à Bayle que Barbin « imprime les *Contes de ma mère l'Oie*, par M. Perrault ».

28 octobre. Privilège pour les *Récits ou Contes du temps passé*, accordé « au sieur P. Darmancour », cédé à Claude Barbin, registré le 11 janvier 1697.

1696 ou 1697, avant juin. Mme d'Aulnoy, *Les Contes de fées*, t. I, II, III.

1697. Janvier. *Le Mercure galant* signale *Les Hommes illustres*, annonce le tome IV du *Parallèle* et les *Histoires ou Contes du temps passé*. Les deux ouvrages viennent d'être mis en vente. Le dernier volume du *Parallèle* traite de l'astronomie, de la géographie, de la navigation, de la guerre, de la philosophie, de la musique, de la médecine, etc. Les *Histoires ou Contes du temps passé, avec des moralités,* sont publiés chez Claude Barbin. Ils sont illustrés d'un frontispice signé Clouzier, d'une vignette devant l'épître dédicatoire, d'une autre devant chaque conte. Une seconde édition, légèrement retouchée, paraît dans l'année. *Le Petit Chaperon rouge, La Barbe bleue, Le Maître Chat ou le Chat botté, Les Fées, Cendrillon ou la petite pantoufle de verre, Riquet à la houppe, Le Petit Poucet* se retrouvent également dès 1697 dans le *Recueil* Moetjens (tome V, quatrième partie). La même année encore, sont imprimées deux éditions d'une contrefaçon hollandaise à la Sphère (ainsi nommée parce que, comme dans toutes les contrefaçons du même type, elle portait une sphère armillaire sur la page de titre). L'œuvre y est attribuée au « Fils de Monsieur Perrault de l'Académie François » (*sic*). Le frontispice et les vignettes de l'édition Barbin y sont reproduits, mais inversés. Cette contrefaçon sera réimprimée en 1698, 1700, 1708 (avec la mention « Amsterdam, Jacques Desbordes »), 1716.

6 avril. Pierre Perrault ayant tiré l'épée contre Guillaume Caulle, un jeune voisin de seize ou dix-sept ans, et l'ayant mortellement blessé, Charles Perrault, tuteur de son fils mineur, propose en dédommagement la somme de 2 000 livres : accord en est passé, sous seing privé, entre les deux parties.

9 septembre. La saisie des biens de Perrault, à la suite de cette affaire, est décidée par ordonnance du lieutenant civil. Cette ordonnance devient exécutoire le 26. Le 30, Perrault présente une requête verbale pour demander la délivrance de ses biens. Le 18 novembre, il offre à Marie Fourré, veuve de Martin Caulle, maître menuisier, mère de la victime, de lui payer les 2 000 livres stipulées dans l'acte du 6 avril, « pour les frais de maladie, médicaments et enterrement de Guillaume Caulle son fils ». La somme est déposée chez le notaire Richer.

La Création du monde, augmentée de trois chants, devient *Adam ou la création de l'homme, sa chute et sa réparation, poème chrétien.* Perrault traduit d'autre part une ode latine de Boutard sur Marly.

1698. 15 avril. Charles Perrault est condamné par sentence du Châtelet à verser à Marie Fourré une somme de 2 079 livres, dont elle lui donnera quittance le 30 avril.

Perrault publie une ode *A M. de Callières sur la négociation de la paix* (de Ryswick, signée le 20 septembre et, pour l'Empereur, le 30 octobre 1697). Il traduit le *Portrait de Messire Bénigne Bossuet, évêque de Meaux, avec le latin* (de Boutard) *à côté.*

1699. Perrault publie chez Jean-Baptiste Coignard sa traduction des *Fables de Faërne.*
L'abbé de Villiers publie ses *Entretiens sur les contes de fées.*

1700. Faydit, dans sa *Télémacomanie,* parle des *Contes,* sans mettre en doute leur attribution au fils de Charles Perrault.
2 mars. Mort de Pierre Perrault Darmancour, lieutenant dans le Régiment Dauphin.
16 novembre. Philippe d'Anjou, petit-fils de Louis XIV, est présenté à la Cour comme roi d'Espagne. Conduit par ses frères les ducs de Bourgogne et de Berry. il est reçu dans ses États en février 1701. Charles Perrault célèbre l'événement par une *Ode au roi Philippe V, allant en Espagne,* qui paraît en 1701.
Perrault publie une deuxième série de ses *Hommes illustres.*

1701. Vers mai. Boileau publie une nouvelle édition de ses *Œuvres diverses,* qui contient, outre la lettre du Grand Arnauld à Perrault, une lettre de Boileau à ce dernier, de ton très conciliant.
24 mai. Privilège obtenu par Perrault pour le *Recueil* de ses *Divers ouvrages tant en prose qu'en vers,* dont l'édition, légèrement différente pour le contenu de celle qu'il avait publiée en 1675, ne devait paraître qu'en 1729, sous le titre d'*Œuvres posthumes.* Cédé à Jean-Baptiste Coignard, il sera enregistré le 11 avril 1703.

1702. Perrault publie une *Ode pour le roi de Suède,* le jeune Charles XII, monté sur le trône en 1697. Son *Roseau du Nouveau Monde* est lu à l'Académie.

1703. Publication du *Faux bel esprit,* satire, avec *Le Roseau du Nouveau Monde.*
30 avril. Dernière apparition de Charles Perrault à l'Académie.
Nuit du 15 au 16 mai. Charles Perrault meurt en sa maison sur les fossés de l'Estrapade. Le 17, il est inhumé dans la nef de l'église Saint-Benoît, sa paroisse.

NOTE SUR CETTE ÉDITION

Nous reproduisons ici, pour la *Préface, Griselidis, Peau d'Ane, Les Souhaits ridicules,* le texte de l'édition dite « quatrième » parue en 1695 chez Jean-Baptiste Coignard; pour les *Histoires ou Contes du temps passé,* le deuxième tirage de l'édition publiée par Claude Barbin en 1697; pour *Le Miroir, La Peinture, Le Labyrinthe de Versailles,* la seconde édition du *Recueil de divers ouvrages en prose et en vers,* imprimée chez Jean-Baptiste Coignard en 1676. Nous avons rajeuni l'orthographe. La ponctuation n'a subi que des retouches légères : nous avons en particulier introduit des guillemets et des tirets dans les parties dialoguées. Nous n'avons indiqué, dans les notes, que les variantes qui nous ont paru présenter suffisamment d'intérêt.

Nous nous sommes servi principalement, pour éclairer le sens des mots vieillis ou dont la signification s'est aujourd'hui modifiée, des trois dictionnaires suivants :

Pierre Richelet : *Dictionnaire français,* Genève, Jean Herman Widerhold, 1680 (abréviation : « (R.) ».)

Antoine Furetière : *Dictionnaire universel,* La Haye, Rotterdam, Arnout et Reinier Leers, 1694 (abréviation : « (F.) ». La première édition de ce *Dictionnaire* date de 1690).

Le Dictionnaire de l'Académie française, Paris, la Veuve de Jean-Baptiste Coignard et Jean-Baptiste Coignard, 1694 (abréviation : « (Ac.) ». C'est la première édition de ce *Dictionnaire*).

Nous avons volontairement donné pour un même mot les définitions qu'en proposent deux de ces *Dictionnaires* ou même les trois, chaque fois qu'il nous a paru qu'elles se précisaient, se nuançaient ou se complétaient l'une l'autre. Nous avons également reproduit un certain nombre des exemples qui servent dans ces

Dictionnaires à l'illustration des différents articles : il nous a semblé qu'ils n'étaient pas inutiles pour montrer combien la langue des *Contes* reflète l'usage du temps. Nous espérons que le lecteur ne nous en voudra pas trop d'avoir ainsi alourdi quelque peu l'annotation.

La *Bibliographie* ne se donne pas pour exhaustive. Elle ne signale que les travaux les plus importants.

NOTICES

I
CONTES EN VERS

1. *Préface*

Cette *Préface* n'apparaît pas avant l'édition collective de *Griselidis, Peau d'Âne, Les Souhaits ridicules* donnée par Jean-Baptiste Coignard, en 1695, pour la « quatrième ». Elle n'a donc été jointe qu'après coup aux trois contes en vers qu'elle sert à présenter. En même temps qu'elle jette sur eux un regard en arrière, elle annonce les histoires à venir et constitue à cet égard un témoignage important sur le virage qu'est en train de prendre le conteur et qui se révélera décisif pour l'évolution ultérieure du genre. Pour l'instant toutefois il reste tributaire de La Fontaine même s'il se désolidarise de lui. Sa *Préface* est implicitement écrite en référence à celles que le poète avait mises en 1665 et 1666 au-devant de ses *Nouvelles,* en 1668 en tête de ses *Fables*. Tout au plus y relève-t-on, au lendemain de la Querelle, des intentions plus polémiques, où se reconnaît l'auteur du *Parallèle* et le coryphée du parti moderne.

2. *Griselidis*

Cette nouvelle en vers, sous le titre *La Marquise de Salusses ou la Patience de Griselidis,* fut lue à l'Académie française par l'abbé de Lavau le 25 août 1691 : « les vives descriptions dont le poème est plein lui attirèrent beaucoup d'applaudissements », relate *Le*

Mercure galant de septembre. Elle parut la même année chez Jean-Baptiste Coignard, dans le *Recueil de plusieurs pièces d'éloquence et de poésie présentées à l'Académie française pour les prix de l'année 1691, avec plusieurs Discours qui y ont été prononcés et plusieurs pièces de Poésie qui y ont été lues en différentes occasions,* ainsi que dans une édition séparée. En 1694, dans une « seconde édition » publiée par le même libraire, elle fut réunie avec *Peau d'Âne* et *Les Souhaits ridicules.* Elle se retrouve, avec ces deux autres contes, dès cette année-là, dans le *Recueil de pièces curieuses et nouvelles tant en prose qu'en vers* (tome I) qu'imprime à La Haye Adrian Moetjens. Après l'édition de 1695, donnée pour « quatrième » par J.-B. Coignard, elle ne reparaîtra plus, jusqu'à ce qu'elle vienne, en 1781, rejoindre les *Histoires ou Contes du temps passé* dans les *Contes des Fées* publiés par Lamy, qui regroupent les deux séries.

La source première remonte au *Décaméron* (X, 10), où l'héroïne est nommée Griselda. En 1374, Pétrarque traduit en latin cette nouvelle dans une lettre à Boccace (*De oboedientia et fide uxoria*), muant Griselda en Griseldis. De sa version dérive la traduction française due en 1389 à Philippe de Mezières ainsi que différentes adaptations. Une « Patience de Griselidis » imprimée en 1484 puis en 1491 est reproduite tout au long du XVIe siècle et jusqu'au début du XVIIe (1499[?], 1525, 1575, 1610). On trouve en 1546 son histoire associée à celle de Jeanne d'Arc dans *Le Miroir des femmes vertueuses.* Elle est contée par maître Jehan Pirethouyn chez Nicolas de Troyes (*Le Grand Parangon des nouvelles nouvelles*).

Dans *Le Berger extravagant* de Charles Sorel (Paris, Toussaint du Bray, 1627, Livre I, p. 32), Adrian, cousin de Lysis à qui les romans ont tourné la tête, et représentant ridicule de la mentalité bourgeoise, ne voudrait pas pour les jeunes gens de cette condition d'autre lecture que « la Patience de Griselidis pour se réjouir aux jours gras ». Et le romancier commente dans ses *Remarques* (Paris, Toussaint du Bray, 1628, pp. 25-26) : « pour la patience de Griselidis, c'est la dernière des cent nouvelles de Boccace. Ayant été traduite et imprimée toute seule il y a plus de cent ans, elle est devenue plus commune que les autres, de telle sorte que les gens de village la lisent, et les vieilles la content aux enfants, encore qu'elles n'aient jamais ouï parler du *Décaméron* ni de son auteur. »

Ce classique de la littérature de colportage figurait parmi les titres les plus répandus de la Bibliothèque bleue. On le trouve imprimé à Orléans par Letourmy (*Griselidis ou le miroir des femmes soumises*), à Troyes par Jacques Oudot et par P. Garnier, à

Montbéliard par Deckherr (*La Patience de Griselidis, jadis femme du marquis de Saluces*) : voir Geneviève Bollème, *La Bible bleue*, Paris, Flammarion, 1975, p. 431.

Suivant l'abbé Dubos, dans une lettre à Bayle du 19 novembre 1696, Charles Perrault « a cherché vainement dans tous les historiens convenables quel marquis de Saluces avait épousé Griselidis ; il ne connaît d'autre livre où il soit fait mention de cet événement que le *Décaméron* de Boccace, dont le papier bleu est une traduction abrégée. M. Perrault a embelli la narration de Boccace et il donne un amant à la princesse afin que, après avoir été mise en mouvement de noces, elle ne rentre pas dans la solitude du couvent. C'est à peu près comme Térence en a usé dans son *Andrienne*. »

Sur les principaux de ces embellissements, Perrault s'explique dans sa lettre *A Monsieur *** en lui envoyant Griselidis*. Il ne pratique pas une imitation moins libre que La Fontaine : la comparaison avec Boccace atteste que le *Décaméron* n'est pas suivi de plus près que le *Roland furieux* ne l'était dans *Joconde*. Au total, sur neuf cent trente-sept vers, plus de sept cents sont constitués par des additions : Perrault montre presque autant d'originalité que son prédécesseur quand il mettait en vers *La Fiancée du roi de Garbe* !

Quelques-unes de ces modifications sont dictées par un souci de bienséance : l'héroïne, au moment où le prince la choisit pour épouse, n'est plus mise en public complètement nue et ne sera pas renvoyée vêtue d'une simple chemise, obtenue par supplication. Ses sentiments deviennent aussi plus délicats ; la voix du sang parle obscurément quand, sans le savoir, elle se trouve en présence de sa fille, qu'elle croit morte. Elle pousse la résignation chrétienne jusqu'au sublime. La psychologie du couple s'approfondit. Celle du mari présente un cas de mélancolie pathologique analysé presque cliniquement.

Mais la plupart de ces enrichissements consistent en références à la réalité contemporaine : le marquis de Saluces est peint d'entrée sur le modèle de Louis XIV. On le voit plus loin recevoir les remontrances de ses sujets avec moins de solennité, certes, mais suivant une étiquette comparable à celle de Versailles. Les préparatifs de ses noces, et le cortège nuptial ne sont pas décrits autrement que les fêtes ou les entrées royales dans les relations des gazetiers. Perrault parle-t-il d'une révolution dans la toilette féminine, on croirait entendre La Bruyère sur le chapitre de la mode. La misogynie de son héros lui permet de concurrencer

Boileau dans une galerie de portraits qui valent ceux de la satire contre les femmes. D'un bout à l'autre, le récit du conteur florentin est systématiquement modernisé. La nouvelle tire son prix de ce rajeunissement.

3. *A Monsieur *** en lui envoyant Griselidis*

Cette défense de *Griselidis* suivait la nouvelle dès 1691, tant dans le *Recueil* de l'Académie que dans l'édition séparée. Il se retrouve en 1694 avec elle au tome I du *Recueil* Moetjens.

« C'est une expérience faite que, s'il se trouve dix personnes qui effacent d'un livre une expression ou un sentiment, l'on en fournit aisément un pareil nombre qui les réclame »; cette remarque de La Bruyère (*Caractères, Des ouvrages de l'esprit,* 27) pourrait bien avoir inspiré à Perrault l'idée de cette lettre, au début de laquelle on trouve aussi l'écho de la réflexion voisine : « Il n'y a point d'ouvrage si accompli qui ne fondît tout entier au milieu de la critique, si son auteur voulait en croire tous les censeurs qui ôtent chacun l'endroit qui leur plaît le moins. » (*Caractères,* I, 26). Mais Perrault s'y souvient aussi des *Provinciales.* Il s'efforce de donner à son apologie le tour d'une petite lettre à la manière de Pascal. Tout porte à croire qu'elle est adressée à un destinataire fictif.

Toutes les critiques examinées ici, hormis celle qui porte sur les odieuses « inhumanités » du prince, concernent ce que Perrault a cru bon d'ajouter à la donnée traditionnelle. On lui reproche des longueurs inutiles, des plaisanteries froides et qui détonnent dans un tel récit, comme, inversement, des réflexions chrétiennes qui ne se trouvent pas davantage à leur place. Sans répondre sur tous les points, il allègue la vraisemblance psychologique, la bienséance, les règles du genre auquel appartient son poème. Plaçant le débat sur le terrain de ses adversaires, ce Moderne se fonde sur leurs principes pour plaider sa cause.

4. *Peau d'Âne*

Ce conte, dédié à Mme de Lambert, a paru pour la première fois en 1694, dans la seconde édition de *Griselidis,* chez Jean-Baptiste Coignard, avec *Les Souhaits ridicules.* Peut-être se vendait-il aussi séparément. Il se retrouve la même année au tome I du *Recueil* Moetjens. Il est réédité en 1695 chez Coignard avec *Griselidis* et *Les Souhaits ridicules* (édition intitulée « quatrième »). Ensuite il ne reparaît plus jusqu'à ce qu'il soit inséré en janvier 1776 dans la *Bibliothèque universelle des romans*. En 1781, dans l'édition Lamy, apparaît, accompagnée d'une épître à Mlle de Lubert, une version apocryphe en prose qu'on lui substituera souvent par la suite.

Aucun autre conte n'était plus répandu. Trois éléments principaux s'y juxtaposent : le mariage incestueux auquel il faut, pour l'héroïne, se soustraire, sa dissimulation sous une peau de bête, sa reconnaissance finale grâce à l'anneau.

Le premier thème était développé déjà dans *La Belle Hélène de Constantinople*, chanson de geste d'où dérivent, imprimés à Troyes par Nicolas Oudot, à Rouen par J. Oursel, ailleurs encore par d'autres libraires, pour la Bibliothèque bleue, le *Roman* ou l'*Histoire de la belle Hélène de Constantinople, mère de saint Martin de Tours en Touraine et de saint Brice son frère* (voir Geneviève Bollème, *op. cit.*, p. 431). Il fournit également à Straparole, dans ses *Facétieuses nuits*, la quatrième nouvelle de la première Nuit, où tout se passe, au début, entre Thibaud de Salerne et sa fille Doralice, exactement comme dans notre conte, à la féerie près, car le rôle de la marraine fée est tenu par une simple nourrice, mais qui bifurque ensuite dans une tout autre direction, pour se terminer plus tragiquement. La légende irlandaise de Dympne, fille d'un roi païen, offre sur une donnée comparable une autre variation, plus édifiante, recueillie par le jésuite Ribadeneira dans sa *Fleur des saints*.

Le motif du travesti sous la dépouille d'un animal apparaît dans le vieux roman de *Perceforest*, où la princesse Neronis revêt pour se dissimuler une peau de mouton, dans le *Pentamerone* de Giambattista Basile (II, 6), où Pretiosa se métamorphose en ourse, et bien entendu dans la version de *Peau d'Âne* figurant à partir de la deuxième édition tout à la fin des *Nouvelles récréations et joyeux devis* (CXXIX), où s'amalgame curieusement avec de très lointains souvenirs du conte un épisode inspiré de *Psyché* (celui des fourmis qui viennent aider l'héroïne à ramasser ou trier des graines).

L'épreuve de l'anneau se retrouve aussi dans *Perceforest*. Elle apparente la dernière partie de l'histoire à *Cendrillon*.

Reste l'âne lui-même, aussi précieux de son vivant que la poule aux œufs d'or du fabuliste. Perrault pouvait en prendre le modèle dans le conte sur lequel s'ouvre le *Pentamerone* (*Fiaba dell'Orco*).

Un exemplaire de *Peau d'Âne* sera trouvé chez Mme Guyon lors de sa seconde arrestation, le 27 décembre 1695. Mais, comme elle possède, outre *Griselidis,* une *Belle Hélène* qu'elle recommande à un abbé, lui donnant « cette pièce » pour « bonne et instructive », on peut supposer qu'il s'agit aussi dans les deux autres cas de versions parues dans la Bibliothèque bleue (voir à ce sujet le commentaire, précis et complet, de Jean Orcibal, *Correspondance de Fénelon,* Paris, Klincksieck, t. V, 1976, pp. 125-126).

L'auteur anonyme des *Lettres de Monsieur de*** à Mademoiselle*** sur les pièces de Griselidis et Peau d'Âne,* publiées au tome II du *Recueil* Moetjens en 1694, reproche à Perrault de n'avoir pas répandu sur cette « fable » « un peu de son bon esprit ». Le conte, selon lui, s'est altéré pour avoir « passé au travers de plusieurs siècles par les mains d'un peuple fort imbécile de nourrices et de petits enfants ». Il pourrait bien, dès lors, s'être perdu « quelqu'une de ses principales circonstances, capable de donner de la lumière à tout le reste ». Le même auteur critique aussi l'absence de précision sur le travesti de l'héroïne : « je n'ai aucune idée de Peau d'Âne dans son déguisement à quoi je puisse me fixer. Tantôt je me la représente barbouillée et noire comme une bohémienne, avec sa peau d'âne qui lui sert d'écharpe, tantôt je m'imagine que la peau d'âne est comme un masque sur son visage et qu'elle y est tellement jointe que les spectateurs la prennent pour sa peau naturelle; quelquefois pour lui changer les traits et pour la rendre aussi dégoûtante que le veut l'auteur, je conçois qu'elle s'est fait un fard de laideur avec de la vieille graisse et de la suie de cheminée [...] le poète qui n'a pas pris soin de m'apprendre en quoi consistait le déguisement, détruit lui-même par quelques mots en passant tout ce que je tâche d'imaginer là-dessous. » Bref il raconte l'histoire d'une façon « tout à fait aussi obscure que sa nourrice la lui a contée à lui-même autrefois pour l'endormir ».

Flaubert, en revanche, saura, même à travers le délayage de la version apocryphe en prose, entrer en sympathie avec l'imagination de Perrault : « Que dis-tu de cette phrase, écrit-il à Louise Colet le 16 décembre 1852 : “ La chambre était si petite que la queue de cette belle robe ne pouvait s'étendre ”, est-ce énorme d'effet, hein? et celle-ci : “ Il vint des rois de tous les pays; les uns en chaises à porteurs, d'autres en cabriolet et les plus éloignés montés sur des éléphants, sur des tigres, sur des aigles. ” Et dire que tant que les Français vivront, Boileau passera pour être un plus grand poète que cet homme-là. »

Sainte-Beuve, moins enthousiaste, laisse un peu *Peau d'Âne* en dehors de son admiration pour les autres contes de Perrault, mais il ne précise pas s'il parle de la nouvelle en vers ou de son adaptation en prose (*Nouveaux lundis*, 23 décembre 1861, t. I, Paris, Calmann-Lévy, 1890, p. 308).

Mais Anatole France, dans *Le Livre de mon ami* (Paris, Calmann-Lévy, 1885, p. 291) prête à l'un de ses porte-parole ces propos : « Pour moi, s'il fallait choisir, je donnerais de bon cœur toute une bibliothèque de philosophes, pour qu'on me laissât *Peau d'Âne*. » (Voir également sur l'interprétation solaire du conte, *ibid.*, pp. 291-296.)

Sur ce conte, on peut lire, de René Démoris, « Du littéraire au littéral dans *Peau d'Âne* de Perrault », dans la *Revue des Sciences humaines*, avril-juin 1977, pp. 261-279.

5. *Les Souhaits ridicules*

Ce conte a paru pour la première fois dans *Le Mercure galant* de novembre 1693. Il était présenté comme « une historiette dont un morceau de boudin a fourni la matière à un excellent ouvrier ». Il sera repris, en 1694, ainsi que *Peau d'Âne*, dans la seconde édition de *Griselidis*. Comme ces deux autres pièces, il entre la même année au tome I du *Recueil* Moetjens. On le retrouve en 1695 dans la « quatrième » édition de *Griselidis*. Il sera réimprimé dans *Les Amusements de la campagne et de la ville* (Amsterdam, tome XII, 1747), avant de prendre place en 1781 dans l'édition Lamy.

Gacon l'a pastiché dans *Le Conte du Boudin* (*Le Poète sans fard ou Discours satiriques en vers*, Cologne, Corneille Egmont, 1697, pp. 206-209), non sans l'infléchir, pour le troisième souhait, vers une franche obscénité. Jean Dutourd le rajeunit à sa manière dans *Le Crépuscule des loups* (Paris, Flammarion, 1971, « Le Conte des saucisses », pp. 85-91).

Le thème appartient au folklore (voir A. Aarne, *The Types of the Folk Tales* [...], Helsinki, 1928, type 750 A, et Stith Thompson, *Motif-Index of Folk-Literature* [...], Copenhague, Rosenkild et Bagger, 1955-1958, J. 2075).

Un conte de ce schéma figure dans les *Paraboles de Sendabar*, le roman de *Syntipas*, l'*Histoire des sept vizirs*, d'autres dans l'Appendice Perotti de Phèdre (Fable XV, *Mercure et les deux femmes*), dans *Les Quatre Souhaits saint Martin*, que Joseph Bédier analyse au chapitre VIII de ses *Fabliaux* (Paris, Bouillon, 1895) et dont il relève les multiples variantes, chez Marie de France (Fable 24, *Dou Vilain qui prìst un Folet*), Philippe de

Vigneulles (*Cent nouvelles nouvelles*, 78), qui juxtapose le sujet des *Souhaits ridicules* à celui de *La Laitière et le pot au lait*, Philippe d'Alcrippe (*La nouvelle fabrique des excellents traits de vérité*, « De trois jeunes garçons frères, du pays de Caux, qui dansèrent avec les fées »), mais non, contrairement à ce qu'on dit souvent, Nicolas de Troyes, car dans l'édition elzévirienne de 1869, Eugène Mabille a glissé sous le n° 53 un conte apocryphe (voir le choix publié par Krystyna Kasprzyk, Paris, Marcel Didier, Société des Textes français modernes, 1970, p. XI).

II

HISTOIRES OU CONTES DU TEMPS PASSÉ

1. *A Mademoiselle*

Cette épître figure, signée « P. P », dans le manuscrit des *Contes de ma mère l'Oie* copié en 1695 et relié aux armes de Mademoiselle, aujourd'hui conservé à la Pierpont Morgan Library de New York. Elle se retrouve, signée cette fois « P. Darmancour », en tête des *Histoires ou Contes du temps passé*, publiés par Claude Barbin en 1697.

Mademoiselle, à ne pas confondre avec la Grande Mademoiselle, fille de Gaston, frère de Louis XIII, est fille de Philippe, frère de Louis XIV, et de sa seconde épouse, la princesse Palatine. Née en 1676, elle devait se marier en 1698 à Léopold, duc de Lorraine, et devenir la grand-mère de Marie-Antoinette.

Le recueil est présenté comme composé par un enfant. Il existait des précédents d'auteurs plus précoces encore, comme le petit de Beauchâteau, fils de comédiens, baptisé le 5 mai 1645, et dont *La Lyre du jeune Apollon* avait été publiée dès 1657. Deux décennies plus tard avaient paru les *Œuvres diverses d'un enfant de sept ans*, et quel! puisqu'il s'agissait des productions où le duc du Maine montrait de bonne heure ses heureuses dispositions. On avait vu naguère le duc de Bourgogne fournir à La Fontaine des sujets pour ses dernières *Fables*. Dans le premier cas, on soupçonne les parents du jeune prodige et leurs amis d'avoir tenu la plume à sa place. Dans les deux autres, on devine que Mme de Maintenon guide une main encore maladroite, et que Fénelon souffle ou dicte à son élève ce qu'il développe ensuite dans ses thèmes latins. On ne croit pas moins sentir, dans l'ombre, derrière Perrault Darmancour, l'attentive présence de son père.

Cette dédicace comporte deux parties nettement distinctes. La première, sur l'apparente simplicité de ces badineries puériles qui servent d'enveloppe à des leçons morales et des vérités importantes, sur le profit qu'on en peut tirer à tout âge, reprend des vues depuis longtemps banales et dont La Fontaine en particulier développait l'équivalent à propos de l'apologue dans son épître au Dauphin ou dans la *Préface* de ses *Fables*. La fin, plus originale, insiste sur le caractère profondément familial de ces humbles histoires. Elle invite les grands de ce monde à pénétrer, par leur biais, jusque dans les « huttes » et les « cabanes », pour apprendre « comment vivent les Peuples ». Après le portrait des paysans par La Bruyère en 1689 (*Les Caractères,* quatrième édition, *De l'homme,* 128), après la *Lettre secrète* de Fénelon en 1694 et son *Télémaque* encore inédit, mais avant la *Dîme royale* de Vauban, voilà qui rend dans nos lettres un son neuf.

2. *La Belle au bois dormant*

Ce conte figure dans la copie manuscrite de 1695, sous la même forme, à quelques détails près, que dans l'édition de 1697. Une version parue en février 1696 dans *Le Mercure galant* présente un certain nombre de différences dont trois surtout méritent d'être notées.

Elle s'étend davantage sur le dialogue du prince et de la princesse lorsqu'il vient de l'éveiller. Elle prête à l'héroïne des doléances et des imprécations contre sa belle-mère, quand la jeune femme se voit condamnée par elle à périr d'une mort atroce. Ses deux enfants, Aurore et Jour, ne naissent pas pendant la période où son mariage reste secret.

Le thème des fées qui se penchent sur le berceau des nouveau-nés remonte aux romans du Moyen Âge (*Les Enfances Ogier,* d'Adenet le Roi, *Galien le restoré, Brun de la Montagne, Floriant et Florette*). Si deux de celles qui viennent, dans *Huon de Bordeaux,* douer Obéron à sa naissance le gratifient de toutes les qualités, la malédiction de la troisième le voue à rester un nain. Une autre, Maglore, invitée sous la feuillée dans le *Jeu* d'Adam le Bossu, se fâche et se venge de ne pas trouver près de son assiette un beau couteau, comme ses compagnes Morgue et Arsile.

Chrestien de Troyes, dans son *Cligès,* avait conté l'histoire d'une fausse morte, Marie de France, dans son lai d'*Eliduc*, celle d'une belle évanouie, Guilliadon, qui ne sort, après plusieurs jours, de sa léthargie, que lorsqu'une fleur est déposée par sa rivale entre ses dents.

On a signalé la ressemblance de *La Belle au bois dormant* avec une nouvelle catalane en vers du XIVe siècle, *Frère-de-Joie, Sœur-de-Plaisir*, traduite par Paul Meyer en 1884. Une donnée exactement comparable à celle de Perrault forme d'autre part, dans *Perceforest*, l'aventure de Troylus et Zellandine, à ces différences près que la déesse Thémis y tient lieu de la marraine malfaisante, que l'ami de l'héroïne la rejoint porté par un oiseau, que le fils né de leur union la réveille en lui suçant le doigt. La même tradition est suivie en Italie par Giambattista Basile dans son *Pentamerone* (V, 5, *Sole, Luna e Talia*) : Soleil et Lune y représentent les jumeaux à qui Thalie donne le jour, neuf mois après qu'un roi, guidé par un faucon, au cours d'une chasse, l'a surprise dans son sommeil. Le conteur napolitain passe d'ailleurs plus rapidement sur la première partie du récit que sur celle où l'on voit l'épouse (et non pas, comme ici, la mère) vouloir, non dévorer elle-même les enfants de sa rivale, mais en repaître son mari puis supprimer à son tour la jeune femme. Perrault, inversement, comme son titre même l'indique, s'attarde moins sur la fin de l'histoire que sur son début : il y retrouvait, transposé dans le registre de la féerie, le thème, cher aux romanciers et aux poètes, de la beauté surprise dans son sommeil qu'Honoré d'Urfé avait traité dans *L'Astrée* (II, 8), La Fontaine dans *Le Songe de Vaux* (VII) et *Psyché* (Livre second).

3. *Le Petit Chaperon rouge*

Ce conte figure, avec de légères variantes, dans la copie manuscrite de 1695, avant de prendre place dans l'édition de 1697.

A la différence de tous les autres, on ne lui connaît aucun antécédent, et il se termine mal. Chez les frères Grimm (*Rotkäppchen*), un rebondissement permet à l'histoire de finir bien : un chasseur arrive à point nommé pour ouvrir avec ses ciseaux le ventre du loup, dont il tire saines et sauves la fillette et sa mère-grand.

Jean Dutourd, dans son *Crépuscule des loups*, après avoir déjà plaisamment adapté la pièce précédente (« Il faut se méfier de l'eau qui dort », pp. 69-76), s'amuse à doter « La petite Chaperon vêtue de rouge » (pp. 121-128) d'un rôle beaucoup moins innocent que chez Perrault.

4. *La Barbe bleue*

Comme les deux précédents et les deux suivants, ce conte figure dans la copie manuscrite de 1695, avant d'être imprimé deux ans plus tard.

La seconde moralité présente la légende comme « un conte du temps passé ». On croira même, faussement, au XIXe siècle, avec Michelet (*Histoire de France,* XI, 1, Paris, C. Marpon et E. Flammarion, t. VI, p. 328) que le sinistre Gilles de Rais avait servi de modèle au personnage. Mais Perrault modernise la vieille donnée. Au château fort féodal, se superpose l'image d'une luxueuse demeure telle qu'en possèdent les financiers et les traitants peints par La Bruyère dans son chapitre *Des biens de fortune.* Le mariage du début ressemble à ces alliances monstrueuses qu'une aristocratie désargentée conclut avec des roturiers enrichis, de manière à redorer son blason. Le commencement, par le ton mi-réaliste mi-plaisant, s'apparente aux « aventures galantes » d'un Eustache Le Noble, la fin s'infléchit vers le registre des histoires tragiques et des « événements singuliers » qu'affectionnait, au début du siècle, un Jean-Pierre Camus.

Les frères Grimm avaient admis *Blaubart* dans la première édition de leurs *Contes,* mais le retirent de la deuxième, d'où se trouvent bannis les contes d'importation française, et le remplacent par *Fitschers Vogel.*

Jean Dutourd, dans *La Fin des Peaux-Rouges* (Paris, Gallimard, 1964), situe sa version (« Un beau parti », pp. 39-43) sous Henri II, non sans peindre son baron de La Souricière sous les traits de Landru. Sa dernière épouse, « sous Louis XIII, âgée de quatre-vingt-six ans, [...] racontait à ses petits-enfants une histoire qui plongeait ces mignons dans la terreur. Il était question d'un vilain gentilhomme à la barbe toute bleue, d'une clé tachée de sang et d'un certain nombre d'autres bêtises semblables ».

Pressenti pour en tirer le scénario d'un film, Marcel Aymé raconte qu'il refusa, parce qu'on lui demandait d'édulcorer ce « chef-d'œuvre [...], une histoire plus soigneusement ajustée que celle du chat, mais dont Perrault a su préserver toute l'horreur et toute la beauté » (*Contes,* par Perrault, présentés par Marcel Aymé, suivis de *Perrault avant Perrault*, textes choisis et commentés par Andrée Lhéritier, Paris, Union Générale d'Éditions, collection 10/18, 1964, p. 10). Il avait même essayé de convaincre le metteur en scène « qu'on n'a pas le droit de commettre un pareil attentat contre une œuvre si belle » (*ibid.*). Mais il ne l'écouta pas « et sous le titre si respectable de *Barbe-bleue*, donna à l'écran une aimable et douceâtre bergerie qui eut naturellement beaucoup de succès » (*ibid.*).

Voir J.-P. Bayard, « Les thèmes éternels dans le conte de *Barbe-Bleue* », *Mercure de France*, 1955, pp. 456-468. Voir également Harriett Angell Hobson Mowshowitz, *Bluebeard and French Literature*, Ph. D., The University of Michigan (Michigan), 1970.

5. *Le Maître Chat ou le Chat botté*

Publication dans le recueil de 1697. Mais ce conte, comme les trois précédents et le suivant, se trouve dès 1695 dans la copie manuscrite, avec de minimes variantes.

L'histoire, à quelques détails près, existait chez Straparole (*Facétieuses nuits, Onzième nuit, Fable I :* « Soriane meurt, et laisse trois enfants : Dussolin, Tesifon et Constantin le fortuné. Ce dernier, par le moyen d'une chatte, acquiert un puissant royaume. ») L'action se situe en Bohême. Une veuve ne lègue à ses fils qu'un pétrin, « un tour ou rondeau sur lequel on tourne la pâte » (traduction par Pierre de La Rivey, édition P. Jannet, Paris, Bibliothèque elzévirienne, 1857, t. II, p. 276) et la chatte fée. Les aînés prêtent aux voisins huche et rouleau pour la pâtisserie, reçoivent en échange fouaces et tourteaux, mais refusent de les partager avec leur frère. La suite se déroule alors comme chez Perrault. Le roi, en remerciement du lièvre que la chatte lui porte, ordonne qu'on lui serve un repas dont elle prélève en cachette pour son maître les meilleurs morceaux. Comme « la pauvreté, la faim et la nécessité » l'ont « défiguré de rognes et de gratelles », il faut qu'elle s'occupe de le guérir et de lui rendre sa bonne mine avant que la fausse noyade ne lui fournisse l'occasion d'être conduit devant le roi, qui lui donne aussitôt sa fille, « la princesse Elisette », sans qu'on ait vu naître comme chez le conteur français l'amusante et romanesque idylle entre les deux jeunes gens. La noce une fois célébrée, le nouveau marié ne sait où mener sa femme. La chatte, mise au courant de son embarras, effraie des cavaliers, puis des pâtres, enfin les gardes placés à l'entrée d'un château dont le propriétaire, absent, vient de trépasser, et les persuade, sous peine d'être pris ou tués, de se dire « serviteurs et sujets du seigneur Constantin » (*ibid.*, p. 281), qui finira par prendre sur le trône la place de son beau-père.

Giambattista Basile, dans son *Pentamerone* (*Deuxième journée, Nouvelle 4*, « Gagliuso »), contera de même comment un gueux de Naples devient riche grâce aux ruses de son chat, qui, pour éprouver la reconnaissance de son maître, feint d'être mort et, convaincu de son ingratitude, se sépare de lui.

L'un de ses congénères, chez Nicolas de Troyes (*Le Grand Parangon des nouvelles nouvelles*, 103 ; « d'un bon homme qui se lessa morir et avoit trois fis, et des biens de ce monde il n'avoit qu'ung coq, ung chat et une faucille, mais lesdiz enfans les porterent si loing que ils en furent tous riches », édition Kasprzyk, p. 19), procure aussi la fortune à son possesseur. Mais la ressemblance ne va pas plus loin : il sait seulement attraper les rats et les souris, dont il débarrasse le souverain d'une contrée lointaine.

De même que pour *La Barbe bleue*, les frères Grimm, après avoir admis *Der gestiefelte Kater* en 1812 dans la première édition des *Kinder- und Hausmärchen*, le retrancheront par la suite, comme d'origine française.

L'auteur des *Contes du Chat perché* professait une admiration très vive pour « ce prodigieux *Chat botté*, l'un des sommets de notre littérature » : « Il est vraiment admirable, observait-il, que le jeune Perrault (ou le père ou l'un et l'autre) ait eu la fermeté de nous transmettre intacte cette histoire absurde et merveilleusement désinvolte, aussi dépourvue d'intentions moralisatrices que de supports logiques. » (*Contes*, par Perrault, présentés par Marcel Aymé [...], pp. 9-10).

On peut lire, dans *Le récit est un piège*, par Louis Marin (Paris, Éditions de Minuit, 1978), un chapitre (IV « A la Conquête du pouvoir », pp. 117-143) qui porte sur ce conte.

6. *Les Fées*

Ce conte est le dernier à figurer dans la copie manuscrite de 1695, avant d'être imprimé en 1697 dans les *Histoires ou Contes du temps passé*.

Des perles et des bagues précieuses, quand on peignait la Blanchebelle de Straparole (*Facétieuses nuits*, III, 3, nouvelle imitée par le chevalier de Mailly en 1698 dans ses *Illustres fées*), tombaient de ses cheveux, et des roses, des violettes ou d'autres fleurs sortaient de ses mains, tandis que de gros poux dévorent la nauséabonde remplaçante qu'en l'absence de son époux, le roi de Naples, une marâtre cruelle prétend lui substituer.

Mais on décèle des ressemblances plus précises avec la première partie des *Doie piezelle,* dans le *Pentamerone* de Giambattista Basile (IV, 7) : Martiella, non moins bonne que belle, étant allée à la fontaine, donne toute sa galette à la vieille qui la lui demande alors qu'elle s'apprêtait à la manger. Son bon cœur lui vaut de ne plus ouvrir la bouche sans répandre des roses et des jasmins, de ne plus se coiffer sans qu'il pleuve de sa tête des perles et des grenats, de ne plus poser le pied à terre, qu'il ne naisse des lis et des violettes. Sa cousine Puccia, laide et méchante, envoyée à son tour puiser de l'eau, refuse de partager sa galette avec la même vieille, qui, furieuse, la condamne à ne pas écumer moins que la mule d'un médecin, à voir sa tête pulluler de vermine, à ne fouler aux pieds que des ronces et des orties. Le conte n'aboutit au même dénouement que chez Perrault qu'après de multiples péripéties. Ciommo, frère de Martiella, vante la beauté de sa sœur au roi de Chiunzo, qui veut qu'on l'amène à sa cour. Mais sa tante, qui la conduit, la noie pour mettre sa propre fille à sa place. Le souverain, désappointé, les chasse, et envoie leur introducteur garder les oies de sa ménagerie. Nourri secrètement chaque soir par Martiella, qu'une fée retient par une chaîne d'or prisonnière au fond de la mer, le troupeau devient florissant et chante les louanges de celle qui l'engraisse. Le prince enquête sur elle, veut la voir de ses propres yeux, s'en éprend, la délivre et l'épouse. Ces extravagances permettent d'apprécier par comparaison à sa juste valeur la sobriété du conteur français.

Mlle Lhéritier avait traité le sujet des *Fées* dans ses *Enchantements de l'Éloquence,* qui figurent, en 1695, parmi ses *Œuvres mêlées*. Elle présente l'histoire comme « une de ces fables gauloises qui viennent apparemment en droite ligne des conteurs ou troubadours de Provence, si célèbres autrefois ». Elle prétend l'avoir entendu conter, dans son enfance, par une « dame très instruite des antiquités grecques et romaines et encore plus savante dans les antiquités gauloises » (voir Perrault, *Contes,* édition Gilbert Rouger, Paris, Garnier, 1967, p. 239). Elle étoffe le récit, pour l'étendre aux dimensions d'une nouvelle. Mais, à l'inverse de Basile, elle développe surtout la partie qui précède la double épreuve de la fontaine. Le père de Blanche s'est remarié, pour le malheur de sa fille, avec la mère d'Alix : la situation de l'héroïne s'apparente à celle de Cendrillon. Ce milieu domestique est peint avec un souci de vérité qui rappelle Furetière. Comme Javotte Vollichon dans *Le Roman bourgeois*, la jeune fille cherche une évasion dans la lecture des romans, mais elle est surprise par sa belle-mère, de sorte qu'il en résulte, sur cette question si souvent débattue au XVIIe siècle, une vive et amusante discussion entre les époux. La suite devient plus romanesque : Blanche, allant quérir de l'eau à la fontaine, y rencontre le prince qui chasse le sanglier, la blesse par mégarde, est charmé de sa douceur, et demande de la guérir à Dulcicula sa marraine. La fée prend pour la visiter l'apparence d'une vieille femme. Charmée de sa politesse, elle ne la quitte pas sans lui laisser le don de se montrer toujours bienfaisante, tandis qu'Alix reçoit d'elle celui de rester à jamais emportée et désagréable. Une première allégorie sert donc de préambule au conte proprement dit. Certes on voit bien quelle gradation l'auteur a voulu ménager ; il n'empêche que la double apparition d'Eloquentia nativa produit un peu l'impression d'une redite, quand à son tour elle donne comme récompense à la belle de répandre à chaque phrase perles, diamants, rubis, émeraudes, et inflige à l'incorrigible Alix la punition de voir à chaque mot crapauds, serpents, araignées et autres vilaines bêtes sortir de sa bouche. Le ton se veut léger, plaisant. Mais le pédantisme féminin affleure, imperceptiblement. On sait gré d'autant plus à Perrault de s'en tenir à l'essentiel, et de n'avoir pas étouffé sous l'intention didactique la charmante naïveté du conte.

7. *Cendrillon*

Ce conte, et les deux suivants, ne figurent pas dans la copie manuscrite de 1695. Tous trois paraissent pour la première fois dans le recueil de 1697.

L'histoire est universellement répandue. De nombreuses versions en ont été recensées (voir Marian Roalfe Cox, *Cinderella. Three hundred and forty-five variants of Cinderella, Catskin, and Cap O'rushes*, Londres, 1893 ; Anna Birgitta Rooth, *The Cinderella Cycle*, Lund, C. W. Gleerup, 1951), jusque dans la Chine du IXe siècle.

Catherine Durand le rapproche, dans ses *Belles Grecques ou l'histoire des plus fameuses courtisanes de la Grèce*, en 1712, de l'aventure que Strabon, puis Elien (*Histoires diverses*, XIII, 33) prêtent à Rhodope : un jour qu'elle se baignait à Naucratis, un aigle prit une de ses sandales et la laissa tomber sur les genoux du pharaon Psammeticus tandis qu'il rendait la justice à Memphis. Il ordonna d'en rechercher la propriétaire, et l'épousa quand elle fut trouvée.

L'héroïne se nomme Zezolla dans le *Pentamerone* de Basile (*Première journée, Nouvelle 6,* « La Gatta cennerentola »). Elle ne se débarrasse d'une première marâtre que pour tomber sous le joug d'une seconde, mère de six filles. Mais son père, d'un voyage, lui rapporte un palmier magique, don d'une fée, qui lui permet de revêtir à volonté de somptueux atours. Le roi la remarque. Elle échappe deux fois au serviteur chargé de la suivre, mais, la troisième, perd sa pantoufle, qui, vainement essayée par toutes les femmes, vient d'elle-même, quand on l'amène à la cour pour tenter l'épreuve, chausser son pied.

La Cendrillon des frères Grimm s'appelle Aschenputtel. Le récit, chez eux, devient à la fois plus touchant et plus cruel. La petite orpheline plante sur la tombe de sa mère le rameau de noisetier qui tient ici lieu de l'arbre enchanté. Des oiseaux l'aident, comme les fourmis de Psyché, quand on feint de consentir qu'elle aille au bal à condition d'avoir trié des lentilles. A deux reprises elle se dérobe au fils du roi, qui n'a dansé qu'avec elle et l'a suivie jusqu'à la maison. A la troisième, elle perd sa pantoufle, parce que le prince a pris la précaution d'enduire l'escalier de poix. Ses sœurs n'hésitent pas à se mutiler pour que leur pied entre dans la chaussure. Mais la supercherie est découverte. Le jour de son mariage avec l'héritier du royaume, elles ont les yeux crevés par des pigeons.

Mlle Lhéritier avait amalgamé le thème de la jeune enfant souffre-douleur avec celui des *Fées* dans ses *Enchantements de l'Éloquence.* Mme d'Aulnoy, dans *Finette Cendron,* publié parmi ses *Contes de fées* en 1710, reprendra la donnée pour l'associer avec celle du *Petit Poucet.* Jean Dutourd, dans *La Fin des Peaux-Rouges* (« Si *Cendrillon* m'était conté », pp. 79-83), la prénommera Monique, lui prêtera pour parents M. et Mme Perrault, mariera brillamment ses aînées, tandis qu'elle se verra réduite, à la veille de coiffer Sainte-Catherine, à devenir la femme d'un veuf père de trois enfants.

8. *Riquet à la houppe*

Perrault s'inspire ici librement du conte inséré par Catherine Bernard, la nièce de Fontenelle, dans *Inès de Cordoue, nouvelle espagnole* (Paris, Martin et Georges Jouvenel, 1696. Privilège du 19 février, registré le 28 ; achevé d'imprimer pour la première fois le 10 mai), dédiée au prince des Dombes, que la duchesse du Maine avait mis au monde six mois plus tôt. Le roman se passe à l'époque de Philippe II. L'héroïne est aimée par le duc de Lerme. Les intrigues de Léonor, une rivale envieuse, la contraignent d'épouser le comte de Las Torres. Elle devient veuve, mais trop tard : celui qu'elle aime, suivant son conseil, car elle pensait par là se délivrer d'une passion apparemment sans espoir, s'est marié. L'intrigue, fertile en rebondissements, où le hasard tient un rôle important, foisonne de romanesques péripéties. Il s'y greffe épisodiquement, au début, deux récits qui relèvent de la féerie. La reine d'Espagne, Elisabeth de France, suggère comme « amusement nouveau » d'imaginer des histoires galantes où « les aventures fussent toujours contre la vraisemblance, et les sentiments naturels », attendu « que l'agrément de ces contes ne consistait qu'à faire voir ce qui se passe dans le cœur, et que du reste il y avait une sorte de mérite dans le merveilleux des imaginations qui n'étaient point retenues par les apparences de la vérité » (pp. 7-8). On reconnaît ici l'influence, peut-être même la main de Fontenelle, à qui la romancière était non seulement apparentée mais étroitement liée. Après *Le Prince-Rosier* (pp. 11-14), dit par Inès, *Riquet à la houppe* (pp. 46-72) est raconté par sa concurrente Léonor de Silva. Ce diptyque, formant préambule, occupe le premier quart de l'ouvrage. La seconde conteuse présente d'abord Mama, fille unique, belle, mais non moins stupide, au désespoir de son père, un grand et riche seigneur de Grenade. Riquet, roi de ces gnomes souterrains dont parlait en 1670 Montfaucon de Villars dans son fameux *Comte de Gabalis* comme de « gens de petite stature [...], ingénieux, amis de l'homme, et faciles à commander » (édition Roger Laufer, Paris, A. G. Nizet, 1963, *Second entretien sur les sciences secrètes*, pp. 78-79), lui donne comme recette, pour acquérir de l'esprit, de se répéter ce quatrain :

Toi qui peux tout animer,
Amour, si pour n'être plus bête
Il ne faut que savoir aimer,
Me voilà prête.

Le thème est bien connu : La Fontaine, après Boccace (*Décaméron,* V, 1, « Chymon devint sage par être amoureux ») et bien d'autres, le développait dans le prologue de *La Courtisane amoureuse, Comment l'esprit vient aux filles, Les Filles de Minée.* Vite déniaisée, la jeune fille s'éprend d'Arada, « le mieux fait » de ses soupirants, mais non « le plus heureux du côté de la fortune ». L'année révolue, elle se voit transportée dans les entrailles de la terre. Libre encore de ne pas épouser le petit monstre et de manquer ainsi à sa promesse, mais sous peine de redevenir sotte, après deux jours d'hésitation, elle se résigne à devenir sa femme. Mais elle n'oublie pas l'amant qu'elle a dû laisser, et qui la rejoint dès qu'elle parvient à lui donner de ses nouvelles. Le mari ne tarde pas à déceler la présence de son rival. Pour se venger, il condamne l'épouse infidèle à ne rester intelligente que la nuit. Elle trouve cependant moyen de l'endormir afin de pouvoir donner des rendez-vous nocturnes à celui qu'elle aime. Malheureusement son stratagème est découvert ; le gnome bafoué métamorphose Arada, lui donnant une figure exactement semblable à la sienne, de sorte que la pauvre Mama ne parvient plus à les distinguer. Les éléments merveilleux de l'affabulation offrent des analogies lointaines avec le vieux mythe de Proserpine et de Pluton. Mais l'anecdote sentimentale, par une sorte de construction en abyme, préfigure, dans une certaine mesure, le destin d'Inès, qui, mariée contre son gré, passera par les mêmes affres.

Le conte de Perrault apporte à la donnée primitive de notables modifications, étudiées par Jeanne Roche-Mazon dans un article publié par la *Revue des Deux Mondes* le 15 juillet 1928. Riquet ne règne plus sur les génies qui peuplent le monde souterrain. Peut-être sous l'influence du Roi Porc dans *Les Facétieuses Nuits* de Straparole (II, 1), dont Mme d'Aulnoy allait s'inspirer en 1698 pour son *Prince Marcassin* (*Contes nouveaux ou les fées à la mode,* t. IV), il est présenté simplement comme le fils d'une reine. Il ne touche plus au surnaturel par sa laideur, mais par l'esprit, dont le dote une fée, et par le don de le communiquer qu'il a reçu d'elle en naissant. Dès lors demeure inexpliquée la scène où l'on voit surgir du sol vingt ou trente rôtisseurs chargés d'apprêter le festin de noces. L'héroïne, pour sa part, est nantie d'une sœur jumelle qui permet au conteur de jouer sur les contrastes. Surtout, par un effet de symétrie qui bouleverse l'économie du récit et change sa signification, elle possède, par la grâce de la même fée, le privilège de rendre beau qui lui plaira. Elle-même ignore, à vrai dire, qu'elle possède ce pouvoir, qui n'existait pas dans le modèle et qui rend superflu le délai d'un an, demandé, de façon plus compréhensible dans la version de Mlle Bernard, par le futur époux afin que la jeune fille s'accoutume dans l'intervalle à son irrémédiable laideur. Mais l'histoire ainsi pourra se terminer par la conclusion heureuse que réclame la logique du genre.

De la métamorphose finale est au reste suggérée une explication toute naturelle, qui fait l'économie du merveilleux. L'Amour disait déjà, dans son *Dialogue* de 1660 avec l'Amitié : « les amants ne jugent ainsi favorablement de la beauté qu'ils aiment que parce qu'ils ne la voient jamais qu'à la lueur de mon flambeau qui a la vertu d'embellir tout ce qu'il éclaire : c'est un secret qui est fort naturel, mais cependant que peu de gens ont deviné. » Il se disait injustement accusé d'aveugler : « Je ne comprends pas ce qui a pu donner lieu à de si étranges imaginations, si ce n'est peut-être qu'on ait pris pour un bandeau de certains petits cristaux que je leur mets au-devant des yeux, lorsque je les fais regarder les personnes qu'ils aiment. Ces cristaux ont la vertu de corriger les défauts des objets, et de les réduire dans leur juste proportion. Si une femme a les yeux trop petits, ou le front trop étroit, je mets au-devant des yeux de son amant un cristal qui grossit les objets, en sorte qu'il lui voit des yeux assez grands, et un front raisonnablement large. Si au contraire elle a la bouche un peu trop grande et le menton trop long, je lui en mets un autre qui apetisse et qui lui représente une petite bouche et un petit menton. Ces cristaux sont assez ordinaires, mais j'en ai de plus curieux, et ce sont des cristaux qui apetissent des bouches et agrandissent des yeux en même temps ; j'en ai aussi pour les couleurs qui font voir blanc ce qui est pâle, clair ce qui est brun, et blond ce qui est roux ; ainsi de tout le reste. » (Voir Perrault, *Recueil de divers ouvrages en prose et en vers*, Paris, Jean-Baptiste Coignard, 1676, pp. 44-46). Éliante, paraphrasant Lucrèce (*De natura rerum*, IV, v. 1142-1163), ne dira pas mieux dans *Le Misanthrope* de Molière (II, 4, v. 711-730). De même dans *La Barbe bleue*, après huit jours passés à la campagne parmi les parties de plaisir, la plus jeune des deux filles « commençait à trouver que le Maître du logis n'avait plus la barbe si bleue et que c'était un fort honnête homme ». Plus besoin donc d'autre miracle, ni d'un merveilleux tout extérieur et purement gratuit.

Le thème sera repris par Mlle Lhéritier dans *Ricdin-Ricdon*, puis par Mme Leprince de Beaumont (*Magasin des enfants, Dialogue XXXIV, 29e journée*). Mais, chez elle, si le prince Spirituel dispense à la princesse Astre l'intelligence qui lui manquait, elle se refuse en retour à le vouloir moins laid : « Spirituel me plaît tel qu'il est », proclame-t-elle ; « je ne m'embarrasse guère qu'il soit beau, il est aimable, cela me suffit ».

Jacques Barchilon (« Beauty and the Beast. From myth to fairy tales », *The Psychoanalysis and the Psychoanalytic Review*, 1960. Voir aussi *Le Conte merveilleux français de 1690 à 1790*, Paris, Champion, 1975, pp. 1-12) a mis *Riquet à la houppe* en relation avec le mythe de Psyché d'une part et de l'autre avec le conte de *La Belle et la Bête*, tel qu'on le trouvera au XVIIIe siècle d'abord chez Mme de Villeneuve (*La Jeune Américaine et les contes marins*, Paris, 1740-1741, 4 vol.), puis, sous une forme abrégée, chez Mme Leprince de Beaumont (*Magasin des enfants*, Londres, Haberkorn, 1756, *Dialogue V, 3e journée*).

9. *Le Petit Poucet*

Des personnages analogues existent un peu partout. Ils se nomment en Grèce Grain-de-poivre ou Moitié-de-pois, Gros-comme-le-doigt chez les Slaves, Petite-grosse-tête en Afrique, Daumesdick chez les frères Grimm, Tom Pouce dans les pays anglo-saxons. Selon M. de Meyer (*Wlaamsche Sproojes them's*, Louvain, 1942), les formes Poucet, Pouçot, Peuçot se rencontreraient moins en France que d'autres comme Grû-de-mil ou Grain-de-millet, mais ses statistiques sont infirmées par celles de Marie-Louise Tenèze, qui relève également, dans une zone située entre l'Auvergne et le Dauphiné, des sobriquets suggérant l'image du poing.

Les enfants se réduisent à deux chez Basile (*Pentamerone*, V, 8), nommés Nennillo et Nennella, victimes d'une marâtre qui force leur père à les perdre contre son gré dans la forêt. Un chemin de cendre qu'il a pris la précaution de leur tracer les ramène une première fois jusqu'à la maison. Mais, la seconde, un âne a mangé le son qu'il a répandu. La suite s'éloigne de la version qu'on trouve chez Perrault. La petite fille est recueillie par un pirate qui périt avec toute sa famille dans un naufrage. Elle est engloutie par un poisson dans le ventre duquel elle découvre de vastes campagnes, un superbe château. Son frère, entre-temps, trouvé dans le tronc d'un arbre, est élevé par le roi, chez lequel il apprend le métier d'écuyer tranchant. Sa sœur et lui, réunis à la fin, sont rendus à leur père, qui se voit sévèrement tancé d'avoir voulu les abandonner, tandis que leur belle-mère, ayant porté sans le savoir sentence contre elle-même, est enfermée dans un tonneau qu'on précipite d'une montagne.

Le bûcheron de notre conte se retrouve chez les frères Grimm, dans *Hänsel et Gretel*. Il voudrait garder son jeune garçon et sa petite fille. Mais sa femme le pousse, puisqu'ils ne peuvent plus les nourrir, à s'en débarrasser. Après avoir erré dans la forêt, ils tombent sur une maison de pain, de pâtisserie et de sucre où les attire une sorcière pour les dévorer. Mais elle finira brûlée vive dans le four où l'a jetée Gretel. Riches de ses trésors, le frère et la sœur s'en retournent à la maison, où leur père, devenu veuf, les accueille avec joie.

Une ruse comparable à celle qui cause la méprise de l'ogre quand il massacre ses sept filles était utilisée par Ino dans une tragédie d'Euripide à laquelle ce personnage donnait son titre. Cette pièce est aujourd'hui perdue. Nous n'en connaissons plus que l'argument, qu'Hygin (*Fabulae*, 4) nous a conservé.

Voir Gaston Paris, *Le Petit Poucet et la Grande Ourse*, 1875.

Jean Dutourd (*Le Crépuscule des loups*, pp. 19-32, « Le petit Poucet ou l'école des parents ») transforme le conte en parabole contemporaine.

III
ANNEXES

1. *Le Miroir ou la Métamorphose d'Orante*

Nous reproduisons ici ce texte parce que, si l'on excepte les poèmes burlesques composés par Perrault en collaboration avec ses frères, la *Métamorphose* qui s'y trouve racontée constitue son premier ouvrage de caractère narratif. Certes, il ne s'agit encore que d'une allégorie galante, comme on les aime à cette époque dans les milieux mondains. Et l'ouvrage ne se donne que pour une traduction de l'italien, comme il se peut bien, si le narrateur n'a pas simplement voulu donner le change. Le préambule et la conclusion montrent le futur auteur des *Contes* encore sous l'influence de Mlle de Scudéry, dont la renommée atteint alors son zénith. Cependant, cette prose alerte, entrecoupée de vers qui ne la valent pas, ne manque ni de fluidité ni d'enjouement. Certains passages de *La Barbe bleue*, du *Chat botté*, de *La Belle au bois dormant* ne seront pas écrits d'une encre très différente. Mais que de chemin reste encore à parcourir pour se débarrasser de ces subtilités trop ingénieuses, de cet artifice, de cette mythologie rebattue et passer au charme naïf, au naturel, à l'exquise simplicité du *Petit Chaperon rouge*!

2. *La Peinture, Poème*

Il ne nous appartient pas d'entrer dans le détail des rivalités personnelles, des luttes d'influence, des querelles d'école qui se traduisent à cette époque par la publication presque simultanée de deux ouvrages qui s'opposent et se répondent, l'un sur *La Peinture,* poème composé par Charles Perrault en faveur de Le Brun, le protégé de Colbert, l'autre sur *La Gloire du Val-de-Grâce,* vigoureux plaidoyer de Molière pour son ami Pierre Mignard. En dépit de sa richesse et de son intérêt, cette œuvre de Perrault se trouverait hors de sa place dans cette édition si le poète, à la différence de Molière, qui s'appuie sur le traité de Du Fresnoy, ne parlait ici moins en technicien qu'en conteur et n'introduisait plusieurs morceaux qui relèvent de la fiction, de sorte que ce texte marque, dans l'évolution de son art, une étape importante. Le premier de ces passages prend la forme d'un mythe, sur l'origine de la poésie et de sa sœur la peinture, le deuxième d'une allégorie, particulièrement appréciée par d'Alembert, montrant le temps en train d'effacer les tableaux des mauvais peintres et d'embellir par sa patine ceux des maîtres, le dernier d'un conte, inspiré par la légende grecque de Dibutades, sur l'invention du dessin. Le futur champion des Modernes demeure fidèle encore à la mythologie classique, ainsi qu'à la culture ancienne. Il commence pourtant à s'émanciper, bien que son originalité ne se dégage pas sans quelque peine de l'héritage humaniste.

3. *Le Labyrinthe de Versailles*

Le fabuliste, chez La Fontaine, se doublait d'un conteur. Le conteur, chez Perrault, on le sait moins, se double aussi d'un fabuliste. Mais si les *Fables* du premier l'emportent, de l'avis général, sur ses *Contes,* les *Contes* du second valent beaucoup mieux que ses *Fables,* qu'ils ont éclipsées. Cependant l'élégante simplicité qu'il donne à sa traduction de Faërne, en 1699, ne manque pas de charme. Et son *Labyrinthe de Versailles,* en 1675, représentait une tentative curieuse pour annexer le genre de l'apologue à la poésie galante. Si sa prose rivalise de concision avec celle d'Ésope, les vers dont elle est suivie annoncent par leur tournure de madrigaux épigrammatiques un peu dans le même goût que les « valentins » publiés en 1669 par Guilleragues (voir *Lettres portugaises, valentins et autres œuvres de Guilleragues,* édition Frédéric Deloffre et Jacques Rougeot, Paris, Garnier, 1962), les « moralités » dont seront ponctuées les *Histoires ou Contes du temps passé.*

NOTES

PRÉFACE

Page 49.

1. *Griselidis* avait paru en 1691, *Les Souhaits ridicules* dans *Le Mercure galant* de novembre 1693, *Peau d'Ane* en 1694 dans la première édition groupant les trois ouvrages, où ne figurait pas encore la *Préface*, publiée seulement dans l'édition de 1695.

2. Cf. La Fontaine, *Deuxième Partie* des *Contes, Préface :* « Le privilège cessera-t-il à l'égard des contes faits à plaisir? »

3. Cf. La Fontaine, *Fables, A Mgr le Dauphin :* « ces puérilités servent d'enveloppe à des vérités importantes. »

4. Cf. La Fontaine, *Le Pâtre et le Lion, Fables,* VI, 1, v. 5 : « En ces sortes de Feinte il faut instruire et plaire. » On reconnaît ici le précepte d'Horace, *Épître aux Pisons,* v. 343-344 :

Omne tulit punctum qui miscuit utile dulci,
Lectorem delectando pariterque monendo

(« Il enlève tous les suffrages, celui qui mêle l'utile à l'agréable, charmant et instruisant le lecteur en même temps. ») Huet (*Lettre-traité sur l'origine des romans,* édition Fabienne Gégou, Paris, Nizet, 1971, p. 107) rappelait que Macrobe distingue « les fables qui sont pour le plaisir, de celles qui instruisent en délectant ».

5. « Amuser : arrêter quelqu'un, lui faire perdre le temps inutilement [...]. Voilà un homme qui ne s'amuse qu'à la bagatelle » (F.).

6. Le *sermo milesius*, ou fable milésienne, originaire de Milet en Asie Mineure, désignait une variété de fiction narrative à laquelle se rattachent les *Milésiaques* d'Aristide, recueil de récits mêlant la galanterie au merveilleux, sans exclure le réalisme dans la peinture des mœurs, d'inspiration souvent très libre, que devait traduire ou imiter en Italie L. Cornelius Sisenna vers l'époque de Cicéron. De cette veine dérivent l'histoire de la Matrone d'Éphèse, relatée par Pétrone dans le *Satiricon*, et celle de Psyché, contée par Apulée dans ses *Métamorphoses*. Voir Huet, *op. cit.*, pp. 70 sq.

7. Saint-Évremond l'avait traduite en 1664, Bussy-Rabutin en 1677, La Fontaine en 1682.

Page 50.

8. Perrault confond *L'Âne* de Lucien avec *L'Âne d'or* d'Apulée. En dépit de l'étroite parenté qui lie les deux ouvrages, l'histoire de Psyché ne figure que dans le second. La légende avait été reprise en 1669 par La Fontaine, avant d'être portée à la scène en 1671 par Molière avec la collaboration de Corneille, Quinault, Lulli, et d'être mise en opéra, sur un livret de Fontenelle, en 1678.

9. Cf. Faërne, *Fabulae centum* (Rome, Vincent Luchini, 1564), 98 (Perrault, *Traduction des Fables de Faërne*, Paris, Jean-Baptiste Coignard, 1699, V, 13, *Le Paysan et Jupiter)*, Verdizotti, *Cento Favole morali*, Venise, Giordano Ziletti, 1579, 99, Targa, La Fontaine, *Jupiter et le Métayer* (*Fables*, VI, 4). On notera que ce sujet ne vient pas de l'Antiquité, contrairement à ce que paraît croire Perrault.

10. « Succéder : réussir » (R.).

11. Cf. la définition que donne de la fable Richelet : « Discours qui imite la vérité et dont le but est de corriger agréablement les hommes. »

12. Cf. La Fontaine, *La Matrone d'Éphèse*, v. 187-189 :

> *Et, n'en déplaise au bon Pétrone,*
> *Ce n'était pas un fait tellement merveilleux*
> *Qu'il en dût proposer l'exemple à nos neveux.*

Page 51.

13. Lorsque dans la *Psyché* de La Fontaine, l'héroïne demande à Cupidon qu'il lui permette de le voir, le dieu répond : « C'est une chose qui ne se peut, pour des raisons que je ne saurais même vous dire. » Dans Apulée, il se borne à la mettre en garde contre le

piège que lui tendent ses sœurs, « un piège dont le but est de te persuader de chercher à connaître mon visage, que, je te l'ai souvent prédit, tu ne verras plus si tu le vois » (*Les Métamorphoses*, traduction Pierre Grimal, Paris, Pléiade, 1958, p. 229). Et il ne la répudie que parce qu'elle a trahi sa confiance.

Page 52.

14. Cf. La Fontaine, *Fables, Préface :* « Ne s'arrêtera-t-il pas au dernier [exemple], comme plus conforme et moins disproportionné que l'autre à la petitesse de son esprit? »

15. Avec moins de confiance dans le bon naturel des enfants, La Fontaine observait, dans la *Préface* de ses *Fables :* « on ne saurait s'accoutumer de trop bonne heure à la sagesse et à la vertu; plutôt que d'être réduits à corriger nos habitudes, il faut travailler à les rendre bonnes pendant qu'elles sont indifférentes au bien et au mal. » Perrault se montre plus près de Rousseau que le fabuliste.

16. « Avec chagrin » (Ac.).

17. Cf. La Fontaine, *Fables, A Mgr le Dauphin*, à propos d'Ésope : « La lecture de son ouvrage répand insensiblement dans une âme les semences de la vertu », etc.

18. Cf. La Fontaine, *Préface* des *Contes* (1665) : « ce n'est pas une faute de jugement que d'entretenir les gens d'aujourd'hui de contes un peu libres. Je ne pèche pas non plus en cela contre la morale. S'il y a quelque chose dans nos écrits qui puisse faire impression sur les âmes, ce n'est nullement la gaieté de ces contes », etc. Et plus haut : « On me dira que j'eusse mieux fait de supprimer quelques circonstances, ou tout au moins de les déguiser. Il n'y avait rien de plus facile; mais cela aurait affaibli le conte, et lui aurait ôté de sa grâce », etc. On voit combien l'optique du genre a changé en l'espace de trente années.

19. Cf. au contraire la distinction établie par La Fontaine entre l'une et l'autre : « en matière de vers et de prose, l'extrême pudeur et la bienséance sont deux choses bien différentes. Cicéron fait consister la dernière à dire ce qu'il est à propos qu'on die, eu égard au lieu, au temps, et aux personnes qu'on entretient. Ce principe une fois posé, ce n'est pas une faute de jugement que d'entretenir les gens d'aujourd'hui de contes un peu libres » (*Préface* des *Contes*, 1665). Mais, depuis, le climat avait évolué...

20. « Il se prend aussi pour cette grâce et cette simplicité naturelle avec laquelle une chose est exprimée, ou représentée selon la vérité et la vraisemblance » (Ac.).

21. « Mie : abrégé de mamie. C'est ainsi que les enfants appellent leur gouvernante. » (*Ibid.*)

Page 53.

22. Cf. La Fontaine, *Le Pouvoir des fables* (*Fables*, VIII, 4, v. 67-68) :

> *Si Peau d'Âne m'était conté,*
> *J'y prendrais un plaisir extrême.*

Cf. aussi la dédicace du « second recueil » à Mme de Montespan, v. 7-10, à propos de l'apologue :

> *C'est proprement un charme : il rend l'âme attentive,*
> *Ou plutôt il la tient captive,*
> *Nous attachant à des récits*
> *Qui mènent à son gré les cœurs et les esprits.*

23. Marie-Jeanne Lhéritier de Villandon, nièce de Charles Perrault. Elle mourut en 1734 à soixante-dix ans. On lit dans sa notice, au tome XXXVII du *Cabinet des fées :* « Son caractère était poli, bienfaisant, son humeur douce, affable : elle était l'amie solide et généreuse. Sa modestie et sa réserve sur ses talents étaient outrées. Malgré la modicité de sa fortune, elle réunissait chez elle tous les dimanches et tous les mercredis une assemblée de littérateurs et de gens de qualité qui aiment les lettres, auxquels elle donnait un souper frugal. »

GRISELIDIS

Page 57.

1. Elle n'a pas été identifiée.

Page 58.

2. Var. 1691 : « Griselde ». Perrault, qui avait d'abord opté pour cette forme, l'a partout supprimée ou remplacée par « Griselidis » dès la « seconde édition » de sa nouvelle en 1694.

Page 60.

3. La mélancolie, « en termes de médecine », désigne, selon Furetière, « une maladie qui cause une rêverie sans fièvre, accompagnée d'une frayeur et tristesse sans occasion apparente, qui provient d'une humeur ou vapeur mélancolique, laquelle occupe le cerveau et altère la température. Cette maladie fait dire ou faire des choses déraisonnables [...]. Elle vient des fumées de la rate ». Le personnage est, comme l'Alceste de Molière, un « atrabilaire ».

4. Cf. Boileau, *Satire X*, v. 196 : « ta Lucrèce ».

5. « Oppresser signifie figurément opprimer » (F.).

Page 61.

6. « Marquer signifie encore exprimer en particulier, spécifier quelque chose, la faire voir en détail. » (*Ibid.*)

7. Les Turcs. Le thème de la croisade contre l'infidèle était devenu depuis Malherbe un poncif de la poésie officielle.

8. « Embarrassé » (Ac.).

Page 62.

9. Cf. Boileau, *Satire X*, v. 125-130, etc.

10. Cf. *ibid.*, v. 495-554, etc.

11. Cf. *ibid.*, v. 181-215.

12. Cf. *ibid.*, v. 438-462.

13. Cf. *ibid.*, v. 216-248. Pour tout ce passage, voir aussi La Bruyère, *Les Caractères*, *Des femmes*, 44 (mais la remarque ne sera publiée qu'en 1692).

14. Non seulement ce que nous appelons des bagues, mais : « Les pierreries, perles et autres semblables choses de prix appartenantes aux femmes » (Ac.). « Bagues et joyaux : ce sont les ornements précieux des femmes et dans tous les contrats de mariage on stipule que les femmes emportent leurs bagues et joyaux ou une certaine somme en argent qui leur en tiendra lieu. Bagues signifie aussi tous les meubles qu'on a les plus précieux, soit en argent, pierreries, ou autres choses en petit volume » (Ac.).

15. Le prince parle ici comme l'Arnolphe de Molière dans *L'École des femmes*, I, 1, v. 125-128.

Page 63.

16. « Alerte, adverbe qui se dit en parlant des gens éveillés et qui sont toujours sur leurs gardes [...]. Je ne sais pourquoi nous

n'en avons pas fait trois mots *à l'erte.* Il ne se dit point dans les discours sérieux et d'éloquence » (F.). Thomas Corneille (*Notes aux Remarques de Vaugelas,* Paris, 1687) ne désapprouve pas l'expression « dans une relation de guerre, d'un style cavalier et aisé ».

17. « Il se dit aussi de l'endroit le plus épais et le plus touffu d'un bois [...]. Et parce que les bêtes se retirent toujours dans l'endroit du bois le plus épais, on appelle le lieu de leur repaire, de leur retraite, leur fort » (Ac.).

18. Pour tout ce passage, cf. La Fontaine, *Adonis,* v. 316-320.

19. Cf. *ibid.,* v. 462-468.

Page 64.

20. « Esprits, en termes de médecine, se dit des atomes légers et volatils qui sont les parties les plus subtiles des corps, qui leur donnent le mouvement, et qui sont moyens entre les corps et les facultés de l'âme, qui lui servent à faire toutes ses opérations » (F.).

21. Cf. l'hymne de la Volupté, à la fin de *Psyché :*

Les forêts, les eaux, les prairies,
Mères des douces rêveries.

22. « Qui entend le ménage, l'épargne, l'économie [...]. On dit poétiquement la fourmi ménagère, une main ménagère » (Ac.).

23. « Sauver : garantir, tirer de péril, mettre en sûreté. » (*Ibid.*)

Page 66.

24. « Grâce : agrément, bon air [...] Marcher de bonne grâce » (R.).

25. « Se dit aussi des choses et signifie rare, nouveau, extraordinaire, excellent dans son genre » (Ac.).

Page 67.

26. Les croisements.

Page 68.

27. Une révolution de ce genre venait de se produire dans les coiffures féminines avec ce que Mme de Sévigné, le 15 mai 1691, appelle « la défaite des fontanges ». Mais ce changement de mode ne devait pas durer. Les fontanges ne disparaîtront définitivement que vers 1713.

28. « Char : espèce de trône roulant et magnifique qui sert aux triomphes et aux entrées des princes » (F.). « Les poètes se servent de ce mot pour dire un carrosse magnifique » (Ac.).

Page 69.

29. « Échafaud : il se prend aussi pour des ouvrages de charpenterie élevés ordinairement par degrés, en forme d'amphithéâtre, pour voir plus commodément des cérémonies publiques ou autres spectacles » (Ac.).

30. Charles Perrault lui-même avait griffonné le projet, choisi par Colbert et mis au net par d'Orbay, d'un arc triomphal pour la place du Trône, dont la maquette, en grandeur réelle, fut approuvée par Louis XIV le 10 avril 1670, et pour la décoration duquel Claude Perrault et Charles Le Brun rivalisèrent d'imagination.

31. La périphrase désigne les feux d'artifice.

32. Sur le ballet de Cour qui devait, après 1672, céder la place à l'opéra, voir Marie-Françoise Christout, *Le Ballet de Cour de Louis XIV*, Paris, Picard, 1967.

Page 70.

33. « Petite maison de paysan fermée seulement de haies ou de palis » (F.).

Page 71.

34. La périphrase désigne les dames d'honneur.

Page 72.

35. « Soin que l'on a de la netteté, de la bienséance et de l'ornement en ce qui regarde les habits, les meubles, ou quelque autre chose que ce soit. » (Vaugelas, *Remarques sur la langue française*, Paris, Louis Billaine, 1670, p. 4).

36. « Difficilement » (F.).

Page 73.

37. Les courses de bague.

38. « État se dit aussi des différents ordres du royaume [...]. Ils sont composés de l'Église, de la Noblesse et du Tiers État ou des bourgeois notables » (F.).

Page 74.

39. « Sans cesse » (R.).

40. « Une bonne mère doit elle-même nourrir son enfant » (F.).

41. « Une mère qui nourrit son enfant est doublement mère » (Ac.).

42. « Humidité qui s'exhale en vapeur par l'action de la chaleur, soit externe, soit interne [...]. Les entrailles échauffées envoient des fumées au cerveau qui causent des migraines » (F.). Cette description psychophysiologique ne laisse pas oublier que Charles Perrault avait en Claude un frère médecin.

43. Même évolution chez Damon dans *La Coupe enchantée* de La Fontaine (*Contes,* III, 4, v. 154-159).

Page 75.

44. « Se dit figurément de tout ce qui occupe l'esprit ou engage le cœur » (Ac.). « Application, ardeur » (R.).

Page 76.

45. Cette gratuité de l'élection, qui se traduit par des tribulations et des épreuves, prend une résonance quelque peu janséniste.

Page 77.

46. C'est-à-dire de la contagion. Le mauvais air est celui qui contient des germes de maladie.

Page 78.

47. Se dit plutôt pour le petit de la biche. Mais cf. La Fontaine, *La Lionne et l'Ourse, Fables,* X, 12, v. 1 : « Mère Lionne avait perdu son faon. »

48. « Mélancolie, ennui, fâcherie, mauvaise humeur » (Ac.). « Inquiétude, ennui, mélancolie » (F.). Cf. l'Alceste de Molière, dans *Le Misanthrope,* et son « noir chagrin » (V, 1, v. 1584).

Page 81.

49. « Convent : maison religieuse, monastère » (Ac.). On prononçait « couvent ».

Page 82.

50. Cf. l'Arnolphe de Molière, dans *L'École des femmes,* III, 2, v. 711-712, quand il prêche à Agnès le

> *... profond respect où la femme doit être*
> *Pour son mari, son chef, son seigneur et son maître.*

51. « On dit les traits de l'Amour, parce que les poètes et les peintres ont accoutumé de représenter l'amour avec un arc et des

flèches. Et dans ce sens on dit d'un homme qui est devenu amoureux que l'amour l'a percé de ses traits » (Ac.).

Page 83.

52. Cf. La Fontaine, *Le Berger et le Roi, Fables,* X, 9, v. 72-73 :

Je vous reprends : sortons de ces riches Palais
Comme l'on sortirait d'un songe.

53. Cf. La Fontaine, *Le Songe d'un habitant du Mogol, Fables,* XI, 4, v. 34-35 :

La Parque à filets d'or n'ourdira point ma vie ;
Je ne dormirai point sous de riches lambris.

54. Le mot est pris dans un sens voisin de celui où l'emploie Célimène dans *Le Misanthrope* (V, 4, v. 1770) :

Et dans votre désert aller m'ensevelir!

(Cf. Alceste, au v. 1763.)

Page 84.

55. « Donner la main se dit aussi pour donner la foi de mariage, épouser quelqu'un » (F.).

Page 87.

56. « Chagrin, ennui, trouble et affliction d'esprit. » (*Ibid.*)
57. « Déplaisir se dit aussi d'un mauvais office qu'on rend aux personnes pour qui on a de la haine. » (*Ibid.*)
58. « Fâcherie, chagrin, déplaisir, souci » (Ac.).

A MONSIEUR*** EN LUI ENVOYANT GRISELIDIS

Page 91.

1. Personnage non identifié; probablement même fictif.
2. Cf. La Bruyère, *Les Caractères, Des ouvrages de l'esprit,* 26 : « Il n'y a point d'ouvrage si accompli qui ne fondît tout entier au milieu de la critique, si son auteur voulait en croire tous les censeurs qui ôtent chacun l'endroit qui leur plaît le moins. »
3. Allusion aux brochures populaires colportées sous couverture

bleue et, au XVIIe siècle, imprimées le plus souvent par Oudot, à Troyes.

4. Cf. Horace, *Épître aux Pisons,* v. 447-448 : « *ambitiosa recidet/ Ornamenta* », Boileau, *Art poétique,* I, v. 202 :

Il réprime des mots l'ambitieuse emphase

La Fontaine, *Le Bûcheron et Mercure,* V, 1, v. 3-4 :

Vous voulez qu'on évite un soin trop curieux,
Et des vains ornements l'effort ambitieux.

Le partisan des Modernes, ici, se moque des Anciens et de leurs imitateurs.

Page 92.

5. Cf. La Bruyère, *Les Caractères, Des ouvrages de l'esprit,* 27 : « C'est une expérience faite que, s'il se trouve dix personnes qui effacent d'un livre une expression ou un sentiment, l'on en fournit aisément un pareil nombre qui les réclame », etc.

6. « Main basse est un terme de guerre qui signifie point de quartier, qu'il faut passer tout au fil de l'épée » (F.).

Page 93.

7. Var. (1691) : « du chevalier ». Le « jeune Seigneur » de la version définitive n'était en effet originellement qu'un simple chevalier.

8. Cf. La Fontaine, *Deuxième Partie* des *Contes, Préface :* « Il a cru que dans ces sortes de contes chacun devait être content à la fin; cela plaît toujours au lecteur, à moins qu'on ne lui ait rendu les personnes trop odieuses, mais il n'en faut point venir là, si l'on peut », etc.

9. « Ensuite : après. Ensuite de cela. Ensuite de quoi » (Ac.). « Cette façon de parler est française, mais elle ne doit pas être employée dans le beau style, d'où nos bons auteurs du temps la bannissent. » (Vaugelas, *Remarques,* éd. cit., p. 129).

10. « L'entretien que deux ou plusieurs personnes font ensemble sur quelque affaire ou matière sérieuse » (Ac.).

11. Le 25 août 1691, par l'abbé de Lavau, sous le titre *La Marquise de Salusses ou la Patience de Griselidis.*

12. Var. (1691). On lit ensuite : « Vous vous étonnerez peut-être de ce que je donne le nom de Griselde à la Marquise de Salusses,

et non pas celui de Griselidis connu de tout le monde, et si connu que la Patience de Griselidis a passé en Proverbe. Je vous dirai que je me suis conformé en cela à Boccace le premier auteur de cette Nouvelle, lequel l'appelle ainsi ; que le nom de Griselidis m'a paru s'être un peu sali dans les mains du Peuple, et que d'ailleurs celui de Griselde est plus facile à employer dans la Poésie. Je suis, etc. » Le Maçon, dans sa traduction des *Dix journées,* avait substitué Griselidis à Griselda.

PEAU D'ÂNE

Page 97.

1. La marquise de Lambert, née Anne-Thérèse de Marguenat de Courcelles. Née à Paris en 1647, formée aux belles-lettres par Bachaumont, auteur, avec Chapelle, du célèbre *Voyage* et second mari de sa mère, elle avait épousé en 1666 un militaire qui l'avait laissée veuve en 1686 avec un fils et une fille pour lesquels elle écrivit des *Avis d'une mère.* Elle ne devait ouvrir que plus tard son fameux salon.

2. Cf. La Fontaine, *Discours à Mme de La Sablière, Fables,* IX, v. 18-20 :

> *La bagatelle, la science,*
> *Les chimères, le rien, tout est bon : je soutiens*
> *Qu'il faut de tout aux entretiens.*

3. Cf. La Fontaine, *Le Pouvoir des fables, Fables,* VIII, 4, v. 67-68 :

> *Si Peau d'Âne m'était conté,*
> *J'y prendrais un plaisir extrême.*

Page 98.

4. « La palme est le symbole de la victoire » (Ac.).

5. Ce portrait ressemble à l'image idéalisée de Louis XIV, tel que le célèbrent ses thuriféraires officiels.

6. « D'une société douce et aisée » (Ac.).

7. « Il signifie aussi qui paraît beaucoup, qui est notable, considérable entre les autres. » (*Ibid.*)

8. « Maître se dit aussi odieusement à l'égard de ceux qui se

signalent par quelque mauvaise qualité. C'est un maître fourbe [...] un maître Aliboron » (F.).

9. « Qui n'est point souillé d'aucune ordure, crotte, immondice ni saleté. » (*Ibid.*)

Page 99.

10. « On appelait aussi écu au soleil des écus de France où il y avait un petit soleil à huit rais, qui était du poids de deux deniers 17 grains, valant trente-trois sols tournois. » (*Ibid.*)

11. « Se dit aussi de ce qui est à la mode. » (*Ibid.*)

12. « Soin se dit aussi des soucis, des inquiétudes qui émeuvent, qui troublent l'âme. » (*Ibid.*)

13. « Adoucissement » (R.).

14. « Librement. » (*Ibid.*) « La foi conjugale est la foi que le mari et la femme se donnent en se mariant » (F.).

Page 100.

15. « On dit encore surprendre pour dire obtenir frauduleusement, par artifice, par des voies indues. Il a surpris un privilège » (Ac.). L'exemple cité pourrait bien viser Furetière...

16. « Ce mot pour dire tombeau est poétique, ou de la prose sublime » (R.).

17. « Mettre en avant quelque discours qu'on offre de soutenir, ou quelque doute dont on demande la résolution [...]. On a proposé à ces docteurs une telle question pour la consulter et examiner » (F.). Ce passage apparaît comme un fugitif écho des *Provinciales :* voir notamment la cinquième lettre sur « la doctrine des opinions probables », qui permet aux confesseurs jésuites d'autoriser une morale des plus relâchées, puisqu'il suffit qu'un seul père de la Compagnie ait soutenu son opinion sur tel cas de conscience pour qu'elle devienne probable et qu'on puisse la suivre sans pécher.

Page 101.

18. « Étoffer signifie aussi garnir de tout ce qui est nécessaire, soit pour l'utilité, soit pour l'agrément » (Ac.). On songe à la grotte de Téthys, à Versailles, dont Charles Perrault avait dessiné les grilles.

19. Lui opposer un refus. « Refuser : il se dit des choses et des personnes [...]. Il vous refusera. Vous serez refusé tout net, tout à plat » (Ac.).

Page 102.

20. « On dit encore rendre les marchandises ou autre chose en quelque endroit pour dire les y porter. » (*Ibid.*)

Page 103.

21. « Tourment : supplice, peine ordonnée par les lois en punition d'un crime. » (*Ibid.*)

22. Apollon. On notera la présence de la mythologie, réduite à une fonction purement décorative, à l'intérieur du conte de fées. Cette juxtaposition du merveilleux païen et de la féerie disparaîtra des contes en prose.

Page 104.

23. « Grand morceau de linge, ou de taffetas qui est ordinairement embelli de quelque dentelle de fil, d'or ou d'argent, qu'on étend sur une petite table et sur lequel on met la trousse garnie de peignes, de brosses et de tout ce qui est nécessaire » (R.). « Le carré où sont les fards, pommades, essences, mouches, etc., la pelote où on met les épingles dessus, les pierreries dedans, la boîte à poudre, les vergettes [brosses à habit], etc., sont des parties de la toilette » (F.). « Toile qu'on étend sur une table pour y mettre le déshabillé, et les hardes de nuit, comme le peignoir, les peignes, le bonnet, etc. » (Ac.).

Page 105.

24. Déjeunèrent. « Dîner : prendre son repas vers le milieu du jour » (F.). Deux vers plus bas, « déjeuna » : prit son petit déjeuner. « Déjeuner : faire le premier repas du jour, qui se fait avant midi. » (*Ibid.*)

25. « Terme d'Église. Elle consiste à donner et à offrir quelque chose au prêtre de paroisse qui officie solennellement et qui au même temps fait baiser en signe de paix une patène à la personne qui lui a donné quelque chose » (R.).

26. « Être à un maître comme son domestique » (Ac.).

27. « Sale, malpropre. » (*Ibid.*)

28. « Terme général qui se dit de la poussière, du duvet, de la paille et de toutes les petites choses malpropres qui s'attachent aux habits, tapisseries et autres hardes, etc. » (*Ibid.*) La poussière et la crotte qui s'attachent aux habits, disait Furetière.

29. « Recevoir, loger chez soi quelque personne » (R.).

30. « On appelle souillon de cuisine, ou simplement souillon,

une servante qui est employée à laver la vaisselle et à d'autres bas usages » (Ac.).

31. « Adresse, esprit de faire quelque chose. Son industrie n'est pas fort grande. » (*Ibid.*)

Page 106.

32. « On dit aussi jouer pièce à quelqu'un, lui faire pièce, pour dire, lui faire quelque supercherie, quelque affront, lui causer quelque dommage, ou raillerie » (F.).

33. Dès le matin.

34. « Porte du logis [...]. Ce mot vieillit » (Ac.). « Se dit quelquefois en riant et dans le burlesque » (R.).

35. « Il signifie encore vêtu, paré de beaux habits » (Ac.). « Leste, bien vêtu » (R.). « Les bourgeois ne sont braves que les fêtes et dimanches » (F.).

36. « C'est la principale qualité des princes, d'être magnifiques » (F.). L'hommage, ici, rejaillit sur Louis XIV : on connaît la dispendieuse Ménagerie qu'il entretient à Versailles. Il entrait dans les attributions de Colbert de la pourvoir en animaux exotiques.

37. « Il ne se dit, selon Furetière, qu'à l'égard des châteaux des princes ou des grands seigneurs, qui en ont plutôt par curiosité et magnificence que pour le profit, comme la ménagerie de Versailles, de Vincennes, de Meudon, et ne se dit point des basses-cours des métairies. »

38. « On appelle poule de Barbarie une petite espèce de poules qui vient des côtes d'Afrique » (Ac.).

39. Engraissés avec une nourriture à laquelle on a mêlé du musc.

Page 107.

40. Cf. dans *Psyché,* de La Fontaine, la visite de la Ménagerie, à Versailles, par Poliphile et ses trois amis : « Ils admirèrent en combien d'espèces une seule espèce d'oiseaux se multipliait, et louèrent l'artifice et les diverses imaginations de la nature, qui se joue dans les animaux comme elle fait dans les fleurs. »

41. Jeune chasseur, époux de Procris, aimé par l'Aurore. Voir Ovide, *Métamorphoses,* VII, v. 661-758 et 794-862; La Fontaine, *Les Filles de Minée, Fables,* XII, 28, v. 173-272.

42. C'est-à-dire l'or trait : « celui qu'on passe par la filière, que préparent les tireurs d'or, dont on fait quelques ouvrages d'orfèvrerie, comme les cordons des évêques » (F.). « Mais l'or

trait d'ordinaire n'est que de l'argent doré qu'on passe par la filière, dont la dorure se conserve jusque dans les moindres filets, et c'est cet or dont on fait les passements, les étoffes, les ouvrages à fond d'or, ou qui ont des filets d'or, qui sont battus d'or, qui sont frisés, brochés d'or. De la toile d'or, du drap d'or, etc. Le meilleur or de cette nature est celui de Milan. » (*Ibid.*)

Page 108.

43. « Ce mot entre dans plusieurs façons de parler nouvelles et figurées », observait Richelet. « On dit le tour du visage pour dire la circonférence du visage. Elle a le tour du visage agréable. Un beau tour de visage » (Ac.).

44. Le théâtre en général.

45. « On appelle quelquefois en poésie nymphes des jeunes filles ou femmes belles et bien faites » (Ac.).

Page 109.

46. « Femme malpropre et sale. » (*Ibid.*) On se souvient que, dans *Tartuffe* (I, 1, v. 171), Mme Pernelle interpelle de ce terme la malheureuse Phlipote.

47. « Partie de certains habillements qui est depuis le col jusqu'à la ceinture » (Ac.). Le XVIIe siècle n'emploie pas, en ce sens, le mot corsage.

Page 110.

48. « Entendre le fin d'une affaire, pour dire ce qu'il y a de plus caché, de plus subtil, de plus secret » (F.).

49. « Dru : vif, gai » (Ac.). « En vieux français il signifiait gaillard » (F.).

50. « On dit aussi un morceau friand, du vin friand pour dire un morceau délicat, du vin délicat » (Ac.).

51. « Excellent » (R.).

Page 111.

52. « Ratisser : ôter le superflu de quelque chose avec un fer, ou instrument propre à cela. » (*Ibid.*) « Racler quelque chose et ôter l'ordure ou la première surface avec quelque fer plat qui a quelque forme de taillant. On ratisse des raves, de la réglisse, ou autres racines qu'on veut manger » (F.).

53. « Apetisser : faire devenir plus petit » (R.).

Page 112.

54. « Jeune fille qui ne porte point de jupe ni de robe de taffetas, et qui par conséquent n'a nulle qualité [c'est-à-dire : n'est pas noble]. » (*Ibid.*)

55. « Repousser en arrière. Rejeter comme une chose dont on ne veut point, parce qu'elle ne plaît pas et qu'il y a quelque chose à dire. » (*Ibid.*)

56. « Ce mot est parisien, note Richelet, mais il est burlesque et bas, il veut dire une petite servante, une jeune fille qui sert. » « Petite servante de village, précise Furetière, qui est coiffée en tortillon, et qui gagne peu de gages. » Le tortillon, explique le *Dictionnaire* de l'Académie en 1694, désigne une « sorte de coiffure paysanne qui est comme une espèce de bourrelet », consistant, selon Furetière, à se « tortiller seulement » les « cheveux autour de » la « tête », à ne pas confondre avec le tortillon, ou « torchon tortillé en rond que les laitières se mettent sur la tête pour porter le pot au lait par Paris » et qui pourrait bien s'identifier avec le « coussinet » de Perrette dans la fable de La Fontaine (*La Laitière et le pot au lait*, *Fables*, VII, 9, v. 2).

57. « On appelle en style burlesque dindonnière une damoiselle de campagne » (Ac.). En somme une gardeuse de dindons.

58. Fatidique.

Page 113.

59. « On dit aussi aller aux appartements pour dire aller aux appartements du roi quand ils sont ouverts pour le divertissement de la cour » (Ac.).

60. Le texte porte « tous les doux » qu'on peut corriger en « tous les plus doux », « les doux » ou « tous les ».

61. « Sentir : connaître, sentir en quel état on est [...] il est si ravi, il a tant de joie qu'il ne se sent pas » (Ac.).

62. En était folle, en raffolait. « Affoler. Rendre excessivement passionné. Il n'a guère d'usage que dans le style familier et au participe. Ce qui l'a le plus affolé de sa femme, c'est que. » (*Ibid.*)

Page 114.

63. « Prier signifie aussi inviter, convier [...]. On l'a prié des noces. » (*Ibid.*)

Page 115.

64. « Ce mot se dit en burlesque, et signifie fille ou femme » (R.). « Il ne se dit qu'en plaisanterie » (Ac.).

65. Le jugement de Pâris, entre Aphrodite, Héra, Pallas.

66. « Démêler : décider, vuider, déterminer quelque affaire ou quelque autre sorte de chose avec quelqu'un » (R.).

67. La pomme de discorde, décernée à la plus belle des trois déesses.

68. « On dit bassement et populairement mère-grand », remarque le *Dictionnaire* de l'Académie (1694) à l'article « grand-mère ». L'expression se retrouvera dans *Le Petit Chaperon rouge.*

LES SOUHAITS RIDICULES

Page 119.

1. Gilbert Rouger, dans son édition des *Contes* de Perrault (Paris, Garnier, 1967, p. 295), propose de l'identifier à l'héroïne dauphinoise Philis de La Charce, venue à Paris à la demande de Louis XIV après avoir lutté contre les troupes du duc de Savoie avec une poignée de paysans. Elle s'était liée avec Mme Deshoulières, qui lui dédiait dès 1673 des vers *Pour la Fontaine de Vaucluse* et lui adressa plus tard une épître chagrine, ainsi qu'avec Mlle Lhéritier, par qui Charles Perrault avait pu entrer en relation avec elle. L'identification n'est pas invraisemblable. Elle reste conjecturale.

2. « Galant se dit d'un homme qui a l'air de la cour, les manières agréables, qui tâche à plaire, et particulièrement au beau sexe. En ce sens on dit que c'est un esprit galant, qui donne un tour galant à tout ce qu'il dit, qu'il fait des billets doux et des vers galants. On dit aussi au féminin [...] une fête galante, une réjouissance d'honnêtes gens. Ce mot vient du vieux français Gale, qui signifie réjouissance et bonne chère [...]. D'autres le font venir du latin *elegans* » (F.).

3. « On se sert quelquefois du mot de pitié dans un sens qui marque plutôt du mépris qu'une véritable compassion [...]. Vous me faites pitié de parler comme vous faites » (Ac.).

4. Var. (*Le Mercure galant,* 1693) : « s'écrierait ». Ce pourrait être la bonne leçon.

5. « Naïf : il signifie aussi qui représente bien la vérité, qui imite bien la nature. Faire une description, une relation, une peinture naïve de quelque chose » (Ac.).

6. « Inventer signifie quelquefois faire une simple fiction. Ce poète invente bien, il a bien inventé cette fable, le sujet de son poème » (F.).

7. « Chose feinte, et inventée pour instruire ou pour divertir » (Ac.).

Page 120.

8. Cf. La Fontaine, *La Mort et le Bûcheron, Fables,* I, 16, v. 6 et 13 :

> *Il met bas son fagot, il songe à son malheur* [...].
> *Il appelle la Mort,* etc.

9. Cf. *ibid.*, v. 7 :

> *Quel plaisir a-t-il eu depuis qu'il est au monde?*

10. « S'apparaître : se faire voir » (R.). Cette apparition peut être rapprochée de celle de Mercure dans *Le Bûcheron et Mercure* (La Fontaine, *Fables,* V, 1. Cf. Perrault, *Traduction des Fables de Faërne,* V, 14, *Le Bûcheron et Mercure*).

11. « On dit aussi le bon homme pour dire le paysan » (Ac.).

12. « Terme du jeu de paume », selon Richelet. « Sans avantage de part ni d'autre. » (*Ibid.*)

13. « Le mot de complainte signifie généralement toute sorte de plainte, mais il est vieux, et on n'emploie plus que le mot de plainte » (R.). Cf. La Fontaine, *Le Bûcheron et Mercure,* v. 43 :

> *Sa plainte fut de l'Olympe entendue.*

14. Combien tu es injuste à mon égard (en te plaignant de n'être jamais exaucé).

15. « Ce sont quatre ou cinq rondins liés avec deux harts » (R.).

16. « Parmi le peuple, un mari appelle sa femme notre ménagère » (Ac.).

17. « Se dit aussi des repas qu'on donne à ses hôtes, à ses amis. Cet homme fait grand chère à tous ceux qui le viennent voir. On le dit aussi de la manière de se traiter en famille, en particulier » (F.).

Page 121.

18. « Il signifie quelquefois mari. Cette femme est en peine de son homme, est allée chercher son homme. » (*Ibid.*)

19. Var. (*Le Mercure galant,* 1693) : « de pouille, d'injure ». On se demande si la vraie leçon ne serait pas : « de pouilles, d'injure ». « Pouilles : vilaines injures et reproches [...]. Les femmes qui se querellent se disent mille vilaines pouilles et ordures » (F.). « Ce mot, dit Richelet, n'a point de singulier. Il n'entre que dans la conversation et le style simple ou burlesque. »

Page 122.

20. « On dit proverbialement et ironiquement [...]. Attendez-moi sous l'orme, pour dire qu'on ne croit pas aux discours ou aux promesses de quelqu'un » (F.).

21. « Un grossier, un stupide » (R.).

22. « Penser : il signifie aussi être sur le point de » (Ac.).

23. « Ce mot au figuré est bas » (R.). « Terme injurieux qui signifie une personne stupide » (Ac.).

24. Var. (*Le Mercure galant*, 1693). Après ce vers, on lit celui-ci : « Et lui fermant la bouche à tout moment. »

25. Var. Ce vers et le précédent manquent dans *Le Mercure galant* (1693). La plaisanterie rappelle la farce de l'homme qui épousa une femme muette, dont parle Rabelais.

26. « On dit figurément d'un homme qui a été élevé à une haute dignité sans passer par les degrés inférieurs qu'il y est monté tout d'un saut, d'un plein saut » (Ac.).

Page 123.

27. « Coiffure de paysanne des environs de Paris, qui est de toile et qui pend en queue-de-morue sur le dos de la paysanne » (R.).

28. « Inquiet signifie aussi qui n'est jamais content de l'état où il se trouve, qui désire toujours quelque changement, et qui par l'agitation de son esprit ne saurait demeurer en place » (Ac.).

A MADEMOISELLE

Page 127.

1. Dernière enfant de Philippe d'Orléans, frère de Louis XIV, et de Charlotte-Élisabeth de Bavière, la seconde Madame, Élisabeth-Charlotte d'Orléans, née le 13 septembre 1676, devait épouser, le 13 octobre 1698, Léopold-Joseph-Dominique-Hyacinthe de Lorraine et de Bar. Elle est la sœur cadette de Philippe, le futur Régent. Ne pas la confondre, en dépit de son titre, avec la Grande Mademoiselle, cousine de son père.

2. Pierre Perrault, fils de Charles, dit Perrault Darmancour. Né le 21 mars 1678, il avait dix-neuf ans en 1697. La même année, fin mars ou début avril, il tire « l'épée contre un de ses voisins de son âge », Guillaume Caulle, « fils unique » d'une veuve, et « qu'il a tué en se défendant » (lettre d'Esprit Cabart de Villermont à

l'intendant Michel Begon, citée dans Marc Soriano, *Le Dossier Charles Perrault*, Paris, Hachette, 1972, p. 324). Devenu lieutenant au Régiment Dauphin, Pierre Darmancour devait mourir en 1700 (voir *Le Mercure galant* de mai).

3. Var. (manuscrit de 1695) : « qui les écoutent ».

4. Allusion, vraisemblablement, à Henri IV.

LA BELLE AU BOIS DORMANT

Page 131.

1. « Ce mot au pluriel signifie souvent des eaux salutaires, et dont on use pour la santé. Elle est allée aux eaux parce qu'elle se porte mal » (R.). En France, celles de Pougues et de Forges, notamment, étaient réputées très efficaces contre la stérilité. En Italie, si l'on en juge par *La Mandragore* de Machiavel (1, 2), celles de San Filippo, la Porretta, la Villa étaient recommandées dans le même cas.

2. Cf. La Fontaine, *La Mandragore* (*Contes,* III, 2, v. 15-17) :

> *Sainte ni saint n'était en paradis*
> *Qui de ses vœux n'eût la tête étourdie ;*
> *Tous ne savaient où mettre ses présents.*

3. Par exemple à Notre-Dame-de-Liesse, à Saint-René en Anjou, à Saint-Guénolé en Bretagne, à Notre-Dame de Rocamadour en Quercy, à Saint-Urbic en Auvergne.

4. « Ce qui est pur, dépouillé de tout mélange : et se dit particulièrement de l'or et de l'argent. L'or fin doit être à 24 carats, mais il ne s'en trouve point qui aille jusque-là [...]. L'or fin est mol et difficile à travailler » (F.).

5. Victime d'un enchantement. « Enchanter : ce mot signifie ensorceler, mais il est plus en usage au figuré qu'au propre », constate Richelet. Ici, il est pris au propre.

Page 133.

6. « On appelle un vieillard un bon homme ; une vieille femme une bonne femme », note Furetière.

7. « Cette partie de la tête qui est entre l'oreille et le front s'appelle temple, et non pas tempe sans l, comme le prononcent et l'écrivent quelques-uns », observait Vaugelas dans ses *Remarques* (édition citée, p. 128). Richelet et Furetière ne connaissent que

« temple ». Le *Dictionnaire* de l'Académie, en 1694, admet les deux formes.

8. « Distillation qui se fait au bain de sable des fleurs de romarin mondées de leur calice sans aucune partie de l'herbe, dans de l'esprit de vin bien rectifié. On l'appelle ainsi à cause du merveilleux effet qu'en ressentit une reine de Hongrie à l'âge de 72 ans » (F.).

9. Balzac, en 1837, situera dans le « royaume de Mataquin » *La Filandière,* « conte écrit dans le goût de Perrault » et peut-être destiné à prendre place parmi les *Contes drolatiques.*

10. « Chariot, note Furetière, a signifié autrefois la même chose que char : ainsi on a dit le chariot du Soleil. Il y avait des chariots de triomphe à ce carrousel. On courait aux Jeux Olympiques avec des chariots. »

11. L'expression doit se prendre au sens où Furetière observe (au mot « présenter ») qu'un « galant présente la main à une dame pour lui aider à marcher ».

Page 134.

12. « Gouvernante : soit chez la reine, soit chez Madame, etc., est celle qui veille sur la conduite, sur les actions des filles d'honneur » (Ac.).

13. « On appelle filles d'honneur des filles de qualité qui sont auprès des reines, des grandes princesses » (*ibid.*), et qui les servent « jusqu'à ce qu'elles se marient » (Richelet, à l'article « filles de la reine »).

14. « Officier : celui qui a acheté quelque emploi pour servir le roi, Monsieur, la reine, les enfants des rois ou les princes » (R.).

15. « Ou enfants de cuisine. Ce sont ceux qui servent chez le roi sous les officiers de cuisine-bouche. » (*Ibid.*) « Galopin : petit marmiton qui sert dans les maisons des princes à tourner la broche et aux autres menus services de la cuisine » (F.).

16. « Basse-cour : cour de derrière dans un hôtel, où on loge les valets, et où sont les écuries, les remises de carrosse. » (Furetière, qui définit le mâtin comme un « gros chien de cuisine, ou de basse-cour. »)

Page 135.

17. Var. (*Le Mercure galant,* 1696) : « à fin », qui pourrait bien être la bonne version, avec le sens de mener à bien. « On dit qu'il faut faire fin à une affaire, la mettre à fin, pour dire la terminer » (F.). Richelet place « mettre fin à » et « mettre à fin » sur le même

plan. Il donne les deux expressions comme équivalentes. Le *Dictionnaire* de l'Académie, en 1694, ne cite, à l'article « fin » que « mettre » ou « donner fin », mais à l'article « aventure » (voir la note suivante) donne la locution « mettre à fin les aventures ».

18. « Dans les anciens romans de chevalerie, entreprise hasardeuse mêlée quelquefois d'enchantement [...]. Mettre à fin les aventures. Cette aventure était réservée à ce chevalier » (Ac.). On verra, dans *Les Quatre Facardin* d'Antoine Hamilton, le prince de Trébizonde se munir, au moment d'embrasser la carrière de chevalier errant, d'un « état des aventures les plus impraticables qui fussent dans l'Univers », afin de chercher les occasions de rendre son nom célèbre (*Œuvres*, 1777, t. V, p. 9).

19. De même, dans *Psyché,* lorsque l'héroïne est envoyée aux enfers par Vénus pour demander à Proserpine une boîte de son fard, la fée qui secrètement la protège lui dit : « N'appréhendez point les ronces qui bouchent la porte; elles se détourneront d'elles-mêmes. » Mais, au retour, quand, punie de sa curiosité, elle a été métamorphosée en belle moresque, et qu'elle se présente à la porte de la tour par où elle est descendue dans le royaume des morts, « les épines qui la bouchaient, et qui s'étaient d'elles-mêmes détournées pour laisser passer Psyché la première fois, ne la reconnaissant plus, l'arrêtèrent ». Ces détails ont été ajoutés par La Fontaine : ils ne se trouvaient pas dans les *Métamorphoses* d'Apulée. Dans la phrase qui suit, « marche » est bien le texte. Mais en 1696, *Le Mercure galant* donnait « marcha » qui pourrait constituer la bonne leçon.

20. « Bourgeonner : il signifie aussi avoir des boutons au visage [...]. On le dit plus ordinairement avec le participe. Avoir le visage bourgeonné. » (*Dictionnaire* de l'Académie, 1694, qui précise que le participe « ne se dit guère que du visage et du nez ».)

21. « Arme à feu. Petite arquebuse à rouet que portaient les carabins. Cette arme n'est plus en usage à l'armée, à cause du temps qu'on perd à bander le ressort » (F.). Les carabins étaient des chevau-légers : « ces cavaliers qui faisaient autrefois des compagnies séparées, et quelquefois des régiments, servaient à la garde des officiers généraux, à se saisir des passages, à charger les premières troupes que l'ennemi faisait avancer, et à les harceler dans leurs postes; souvent aussi ils ne faisaient que lâcher leur coup, et ils se retiraient. Il n'y en a plus guère que parmi les gardes du corps. » (*Ibid.*)

22. C'est en 1678 que l'Académie s'était prononcée pour

l'invariabilité du participe présent. Mais la règle restait flottante. Perrault l'observe dans le titre de ce conte. Il l'enfreint ici.

23. On sait que les lits à colonnes du XVIIe siècle étaient fermés par des rideaux. Dans les parties constitutives d'un « lit bien garni » ou d'un « beau lit », Furetière et Richelet mentionnent « rideaux », « bonnes grâces », « cantonnières », etc.

Page 136.

24. On reconnaît ici, transposé dans le registre de la féerie, le thème souvent exploité de la beauté surprise dans son sommeil. On le trouve chez Boccace (*Décaméron,* V, 1. Cf. La Fontaine, *La Courtisane amoureuse, Contes,* III, 6, v. 15-24, *Les Filles de Minée, Fables,* XII, 28, v. 494-517), Francesco Colonna (*Le Songe de Poliphile,* traduction française de Jean Martin, Paris, J. Kerver, 1546, f° 22, verso. Cf. La Fontaine, *Le Songe de Vaux,* VII), Honoré d'Urfé (*L'Astrée,* édition H. Vaganay, Lyon, Pierre Masson, 1925-1928, II, 8, t. II, pp. 329-333, III, 10, t. III, p.550, I, 6, t. I, p. 232, I, 11, t. I, p. 451), La Calprenède (*Cassandre,* Paris, Antoine de Sommaville, 1642-1645, t. II, pp. 15-18, *Cléopâtre,* Paris, Augustin Courbé, 1646-1658, t. IV, pp. 429-440, t. VI, p. 427, t. XI, pp. 147-159), Mlle de Scudéry (*Le Grand Cyrus,* Paris, A. Courbé, 1649-1653, t. III, p. 227), La Fontaine (*La Fiancée du roi de Garbe, Contes,* II, 14, v. 484-492, 617-646, *Psyché,* Livre second, dans *Œuvres diverses,* édition Pierre Clarac, Paris, Pléiade, p. 450, etc., *Clymène, Contes,* III, 16, v. 191-196, 556-667).

25. « Vue signifie aussi un simple regard. Dès qu'il eut jeté la vue sur cette fille, il en devint amoureux, elle lui donna dans la vue » (F.).

26. Nous dirions plutôt « arrangés ».

27. Thème analogue dans *Psyché :* « et là-dessus elle s'endormit. Aussitôt le songe lui représente son mari sous la forme d'un jouvenceau de quinze à seize ans beau comme l'Amour, et qui avait toute l'apparence d'un dieu. Transportée de joie, la belle l'embrasse : il veut s'échapper, elle crie [...]. L'émotion l'ayant éveillée, il ne lui demeura que le souvenir d'une émotion agréable [...]. Le Sommeil eut encore une fois pitié d'elle ; il la replongea dans les charmes de ses pavots », etc. Le songe amoureux (mais plus souvent masculin que féminin) constitue d'ailleurs un lieu commun de la poésie galante à cette époque.

28. Var. Entre la phrase précédente et celle-ci s'intercalait en 1696 dans *Le Mercure galant* ce passage : « Quoi, belle Princesse.

lui disait le Prince, en la regardant avec des yeux qui lui en disaient mille fois plus que ses paroles, quoi les destins favorables m'ont fait naître pour vous servir? Ces beaux yeux ne se sont ouverts que pour moi, et tous les Rois de la terre, avec toute leur puissance, n'auraient pu faire ce que j'ai fait avec mon amour? — Oui, mon cher Prince, lui répondit la Princesse, je sens bien à votre vue que nous sommes faits l'un pour l'autre. C'est vous que je voyais, que j'entretenais, que j'aimais pendant mon sommeil. La Fée m'avait rempli l'imagination de votre image. Je savais bien que celui qui devait me désenchanter serait plus beau que l'Amour, et qu'il m'aimerait plus que lui-même, et dès que vous avez paru, je n'ai pas eu de peine à vous reconnaître. » (« Désenchanter : rompre l'enchantement. Les héros des anciens romans étaient souvent enchantés, il fallait qu'il arrivât quelque aventure ou quelque fameux magicien pour les désenchanter », écrit Furetière. Le *Dictionnaire* de l'Académie, en 1694, ignore le mot.)

29. A s'acquitter de son emploi.

30. Var. (*Le Mercure galant*, 1696) : « faim; il y avait longtemps qu'ils n'avaient mangé. »

31. « On dit qu'on est pressé par le besoin, par la nécessité, par la faim, pour dire que le besoin, la nécessité, la faim sont extrêmes » (Ac.). Il faut comprendre ici : pressée par la faim.

32. Le repas. L'expression a été longtemps d'usage à la cour.

33. « Collet : est aussi un ornement de linge [...]. A l'égard des femmes, elles n'en portent plus; mais elles avaient ci-devant des collets montés qui étaient soutenus par des cartes, de l'empois et du fil de fer. On appelle encore une vieille femme critique, un grand chaperon, un collet monté » (Furetière, article « collet »). « Et maintenant on appelle les vieilles femmes qui ne sont plus à la mode des collets montés. » (*Ibid.*, article « monté »). « C'était du temps des collets montés, pour dire du vieux temps » (Ac.).

34. « Pièce dans un appartement qui est beaucoup plus exhaussée que les autres, et qui est ordinairement cintrée et enrichie d'ornements d'architecture et de peinture » (Ac.). Furetière précise qu'elle « a souvent deux étages ou rangs de croisées », et que « la mode des salons nous est venue d'Italie ».

35. « Soupé, souper : l'un et l'autre s'écrit », note Richelet, qui ajoute : « Le soupé est le plus usité. »

36. Var. (*Le Mercure galant*, 1696) : « le premier aumônier ». « Le grand aumônier officie devant le roi aux grandes cérémonies [...]. Il y a aussi un premier aumônier chez le roi, et des aumôniers ordinaires » (F.).

37. Le rideau de leur lit, comme le veut l'usage.

Page 137.

38. « Homme simple qui ne songe à aucune malice, qui n'entend point de finesse, qui croit de léger » (F.).

39. Var. (*Le Mercure galant*, 1696) : « amourette. Elle lui dit plusieurs fois ». Dans cette version, les deux enfants naîtront seulement plus tard. Voir ci-dessous la note 41.

40. Songer à son plaisir.

41. Var. (*Le Mercure galant*, 1696) : « ne lui voulut jamais rien dire. Il continua pendant deux ans à voir en secret sa chère Princesse, et l'aima toujours de plus en plus. L'air de mystère lui conserva le goût d'une première passion, et toutes les douceurs de l'hymen ne diminuèrent point les empressements de l'amour. Mais quand le Roi son Père fut mort et qu'il se vit le maître [...] » Cf. La Fontaine, *Voyage en Limousin*, 30 août 1663 : « Que dites-vous de ces mariages de conscience? Ceux qui en ont amené l'usage n'étaient pas niais. On est fille et femme tout à la fois : le mari se comporte en galant; tant que l'affaire demeure en cet état, il n'y a pas lieu de s'y opposer; les parents ne font point les diables; toute chose vient en son temps », etc. (Cette lettre cependant ne devait pas être éditée avant le XVIIIe siècle.)

42. « La réception solennelle qu'on fait à un roi, à une reine, à un légat, etc. lorsqu'ils entrent en cérémonie dans une ville » (Ac.). On se souvenait encore de celle que Paris avait faite à la reine Marie-Thérèse le 26 août 1660.

43. Var. (*Le Mercure galant*, 1696) : « Capitale. Quelque temps. » Cette version supprime toute ressemblance entre le petit prince et les bâtards légitimés de Louis XIV. Voir également la note suivante.

44. Var. (*Le Mercure galant*, 1696) : « lui recommanda fort la jeune Reine qu'il aimait plus que jamais, depuis qu'elle lui avait donné de beaux enfants, une fille qu'on nommait l'Aurore, et un garçon qu'on appelait le Jour, à cause de leur extrême beauté. Le Roi devait [...] »

45. Var. (*Le Mercure galant*, 1696) : « Maître Simon, je veux [...] » Le personnage est ainsi appelé dans toute la suite du récit.

Page 138.

46. « C'est une sauce avec des oignons, de la moutarde, du beurre, du poivre, du sel et du vinaigre, qu'on met ordinairement

avec du porc frais rôti » (R.). « Robert, cestuy feu inventeur de la saulse » figurait, dans le *Quart Livre* de Rabelais (chapitre XL), au nombre des « preux et vaillans cuisiniers » entrés dans la grande truie comme dans un nouveau cheval de Troie. Var. (*Le Mercure galant*, 1696). Point de sauce Robert dans cette version : « de la chair fraîche. Ce pauvre homme [...] »

47. Nous corrigeons ici le texte donné par le second tirage de 1697, qui porte par erreur deux fois « du bon ».

48. L'abbé de Marolles, dans ses *Mémoires* (Amsterdam, 1755, t. I, p. 11), rapporte que son frère, à peu près au même âge, voulut tuer un jeune ours avec une petite épée. Peut-être faut-il donc voir ici un trait de mœurs.

49. « Lieu bâti auprès d'une maison de campagne pour y engraisser des bestiaux, des volailles, etc. » (Ac.).

50. « Tromper une personne sans qu'elle ait le temps de se reconnaître. Abuser, décevoir » (R.). La tuer par surprise.

Page 139.

51. « Halener : il se dit aussi des chiens de chasse, qui prennent l'odeur, le sentiment d'une bête » (Ac.).

52. « Bas : se dit aussi de ce qui est au rez-de-chaussée, ou au-dessous. Une salle basse » (F.).

53. Var. (*Le Mercure galant*, 1696) : « lorsque la jeune Reine demanda qu'au moins on lui laissât faire ses doléances et l'Ogresse, toute méchante qu'elle était, le voulut bien. « Hélas! hélas! s'écria la pauvre Princesse, faut-il mourir si jeune? Il est vrai qu'il y a assez de temps que je suis au monde, mais j'ai dormi cent ans, et cela me devrait-il être compté? Que diras-tu, que feras-tu, pauvre Prince, quand tu reviendras, et que ton pauvre petit Jour, qui est si aimable, que ta petite Aurore, qui est si jolie, n'y seront plus pour t'embrasser, quand je n'y serai plus moi-même? Si je pleure, ce sont tes larmes que je verse; tu nous vengeras, peut-être, hélas! sur toi-même. Oui, misérables, qui obéissez à une Ogresse, le Roi vous fera tous mourir à petit feu. » L'Ogresse qui entendit ces paroles qui passaient les doléances, transportée de rage s'écria : « Bourreaux, qu'on m'obéisse, et qu'on jette dans la cuve cette causeuse. » Ils s'approchèrent aussitôt de la Reine, et la prirent par ses robes, mais dans ce moment le Roi [...] »

54. « Poste : est un lieu choisi sur les grands chemins de distance en distance, où les courriers trouvent des chevaux tout prêts à courir et faire diligence [...]. Poste se dit de la course et de la diligence que fait le courrier, du courrier même, et des paquets

qui viennent par cette voie. On a envoyé des courriers en poste, en diligence porter cette nouvelle » (F.).

55. « Étonner : épouvanter » (R.). « Causer à l'âme de l'émotion, soit par surprise, soit par admiration, soit par crainte » (F.). Le sens du mot s'est aujourd'hui considérablement affaibli.

Page 140.

56. Cf. La Fontaine, *La Jeune Veuve, Fables,* VI, 21, v. 31 : « Un Époux beau, bien fait, jeune », etc. et *La Fille, Fables,* VII, 4, v. 37 : « Jeune, bien fait, et beau, d'agréable manière », etc.

57. Var. (*Le Mercure galant,* 1696) : le texte s'arrête ici.

LE PETIT CHAPERON ROUGE

Page 141.

1. Le mot a d'abord désigné une « coiffure de tête commune aux hommes et aux femmes » (*Dictionnaire* de l'Académie, 1694, qui cite, parmi les exemples, « un chaperon écarlate »), resté en usage dans l'habillement masculin jusque sous le règne de Charles VII, selon Furetière. « A l'égard des femmes, observe-t-il, le chaperon était une bande de velours qu'elles portaient sur leur bonnet ; et c'était marque de bourgeoisie. » Le *Dictionnaire* de l'Académie, en 1694, donne des indications comparables : « Bande de velours, de satin, de camelot, que les filles et les femmes qui n'étaient point demoiselles attachaient sur leur tête, il n'y a pas encore longtemps. » Richelet, dès 1680, précisait : « Coiffure de velours, que les femmes des bons bourgeois portaient il y a environ quarante-cinq ou cinquante ans. » Les éditions ultérieurement augmentées de son *Dictionnaire,* comme celle d'Amsterdam, Jean Elzevir, 1706, ajoutent, suivant Jean-Baptiste Thiers et son *Histoire des perruques* (Paris, 1690), chapitre VI (Littré cite le passage) que « les chaperons étaient autrefois des habits comme ils le sont encore aux vieilles femmes en de certains pays ». En art héraldique, rappelle Littré, l'ornement qui porte ce nom prend la forme d'un capuchon. L'extension de sens qui permet de passer de la coiffure à celle qui la porte était attestée dans la langue bien avant Perrault, par l'expression de « grand chaperon ». On appelle ainsi, explique Furetière, « une vieille [...] sous la conduite de laquelle on met les jeunes filles. Il n'est pas honnête à des filles de

s'aller promener, si elles n'ont quelqu'un qui leur serve de grand chaperon ». Explication analogue dans le *Dictionnaire* de l'Académie (1694), selon lequel « on appelle figurément grand chaperon les femmes d'âge qui accompagnent les jeunes filles dans les compagnies, par bienséance et comme pour répondre de leur conduite ».

Page 143.

2. « Cuire se dit quelquefois absolument, du pain en particulier. Le boulanger cuit deux ou trois fois par jour. A la campagne tous les bourgeois cuisent à la maison. Il est défendu de cuire les jours de fêtes solennelles. C'est une grande servitude d'aller cuire au four banal » (F.).

3. Furetière, au mot « galete » : « Petit gâteau cuit sous la cendre, qu'on fait pour les enfants et les domestiques, quand on cuit du pain à la maison. » Ou *Dictionnaire* de l'Académie (1694) : « Espèce de gâteau plat que l'on cuit quand on fait le pain. »

4. La Fontaine applique le mot à différents animaux : d'ordinaire au Renard (voir par exemple *Fables*, I, 18, *Le Renard et la Cigogne*, v. 1 : « Compère le Renard »), parfois au Loup (*Fables*, XI, 6, *Le Loup et le Renard*, v. 30 : « Compère Loup »).

5. Vaugelas observait dans ses *Remarques* (édition citée, pp. 261-262) que, de son temps, « tout Paris » disait *cet homme-ci*, mais « la plus grande part de la Cour » *cet homme ici*. Bien que sa préférence allât au second de ces tours, il déconseillait de les employer l'un et l'autre par écrit, « si ce n'est dans le style le plus bas ». Celui qu'il préconisait dans le langage parlé avait perdu rapidement du terrain au profit de la locution concurrente. Dans ses *Remarques nouvelles sur la Langue française* (Paris, Mabre-Cramoisy, 1675, p. 533), le P. Bouhours édictait : « On dit *dans ce temps-ci* et non *dans ce temps ici*. » De son côté l'abbé Tallemant constate que « depuis le temps auquel M. Vaugelas a écrit, l'usage a bien changé, car on ne dit plus du tout *cet homme ici* » (*Remarques et décisions de l'Académie française*, Paris, 1698, p. 169). Les éditions augmentées de Richelet enregistreront le caractère désuet de cet emploi : « le mot *ici* après un substantif est un peu vieux, on dira *ce temps-ci, cet homme-ci*. »

6. L'absence d'article reste usuelle au XVIIe siècle devant « plus » à l'intérieur de subordonnées relatives, ou, comme ici, interrogatives indirectes. L'inversion rappelle la *Villanelle* de Desportes :

Nous verrons, volage bergère,
Qui premier s'en repentira.

Page 144.

7. Cf. La Fontaine, *Le Loup, la Mère et l'Enfant, Fables,* IV, 16, v. 49-50 :

Que quelque jour ce beau Marmot
Vienne au bois cueillir la noisette!

8. Absolument, le verbe signifie « frapper à une porte pour se faire ouvrir » (F.).

9. L'onomatopée est enregistrée par Furetière : « Quand on heurte à une porte, on dit qu'on a ouï toc toc. »

10. Au sens de petite-fille. Le grand-père des deux bergères, dans *Psyché,* dit de même « mes filles » en parlant d'elles.

11. « En mauvaise santé » (R.).

12. Futur du verbe « choir », sorti de l'usage à ce temps dès le XVIIe siècle. Richelet signale pourtant que « le petit peuple de Paris dit je *choirai* », forme voisine de « cherra ». La porte est sommairement verrouillée de l'intérieur par la bobinette, qui sert en quelque sorte de pêne, mais on peut l'ouvrir du dehors grâce à la chevillette, qu'une petite corde relie à la bobinette. Ces deux diminutifs ne semblent guère attestés (du moins, pour « chevillette », en ce sens) ailleurs que dans ce conte : Littré n'en cite aucun autre exemple.

Page 145.

13. Le manuscrit de 1695 note ici dans la marge : « On prononce ces mots d'une voix forte pour faire peur à l'enfant comme si le loup l'allait manger. »

14. « Le mot de gentil, estime Richelet, est burlesque, et en sa place lorsqu'on parle sérieusement on dit joli. » La Fontaine l'emploie volontiers, surtout dans ses *Contes.*

15. « Privé : apprivoisé » (R.). Furetière en donne pour exemples le pigeon, des renards, des biches, des ours, et même, en Afrique, des serpents.

16. « Ruelle : chambre où couchent les dames, appartements des dames » (R.). Elles y « reçoivent leurs visites, soit dans le lit, soit sur des sièges : les galants se piquent d'être gens de ruelles » (F.). Par extension le mot désigne les « assemblées qui se font chez les

dames pour des conversations d'esprit . cet homme est bien reçu dans toutes les ruelles » (Ac.).

LA BARBE BLEUE

Page 149.

1. « Meuble : tout ce qui est destiné au service d'une maison, soit de la ville, soit de campagne [...] Se dit en une signification plus étroite d'un lit et des chaises de même parure ; ou même de leur simple garniture. Cette femme travaille depuis quatre ans à un meuble en tapisserie, en broderie. Elle a acheté un meuble de Damas ; elle a fait faire un petit meuble de brocatelle pour sa maison de campagne » (F.).

2. « Collation : ample repas qu'on fait au milieu de l'après-dînée, ou la nuit. Il y aura chez le roi bal, ballet, et collation [...] La nuit on l'appelle à la ville réveillon, à la cour un médianoche » (F.). Le milieu de l'après-dînée désigne l'heure du goûter.

3. « Sorte d'action plaisante et galante qu'on fait à une personne amie » (Richelet, qui donne le mot pris dans ce sens comme n'ayant cours que dans le style le plus simple, dans les vaudevilles, rondeaux, épigrammes, ouvrages comiques). Malice, note de son côté Furetière, « se prend quelquefois en bonne part ». De même, selon le *Dictionnaire* de l'Académie française (1694), le mot « se dit des tours de gaieté pour se divertir, pour badiner ». Nous dirions familièrement des « niches ».

4. « Homme de bien, [...] galant homme, qui a pris l'air du monde, qui sait vivre » (Furetière, à l'article « honnête »). « Honnête homme. Outre la signification qui a été touchée au premier article et qui veut dire homme d'honneur, homme de probité, comprend encore toutes les qualités agréables qu'un homme peut avoir dans la vie civile » (Ac.).

Page 150.

5. Comme on disposait au XVIIe siècle dans les maisons un peu opulentes de plusieurs mobiliers qu'on changeait suivant les saisons, le garde-meubles désignait le lieu où on les mettait quand on ne s'en servait pas.

6. « Le bel appartement, le premier appartement, est celui du premier étage, et est d'ordinaire l'appartement de Madame. L'appartement du bas est celui de Monsieur » (F.). L'appartement

comporte à l'ordinaire « chambre, antichambre, cabinet » ou « salle, chambre et cabinet » (R.). Mais, nous apprend Furetière, « un appartement royal est composé de chambre, antichambre, cabinet, et galerie » ou (article « galerie ») « doit être composé de salle, antichambre, chambre, cabinet et galerie » ou (article « cabinet ») « consiste en salle, chambre et cabinet avec une galerie à côté ».

7. « Cabinet : le lieu le plus retiré dans le plus bel appartement des palais, des grandes maisons » (F.). « Lieu dans une maison où sont les tableaux de prix » (R.).

8. Garde-robe : « La chambre où sont tous les habits, et tout ce qui est de leur dépendance » (Ac.). « Petite chambre, ou cabinet propre à serrer des meubles » (R.).

9. Ce meuble est d'usage récent en France au XVIIe siècle : Richelet, Furetière ignorent le mot en ce sens.

10. « Cabinet : espèce d'armoire avec des tiroirs, faite d'ébène, de noyer, ou d'autre beau bois, propre à serrer des hardes [c'est-à-dire des vêtements] » (R.). Ou « buffet où il y a plusieurs volets et tiroirs pour y enfermer les choses les plus précieuses, ou pour servir simplement d'ornement dans une chambre, dans une galerie » (F.).

11. La manufacture de Saint-Gobain en fabriquait depuis peu qui pouvaient atteindre plus de deux mètres de haut sur un de large, comme en témoigne l'Anglais Lister dans son *Voyage à Paris* (chapitre V).

12. « Vermeil doré : c'est de la vaisselle d'argent, ou de cuivre doré avec de l'or de ducat dissout en poudre par de l'eau forte et amalgamé avec du mercure, dont on fait un enduit sur l'ouvrage. On l'enduit aussi avec du vermillon ou couleur rouge de sanguine, qu'on gratte et qu'on polit avec le brunissoir d'acier pour ôter les inégalités » (F.). « C'est de l'argent doré », note simplement Richelet, de même que le *Dictionnaire* de l'Académie, 1694.

Page 151.

13. Var. Cette parenthèse n'existe pas dans le manuscrit de 1695.

14. « Sable fort délié dont on se sert pour nettoyer la vaisselle d'étain, terre aride réduite en fort petits grains. Le sablon d'Étampes est bon pour écurer » (R.). « Menu sable qui est d'ordinaire blanc, comme le sablon d'Étampes, qui sert à écurer la vaisselle d'étain, de cuivre, et à d'autres usages » (F.).

15. « Pierre dure et grise, qui se fend et se réduit en poudre aisément. Le grès est propre à faire du pavé, et à aiguiser les outils des ouvriers, ou à écurer quand il est en poudre » (F.).

16. « Chose enchantée par quelque puissance supérieure. Des armes fées qui ne pouvaient être percées. On fait un conte du lièvre fée qui ne pouvait être pris, et du chien fée, qui devait prendre tous les lièvres, qui furent lâchés l'un devant l'autre, et qui courent encore. Il est dans Rabelais. » (*Ibid.*) Voir, sur ce conte, le *Prologue* du *Quart Livre*.

17. C'est-à-dire qu'il venait de gagner cet important procès.

Page 152.

18. « Dans peu de temps, et ce temps ne s'étend pas ordinairement au-delà de la journée » (Ac.).

19. « Remise : délai, retardement » (R. et Ac.).

20. « Sur-le-champ » (F.).

21. Le verbe manque dans les dictionnaires du temps. Faut-il comprendre que la campagne et les chemins poudroient sous l'intense lumière d'un soleil estival ou printanier? Cette interprétation paraît confirmée par la suite du dialogue entre les deux sœurs. Mais cette valeur factitive de « poudroyer » reste inhabituelle.

22. La Bruyère (*Les Caractères, De quelques usages,* 73) regrettait en 1692 que « *verd* » ne fasse plus « *verdoyer* ».

23. C'est-à-dire : je vais venir.

Page 153.

24. « Épleuré ou éploré : qui est tout en pleurs. Le premier se dit plus ordinairement dans le discours familier, et l'autre est plus en usage dans le style soutenu » (Ac.). Richelet donne les deux formes sans établir entre elles cette distinction. Furetière connaît seulement « éploré ».

25. Var. Le manuscrit de 1695 ajoute : « en criant de toutes leurs forces : arrête, malheureux, arrête. »

26. « Sorte de cavalier sans bottes, qui marche à cheval, et qui combat à pied. On a beaucoup multiplié en France le corps des Dragons. Les Dragons sont postés à la tête du camp, et vont les premiers à la charge comme les enfants perdus. Ils sont réputés du corps de l'Infanterie, et en cette qualité ils ont des colonels et des sergents, mais ils ont des cornettes, comme la Cavalerie » (F.).

27. Pour les distinguer des fantassins qui portent le mousquet dans les compagnies d'infanterie, « on appelle par excellence les

Mousquetaires du Roi, deux compagnies de gens à cheval portant le mousquet, et qui combattent tantôt à cheval, tantôt à pied. Ces deux compagnies sont distinguées par la couleur de leurs chevaux. L'une est la compagnie des mousquetaires gris ou des grands mousquetaires, l'autre des mousquetaires noirs ou des petits mousquetaires, toutes deux commandées par des capitaines-lieutenants. Ils sont réputés du corps de la Gendarmerie » (F.). Voir Anatole France, *Le Livre de mon ami* (Paris, Calmann-Lévy, 1895, « Dialogue sur les Contes de fées », p. 280) : « Les Açwins chez les Indous et les Dioscures chez les Hellènes figuraient les deux crépuscules. C'est ainsi que, dans le mythe grec, les Dioscures Castor et Pollux délivrent Hélène, la lumière matinale, que Thésée, le Soleil, tient prisonnière. Le dragon et le mousquetaire du conte n'en font ni plus ni moins en délivrant madame Barbe-Bleue, leur sœur. »

28. « Se mettre en sûreté » (F.).

29. « Construction faite au-dedans d'un bâtiment pour monter à un étage un peu élevé au-dessus du rez-de-chaussée. » (*Ibid.*) La gravure de l'édition originale atteste que la Barbe bleue s'apprêtait à tuer sa femme dans la cour du château, à l'intérieur duquel on accède par un perron : ainsi s'expliquent les expressions « Descends », « je monterai là-haut » qu'on a rencontrées dans le dialogue. Comme ses poursuivants lui barrent l'accès de la porte (c'est-à-dire du pont-levis, bien visible sur la vignette) par laquelle ils sont entrés, la Barbe bleue cherche à se réfugier à l'intérieur de la maison. On peut se demander toutefois où se passe la scène : à la campagne sans doute, où l'héroïne a reçu permission d'emmener ses bonnes amies. Rien cependant n'indique qu'elle ait quitté la maison de la Ville (qu'on serait tenté d'identifier avec Paris, tant à cause des détails sur le luxe de l'ameublement que parce que la Barbe bleue s'en va « en Province »).

30. « Charge : signifie souvent une dignité, un office qui donne pouvoir et autorité à quelqu'un sur un autre [...] Il y a quatre principales sortes de charges : celles de la Maison du Roi ou des Princes [...], celles de l'armée, comme de maréchal de camp, mestre de camp, de capitaine, d'enseigne; celles de robe, ou de judicature [...], et celles des Finances » (F.). On sait que ces charges étaient vénales sous l'Ancien Régime.

Page 154.

31. « On dit qu'un homme sait le grimoire, entend le grimoire, pour dire qu'il est habile » (Ac.). Dans cette acception, ce « mot est bas et figuré », note Richelet, qui donne ces exemples : « Quel

grimoire est cela? J'entends le grimoire. » Comprendre : pour peu qu'on connaisse les mœurs d'aujourd'hui.

32. « Qui n'est pas content » (R.). Les additions du *Dictionnaire* de l'Académie (1694), pour ce mot, renvoient à « mécontent ».

33. « C'est-à-dire être plus souple, n'avoir plus de fierté, ne faire plus tant le méchant » (Richelet, qui donne la locution comme n'ayant cours que dans le style le plus simple). « Se taire, obéir avec soumission devant un plus fort que soi » (F.). « Se modérer, se retenir, se comporter avec douceur, avec modestie, avec soumission » (Ac.).

34. Cf. au contraire la maxime d'Arnolphe dans Molière, *L'École des femmes*, III, 2, v. 700 :

Du côté de la barbe est la toute-puissance.

LE MAÎTRE CHAT OU LE CHAT BOTTÉ

Page 155.

1. Sans doute le mot doit-il être pris au sens où l'on « dit qu'un homme est un maître homme, est un maître sire, pour dire qu'il est entendu, qu'il est habile, qu'il sait se faire valoir » (Ac.).

Page 157.

2. « C'est celui qui appuie en justice les intérêts des particuliers » (R.).

3. « Il signifie quelquefois suffisamment, passablement » (Ac.).

4. « Sorte de fourrure en façon de manche courte, dans laquelle on met les deux mains pour les garantir du froid [...] Manchon d'homme. Manchon de femme. Manchon de campagne, ou pour monter à cheval, comme sont les manchons de chat, de loutre, etc. » (Ac.). Il s'en tenait une foire très courue au Temple, à Paris, au mois d'octobre. Sur la gravure qui sert de frontispice aux *Histoires ou Contes du temps passé,* la petite fille en train d'écouter la fileuse porte un manchon.

5. Cf. La Fontaine, *Le Singe et le Léopard, Fables,* IX, 3, v. 5-7 :

[...] *Le Roi m'a voulu voir;*
Et si je meurs il veut avoir
Un manchon de ma peau [...]

6. Ces deux ruses forment le sujet du *Chat et un vieux Rat* (*Fables,* III, 18), où La Fontaine juxtapose un apologue tiré d'Ésope (celui du Chat qui se pend par les pieds) et un autre pris dans Phèdre (celui de la Belette qui s'enfarine). Perrault a traité séparément le premier dans *Le Labyrinthe de Versailles* et mettra le second en vers dans sa *Traduction des Fables de Faërne*. Comme ils ne se trouvent auparavant jumelés que chez La Fontaine, ce passage apparaît comme un clin d'œil — et un hommage — du conteur au fabuliste son prédécesseur.

7. « Quelquefois il ne signifie autre chose que bien et comme il faut » (Ac.). Mais on se souviendra que brave « signifie encore vêtu, paré de beaux habits. » (*Ibid.*)

Page 158.

8. « Laceron : laitue sauvage, dont on nourrit les lapins » (F.).

9. Même expression chez La Fontaine, mais au figuré, dans *La Fiancée du roi de Garbe, Contes,* II, 14, v. 273.

10. Le nom de Carabas se trouve dans Le Nain de Tillemont, *Histoire des empereurs,* 1690 (voir A. H. Krappe, « Encore une note sur le marquis de Carabas », *Zeitschrift für französische Sprache und Literatur,* 1932) : les habitants d'Alexandrie en affublent, pour bafouer le roi des juifs Agrippa, de passage dans leur ville, un pauvre fou qu'ils affectent par dérision de traiter en roi. Des mots de forme voisine, l'un turc, l'autre arabe (« carabag », « carabah »), désignant le premier un lieu de délices, le second l'ambre jaune, avaient été recueillis par Barthélemy d'Herbelot dans sa *Bibliothèque orientale,* dont la publication devait coïncider, ou presque, avec celle des *Histoires ou Contes du temps passé* (l'achevé d'imprimer porte la date du 8 février 1697). L'orientaliste, mort le 8 décembre 1695, donnait chez lui des conférences tous les soirs après sept heures, comme l'indique Abraham Du Pradel dans son *Livre commode des adresses de Paris pour 1692* (édition Édouard Fournier, Paris, Paul Daffis, 1878, t. I, p. 128).

11. Un champ de blé. Cf. l'expression « Être pris comme dans un blé, pour dire être surpris quand on s'y attend le moins, et sans pouvoir s'échapper » (Ac.).

12. On sait que « faire » au XVIIe siècle peut servir à remplacer n'importe quel verbe précédent (ici : « présenter »).

13. « On dit aussi des petits présents qu'on donne aux valets et aux artisans qui ont rendu quelque service que c'est pour boire, pour se réjouir » (F.).

Page 159.

14. Var. (Manuscrit de 1695) : « Le Chat. »

15. « Chez le roi et les princes, est un appartement où l'on met les habits du roi ou des princes, et tout ce qui sert à leur personne, où se retirent les officiers qui y servent. On appelle aussi la garde-robe tous les officiers qui y sont en fonction. La garde-robe du roi suit toujours sa personne. Le Grand-Maître de la garde-robe. Les valets de la garde-robe, le premier valet de la garde-robe » (F.).

16. Changement de titre qui résulte probablement d'une inadvertance.

17. Var. Ce qui précède est remplacé dans le manuscrit de 1695 par : « La fille du Roi en devint amoureuse. »

18. Graphie qui reflète la prononciation du temps. Voir Bouhours, *Remarques nouvelles sur la langue française,* éd. cit., pp. 75-77, *Comment il faut prononcer la dernière syllabe des noms terminés en eur :* « Quand les noms en *eur* ont un féminin en *euse* [...], on prononce *eur* quelquefois ferme, et quelquefois mollement, comme s'il y avait *eux* [...] On prononce *eux* d'ordinaire en deux rencontres. 1. Quand il suit quelque chose après le mot. Le procureux du Roi [...] 2. Quand on parle simplement, sans emphase, et sans émotion [...] La dernière remarque qu'il faut faire, et la plus importante, c'est que toutes ces différences ne regardent guère que le discours familier ; car quand on parle en public, on a coutume de prononcer *eur* partout. »

19. « Domaine, fonds de terre » (Ac.).

Page 161.

20. Var. (Manuscrit de 1695) : « Touchez là, Monsieur le Marquis. Il ne tiendra qu'à vous [...] »

21. L'expression avait été condamnée en 1671 dans les *Entretiens d'Ariste et d'Eugène (Second entretien)* comme un néologisme de formation aberrante par le P. Bouhours, qui confirme sa sentence dans ses *Remarques nouvelles* de 1675 (éd. cit., p. 464) : « Ce substantif a quelque chose de monstrueux, étant composé de deux verbes contre le génie de notre langue, qui n'a point de substantifs de cette espèce. Aussi l'on peut dire qu'il a eu le destin des monstres : il ne vécut pas longtemps ; et à peine fut-il né qu'il passa. On y prit plaisir d'abord, comme on en prend aux choses nouvelles et surprenantes : on n'entendait partout que le savoir-faire. C'est un homme qui a un grand savoir-faire. Il en viendra à bout par son savoir-faire [...] Ce qu'il y a de bizarre, c'est que le

savoir-faire semble vouloir renaître, suivant la parole du poète : *Multa renascentur, quae jam cecidere*. Plusieurs personnes du beau monde recommencent à le dire; mais on ne l'écrit point encore, et peut-être qu'on ne le dira plus dans quelques mois. » Richelet, en 1680, donne la locution comme un « mot qui se dit encore quelquefois pour des gens qui ne parlent pas poliment, et qui signifie adresse, intrigue, conduite fine ». Mais Furetière l'enregistre sans commentaire. Le *Dictionnaire* de l'Académie (1694) de même : « Savoir-faire : habileté, industrie pour faire réussir ce qu'on entreprend [...] Il n'a ni héritage, ni revenus, il n'a que du savoir-faire. Il vit de son savoir-faire. »

LES FÉES

Page 163.

1. Richelet définit très insuffisamment la fée comme celle qui prédit l'avenir, n'ajoutant que la locution « une vieille fée » : « Mots burlesques pour dire une vieille fille. » Les éditions ultérieures de son *Dictionnaire* (ainsi Amsterdam, Jean Elzevir, 1706) préciseront toutefois que le mot de fée « était un nom honnête qu'on donnait autrefois aux Magiciens et aux Enchanteresses, et qu'on ne trouve plus que dans les vieux romans ». Furetière se montre à la fois plus explicite et plus exact : « Terme qu'on trouve dans les vieux romans, écrit-il, qui s'est dit de certaines femmes ayant le secret de faire des choses surprenantes : le peuple croyait qu'elles tenaient cette vertu par quelque communication avec des Divinités imaginaires. C'était en effet un nom honnête de Sorcières ou Enchanteresses. » Il passe ensuite en revue les différentes étymologies qui ont été proposées de ce mot : « Ménage dérive ce mot de *fata*, qui a été fait de *fateor*, qui vient du grec *phatos*, *fatus*. Monsieur Gaulmin dit qu'il vient de *fatuus*, à cause que les prophéties des fées étaient fort fades ou fates, ou *a fando*. Nicod dit qu'il vient de *fatum*, comme qui dirait *fato submissus*. Du Cange dit qu'il peut venir de Nympha. On a dit dans la basse latinité *fadus* et *fada*. » (Voir Ménage, *Les Origines de la langue française*, Paris, 1650; Jean Nicot, *Thrésor de la langue française*, 1606; Du Cange, *Glossarium ad scriptores mediae et infimae latinitatis*, 1678). Le *Dictionnaire* de l'Académie (1694) amalgame les définitions de Richelet et de Furetière, qu'il

complète par quelques exemples : « Fée : c'était autrefois, selon l'opinion du peuple, une espèce de nymphe enchanteresse, qui avait le don de prédire l'avenir, et de faire beaucoup de choses au-dessus de la Nature. La fée Alcine. La fée Morgane. Les enfants aiment les contes qu'on leur fait des fées. On dit de certaines choses parfaitement bien faites, et où il paraît du merveilleux qu'il semble qu'elles aient été faites par les fées. » Alcine est l'enchanteresse auprès de qui Roger oublie Bradamante, dans le *Roland furieux* de l'Arioste, chant VIII. Morgane, fée de l'île de Sein, qui possédait des dons de guérisseuse, est issue des légendes celtiques et apparaît dans les romans du cycle breton.

Page 165.

2. Dans le manuscrit de 1695, il s'agit d'un veuf épousant une veuve, de sorte que la situation se trouve identique à celle de Cendrillon.

3. « Civilité, manière d'agir polie, civile et pleine d'honneur, procédé honnête et qui marque de la bonté » (R.).

4. « Source d'eau vive » (*Ibid.*).

5. « Sorte d'interjection qui n'a lieu que dans le style le plus simple, ou dans la conversation familière. Elle est toujours jointe à quelque autre mot, soit adverbe, ou particule, et sert à affirmer. » (*Ibid.*) « C'est un terme populaire », note Furetière de son côté.

Page 166.

6. « Rustre, sotte, grossière, rude et peu civile : une franche brutale » (R.).

7. « Gronder : être en colère contre une personne. Être de mauvaise humeur. Grogner. Murmurer » (Richelet, qui donne le mot comme usité seulement dans le style simple).

8. « Sorte de gros vase de métal qu'on prend pour parer quelque buffet, et qui sert à mettre rafraîchir de l'eau. Un flacon de vermeil doré, un flacon d'argent, un flacon d'étain sonnant » (*Ibid.*). « Grosse bouteille qui se ferme à vis » (F. et Ac.).

9. « Il y a de la malhonnêteté, observe Furetière, sous ce mot, à refuser les petits services qui ne nous coûtent rien quand on peut obliger sans peine. »

10. C'est-à-dire directement à la source. La locution boire à même n'est pas enregistrée par les dictionnaires du temps.

11. « Aussitôt » (R.).

Page 167.

12. Var. (Manuscrit de 1695) : « D'abord que sa Mère l'aperçut revenant de la fontaine, elle courut au-devant d'elle pour voir si elle avait été aussi heureuse que sa sœur : « Hé bien, ma fille, lui cria-t-elle. — Hé bien, ma mère, répondit la fille mal apprise en jetant par la bouche deux couleuvres et deux crapauds, il était bien nécessaire de m'envoyer si loin. » Et alors autres crapauds, autres couleuvres. »

13. « Se retirer en quelque lieu comme dans un asile » (R.).

CENDRILLON OU LA PETITE PANTOUFLE DE VERRE

Page 169.

1. La pantoufle, dit le *Dictionnaire* de l'Académie (1694), est une « sorte de chaussure dont on se sert ordinairement dans la chambre, et qui ne couvre point le talon » : on ne la perd que plus facilement...

2. Balzac, un des premiers, a suggéré qu'il fallait comprendre « de vair », ancien nom de la fourrure qu'on appelle aujourd'hui le « petit-gris » : « Ce mot, depuis cent ans, est si bien tombé en désuétude que, dans un nombre infini d'éditions des *Contes* de Perrault, la célèbre pantoufle de Cendrillon, sans doute de *menu vair,* est présentée comme étant *de verre.* Dernièrement, un de nos poètes les plus distingués était obligé de rétablir la véritable orthographe de ce mot pour l'instruction de ses confrères les feuilletonistes en rendant compte de *La Cenerentola*, où la pantoufle symbolique est remplacée par un anneau qui signifie peu de chose. » (*Sur Catherine de Médicis, La Comédie humaine,* édition Pierre-Georges Castex, Paris, Pléiade, t. XI, 1980, p. 207.) Anatole France, dans le *Dialogue sur les Contes de fées* qui termine *Le Livre de mon ami* (éd. cit., p. 312), tient au contraire pour la pantoufle de verre, conformément à la graphie de Perrault, et ne se laisse pas arrêter par l'absurdité de ce détail : « Ces pantoufles étaient fées ; on vous l'a dit, et cela seul lève toute difficulté. »

Page 171.

3. « Montée : Petit escalier » (*Dictionnaire* de l'Académie, 1694, qui donne pour exemple « nettoyer, balayer une montée »). On nettoyait les montées en les raclant ou ratissant avec un instrument de fer à manche de bois nommé ratissoire.

4. « On dit gouverner quelqu'un pour dire avoir grand crédit, grand pouvoir sur son esprit » (Ac.).

5. Bouhours (*Suite des Remarques nouvelles sur la langue française,* Paris, George et Louis Josse, 1693, p. 86), qui prend soin de distinguer « malhonnête » de « déshonnête », observe que « malhonnête se dit également des personnes et des choses » : « C'est un malhonnête homme, dit-on de celui qui ne sait pas vivre. »

Page 172.

6. « Faire figure dans le monde. Il fait une belle figure à la Cour. C'est-à-dire, il est sur un bon pied à la Cour, ou dans le monde, il y paraît avec honneur. Cette façon de parler, faire figure, ne se dit plus guère, ou elle se dit en riant » (R.). Bouhours l'avait condamnée.

7. « Godronner : terme de blanchisseur de petit linge, qui se dit en parlant de manchettes, et c'est faire de petits plis avec la main le long de la manchette lorsqu'elle est empesée » (R.). Cf. Mlle Lhéritier, *Les Enchantements de l'Éloquence,* à propos de Blanche, qui présente avec Cendrillon des traits de parenté : « jamais personne n'avait su si bien qu'elle godronner des fraises et dresser des collets montés. »

8. « Petit linge plissé et godronné avec un poignet embelli d'arrière-points qu'on porte sur le poignet de la chemise et qu'on attache avec des rubans, ou des boutons d'argent » (R.).

9. « On appelle aussi une garniture de linge ou de dentelle, le rabat ou la cravate et les manchettes » (F.).

10. En dentelle d'Angleterre. « On a défendu les dentelles d'or et d'argent, les dentelles d'Angleterre, de Flandres, etc. » (F.). Mais les édits contre le luxe, qui se multiplient au long du siècle, n'étaient guère observés.

11. « En revanche » (F.).

12. Probablement une barrette. Mais le mot « barrière » manque, en ce sens, dans les dictionnaires du temps.

13. On songe, non pas à « Mesdemoiselles Canilliat place du Palais Royal, Poitier près les Quinze Vingts, Le Brun au Palais, de Gomberville rue des Bons Enfants et d'Angerville devant le Palais Royal », « coiffeuses qui sont très employées », selon Abraham Du Pradel (*op. cit.,* t. II, p. 41), mais à « Mademoiselle Cochois rue Briboucher près Saint-Josse [...] fort stylée aux coiffures de toiles et de dentelles pour dames » (*ibid.,* t. II, p. 73), car il semble que les cornettes à deux rangs, dont ne parlent pas les dictionnaires de

l'époque, désignent ici, non une façon de se coiffer, mais des « coiffes » (Furetière, qui donne cet exemple : « Cette accouchée avait une belle cornette à dentelle de point de France »), bien que la cornette d'ordinaire ne paraisse guère appartenir à la toilette habillée. Le passage du *Parallèle des Anciens et des Modernes* (t. IV, p. 318) où Perrault oppose les cornettes à deux rangs aux « coiffures à la raie » et aux « garcettes gommées » de l'ancien temps n'apporte pas d'indications supplémentaires. Mais puisque Cendrillon s'offre quelques lignes plus bas à coiffer ses sœurs, tout porte à croire que la coiffeuse représente plutôt l'équivalent d'une sorte de modiste.

14. « On appelle aussi mouche certain petit morceau de taffetas noir que les dames se mettent sur le visage, ou pour cacher quelques élevures, ou pour faire paraître leur teint plus blanc. Elle a le visage tout couvert de mouches [...] Une boîte à mouches. Des mouches de la bonne faiseuse » (Ac.). Le *Livre commode des adresses de Paris pour 1692* (éd. cit., t. II, p. 76) nous apprend que « la bonne faiseuse de Mouches demeure rue Saint-Denis à la Perle des Mouches ». La « bonne faiseuse de mouches » se targuait, dans une lettre composée par Ysarn (en prose mêlée de vers) et publiée en 1661 (*Recueil des pièces en prose les plus agréables de ce temps, Quatrième Partie,* Paris, Charles de Sercy) d'en avoir

de toutes les façons,
Pour adoucir les yeux, pour parer le visage,
Pour mettre sur le front, pour placer sur le sein

(Édouard Fournier, *Variétés historiques et littéraires,* Paris, P. Jannet, t. VII, 1857, p. 10). Elle rappelait que « les longues se doivent mettre au bal le plus souvent, parce qu'elles paraissent et se plaisent davantage au flambeau », que « les plus grandes et les plus larges sont vraies mouches de cours, et pour les lieux où on les voit de loin, car elles portent 30 ou 40 pas pour le moins » (*ibid.,* p. 11). Elle contait ensuite l'origine mythologique de leur usage.

15. « Tout autrement qu'il ne faudrait. Cela est mis tout de travers, est fait tout de travers » (Ac.).

Page 173.

16. « Il y a, nous apprend Richelet, chez les layetiers de Paris

plusieurs sortes de souricières, il y a des souricières à bâton, des souricières à fil, et des souricières à trappe. »

17. « Il y a [...] un gris de rat ou de souris, qui a moins d'éclat que les autres » (F.).

Page 174.

18. On a rapproché cette scène de celle ou Mme de Clèves danse avec M. de Nemours au bal du Louvre dans le roman de Mme de Lafayette (*La Princesse de Clèves*, édition Folio n° 778, Paris, 1972, pp. 153-154). On notera cependant que, dans le roman, c'est de Nemours que l'arrivée fait sensation. Le bal ne s'interrompt pas. Le roi et les reines sont surtout frappés par le piquant de la situation : les deux danseurs qui forment ce beau couple n'ont pas été présentés l'un à l'autre. Point de remarque enfin sur la curiosité des autres dames. L'analogie reste donc lointaine et superficielle.

19. Partagea avec elle.

20. « Il y a des citrons aigres et des citrons doux. Ceux-ci servent à se rafraîchir et à se désaltérer, et on en sert aux bals et aux assemblées » (F.). Dans *Les Fontanges*, on voit le valet Bertrand, en vue d'un bal donné par son maître, commander « un cent de belles oranges du Portugal à la rue de la Cossonnerie », où se trouvaient, selon Abraham Du Pradel (*op. cit.*, t. I, p. 302) des « Épiciers [...] qui vendent [...] des Oranges, et des Citrons de Provence, de la Chine et de Portugal ». Oranges et citrons étaient alors un luxe coûteux.

Page 175.

21. S'étirant.

Page 176.

22. « Fille noble, fille de qualité. Elle est bien demoiselle. On donne par abus ce nom aux filles et aux femmes qui sont un peu bien mises, qui ont quelque air, ou quelque bien un peu considérable » (R.).

23. « Ce mot veut dire trompette, mais en ce sens il se dit en terme de justice et de palais en parlant de choses perdues ou égarées qu'on fait crier aux carrefours. Il se dit aussi en parlant d'affaires publiques comme de guerre et de paix dont les rois veulent bien avertir leurs sujets » (R.). Furetière donne, en ce sens, le mot pour « vieux ».

24. « Juste : proportionné, égal [...] Des bottes fort justes. Des souliers fort justes » (R.).

25. Si elle ne m'irait pas.

26. « On dit aussi d'un habit qui est fort juste à celui qui le porte qu'il lui est fait comme de cire » (Ac.). Autrement dit : comme s'il était moulé sur lui.

Page 177.

27. Cf. La Fontaine, *L'Âne et le petit Chien, Fables,* IV, 5, v. 5-6 :

> *Peu de gens, que le Ciel chérit et gratifie,*
> *Ont le don d'agréer infus avec la vie.*

RIQUET À LA HOUPPE

Page 181.

1. « Marmot : espèce de singe qui a barbe et longue queue [...] laid comme un marmot [...] On appelle figurément par mépris un petit garçon un marmot » (Ac.). Furetière donne, comme exemple du sens propre, « un vilain marmot ».

Page 182.

2. « Récompenser : il signifie aussi dédommager » (Ac.).

3. D'un autre côté.

4. « On appelle aussi du nom de porcelaine, tous les vases faits de porcelaine [...] On lui a cassé ses plus belles porcelaines » (Ac.).

5. Cf. La Fontaine, *Le Singe et le Léopard, Fables,* IX, 3, v. 28-29 :

> *L'une fournit toujours des choses agréables ;*
> *L'autre en moins d'un moment lasse les regardants.*

Page 183.

6. Exhaler ses plaintes sur son malheur.

7. Thème romanesque particulièrement bien représenté dans le *Polexandre* de Gomberville (1632-1638), où l'on voit les princes tomber amoureux de la princesse Alcidiane, souveraine de l'Ile inaccessible, au seul vu de son portrait, que l'on promène à travers le monde entier.

8. Ménage, *Observations sur la langue française,* Paris, 1672,

p. 320 : « Avec toute l'estime et toute la passion possible. Ceux qui blâment cette expression, et qui veulent qu'on dise nécessairement avec toute l'estime et toute la passion possibles, parce que deux substantifs singuliers régissent le pluriel, ne savent ce que c'est que grammaire. Tous les auteurs sont pleins de semblables licences. »

9. « Paroles civiles, obligeantes, respectueuses, que l'on dit à quelqu'un suivant les rencontres » (Ac.).

10. « Dans le style familier, lorsque quelqu'un a dit une chose et qu'on lui veut faire entendre que l'on n'en demeure pas d'accord, on dit : cela vous plaît à dire. » (*Ibid.*)

11. Cf. l'Agnès de Molière dans *L'École des femmes*, V, 4, v. 1556-1559 :

Croit-on que je me flatte, et qu'enfin, dans ma tête,
Je ne juge pas bien que je suis une bête?
Moi-même, j'en ai honte ; et, dans l'âge où je suis,
Je ne veux plus passer pour sotte, si je puis.

12. Cf. dans un registre plus scabreux, La Fontaine, *Comment l'esprit vient aux filles, Nouveaux Contes*, 1, v. 70-71 :

et l'innocente dit :
Quoi c'est ainsi qu'on donne de l'esprit?

Page 184.

13. « Impertinence : sottise [...] Il se dit des paroles et des actions » (Ac.).

14. « Volonté signifie aussi bienveillance ou haine qu'on a pour quelqu'un. Ce prince a de l'inclination, des bonnes volontés pour vous. Gardez-vous de cet ennemi, il a beaucoup de mauvaise volonté pour vous » (F.). « Il a bien de la bonne volonté pour vous » (Ac.).

15. Cf. Molière, *La Princesse d'Élide*, II, 4, où le Prince dit à sa fille : « Si tu trouves où attacher tes vœux, ton choix sera le mien, et je ne considérerai ni intérêts d'État, ni avantages d'alliance; si ton cœur demeure insensible, je n'entreprendrai point de le forcer », ou *Les Amants magnifiques*, I, 4, où Aristione dit aux princes : « Princes, puisque [...] vous attendez un choix dont je l'ai faite seule maîtresse [...] »

Page 185.

16. Cf. *Les Amants magnifiques*, IV, 1 : « tout ce que je leur demande, c'est de ne point presser un mariage où je ne me sens pas encore bien résolue. »

17. « Appliquer sérieusement son esprit à raisonner sur quelque chose » (F.).

18. « Officier : signifie aussi celui qui apprête à manger et se dit tant d'un cuisinier que d'un sommelier [...] On appelle chez le roi officiers de la bouche les écuyers de cuisine qui travaillent pour la bouche du roi, officiers du gobelet ceux qui travaillent à la fruiterie pour la table du roi et officiers du commun tous ceux qui travaillent pour les tables de la maison du roi » (Ac.).

19. Richelet donne le mot comme n'appartenant, en ce sens, qu'au style simple, au comique, au burlesque ou au satirique.

20. « On dit vulgairement se camper pour dire se placer » (Ac.).

21. « Petit instrument de bois ou de laiton pointu par le bout et fendu par le haut où l'on met le lardon lorsqu'on veut larder quelque viande que ce soit » (R.).

22. Les dictionnaires du temps ne disent mot de cet ornement vestimentaire propre alors aux cuisiniers de grande maison.

23. On songe ici à des fêtes princières telles que la « collation très ingénieuse, donnée dans le Labyrinthe de Chantilly » en 1686 à Mgr le Dauphin par le fils du Grand Condé, et dont La Bruyère a perpétué le souvenir dans ses *Caractères* (*Des ouvrages de l'esprit*, 48). On songe aussi au ballet dansé par les six cuisiniers dans *Le Bourgeois gentilhomme* entre le troisième acte et le quatrième.

24. « Se dit figurément d'une personne stupide et qui n'a point d'esprit, comme : c'est une bête » (Ac.).

Page 186.

25. « Qui a des sentiments brutaux, qui aime les plaisirs brutaux, rustre » (R.). « Qui vit en bête, ou qui n'a pas plus d'esprit et de conduite qu'une bête » (F.).

26. Au sens de « dès lors que », « s'il est vrai que ».

27. Cette expression paraît dérivée de la langue du palais : cf. « être reçu à plaider » que cite Furetière. Elle signifie « être fondé, autorisé, avoir le droit de ». « Recevoir signifie encore admettre [...] On l'a reçu à la poursuite de sa demande. On n'est pas reçu à demander les arrérages » (Ac.).

28. « Exception » (F.). Richelet donne « à la réserve de » pour moins usité que « hormis » et « excepté ».

Page 187.

29 « Air : signifie aussi une certaine manière que l'on a dans les exercices du corps, dans la façon d'agir. Le bel air, le grand air, le bon air » (Ac.). « Il a bon air, bonne grâce à parler, à danser » (F.).

30. « On dit aussi d'un riche qui est glorieux que c'est un gros dos, qu'il fait le gros dos. » (*Ibid.*, article « dos. ») « On dit aussi faire le gros dos pour dire s'enfler de vanité, d'orgueil. » (*Ibid.*, article « gros. ») « On dit proverbialement faire le gros dos pour dire s'enorgueillir » (Ac.). L'expression, dans le conte, ne présente pas la valeur péjorative que semblent lui donner les dictionnaires.

31. « Un air penché, contenance dans laquelle on baisse la tête, air malade, souffrant. » Littré, qui cite Mme de Sévigné, 29 avril 1685 : « Je fus avant-hier au Cours avec un air penché parce que je ne veux point faire de visites. » « Par extension. Des airs penchés, des mouvements de la tête et du corps affectés pour tâcher de plaire. » (Littré, qui cite Mme Deshoulières : « Chattes aux airs penchés sont les plus amoureuses. »)

32. « Bigle, qui a les yeux de travers. Il est louche. Un œil louche » (Ac.). « C'est le plus souvent la faute des nourrices quand les enfants deviennent louches », observe Furetière.

33. Cf. la tirade d'Éliante dans *Le Misanthrope* de Molière, II, 4, v. 729-730 :

C'est ainsi qu'un amant dont l'ardeur est extrême
Aime jusqu'aux défauts des personnes qu'il aime.

Page 188.

34. « On appelle conte en l'air un conte qui n'a aucun fondement, ni aucune apparence de vérité » (Ac.).

35. « Se dit aussi poétiquement des belles personnes qui donnent de l'amour. C'est un bel objet, un objet charmant. »

LE PETIT POUCET

Page 191.

1. « Incommoder signifie aussi rendre plus pauvre » (F.). On songe au Bûcheron de La Fontaine (*La Mort et le Bûcheron Fables*, I, 16, v. 10-11) :

> *Sa femme, ses enfants, les soldats, les impôts,*
> *Le créancier, et la corvée* [...]

2. Forme donnée par Furetière. Mais le *Dictionnaire* de l'Académie, en 1694, orthographie : « souffre-douleur ».

3. « Fâcheux : il signifie aussi pénible, difficile » (Ac.).

4. Les famines sont endémiques dans la France du XVIIe siècle : on en relève en 1596 (Velay), 1614 (Velay), 1630 (région parisienne, Forez, Sud-Ouest, Bourbonnais, Bretagne), 1631 (Guyenne), 1643 (Paris, Bretagne, Normandie), 1644 (Dauphiné), 1646 (Bretagne, Anjou, Velay), 1660 (Paris, Blois, Caen), 1661 (moitié Nord de la France), 1662, 1675, 1693 (famine générale du grand hiver), 1694 (Paris, Rouen, Riom). Voir Robert Mandrou, *La France aux XVIIe et XVIIIe siècles*, Paris, P.U.F., 1967, pp. 34-46 et 85-86. *Le Triomphe de sainte Geneviève* avait été composé par Perrault à l'occasion de la famine de 1694 et de l'épidémie qui suivit.

5. « Ce mot dans le propre pour dire faire des fagots ne se dit point à Paris » (R.).

Page 192.

6. « Escabeau. » (*Ibid.*)

7. « Menues branches qui restent dans les bois, dans les forêts, en retranchant le bois de compte. Ces broutilles servent à faire des fagots » (Ac.). « Fagots : menus bois, ou broutilles liés ensemble dont on fait du feu clair, dit Furetière. Les fagots destinés pour Paris doivent avoir trois pieds et demi de long, et dix-sept à dix-huit pouces de grosseur vers la hart, et doivent être garnis de parements raisonnables. On appelle l'âme d'un fagot le milieu, le menu bois d'un fagot. »

Page 193.

8. « Écu. Pièce de monnaie. L'écu de France vaut d'ordinaire soixante sous [...] Il passe pour trois livres : c'est ce qu'on appelle

un écu blanc » (F.). Pour donner un élément de comparaison, rappelons que le Savetier de La Fontaine (*Le Savetier et le Financier, Fables,* VIII, 2, v. 34-36) croit voir dans ses cent écus

> [...] *tout l'argent que la terre*
> *Avait depuis plus de cent ans*
> *Produit pour l'usage des gens.*

9. Ce trait de mœurs évoque Molière (scène de Monsieur Dimanche dans *Dom Juan,* IV, 3, et *Le Bourgeois gentilhomme,* III, 3) ainsi que La Fontaine (*Les Souhaits, Fables,* VII, 5, v. 43, *La Chauve-Souris, le Buisson et le Canard, ibid.,* XII, 7, v. 38-41). Pour « le Seigneur du Village », cf. *Le Loup, la Mère et l'Enfant, ibid.,* IV, 16, v. 61, et *Le Jardinier et son Seigneur, ibid.,* IV, 4, ou, dans les *Contes,* celui du *Paysan qui avait offensé son Seigneur.*

10. Le ton du passage n'est pas sans rappeler la scène de ménage par laquelle débute *Le Médecin malgré lui,* où Sganarelle est fagotier, et où Martine se plaint d'avoir « quatre pauvres petits enfants sur les bras ».

11. Sens plus fort qu'aujourd'hui : chagriné, affligé.

12. « Celui qui a le poil roux. Celui qui a le poil rougeâtre. Les rousseaux sont bilieux et sentent mauvais et ne sont pas fort bien venus auprès des dames » (R.). « On tient que Judas était rousseau : c'est pourquoi on hait beaucoup les rousseaux » (F.). Même préférence, chez Jules Renard, de Madame Lepic pour son aîné. Mais c'est Poil de Carotte, le petit dernier, qui est rousseau.

Page 194.

13. « On dit faire son compte sur quelque chose, ou faire son compte que, etc., pour dire tenir pour certain, pour assuré. Il croyait que ses amis l'assisteraient, il faisait son compte là-dessus » (Ac.).

14. « Terme de chasse. C'est une sente à pied dans le bois » (Richelet, qui renvoie à la *Vénerie royale* de Robert Salnove, Paris, 1655). « Chemin écarté, ou lieu secret par où on se dérobe pour accourcir son chemin ou éviter la rencontre de quelqu'un » (F.). « Petit sentier détourné » (Ac.).

15. « Semer signifie quelquefois simplement répandre. Sa poche était trouée, il semait son argent le long du chemin, sans qu'il

s'en aperçût. On sème quelquefois de menues graines sur un chemin difficile, afin qu'on le puisse reconnaître » (F.).

Page 195.

16. Au sens où l'on dit (F.) : « les maisons bâties dans un fond sont malsaines ».

17. « Recevoir, loger chez soi quelque personne, mettre en quelque lieu de sûreté » (R.). Furetière donne ces exemples : « Ce prince donne asile aux affligés, les retire en son hôtel. On a fait un hôpital général pour y retirer tous les pauvres. »

18. Cf. La Fontaine, *Les Poissons et le Cormoran, Fables,* X, 3, v. 45-46 :

Qu'importe qui vous mange? homme ou loup; toute panse
Me paraît une à cet égard.

19. Graphie conforme à la prononciation : « Flairer. On prononce ordinairement fleurer » (Ac.).

20. « Habiller est aussi un terme de cuisine et de boucherie, qui se dit de la première préparation qu'on fait aux viandes destinées pour manger. Habiller un veau, c'est en ôter la peau, les tripes, le mettre en état d'être coupé et cuit » (F.).

Page 196.

21. Une « pierre à aiguiser » (Ac., article « aiguiser »). « Aiguiser : rendre piquant ou tranchant, en frottant sur quelque meule de pierre dure » (F.).

22. « Mortifier : ce mot se dit de la viande et signifie la laisser un peu faisander, la laisser tant soit peu corrompre pour l'attendrir » (R.). « On mortifie la chair en la frappant avec un bâton, en la laissant à l'air à demi pourrir » (F.).

23. Nous dirions plutôt : lui monta à la tête.

Page 197.

24. Peur analogue chez le Muletier de La Fontaine (*Le Muletier, Contes*, II, 4, v. 114-116). Sur une méprise comparable se fondait également, d'après Boccace, le conte du *Berceau* (II, 3, v. 99-102, etc.).

25. On peut hésiter entre trois sens : « Exploit de guerre éclatant » (R.), « diligence à expédier, à terminer les affaires [...] diligence qu'on apporte à plusieurs autres choses » (F.), action

d'expédier, c'est-à-dire de « faire mourir vite » (Ac.). Le premier sens, avec une valeur ironique, semble le bon.

Page 198.

26. « Rencontre : tout ce qui s'offre et se présente à nous sans être prévu. Tout ce qui s'offre par hasard et inopinément » (R.).

27. « Malheureux : signifie aussi méchant, scélérat. C'est un malheureux qui a attenté à la vie de son prince » (F.).

28. « Ce qui est contenu dans un pot [...] On lui a jeté une potée d'eau au visage. » (*Ibid.*).

29. Perrault les évoquait déjà dans le troisième tome de son *Parallèle,* pp. 117-118 : « Ceux qui ont fait des Contes de Peau d'Âne » donnent aux ogres « ordinairement des bottes de sept lieues, pour courir après ceux qui s'enfuient. Il y a quelque esprit dans cette imagination. Car les enfants conçoivent ces bottes comme de grandes échasses, avec lesquelles ces ogres sont, en moins de rien, partout où ils veulent ». Un petit Nain les chaussait, dans *La Belle au bois dormant,* pour avertir la Fée que la Princesse était tombée en léthargie.

30. Se fourrer : « se cacher, se mettre en quelque lieu étroit. Au jour du Jugement le pécheur ne saura où se fourrer » (F.).

Page 199.

31. « Le bien que possède une personne, ses richesses » (R.).

32. « Trompeur adroit et malin. » (*Ibid.*)

33. On rencontrerait des malices analogues chez La Fontaine, par exemple dans *Le Faiseur d'oreilles et le raccommodeur de moules* (*Contes,* II, 1, v. 145-146).

34. « On dit communément faire conscience d'une chose, pour dire faire scrupule d'une chose, parce qu'on croit qu'elle est contre les bonnes mœurs, contre la raison, contre la bienséance » (Ac.).

35. Rappelons qu'au moment où un privilège est pris pour les *Histoires ou Contes du temps passé* (28 octobre 1696), Catinat, avec l'aide des troupes savoyardes, vient d'envahir le Milanais. La paix mettant fin à l'indécise guerre de la Ligue d'Augsbourg sera signée en 1697, l'année même où paraissent les *Contes,* à Ryswick. Grâce à ce second dénouement du conte qui termine la série, Perrault laisse affleurer la réalité contemporaine et l'actualité. Le merveilleux de la féerie est abandonné au profit du badinage galant. Il en résulte un curieux effet de dissonance.

Page 200.

36. Comme celles de Fleurus en 1690, Steinkerque en 1692, Neerwinden en 1693, remportées aux Pays-Bas par le maréchal de Luxembourg, ou celles de Staffarde (1690) et de La Marsaille (1693) gagnées en Italie par Catinat sur le duc de Savoie. Ces inquiétudes sur le sort d'une armée ou d'un combat introduisent dans le conte le reflet des préoccupations contemporaines devant une situation militaire souvent confuse.

37. Se montait.

38. « Messager qui pour la commodité du public fait en poste un certain nombre de lieues, tient une certaine route et porte plusieurs paquets de lettres dans une valise sur la croupe de son cheval » (R.).

39. « Office : charge, emploi [...] Créer des offices. Création d'offices. Office de nouvelle création. Supprimer des offices » (Ac.). On sait que la création de nouveaux offices constituait sous l'Ancien Régime un moyen commode pour alimenter les finances royales. Elle avait peu avant la Fronde, en janvier 1648, provoqué le mécontentement du milieu parlementaire. Cet expédient fut utilisé par Colbert lorsque la guerre de Hollande, en 1672, exigea de nouvelles ressources. Pendant la guerre de la Ligue d'Augsbourg, entre 1690 et 1695, Pontchartrain, alors Contrôleur général des finances, dut, à son tour, multiplier les créations d'offices. Le conte s'achève par une sorte de réclame pour ces charges nouvelles qui sont présentées comme une excellente affaire.

40. « Ce mot se dit en parlant de chien et veut dire prendre, mordre » (R.). On l'attaque, on lui tombe dessus.

ANNEXES

LE MIROIR OU LA MÉTAMORPHOSE D'ORANTE

Page 203.

1. Publiée pour la première fois à Paris en 1661 par Charles de Sercy, rééditée la même année à Grenoble par A. Galle, cette œuvre se retrouve en 1675 dans le *Recueil de divers ouvrages en prose et en vers* (Paris, Jean-Baptiste Coignard ; seconde édition chez le même libraire en 1676, pp. 48-71, dont nous suivons le texte, en modernisant la graphie). Elle a été réimprimée en janvier 1972 dans la revue *Les Lettres nouvelles*, avec une impor-

tante présentation de Marc Soriano (« Perrault et son double », pp. 70-93).

2. La vogue des métamorphoses avait été lancée dans les milieux « précieux » dès 1638 par la fameuse *Métamorphose des yeux de Philis en astres,* par Germain Habert, abbé de Serisy, parue sans lieu ni date en 1639, et composée pour Mme Séguin, femme du premier médecin d'Anne d'Autriche. Ce genre essentiellement mondain continuait à prospérer vers 1660, avec des pièces comme la *Métamorphose d'Acante en oranger,* etc. A noter que Pierre-Daniel Huet contera dans une églogue néo-latine (*Mimus sive speculum ecloga*) la métamorphose de Mimus, fils de Protée, changé en miroir par Vulcain.

3. La mode des portraits était née dans l'entourage de la Grande Mademoiselle. En 1659 avait paru, réuni par les soins de Segrais et dédié à la princesse, un recueil de *Divers portraits,* qui en comprenait cinquante-neuf (dus la plupart à Mlle de Montpensier elle-même), suivi la même année d'un *Recueil des portraits et éloges en vers et en prose,* publié à Paris par Charles de Sercy, qui en compte cent trois, puis de *La Galerie des peintures*, imprimée chez le même éditeur en 1663, où le nombre des portraits s'élève à cent cinq. Charles Sorel s'était moqué de cet engouement dans sa *Description de l'Ile de Portraiture, et de la Ville des Portraits* (Paris, Charles de Sercy, 1659). L'abbé d'Aubignac, dans son roman allégorique de *Macarise ou la Reine des Iles Fortunées* (Paris, Jacques Du Breuil et Pierre Collet, 1664), avait tiré de cette vogue l'idée d'un ballet. Ajoutons qu'à partir de 1650, Mlle de Scudéry avait entrepris de peindre la société mondaine de son temps et qu'après avoir évoqué dans *Artamène ou le Grand Cyrus* (Paris, Augustin Courbé, 1649-1653, 10 vol.) Mme de Rambouillet et les familiers de sa « chambre bleue », la romancière avait mis en scène sous un travesti antique ses propres amis, ainsi que la société qui se groupait autour du surintendant Foucquet, dans les dix tomes de *Clélie, histoire romaine* (Paris, Augustin Courbé, 1654-1660).

4. Surnom de Mlle de Scudéry : elle se donne elle-même ce pseudonyme dans *Le Grand Cyrus.*

Page 204.

5. « Quand on donne une épithète au mot de vision, il se prend en bien ou en mal selon la nature de l'épithète qu'on lui donne. Exemples. On dit : elle a des visions agréables, c'est-à-dire elle a des pensées et des imaginations fort belles. Avoir de sottes visions, c'est-à-dire avoir des pensées ridicules et extravagantes dans

l'esprit. » (Richelet, qui renvoie aux *Remarques nouvelles* du P. Bouhours, pp. 491-493).

6. Ces détails sur la source, non identifiée mais vraisemblablement réelle, montrent la familiarité de Perrault avec la littérature italienne. Ils invitent à penser que le conteur a pu connaître le *Pentamerone* en dialecte napolitain de Giambattista Basile, et s'en inspirer.

Page 205.

7. On a reconnu le miroir concave, ou « miroir ardent », qui représente les objets « plus gros, et fait aussi sortir l'image au-dehors jusqu'à son foyer » (F.). Il possède la faculté d'enflammer le bois (d'où son nom) ou de fondre le métal : « On appelle miroir ardent une sorte de miroir soit de verre, soit d'acier, lequel étant exposé au soleil en concentre tellement les rayons dans le centre qu'il brûle presque en un moment tout ce qui lui est présenté » (Ac.).

Page 206.

8. Il s'agit cette fois du miroir convexe.

9. Ce troisième frère désigne le miroir cylindrique monté sur un support de bois (le « bâton fiché dans le corps » dont il vient d'être question quelques lignes plus haut), qui figure à l'époque dans les cabinets d'amateurs et de curieux, auxquels il permettait de « lire » correctement les anamorphoses : « Miroir cylindrique, miroir conique, sont des miroirs en forme de cylindres ou de cônes et qui servent à faire des perspectives surprenantes, en rétablissant leurs parties défigurées dans leur juste situation » (F.).

10. « Curieux s'emploie aussi quelquefois dans le substantif et alors il signifie celui qui prend plaisir à faire amas de choses curieuses et rares, ou celui qui a une grande connaissance de ces sortes de choses. Le cabinet d'un curieux » (Ac.).

11. « Cabinet se dit aussi d'une espèce d'honnête boutique où les curieux gardent, vendent et trouvent toutes sortes de curiosités, de pièces antiques, de médailles, de tableaux, de coquilles et autres raretés de la nature et de l'art. Le cabinet d'un tel curieux vaut cent mille francs. Cet homme connaît ce qu'il y a de plus curieux dans tous les cabinets de Paris » (F.).

12. On sait combien le XVIIe siècle se montra passionné pour les recherches sur l'optique. Voir, par exemple, les travaux de Descartes sur les lois de la réflexion, etc.

Page 207.

13. Rappelons que le miroir, dans *Les Précieuses ridicules* de Molière (scène 6), est désigné par la périphrase : « le conseiller des grâces » (voir aussi Antoine Baudeau de Somaize, *Le Grand Dictionnaire des précieuses ou la clé de la langue des ruelles,* Paris, Étienne Loyson, 1660 : « Miroir : le conseiller des grâces ou le peintre de la dernière fidélité, le singe de la nature, le caméléon », édition Ch.-L. Livet, Paris, P. Jannet, 1856, t. I, p. LI).

14. « Manquer signifie aussi faire quelque faute » (F.).

Page 208.

15. « C'est l'amour qu'on se porte à soi-même » (Richelet, qui cite en exemple La Rochefoucauld, maxime 2). Le grand morceau de La Rochefoucauld sur l'amour-propre (*Maximes supprimées,* 1, dans l'édition Jean Lafond des *Maximes,* Paris, Folio n° 726, 1976, pp. 129-132) avait paru dans le *Recueil de pièces en prose, les plus agréables de ce temps,* Paris, Charles de Sercy, 1660 (achevé d'imprimer du 13 décembre 1659), p. 335 et suivantes.

16. De marquer, d'en déterminer la date.

Page 209.

17. « Affecter : il se dit aussi pour marquer l'inclination par laquelle on veut une chose, une personne plutôt qu'une autre. Affecter une place » (Ac.).

Page 210.

18. Sur l'usage de porter un miroir à sa ceinture, cf. Corneille, *La Place Royale*, II, 2, indication scénique après le v. 377 : « Il lui présente aux yeux un miroir qu'elle porte à sa ceinture », et La Fontaine, *L'Homme et son image, Fables*, I, 11, v. 9-10 :

Miroirs aux poches des galants,
Miroirs aux ceintures des femmes.

19. « Certain, indubitable « (Ac.).

20. « Grande application. » (*Ibid.*)

21. « Il signifie la même chose que sourire. Un souris agréable. » (*Ibid.*)

Page 211.

22. Se laisser décontenancer.

23. « Brusquerie impertinente. Sorte d'insulte » (R.).

Page 212.

24. « Garde : il se dit aussi des choses inanimées et quelquefois des personnes que l'on compare ensemble, dont l'une n'est pas si belle ou si bonne que l'autre. Ces gants-ci n'ont garde d'être si bien faits que les autres. Cet homme-là n'a garde d'être si savant, d'être si riche que cet autre, pour dire il s'en faut beaucoup, il y a beaucoup à dire » (Ac.).

25. Il s'agit de la petite vérole, à laquelle La Fontaine, pendant son voyage en Limousin, adressera cette invective :

Quelles imprécations
Ne mérites-tu point, cruelle maladie,
Qui ne peux voir qu'avec envie
Le sujet de nos passions!

(lettre du 19 septembre 1663).

Page 213.

26. « Réitérer, faire une chose plusieurs fois » (F.).

Page 214.

27. « On appelle aussi poinçon une espèce d'aiguille de tête, au haut de laquelle il y a quelque pierrerie enchâssée, et dont les femmes se servent pour l'ornement de leur coiffure. Elle avait un poinçon avec un beau rubis » (Ac.).

28. La Fontaine, dans *Adonis*, parlait aussi de « sa belle âme » qui « s'envole aux airs » (v. 539 et 542).

29. Auxiliaires.

Page 215.

30. On sait quelle fortune connaît dans la littérature précieuse et la poésie galante le thème des muets interprètes ou des « muets truchements » (Molière, *Les Femmes savantes*, II, 3, v. 384).

Page 216.

31. On discerne ici un écho très atténué des théories platoniciennes, telles qu'elles s'expriment dans le *Phèdre* (254 a-256 a) sur Éros et Antéros, l'amour et le contre-amour, telles aussi qu'on les retrouvait au début du siècle dans *L'Astrée* d'Honoré d'Urfé (I, 11, *Histoire de Damon et de Fortune, Tableau deuxième*, etc.).

Page 217.

32. *Célinte, nouvelle première*, par Mlle de Scudéry, Paris, Augustin Courbé, 1661, privilège du 5 janvier, achevé d'imprimer du 25. Le prologue contenait en particulier une « description » de l'entrée de la reine Marie-Thérèse à Paris, le 26 août 1660. Quant à *Clélie*, on sait que le dernier volume contenait notamment une « description » de Vaux-le-Vicomte sous le nom de Valterre (*Cinquième Partie*, Livre III, Paris, Augustin Courbé, 1661, pp. 1099-1142). L'une et l'autre dénotent chez la romancière des dons pour le reportage.

LA PEINTURE, POÈME

Page 219.

1. Ce poème a paru chez Frédéric Léonard, à Paris, en 1668, avec une permission datée du 10 décembre 1667. Il se trouve repris dans le *Recueil de divers ouvrages en prose et en vers* (Paris, Jean-Baptiste Coignard, 1675; seconde édition l'année suivante, chez le même libraire : *La Peinture* figure aux pp. 188-217; c'est le texte que nous suivons). A ce panégyrique écrit par le premier commis de Colbert pour les bâtiments à la gloire de Charles Le Brun, Molière n'allait pas tarder à opposer sa *Gloire du Val-de-Grâce* (Paris, Jean Ribou, 1669, privilège du 5 décembre), dont il donnait des lectures dès le mois de décembre 1668 et où, s'appuyant sur le *De arte graphica Liber* en vers latins de Charles-Alphonse du Fresnoy (Paris, Barbin, 1668), ainsi que sur sa traduction française par Roger de Piles (*L'Art de peinture de Charles-Alphonse du Fresnoy traduit en français avec des remarques nécessaires et très amples*, Paris, Langellier, 1668), il prenait vigoureusement parti pour son ami Pierre Mignard.
2. Charles Le Brun (1619-12 février 1690). Il était depuis le 20 juillet 1664 premier peintre du roi.
3. « Vieux mot qui signifiait enceinte, clôture de quelque lieu seigneurial, château ou maison noble, ou de l'église [...] On a dit aussi poétiquement le céleste pourpris » (F.).

Page 220.

4. L'Indus.
5. Le soleil.

Page 222.

6. Voir les *Métamorphoses* d'Ovide, V, v. 325-331. Scarron avait évoqué sur le mode burlesque cette « fuite honteuse » dans son *Typhon ou la Gigantomachie.*

Page 223.

7. Les plus sombres.

Page 224.

8. La Fontaine écrivait, vers la même époque, dans *Le Meunier, son Fils et l'Ane* (*Fables,* III, 1, v. 1-2) :

> *L'invention des Arts étant un droit d'aînesse,*
> *Nous devons l'Apologue à l'ancienne Grèce.*

9. Allusion à la célèbre anecdote de Zeuxis et Parrhasios, rapportée par Pline l'Ancien (*Histoire naturelle,* XXXV, 36, 9). Zeuxis avait peint des raisins si bien imités qu'ils trompèrent les oiseaux. Mais Parrhasios, son rival, avait choisi de peindre un rideau que Zeuxis, abusé par la perfection du trompe-l'œil, lui demanda de tirer. Il s'avoua vaincu quand il s'aperçut de son erreur.

10. Le roi Demetrius renonça à brûler la ville de Rhodes qu'il assiégeait, pour que ne fussent pas détruits les tableaux de Protogène dont il admirait le *Ialysus,* son chef-d'œuvre (Pline l'Ancien, *Histoire naturelle,* XXXVI, 36).

11. La fameuse Vénus que la mort empêcha Apelle de terminer (voir Pline l'Ancien, *Histoire naturelle,* XXXV, 36).

12. Virgile.

Page 225.

13. Homère.

14. Cicéron.

15. L'éloquence de Démosthène.

16. Le Brun séjourna en Italie pendant plusieurs années. Il était de retour en décembre 1645.

17. Allusion à l'Académie de France à Rome, où l'on envoyait les jeunes artistes perfectionner leur apprentissage, fondée en 1666.

18. Le Brun.

Page 226.

19. Des artistes.

20. « Dessiner, dessigner. On dit l'un et l'autre, mais celui qui est le plus en usage, c'est dessiner, l'autre commence à n'être plus usité, au moins ceux qui parlent de peinture ne s'en servent presque plus » (R.).

21. « Dessein : plan, projet, élévation et profil d'un ouvrage qu'on veut faire. » (*Ibid.*) Mais aussi : « Dessein, dessin : terme de peinture. Quelques modernes écrivent le mot de dessein étant terme de peinture sans e après les deux s ; mais on ne les doit pas imiter en cela. Leur distinction n'est pas fondée, et peut causer une prononciation vicieuse. Le dessein parmi les peintres se prend pour les justes mesures, les proportions et les formes extérieures que doivent avoir les objets qui sont imités d'après nature ; et alors le mot dessein est pris pour une partie de la peinture. Le mot de dessein se prend aussi pour la pensée d'un grand ouvrage, soit que le peintre y ait ajouté les lumières et les ombres, ou qu'il y ait même employé de toutes les couleurs. » (*Ibid.*)

Page 227.

22. Allusion aux eaux de Versailles. Perrault, premier commis des bâtiments, suit de près les coûteux travaux d'aménagement qu'elles nécessitent.

23. Allusion à la Ménagerie de Versailles, que Colbert peuple à grands frais d'espèces exotiques.

24. On sait que ce motif mythologique inspire toute la décoration de la fameuse grotte de Téthys, à Versailles, décrite en 1669 par La Fontaine dans *Psyché*.

25. Les Muses.

26. Les poètes.

Page 228.

27. La poésie.

28. Allusion à l'Académie royale des Sciences, installée solennellement par Colbert le 22 décembre 1666 dans le bâtiment qu'il venait de faire construire pour la Bibliothèque du Roi en bordure de la rue Vivienne.

29. L'Observatoire de Paris avait été fondé en 1667. Sa construction était confiée à Claude Perrault.

30. Le Brun dirigeait les manufactures royales des meubles de la Couronne, aux Gobelins. On lit dans la notice que Perrault lui

consacre dans ses *Hommes illustres* (Paris, Antoine Dezallier, 1698, p. 218) : « Comme il a un génie universel, et que le roi qui l'estimait beaucoup et qui l'avait choisi pour son premier peintre, lui avait aussi donné une direction générale sur toutes les manufactures des Gobelins, on peut dire que tout ce qui s'est fait dans les manufactures de cette maison, tapisseries, cabinets, ouvrages d'orfèvrerie, de marqueterie, tiennent de lui ce qu'ils ont de beau et d'élégant, le tout ayant été travaillé sur des desseins, sous ses yeux et sous sa conduite, de même que la plupart des ouvrages de peinture et de sculpture qui ont été faits à Versailles et aux autres maisons royales. C'est sur ses desseins peints en grand par ses meilleurs élèves, que les tapisseries de l'histoire du roi ont été faites », etc.

31. Ces tapisseries furent exécutées souvent à partir de véritables tableaux fournis comme modèles par Le Brun. Elles se trouvent aujourd'hui soit au Mobilier national soit au musée de Versailles.

Page 229.

32. Il s'agit d'une tapisserie représentant le sacre de Louis XIV à Reims, le 7 juin 1654.

33. Le saint chrême, contenu dans la sainte ampoule.

34. Autre tapisserie, représentant Philippe IV d'Espagne et Louis XIV dans l'Ile de la Conférence, où fut signée la paix des Pyrénées (7 novembre 1659).

35. Tapisserie représentant le mariage du roi, le 9 juin 1660, à Saint-Jean-de-Luz.

36. « Fatal : ce mot se prend quelquefois en bonne part et signifie heureux » (R.).

37. Le 1er novembre 1661.

38. Dunkerque fut rachetée aux Anglais en 1662. Perrault célébra l'événement par un *Discours sur l'acquisition de Dunkerque par le Roi, en l'année 1663*.

39. La population de Dunkerque.

40. Cette prise de Marsal, en Lorraine, date également de 1662. Charles Perrault l'a célébrée par un sonnet, imprimé dans le *Recueil de divers ouvrages* en 1675.

Page 230.

41. En octobre 1661, à l'occasion de l'arrivée à Londres de l'ambassadeur suédois, une échauffourée se produit entre quelques centaines de Français et d'Espagnols se disputant la première

place. Huit morts de chaque côté étaient restés sur le terrain. Louis XIV avait obtenu de recevoir en mars 1662 les excuses solennelles de l'ambassadeur espagnol, en même temps qu'était reconnu à ses représentants le droit à la préséance.

42. Le 20 août 1662, une bagarre avait mis aux prises, à Rome, la garde pontificale et le personnel de l'ambassade française. Un valet du duc de Créquy avait été laissé pour mort sur la place. En 1664, le cardinal Chigi, envoyé comme légat, présente officiellement à Louis XIV les excuses d'Alexandre VII, qui accepte, entre autres humiliations, que soit élevé sur les lieux mêmes un monument commémoratif de l'incident.

43. Allusion à la victoire que les Français, deux mille cavaliers et quatre mille fantassins, envoyés au secours de l'empereur Léopold Ier, et commandés par le comte de Coligny, remportèrent sur les Turcs, à Saint-Gotthard, le 1er août 1664.

44. Allusion à la guerre de Dévolution et à la campagne de 1667.

45. Le 6 juillet 1667. Le 23 août la reine Marie-Thérèse y fit son entrée solennelle.

Page 231.

46. Le 28 août 1667.

47. Cf. les *Mémoires de Louis XIV pour l'année 1667 :* « Mais cette ignorance où ils [les Espagnols] étaient me fit naître la pensée de leur donner un nouvel échec, en les allant attaquer où ils étaient, sitôt que la ville serait à moi. Pour cet effet, dès lors que l'on capitula, je fis partir par divers chemins, deux de mes lieutenants généraux, Créquy et Bellefonds, lesquels je suivis de près moi-même, ne m'arrêtant dans la ville qu'autant qu'il fallut pour remercier Dieu de l'avoir mise en mon pouvoir. »

48. Cf. *ibid. :* « Les ennemis, qui avaient enfin su l'état des choses, marchaient déjà pour se retirer; mais comme notre route allait à couper leur marche, ils furent trouvés en même jour par Créquy et par Bellefonds, devant lesquels, quoique trois fois plus forts en nombre, ils ne laissèrent pas de fuir, apprenant que je venais avec toute l'armée. Ils y perdirent environ deux mille hommes, en comptant les morts, les prisonniers et ceux que la fuite dissipa. » Ce combat eut lieu le 31 août 1667.

Page 232.

49. Apollon, dieu de la poésie.

50. Le Brun avait entrepris de peindre L'*Histoire d'Alexandre*, qui reste son chef-d'œuvre. Il avait peint notamment en 1662 *Les Reines de Perse aux pieds d'Alexandre*. Perrault, dans le second dialogue de son *Parallèle*, en 1688, célébrera cette *Famille de Darius*. Il écrira de même, dans *Les Hommes illustres* (éd. cit., p. 217) : « Il [Le Brun] y [en Italie] fit une étude particulière sur les bas-reliefs antiques, de tous les habillements, de toutes les armes, et de tous les ustensiles dont se servaient les anciens selon les différents pays, et par une continuelle lecture de l'Histoire et de la Fable, il acquit une connaissance si exacte des différents caractères de tous les héros et de tous les hommes ; de leurs usages et de leurs coutumes que personne n'a jamais représenté toute sorte de sujets avec plus de naïveté et de bienséance et n'a mieux observé ce que les maîtres de l'art appellent le costume. Pour s'en convaincre il ne faut que voir les cinq grands tableaux qu'il a faits de l'*Histoire d'Alexandre*, et particulièrement celui de *La Famille de Darius*, où les airs de tête ne donnent pas moins à connaître les différents pays des personnes qui y sont représentées, que leurs habillements fidèlement dessignés sur l'antique. Ces cinq tableaux sont peut-être en leur genre les plus beaux qu'il y ait au monde. » Mais Perrault exhorte ici l'artiste à célébrer les fastes du règne sans passer par la métaphore de l'Antiquité et à consacrer son talent à l'Alexandre moderne. La science qu'on lui reconnaît pour le « costume » ne lui sera pas inutile, puisque les conquêtes de Louis XIV doivent le porter bientôt jusqu'en Orient.

Page 233.

51. Tout le programme grandiose de la Galerie des Glaces, des Salons de la Guerre et de la Paix, etc., qui ne sera réalisé qu'à partir de 1678, semble ici préfiguré.

52. D'un sablier.

Page 234.

53. D'Alembert, dans son *Éloge de Perrault* (*Histoire des membres de l'Académie française morts depuis 1700 jusqu'en 1771*, Amsterdam et Paris, Moutard, 1787, t. II, pp. 190-191), appréciait particulièrement ce passage, bien qu'il ne jugeât pas dans l'ensemble Perrault comme très doué pour la poésie. Après avoir cité ce morceau, il observe : « Il ne s'en faut presque rien que ces vers ne soient d'un poète; l'image du temps qui donne aux chefs-d'œuvre des grands artistes le dernier trait de pinceau et qui efface

jusques au souvenir des mauvais ouvrages, est noble et pittoresque, un peu plus d'harmonie et d'élégance dans l'expression, eût rendu ce tableau digne des grands maîtres. »

54. Colbert.

Page 236.

55. Allusion aux conférences de l'Académie royale de Peinture et de Sculpture, organisées à partir de 1667, et consacrées à l'analyse des tableaux appartenant aux collections royales ainsi qu'à divers autres sujets. Le Brun, instigateur de ces conférences, y contribuera lui-même par celles qu'il y prononcera le 7 avril et le 5 mai 1668 sur l'expression générale, ainsi que les 7 et 28 mars 1671 sur la physionomie et son rapport avec les animaux.

56. Titres de peintres, sculpteurs, graveurs du roi, logement au Louvre, commandes, pensions.

57. Les plus.

58. Cette histoire, dont on trouve l'écho chez Pline l'Ancien (*Histoire naturelle,* XXXV, 5), transportée par Perrault à Paphos, est celle de la fille de Dibutades, potier de Sicyone. Son père, selon la légende, aurait empli d'argile l'espace circonscrit par son dessin, réalisant ainsi le premier bas-relief. On notera que le poème s'achève sur un conte expliquant l'origine du dessin. On connaît le conflit qui oppose au XVIIe siècle les « dessinateurs », dont Le Brun apparaît comme le chef de file, aux « coloristes », comme Mignard. Le choix de ce mythe par Perrault pourrait donc être interprété comme une prise de position dans le grand débat artistique du temps. Son attitude lui est imposée par sa situation auprès de Colbert, même si sa préférence personnelle se porte plutôt vers Mignard, auquel il consacre une notice pleine d'admiration et de sympathie dans ses *Hommes illustres*.

LE LABYRINTHE DE VERSAILLES

Page 239.

1. Publié pour la première fois dans le *Recueil de divers ouvrages en prose et en vers* (Paris, Jean-Baptiste Coignard, 1675, in-4°) et réimprimé dans l'édition de format in-12 donnée de ce volume l'année suivante par le même libraire, *Le Labyrinthe de Versailles,* en revanche, à la différence du *Miroir* et de *La Peinture,* ne sera

pas conservé lors de la refonte opérée par Perrault en 1701 en vue d'une troisième édition de son *Recueil* qui, prête de son vivant, ne sera mise en circulation qu'en 1729, sous le titre d'*Œuvres posthumes* (Cologne, Pierre Marteau).

Le labyrinthe de Versailles, dessiné par Le Nôtre dans le « petit bois vert », existait depuis 1664. En 1672, on en orne les carrefours et les allées avec des fontaines représentant les fables d'Ésope, sur des plans et des dessins fournis par Charles Le Brun. Trente-neuf statues de bronze ou de plomb coloré sont fondues, plus une statue d'Ésope et une autre de l'Amour tenant un fil. Au pied de chacune était gravé à l'or fin sur une plaque de bronze le quatrain correspondant de Benserade. L'ensemble fut terminé en 1674 ou 1675 (voir Jacques Wilhelm, « Le Labyrinthe de Versailles », *Revue de l'histoire de Versailles et de Seine-et-Oise,* janvier-mars 1936, et Alain-Marie Bassy, « Les *Fables* de La Fontaine et le Labyrinthe de Versailles », *Revue française d'Histoire du Livre,* 3e trimestre 1976).

Page 240.

2. Allusion au bassin d'Apollon, dont le groupe colossal figurant le quadrige du dieu à sa sortie de l'onde, a été mis en place en 1670 et complété l'année suivante. Les plombs en avaient été modelés par Tuby et bronzés par Jacques Bailly.

3. Les trois groupes de marbre représentant *Apollon servi par les Nymphes* et *Les Chevaux du Soleil,* dus aux sculpteurs Girardon, Regnaudin, Tuby, Gilles Guérin et Marsy, ne furent installés dans la Grotte qu'en 1676. Mais ils avaient été précédés de leurs modèles en plâtre.

Page 241.

4. « Piédestal ou piédestail », indique Richelet.

Page 244.

5. Dindon.

Page 245.

6. « Lime douce, est celle qui a la taille fort fine, ou le grain menu » (F.).

Page 248.

7. Cf. La Fontaine, *Le Loup plaidant contre le Renard par-devant le Singe, Fables,* II, 3, v. 6-7 :

Thémis n'avait point travaillé,
De mémoire de Singe, à fait plus embrouillé.

8. Cf. *ibid.*, v. 13 :

Et tous deux vous paierez l'amende.

Page 250.

9. « Grue : se dit figurément de ceux qui sont stupides, ou aisés à tromper » (F.).

Page 251.

10. Cet adjectif ne s'emploie plus aujourd'hui qu'au féminin. Il signifiait : « celui qui est courtois, complaisant, adroit, qui se sait accorder à l'humeur des personnes avec qui il a affaire, pour réussir en ses desseins » (F.). « Adroit, civil. Il faut être accort. sage, discret et fin » (R.).

11. « Sot, ridicule » (R.). Le mot désigne un type de niais dans notre ancien théâtre,

12. Cf. La Fontaine, *Le Renard et le Bouc, Fables,* III, 5, v. 24-25 :

Si le ciel t'eût, dit-il, donné par excellence
Autant de jugement que de barbe au menton [...]

Le trait vient d'Ésope.

13. Cf. La Fontaine, *Conseil tenu par les Rats*, *Fables*, II, 2. v. 22 :

La difficulté fut d'attacher le grelot.

Page 252.

14. Cf. La Fontaine, *Le Renard et les Raisins*, *Fables,* III, 11, v. 2-3 :

[...] *vit au haut d'une treille*
Des Raisins mûrs apparemment.

15. Cf. *ibid.*, v. 6 :

Comme il n'y pouvait atteindre [...]

16. Cf. La Fontaine, *L'Aigle et l'Escarbot, Fables,* II, 8, v. 11-12 :

> *Et puisque Jean Lapin vous demande la vie,*
> *Donnez-la-lui, de grâce* [...]

Page 254.

17. « Plumet se dit aussi d'un jeune homme qui porte des plumes; et ordinairement il ne se dit en ce sens qu'en raillerie, ou par mépris. Elle ne s'amuse qu'à des plumets. Elle ne veut que des plumets » (Ac.). « Cavalier qui porte des plumes; et particulièrement il se dit de celui qui fait le fanfaron, à cause qu'il a une épée au côté, et des plumes sur le chapeau » (F.).

Page 257.

18. « Qui est propre, qui convient à la personne, ou aux choses. Pour faire un bon mariage, il faut que les partis soient sortables, de même âge ou condition ou à peu près » (F.).

19. Sur les trente-neuf apologues du Labyrinthe, vingt-trois avaient été mis en vers par La Fontaine dans son recueil de 1668 : III (La Fontaine, II, 15); IV (I, 20); V (III, 18); VII (IV, 9); X (V, 16); XIV-XV (I, 18); XVI (II, 17); XVIII (II, 3); XIX (IV, 11); XX (VI, 10); XXI (III, 9); XXIII (VI, 6); XXIV (III, 5); XXV (II, 2); entre XXVI et XXVII, une fable omise par Perrault (III, 4, *Les Grenouilles qui demandent un roi*); XXVII (III, 11); XXVIII (II, 8); XXX (I, 12), XXXI (VI, 5); XXXIII (IV, 7); XXXIV (I, 2); XXXVI (IV, 14). On notera cependant que les numéros XIV et XV ne constituent que les deux moitiés d'un même apologue. Deux sujets seulement du Labyrinthe seront mis en vers par La Fontaine dans son « second recueil » ; II (La Fontaine, X, 7); XXVI (IX, 17, fable parue dès 1671).

Seront de nouveau traités par Perrault dans sa *Traduction des Fables de Faërne* (Paris, Jean-Baptiste Coignard, 1699) : II (*Traduction,* V, 7, *Le Chien, le Coq et le Renard*); V (III, 14, *Les Rats et le Chat*); XXI (III, 9, *Le Loup et la Grue*); XXIII (IV, 16, *Le Singe et le Renard*); XXV (IV, 4, *Les Rats*); XXVII (I, 6, *Le Renard et les Raisins*); XXXIV (III, 15, *Le Corbeau et le Renard*); XXXVI (I, 9, *Le Renard et le Masque*).

BIBLIOGRAPHIE

I
LA PUBLICATION DES CONTES

1691 *La Marquise de Saluces ou la Patience de Griselidis. Nouvelle, A Monsieur*** en lui envoyant La Marquise de Saluces*, dans : *Recueil de plusieurs pièces d'éloquence et de poésie présentées à l'Académie française pour les prix de l'année 1691. Avec plusieurs discours qui y ont été prononcés et plusieurs pièces de poésie qui y ont été lues en différentes occasions*, Paris, J.-B. Coignard, pp. 143-194 et 195-202. La nouvelle a paru la même année, chez le même libraire, en édition séparée.

1693. *Les Souhaits ridicules*, conte, dans : *Le Mercure galant*, novembre, pp. 39-50.

1694. *Griselidis, nouvelle. Avec le conte de Peau d'Âne, et celui des Souhaits ridicules. Seconde édition*, Paris, Veuve de Jean-Baptiste Coignard et Jean-Baptiste Coignard fils.
Les trois œuvres, ainsi que la lettre *A Monsieur*** se retrouvent la même année dans : *Recueil de pièces curieuses et nouvelles, tant en prose qu'en vers*, La Haye, Adrian Moetjens, t. I, pp. 50-79, 93-101, 235-283, 284-289. Le t. II contient (pp. 17-104) les *Lettres de Monsieur de** à Mademoiselle*** sur les pièces de Griselidis et Peau d'Ane de M. Perrault*.

1695. *Griselidis, nouvelle. Avec le conte de Peau d'Ane, et celui des Souhaits ridicules. Quatrième édition*, Paris, Jean-Baptiste Coignard. Édition augmentée pour la première fois de la *Préface*. La troisième n'a pas laissé de traces.

Contes de ma mère Loye, manuscrit. Ce recueil, publié en fac-similé par Jacques Barchilon (*Perrault's Tales of Mother Goose* [...], New York, The Pierpont Morgan Library, 1956, t. II) contient : l'épître *A Mademoiselle*, signée « P. P. », *La Belle au bois dormant, Le Petit Chaperon rouge, La Barbe bleue, Le Maître Chat ou le Chat botté, Les Fées*. On y relève quelques variantes par rapport au texte imprimé.

1696. *La Belle au bois dormant. Conte*, dans : *Le Mercure galant*, février, pp. 75-117. Ce texte, qui se retrouve la même année dans le *Recueil de pièces curieuses et nouvelles, tant en prose qu'en vers*, La Haye, Adrian Moetjens, t. V, pp. 130-149, présente quelques différences notables avec celui du manuscrit daté de 1695 et de la version imprimée en 1697.

1697. *Histoires ou Contes du temps passé. Avec des Moralités*, Paris, Claude Barbin (privilège accordé le 28 octobre 1696 au « sieur P. Darmancour » qui le cède à Barbin, registré le 11 janvier 1697). Le frontispice, signé Clouzier, porte sur une pancarte l'inscription : « Contes de ma mère Loye. » Autre édition, chez Barbin, dans le courant de l'année. Des exemplaires de l'édition originale seront vendus sous le titre : *Contes de Monsieur Perrault. Avec des Moralités* et sous la date de 1707. Les huit contes rassemblés dans le volume, sauf *La Belle au bois dormant*, figurent la même année dans le *Recueil de pièces curieuses et nouvelles, tant en prose qu'en vers*, La Haye, Adrian Moetjens, t. V, *Quatrième partie*, pp. 363-367, 376-385, 390-398, 405-409, 417-429, 437-450, 451-468. En 1697 encore paraît une contrefaçon hollandaise à la Sphère, avec l'indication : « Par le Fils de Monsieur Perrault de l'Académie François » (*sic*) dont il existe deux éditions et qui sera réimprimée en 1698, 1700, 1708 (avec la mention : « Amsterdam, Jacques Desbordes »), 1716. Autre contrefaçon, également à la Sphère, imprimée à Trévoux en 1697.

Parmi les éditions ultérieures, qui ne se comptent plus, on peut signaler, pour le XVIIIe siècle :

1707. *Conte de Peau d'Ane et des Souhaits ridicules*, Paris, Jean-Baptiste Coignard.

Contes de Monsieur Perrault. Avec des Moralités, Paris, Veuve Barbin.

1721. *Histoires ou Contes du temps passé. Avec des Moralités*, par M. Perrault, augmentés d'une nouvelle à la fin, Amsterdam,

Veuve de Jacques Desbordes. Est ajoutée *L'Adroite Princesse*, par Mlle Lhéritier. Réédition en 1729.

1724. *Histoires ou Contes du temps passé. Avec des Moralités*, Paris, Nicolas Gosselin.

1742. *Histoires ou Contes du temps passé. Avec des Moralités*, La Haye, Paris, Coustelier. Cette édition ajoute aussi *L'Adroite Princesse*. Vignettes par de Sève, gravées par Fokke. Copie la même année à Amsterdam chez Jacques Desbordes.

1777. *Histoires ou Contes du temps passé. Avec des Moralités*. Nouvelle édition augmentée d'une nouvelle et d'une fable, La Haye. Cette édition comporte, outre *L'Adroite Princesse*, *La Veuve et ses deux filles*, par Mme Leprince de Beaumont.

1781. *Contes de fées* par Charles Perrault. Nouvelle édition dédiée à S. A. le duc de Montpensier, Paris, Lamy. Première édition réunissant les contes en vers et les autres, en trois volumes. *Peau d'Âne* en prose, apocryphe, y paraît pour la première fois.

1785. *Contes de fées* par Charles Perrault, dans *Le Cabinet des fées ou collection choisie des contes des fées et autres contes merveilleux*, Amsterdam et Paris, t. I. Cette édition reproduit les textes publiés en 1781. Ce vaste recueil, rassemblé par le chevalier Charles-Joseph de Mayer et poursuivi jusqu'en 1789, atteindra quarante et un volumes. Le tome XXXVII contient une courte Notice sur Charles Perrault.

Pour le XIXe siècle, bornons-nous à indiquer, avec la date, le nom des principaux préfaciers, commentateurs, illustrateurs :

1816. Introduction de Mme Dufresnoy.

1826. Commentaire de Collin de Plancy, dans les *Œuvres choisies* de Charles Perrault.

1842. Notice de Paul Lacroix (le Bibliophile Jacob), et *Dissertation sur les contes de fées*, par Charles Walckenaer. Rééditions jusqu'en 1876.

1843. Notice par Émile de La Bedollière. Édition Curmer, sous le titre : *Contes du temps passé*.

1862. Introduction par Pierre-Jules Stahl (l'éditeur Hetzel). Illustrations de Gustave Doré.

1864. Introduction et commentaires de Charles Giraud.

1875. Introduction et commentaires d'André Lefèvre.

1880. Introduction et commentaires de Frédéric Dillaye.

1888. Introduction et commentaires d'Andrew Lang (Oxford).

Pour le xxe siècle, on peut relever :

1923. Pierre Saintyves, *Les Contes de Perrault et les récits parallèles, leurs origines (coutumes et liturgies populaires)*, Paris, Nourry.

1928. *Histoires ou Contes du temps passé*. Préface par Émile Henriot, Paris, Éditions de *La Chronique des Lettres françaises*.

1965. *Contes*, par Perrault, présentés par Marcel Aymé, suivis de *Perrault avant Perrault*, textes choisis et commentés par Andrée Lhéritier, Paris, Union Générale d'Édition, « Le monde en 10/18 ».

1967. Perrault, *Contes*, texte établi avec introduction, sommaire biographique, bibliographie, notices, relevé de variantes, notes et glossaire par Gilbert Rouger, Paris, Garnier. Ce volume contient en appendice la *Lettre à Monsieur l'abbé d'Aubignac en lui envoyant* le *Dialogue de l'Amour et de l'Amitié*, le *Dialogue de l'Amour et de l'Amitié*, *Les Enchantements de l'Éloquence*, par Mlle Lhéritier, le *Riquet à la houppe* de Mlle Bernard.

1969-1970. *Œuvres complètes* de Charles Perrault, présentées par Marc Soriano, Paris, Jean-Jacques Pauvert.

II

LES CONTES DEVANT LA CRITIQUE

1. *Les appréciations des contemporains*

1694. *Lettres de Monsieur de** à Mademoiselle*** sur les pièces de Griselidis et Peau d'Ane de Mr Perrault*, dans : *Recueil de pièces curieuses et nouvelles, tant en prose qu'en vers*, La Haye, Adrian Moetjens, t. II, pp. 17-104.

1696. *Histoire de la Marquise-Marquis de Banneville*, dans : *Le Mercure galant*, septembre, pp. 85-185 (« Suite de l'Histoire du mois dernier »).

1697. *Le Mercure galant*, janvier, p. 249 (annonce des *Histoires ou Contes du temps passé*).

1698. François Gacon, *Le Poète sans fard, contenant satires, épîtres, et épigrammes sur toutes sortes de sujets*, Libreville, p. 204 (épigramme contre Perrault d'Armancour et son père :

Le jeune Perrault d'Armancour
Vient de mettre un sot livre au jour :
Et s'il continue on espère,
Qu'avant qu'il soit fort peu de temps,
Il ira plus loin que son père
Dans le chemin du mauvais sens.)

1699. Abbé de Villiers, *Entretiens sur les contes de fées et sur quelques autres ouvrages du temps. Pour servir de préservatif contre le mauvais goût*, Paris, Collombat (sur Perrault, voir les pp. 109-110).

1707. Boileau, *Œuvres*, H. Schelte (cette édition contient, imprimée pour la première fois, la lettre écrite par le satirique à Antoine Arnauld en juin 1694).

2. *Principaux ouvrages et articles sur les* Contes

1804. Paul-Philippe Gudin, *Contes, précédés de recherches sur l'origine des contes; pour servir à l'histoire de la poésie et des ouvrages d'imagination*, Paris, Dabin, 2 vol. (sur Perrault d'Armencourt [*sic*] et Charles Perrault, voir t. I, pp. 182-188).

1816. Baron Charles Walckenaer, *Lettres sur les contes de fées attribués à Perrault et sur l'origine de la féerie*, Paris, Baudoin (réimprimées avec plusieurs éditions des *Contes*, par exemple Mame, 1836).

1851. Sainte-Beuve, « Charles Perrault (*Les Contes des Fées*, édition illustrée) », article du 29 décembre recueilli dans : *Causeries du lundi*, t. V, Paris, Garnier, s.d., pp. 255-274 (sur les *Contes*, voir pp. 255 et 272-273. L'édition dont il s'agit est celle de Lecou, parue cette année-là).

1856. François Génin, « Les *Contes* de Perrault », *L'Illustration*, 1er mars, pp. 143-146 (sur les sources fournies par le *Pentamerone* de Giambattista Basile).

1861. Sainte-Beuve, « Les *Contes de Perrault*, dessins par Gustave Doré, préface par P.-J. Stahl », article du 23 décembre, recueilli dans : *Nouveaux lundis*, Paris, Calmann-Lévy, t. I, 7e édition, 1890, pp. 296-314 (voir notamment les pp. 296-299, 307-311).

1878. Charles Deulin, *Les Contes de ma Mère L'Oye avant Perrault*, Paris, Dentu.

1885. Anatole France, *Le Livre de mon ami,* Paris, Calmann-Lévy (voir *Dialogue sur les contes de fées,* pp. 267-316).

1890. Arvède Barine, « Les Contes de Perrault », *Revue des Deux Mondes,* 1er décembre (éloge couronné par l'Académie française, qui, pour son prix d'éloquence, avait mis ce sujet au concours).

1891. Père Victor Delaporte, *Du merveilleux dans la littérature française sous le règne de Louis XIV,* Paris, Retaux-Bray (voir les pp. 68-71, 86-88, 95-98).

1900. Charles Marty-Laveaux, « Quelle est la véritable part de Charles Perrault dans les *Contes* qui portent son nom? », *Revue d'histoire littéraire de la France,* avril.

1906. Jules Lemaitre, *En marge des vieux livres, contes,* première série, Paris, Société française d'imprimerie et de librairie (« Les Idées de Liette », pp. 133-146).

Paul Bonnefon, « Les dernières années de Charles Perrault », *Revue d'histoire littéraire de la France,* octobre-décembre, pp. 606-675.

1926. André Hallays, *Les Perrault,* Paris, Perrin (voir pp. 197-239).

1928. Mary Elizabeth Storer, *Un épisode de la fin du XVIIe siècle. La mode des contes de fées (1685-1700),* Paris, Champion.

Émile Henriot, « De qui sont les Contes de Perrault », *Revue des Deux Mondes,* 15 janvier (repris la même année dans l'introduction aux *Contes de Perrault,* édition des Horizons de France, et dans : *Courrier littéraire, XVIIe siècle,* nouvelle édition augmentée, Paris, Albin Michel, 1959, t. II, pp. 232-251).

André Hallays, « Les *Contes* de Perrault sont de Charles Perrault », *Journal des Débats,* 22 janvier et 5 février.

Jeanne Roche-Mazon, « Une collaboration inattendue au XVIIe siècle : l'abbé de Choisy et Charles Perrault », *Mercure de France,* 1er février (sur l'*Histoire de la Marquise-Marquis de Banneville*).

Jeanne Roche-Mazon, « De qui est *Riquet à la houppe?* », *Revue des Deux Mondes,* 15 juillet. Le regain d'intérêt pour Perrault coïncide, cette année-là, avec le tricentenaire de sa naissance.

1932. Jeanne Roche-Mazon, « Les Fées de Perrault et la véritable Mère L'Oye », *Revue hebdomadaire,* décembre.

1951-1953. Paul Delarue, « Les Contes merveilleux de Perrault et la tradition populaire », *Bulletin folklorique de l'Ile-de-*

France, janvier-mars, avril-juin, juillet-septembre, octobre-décembre 1951, avril-juin 1952, juillet-septembre 1953.

1954. Paul Delarue, « Les Contes merveilleux de Perrault. Faits et rapprochements nouveaux », *Arts et traditions populaires*, janvier-mars, juillet-septembre.

1956. Jacques Barchilon, *Perrault's Tales of Mother Goose*, New York, The Pierpont Morgan Library, 1956, t. I.

1957. Paul Delarue, *Le Conte populaire français. Catalogue raisonné des versions de France et des pays de langue française*, Paris, Éditions Érasme, t. I.

Marie-Louise Tenèze, « Si *Peau d'Ane* m'était conté. A propos de trois illustrations des *Contes* de Perrault », *Arts et traditions populaires*.

1959. Marc Soriano, *Guide de la littérature enfantine*, Paris, Flammarion (voir pp. 66-73. Édition considérablement remaniée et augmentée en 1975, chez le même éditeur, sous le titre : *Guide de la littérature pour la jeunesse, courants, problèmes, choix d'auteurs* : sur Perrault, voir pp. 393-407).

Marie-Louise Tenèze, « A propos du manuscrit de 1695 des *Contes* de Perrault », *Arts et traditions populaires*, janvier-juin.

Jacques Barchilon et Henry Pettit, *The authentic Mother Goose. Fairy Tales and Nursery Rhymes*, Denver, Alan Swallow (fac-similé de la première traduction en anglais, parue en 1729, *Histories, or Tales of past Times* [...] *With Morals. By M. Perrault*, Londres, J. Pote).

1962. Louise de Vilmorin, « Charles Perrault », dans : *Tableau de la littérature française. De Rutebeuf à Descartes*, Paris, Gallimard, pp. 646-649.

1963. Felix R. Freudmann, « Realism and magic in Perrault's Fairy tales », *L'Esprit créateur*, Fall.

1964. Jacques Barchilon, « Charles Perrault à travers les documents du Minutier Central des Archives Nationales, l'inventaire de ses meubles en 1672 », *XVII*e *siècle*, n° 65, pp. 1-15.

Marie-Louise Tenèze, *Le Conte populaire français. Catalogue raisonné*, t. II, Paris, Maisonneuve et Larose.

1965. Dr Lauzier-Desprez, « Essai de compréhension psychopathologique des *Contes* de Perrault », *Entretiens psychiatriques*, n° 11.

1966. Alexandre Cioranescu, *Bibliographie de la littérature française du XVII*e *siècle*, Paris, Éditions du Centre National de la Recherche Scientifique, t. III, pp. 1605-1610.

1967. Jacques Barchilon, « L'ironie et l'humour dans les *Contes* de Perrault », *Studi francesi*, mai-août.

1968. Marc Soriano, *Les Contes de Perrault. Culture savante et traditions populaires*, Paris, Gallimard, « Bibliothèque des idées » (édition revue et corrigée, Paris, Gallimard, Collection « Tel », 1977, augmentée notamment d'une table ronde sur les *Contes* de Perrault, tenue par Jacques Le Goff, Marc Soriano, Emmanuel Le Roy Ladurie, André Burguière, déjà publiée dans *Annales. Économies. Sociétés. Civilisations*, mai-juin, 1970).

Jeanne Roche-Mazon, *Autour des Contes de fées*, Paris, Didier.

Teresa Di Scanno, *La Mode des contes de fées de 1690 à 1705*, Gênes, Istituto di Lingua e Letteratura straniere.

1969. Gilles Lapouge, « Soriano et les *Contes* de Perrault », *La Quinzaine littéraire*, 1er-15 janvier.

Pascal Pia, « Si *Peau d'Âne* m'était conté », *Carrefour*, 5 mars.

Jean Bellemin-Noël, « Contes et mécomptes, notes méthodologiques à propos du folklore », *Critique*, mars.

Jean-Michel Gardair, « Les *Contes* de Perrault », *Paragone*, juin.

1970. Jacques Barchilon, compte rendu de : Marc Soriano, *Les Contes de Perrault. Culture savante et traditions populaires*, *Studi francesi*, janvier-avril.

H. Fromage, « Un conte mythologique peu exploité : *Peau d'Âne* », *Bulletin de la Société de mythologie française*, janvier-mars.

Daniel Grojnowski, « Les deux Perrault », *La Pensée*, août.

1972. Marc Soriano, *Le Dossier Perrault*, Paris, Hachette.

Jacques Barchilon, « Charles Perrault », dans : *Dizionario critico della Letteratura Francese* diretto da Franco Simone, Turin, Unione Tipografica-Editrice Torinese, t. II, pp. 907-910.

1973. René Comoth, « De *Lo Cunto de li cunti* de G. B. Basile aux *Contes* de Perrault », *Rivista di studi crociani*, janvier-mars, pp. 64-69 (voir, du même auteur, « Du *Pentamerone* aux *Contes de ma mère l'oye* », *Marche romane*, même année, nº 1, pp. 23-31).

1975. Victor Laruccia, « Little red riding hood's metacommentary : paradoxical injunction, semiotics, and behavior », *Modern Language Notes*, mai, pp. 517-534.

Friedrich Wolfzettel, « Die soziale Wirklichkeit im Märchen : Charles Perrault, *Le Chat botté* », *Lendemains*, août, pp. 99-112.

Jacques Barchilon, *Le Conte merveilleux français de 1690 à 1790*, Paris, Champion (volume destiné à servir de tome I à la réédition partielle [Slatkine Reprints], sous le titre : *Nouveau Cabinet des Fées*, de dix-sept volumes tirés du *Cabinet des fées* de 1781).

1977. Bruno Bettelheim, *Psychanalyse des contes de fées*, Paris, Fayard.

Marie-Louise Tenèze, *Le Conte populaire français. Catalogue raisonné*, Paris, Maisonneuve et Larose, t. III.

René Démoris, « Du littéraire au littéral dans *Peau d'Âne* de Perrault », *Revue des sciences humaines*, avril-juin, pp. 261-279.

Jacques Barchilon, E. E. Flinders Jr, Anne Foreman, *A Concordance to Charles Perrault's Tales*, vol. I, *Contes de ma mère l'oye*, Darby (Pennsylvanie), Norwood Editions and University of Colorado at Boulder.

Edgar Eugene Flinders Jr, « Étude stylistique des *Contes* de Perrault : dualité et caractère didactique de l'écriture », *Dissertation Abstracts International*, décembre, 3540 — A (thèse University of California, Berkeley, 1974).

1978. Lilyane Mourey, *Introduction aux contes de Grimm et de Perrault, histoire, structure, mise en texte*, Paris, Minard (*Archives des Lettres modernes*, n° 180).

Louis Marin, *Le Récit est un piège*, Paris, Éditions de Minuit (voir, sur *Le Maître Chat ou le Chat botté*, le chapitre IV, pp. 117-143).

Thomas Richard Vessely, *The French Literary Fairy Tale, 1690-1760. A Generic Study*, Ph. D., Indiana University (Indiana).

1979. M.-L. von Franz, *La Femme dans les contes de fées*, La Fontaine de pierre.

1980. Yvonne Verdier, « Le Petit Chaperon rouge dans la tradition orale », *Le Débat* n° 3, juillet-août.

Préface de Jean-Pierre Collinet. 7

CONTES EN VERS

Préface. 49
Griselidis.
A Mademoiselle**. 57
Griselidis. 59
A Monsieur*** en lui envoyant *Griselidis.* 91
Peau d'Âne. 95
Les Souhaits ridicules. 117

HISTOIRES OU CONTES DU TEMPS PASSÉ AVEC DES MORALITÉS

A Mademoiselle. 127
La Belle au bois dormant. 129
Le Petit Chaperon rouge. 141
La Barbe bleue. 147
Le Maître Chat ou le Chat botté. 155
Les Fées. 163

Cendrillon ou la petite pantoufle de verre. 169
Riquet à la houppe. 179
Le Petit Poucet. 189

ANNEXES

Le Miroir ou la Métamorphose d'Orante. 203
La Peinture. Poème. 219
Le Labyrinthe de Versailles. 239

DOSSIER

Chronologie. 261
Note sur cette édition. 272
Notices. 274
Notes. 297
Bibliographie. 363

COLLECTION FOLIO

Dernières parutions

1571.	Erskine Caldwell	*Toute la vérité.*
1572.	H. G. Wells	*Enfants des étoiles.*
1573.	Hector Bianciotti	*Le traité des saisons.*
1574.	Lieou Ngo	*Pérégrinations d'un digne clochard.*
1575.	Jules Renard	*Histoires naturelles. Nos frères farouches. Ragotte.*
1576.	Pierre Mac Orlan	*Le bal du Pont du Nord,* suivi de *Entre deux jours.*
1577.	William Styron	*Le choix de Sophie,* tome II.
1578.	Antoine Blondin	*Ma vie entre des lignes.*
1579.	Elsa Morante	*Le châle andalou.*
1580.	Vladimir Nabokov	*Le Guetteur.*
1581.	Albert Simonin	*Confessions d'un enfant de La Chapelle.*
1582.	Inès Cagnati	*Mosé ou Le lézard qui pleurait*
1583.	F. Scott Fitzgerald	*Les heureux et les damnés.*
1584.	Albert Memmi	*Agar.*
1585.	Bertrand Poirot-Delpech	*Les grands de ce monde.*
1586.	Émile Zola	*La Débâcle.*
1587.	Angelo Rinaldi	*La dernière fête de l'Empire.*
1588.	Jorge Luis Borges	*Le rapport de Brodie.*
1589.	Federico García Lorca	*Mariana Pineda. La Savetière prodigieuse. Les amours de don Perlimplin avec Bélise en son jardin.*
1590.	John Updike	*Le putsch.*
1591.	Alain-René Le Sage	*Le Diable boiteux.*
1592.	Panaït Istrati	*Codine. Mikhaïl. Mes départs. Le pêcheur d'éponges.*

1593. Panaït Istrati — *La maison Thüringer. Le bureau de placement. Méditerranée.*
1594. Panaït Istrati — *Nerrantsoula. Tsatsa-Minnka. La famille Perlmutter. Pour avoir aimé la terre.*
1595. Boileau-Narcejac — *Les intouchables.*
1596. Henry Monnier — *Scènes populaires. Les Bas-fonds de la société.*
1597. Thomas Raucat — *L'honorable partie de campagne.*
1599. Pierre Gripari — *La vie, la mort et la résurrection de Socrate-Marie Gripotard.*
1600. Annie Ernaux — *Les armoires vides.*
1601. Juan Carlos Onetti — *Le chantier.*
1602. Louise de Vilmorin — *Les belles amours.*
1603. Thomas Hardy — *Le maire de Casterbridge*
1604. George Sand — *Indiana.*
1605. François-Olivier Rousseau — *L'enfant d'Edouard.*
1606. Ueda Akinari — *Contes de pluie et de lune*
1607. Philip Roth — *Le sein.*
1608. Henri Pollès — *Toute guerre se fait la nuit.*
1609. Joris-Karl Huysmans — *En rade.*
1610. Jean Anouilh — *Le scénario.*
1611. Colin Higgins — *Harold et Maude.*
1612. Jorge Semprun — *La deuxième mort de Ramón Mercader.*
1613. Jacques Perry — *Vie d'un païen.*
1614. W. R. Burnett — *Le capitaine Lightfoot*
1615. Josef Škvorecký — *L'escadron blindé.*
1616. Muriel Cerf — *Maria Tiefenthaler.*
1617. Ivy Compton-Burnett — *Des hommes et des femmes.*
1618. Chester Himes — *S'il braille, lâche-le...*
1619. Ivan Tourguéniev — *Premier amour, précédé de Nid de gentilhomme.*
1620. Philippe Sollers — *Femmes.*
1621. Colin Macinnes — *Les blancs-becs.*
1622. Réjean Ducharme — *L'hiver de force.*
1623. Paule Constant — *Ouregano.*
1624. Miguel Angel Asturias — *Légendes du Guatemala.*

1625.	Françoise Mallet-Joris	*Le clin d'œil de l'ange.*
1626.	Prosper Mérimée	*Théâtre de Clara Gazul.*
1627.	Jack Thieuloy	*L'Inde des grands chemins.*
1628.	William Faulkner	*Le hameau.*
1629.	Patrick Modiano	*Une jeunesse.*
1630.	John Updike	*Bech voyage.*
1631.	Monique Lange	*Les poissons-chats.*
1632.	Mme de Staël	*Corinne ou l'Italie.*
1633.	Milan Kundera	*Le livre du rire et de l'oubli.*
1634.	Erskine Caldwell	*Bagarre de juillet.*
1635.	Ed McBain	*Les sentinelles*
1636.	Reiser	*Les copines*
1637.	Jacqueline Dana	*Tota Rosa.*
1638.	Monique Lange	*Les poissons-chats. Les platanes.*
1639.	Leonardo Sciascia	*Les oncles de Sicile*
1640.	Gobineau	*Mademoiselle Irnois, Adélaïde* et autres nouvelles
1641.	Philippe Diolé	*L'okapi.*
1642.	Iris Murdoch	*Sous le filet.*
1643.	Serge Gainsbourg	*Evguénie Sokolov.*
1644.	Paul Scarron	*Le Roman comique.*

Impression Bussière à Saint-Amand (Cher),
le 4 avril 1985.
Dépôt légal : avril 1985.
1er dépôt légal dans la collection : avril 1981.
Numéro d'imprimeur : 973.
ISBN 2-07-037281-2./Imprimé en France

35604